La moisson des humbles

Evelyne JONAS

Roman historique

La moisson des humbles

les éditions
de l'officine

les éditions
de l'officine
45, rue des Petites Écuries
75010 Paris
www.publiecriprint.com

ISBN : 978-2-35551-006-9

Du même auteur :

Rose en quête d'amour
Ed. de l'Officine. Paris 2003 – 2ème édition 2007

Le Combat de Rose
Ed. de l'Officine. Paris 2005

Madinina T1 – Impulsive Angeline
Ed. de l'Officine. Paris 2004

Madinina TII – Le Béké de l'île aux fleurs
Ed. de l'Officine. Paris 2004

Les Larmes du Destin
Ed. de l'Officine. Paris 2006

Ouvrages jeunesse :

L'affaire du sourire (Album)
Ed. de l'Officine. Paris 2003

Un nain de jardin diabolique (Poche)
Ed. de l'Officine. Paris 2003

S.O.S. Planète vers l'en (Poche)
Ed. de l'Officine. Paris 2004

Pagaille au supermarché (Poche)
Ed. de l'Officine. Paris 2006

Au cœur de mon sabot (Poche et livret)
Ed. de l'Officine. Paris 2007

Couverture : Huile de Bérésina

1756

Sur la rive gauche de la Moselle, à Wyse, un charmant village de cent cinquante âmes, lové dans un nid de verdure des plaines lorraines, le quotidien roulait ses bosses… Les unes avaient le dos doucement arrondi, alors que d'autres, aux pointes beaucoup plus acérées, écorchaient à vif le rythme de vie des habitants.

L'existence était rude à cette époque. Le Fermier Général François Hacquin, nommé par le roi Louis XV pour faire rentrer des subsides dans les caisses vides d'un royaume exsangue, n'avait fait que compliquer le train-train journalier. En majorant fortement les diverses taxes déjà existantes, il avait plongé les gagne-petit dans une misère croissante.

Pendant les hivers très longs où la nourriture manquait, les larmes laissaient souvent au coin des lèvres un arrière-goût, que la saveur amère de la douleur et des regrets consumait de l'intérieur… Voir ses enfants mourir de faim était un tourment insupportable qui marquait au fer rouge l'amour-propre du plus pauvre des hères. Alors, lorsqu'on travaillait du matin au soir sans pouvoir faire vivre les siens, l'existence s'avérait trop injuste. On se sentait vieux avant d'avoir eu le temps de grandir... Tous les espoirs s'offraient aux riches, le désespoir restait pour les pauvres…

Totalement indifférent aux difficultés de vie rencontrées par les humbles, l'encaisseur, fervent royaliste, ne se préoccupait que du bien-être des puissants. Les grands propriétaires, la noblesse et surtout l'armée ne devaient manquer de rien. Le clergé et les couvents imposaient également des taxes spécifiques qui se rajoutaient encore en supplément. Les contestataires risquaient de se frotter au diable en personne, tant la vindicte des hommes d'Eglise était piquante. C'était sacrilège que de tenter de duper les serviteurs de Dieu. Quant aux pécheurs, le châtiment promis s'annonçait terrible... Ils devaient s'attendre à ne plus avoir aucun répit, ni sur terre ni dans les flammes de l'enfer.

Le trésorier, homme de biens, et qui aimait faire bombance, se moquait pas mal des bougres qui pleuraient famine. Dans tout le royaume, de nombreuses familles couchaient dans la rue avec leurs enfants. Il fermait les yeux sur cette situation inhumaine en continuant à prendre ses décisions sans le moindre état d'âme pour les gens qu'il affamait.

Sans aucun complexe, tous les gens d'épée, nobles et soldats, en abusaient pleinement. À l'armée, pendant que le gros de la troupe jeûnait, les fêtes se succédaient sans interruption. On racontait même que « les fleurs du mal » étaient parfois les invitées d'honneur de ces messieurs. Ils étaient tous, en permanence, à la recherche de plaisirs immoraux. Les officiers, tous nobles, s'invitaient réciproquement entre les garnisons de Metz, Nancy, Sierck, Thionville et bien d'autres encore, dans l'unique but de festoyer.

De leur côté, les laborieux trimaient à en perdre le souffle pour ne vivoter que difficilement, lorsque le ciel ne venait pas, lui aussi, planter ses épines dans les roses de la détresse... La Lorraine était la parente mal-aimée du royaume. Depuis que le Duc François d'Autriche avait renoncé à ce Duché pour aller habiter Vienne tout comme le Seigneur de Meinsberg qui l'avait suivi, c'était Stanislas Leczinski, beau-père de Louis XV, qui avait hérité du Duché. La situation était encore plus compliquée que dans les autres régions. Pourtant, depuis 1552, les *Trois-Evêchés* étaient devenus français ainsi que le Duché de Lorraine à partir de 1766. Cependant, au lieu d'apporter des avantages aux habitants, bien au contraire, cette intégration n'avait effacé aucune des frontières qui divisaient un territoire, partagé entre le Duché et les évêchés. Ces frontières intérieures obligeaient les Lorrains à payer des taxes sur toutes les marchandises qu'ils transportaient, pour traverser le Duché tout comme les Évêchés, ce qui n'était pas le cas dans les autres régions du royaume. C'est ainsi qu'un paysan, possesseur d'un terrain dans une commune voisine de la sienne, se voyait imposer le paiement d'un acquit pour rentrer sa propre récolte. Non seulement leurs libertés locales étaient supprimées, mais ils se virent, comme tous les Français, soumis aux corvées pour l'entretien et l'empierrement des routes. Dans une insouciance totale, Stanislas s'était organisé une cour somptueuse, toujours au détriment des plus humbles. Pour pallier la consonance germanique des noms, le village de Wyse était devenu Gauvis, celui de Berich changeait en Berig et Rotula en Rettel. Il en fut de même pour la plupart des villes et des villages qui avaient été, auparavant, la Lorraine allemande. La population dut s'habituer à la nouvelle dénomination de son village, sans pour autant changer de maison ni de lieu.

A Gauvis, le bailli faisait œuvrer une bonne partie des résidents : comme les fermiers, la gérante du four banal, les journaliers, les bouviers, les manouvriers, les gardiens de troupeaux sous la seule régie d'un *bordier,* appelé également « métayer », dont la charge principale était de gérer les terres du maître. Quelques jeunes du village, suite à un tirage au sort, devaient partir comme soldats, loin de leurs familles qu'ils ne voyaient pas pendant plusieurs années parfois. Quelques-uns étaient même enrôlés pour les Indes. Afin d'être dispensés de cette obligation militaire, les plus fortunés payaient un tribut conséquent au trésorier du royaume pour être remplacés par un autre garçon.

Puis venaient les artisans locaux, un aubergiste, un *chanvrier*, un tisserand, un *batteur d'huile*, un potier, un boucher, un *tanneur-wercollier*, un vinaigrier, un *caucassier* qui élevait ses volailles sur place et un meunier. Pour régenter toute cette fourmilière animée, les deux représentants du roi et un ecclésiastique qui faisait filer droit, en se présentant comme porte-parole et interprète de Dieu, tout le monde, des plus modestes aux plus opulents.

Pour les uns, les jours s'écoulaient sertis d'avantages, de gains conséquents et de choses agréables. Pour d'autres, ils se déroulaient dans l'angoisse du lendemain, perdus dans la triste solitude épuisante des « moins que rien » qui devaient accomplir l'ouvrage ingrat.

L'estaminet, qui faisait également office d'auberge pour les visiteurs inopinés, tels des artisans ou des colporteurs de passage pour leurs échanges commerciaux, était le principal lieu de rencontrc ou de réunion. Le dimanche, dès la sortie de l'office dominical, il était investi par la plupart des hommes du village. Pour éviter d'être considérée comme une vulgaire traînée, aucune dame n'y montrait le bout de son nez. Le point d'ancrage central des femmes, pour connaître les dernières nouvelles, était le four banal, propriété du bailli. La Fanchon, une matrone qui portait un bonnet blanc sur ses cheveux grisonnants, était une veuve bien dynamique, souriante. Deux frères célibataires passaient même, régulièrement, lui conter fleurette. Toutes les mères de famille venaient, au moins deux fois par semaine, y faire cuire leur pain, en apportant leur pâte prête à enfourner avec une bûche de bois. L'endroit était agréable. Le panier à bûches était posé à même la terre battue et la pelle plate, toujours debout contre le mur du côté droit du four, attendait sa main happeuse. La femme au visage joufflu et au regard engageant marqué par une légère moustache ombrée s'essuyait en permanence les mains enfarinées sur un tablier en toile grise, noué autour de sa taille avec un cordon de chanvre tressé. On lui reconnaissait surtout une très grande qualité, elle était bavarde comme une pie. Elle savait tout sur tout le monde et passait facilement les informations… Les arômes lourds des croûtes dorées à point venaient chatouiller les narines des visiteuses et cette courte pause leur permettait de s'échapper de la tourmente permanente. Mais les retrouvailles les plus appréciées par les ménagères, même si elles étaient laborieuses, étaient sans contestation possible celles du lavoir…

Eté comme hiver, qu'il pleuve, qu'il vente, qu'il bruinasse, qu'il chauffe à en suer ou qu'il gèle à pierre fendre, des femmes ramenaient leur brouettée de linge sale au bord du ruisseau pour y faire leur lessive ou celle de leurs employeurs. Les unes lessivaient à un rythme régulier, d'autres moins souvent...

Certains, dont les animaux se promenaient en totale liberté, même dans la maison, n'attachaient aucune importance à la propreté. Une tenue raidie par la crasse, ne les gênait pas outre mesure…

Sous un abri couvert d'un toit de chaume, dont les quatre côtés étaient ouverts à tous les vents, une très large pierre plate avait été taillée et installée pour que ces dames puissent frictionner les liquettes souillées sans se plier en deux. Elles puisaient de l'eau dans le ruisseau, cassaient la glace pendant la saison froide et se mettaient au travail, les unes à même la pierre, les autres sur des planchettes, directement dans l'eau courante. C'était à cet endroit que pour se délivrer du poids de son anxiété, chaque lavandière pouvait s'épancher, plaisanter, et surtout ne jacasser que pour son propre plaisir. Parfois, on se permettait même de dire un tantinet de mal sur les autres…

Dans cette course pour survivre, les gagne-petit n'avaient pas le choix. Ils s'affairaient de l'aube naissante au soir tombant pour ne pas plonger dans l'abysse des affamés à la dérive le long des routes. Il ne leur restait guère de temps pour profiter des douceurs de l'existence. De toute façon, comme ils n'en connaissaient aucune, « de douceurs », elles ne risquaient pas de leur manquer...

Mais pour nous laisser découvrir les secrets et les silences gardés derrière les portes closes, la lumière de l'âtre qui éclaire chaque « foyer » va nous en projeter quelques images. Dans ces reflets lumineux, découvrons comment le diable est entré, sournoisement, un de ces lundis, dans celui de Madeleine…

Fenaison

En cette soirée encore très chaude d'un mois de juin qui touchait à son terme, à l'heure où le soleil, avec la crête rouge du conquérant, s'apprêtait à sombrer à l'horizon, les besogneux, épuisés par leurs travaux fastidieux, s'en revenaient vers leurs masures. Le pas lourd, le corps moite au possible, le visage buriné par la canicule cinglante, ils marchaient les épaules courbées sous le poids de l'effort qu'ils avaient dû fournir. L'odeur de leur transpiration corporelle, dont l'acidité prenait à la gorge, se mêlait aux exhalaisons du foin qu'ils avaient fauché depuis l'aube et imprégnaient désagréablement chemises et guenilles, poussiéreuses à souhait...

En longeant les berges de la Moselle, les prairies du bailli s'étalaient presque jusqu'à mi-chemin du village voisin, Berig, niché en haut d'une colline.

Sous le souffle brûlant et fiévreux que l'été puisait au fond de son âme, la poudreuse des semences de graminées avait incendié les gorges comme les yeux. Et voilà pourquoi chacun gardait le silence ou presque... Sur la gauche, formant une guirlande argentée, la rivière sinuait joyeusement en enroulant son regain de fraîcheur. Avec la force d'une symphonie, le roulis de l'eau, rythmé par le concert grésillant des insectes et des oiseaux qui remplissaient en abondance le poitrail touffu des haies successives, venait chatouiller les oreilles des villageois à l'ouvrage.

Sur la droite, la fauche du jour paraissait insignifiante… Ce n'était qu'une échancrure sur un tapis naviguant entre le vert et le doré. Pourtant, tout au long de la journée, personne n'avait fait preuve de *nonchaloir.* Bien au contraire, par crainte de l'orage, ils avaient tous accéléré la cadence en permanence.

Les coquelicots resserraient déjà leurs ailes rouges pour dissimuler, à la rosée de la nuit, un cœur trop délicat. Seuls les bleuets, jaillissant ici et là avec la régularité d'étoiles aux chatoiements bleus, égayaient encore le plateau d'herbes sèches. Le long du chemin, les fleurs de pissenlits, au summum de leur floraison, commençaient à perdre leur robe neigeuse. Celle-ci venait s'étaler tel un tapis moelleux sous les enjambées pesantes des laborieux, impatients de retrouver leur logis en pensant à l'ouvrage qui les attendait encore. Même les criquets, les papillons du soir et les faucheux qui furetaient autour d'eux, en brisant l'air, semblaient invisibles.

Enfermés dans leur geôle de fatigue, les paysans harassés avançaient vers un autre quotidien épuisant sans prêter attention à ce qui les entourait…

Pourtant, sur l'eau vagabonde, les poules d'eau et les canards sauvages se délassaient en s'immergeant à foison dans les rouleaux ondoyants de la rivière, tout en s'évertuant avec un malin plaisir à chaparder l'insecte ou la plante visé par un compagnon afin que l'outragé puisse pousser des cris de dépit. Des poissons aventuriers effectuaient des loopings au-dessus de la surface limpide et replongeaient en faisant des ronds dans l'eau. Dans la tiédeur ajourée des roseaux, les iris d'un beau bleu velouté émergeaient joyeusement. Entre les tiges folles, les libellules se délassaient dans une ronde permanente. Les crapauds lançaient des cris rauques à en faire pâlir un baryton. D'innombrables toiles d'araignée accrochaient leurs dentelles ajourées aux herbes folles en étalant largement d'étranges et attirants labyrinthes. En cherchant à braver l'inconnu, quelques moucherons téméraires étaient venus s'y brûler les ailes.

Dans l'immédiat, le souci principal de ces gens de la terre restait cette immense prairie à faner très rapidement afin de la remiser aussitôt. La nourriture hivernale des bêtes dépendait du temps qu'il faisait à la fenaison. Cette année la chance était avec eux, puisque l'herbe était bien sèche. Demain, à l'aube, pendant que les plus solides des *manouvriers* poursuivraient la coupe, les bras « mous », ceux qui, bien sûr, manquaient de force, retourneraient le premier foin sur l'autre côté, prépareraient les brassées, et lorsque l'astre solaire redescendrait vers son berceau, les *broqueteurs* chargeraient les gerbes, apprêtées par les femmes, sur la charrette conduite par le bouvier. Enfin, c'était le scénario rêvé, si l'orage ne jetait pas son mauvais sort dévastateur. Rentré sec, le fourrage s'engrangeait et se conservait facilement, mais lorsque des torrents d'eau le roussissaient comme de la filasse détrempée en l'engluant d'une *maroufle* poisseuse, l'enfer leur tombait du ciel. Il fallait attendre parfois plusieurs jours avant que le foin ne sèche à nouveau car l'humidité imprégnait les brindilles avec la volupté d'un ver au cœur du fruit. Bien souvent, il moisissait lorsqu'il était entassé. Alors, pour parer à l'attaque des monstres sataniques certainement ordonnée par Lucifer en personne, les regards guettaient craintivement le moindre signe annonciateur du roulement des boulets en bois au sein d'un ciel paisible, annonçant que les anges jouent aux quilles... Mais au loin, là où l'horizon se perdait, le soleil descendait dans un ciel aéré, en dispensant ses dorures, ses orangés et ses pourpres flamboyants.

Pour supporter l'âpreté de cet ouvrage, que l'on effectuait en permanence courbé en deux, il fallait avoir les reins solides. Pourtant des pitchouns de six, sept ans à peine, partageaient ce rude labeur. Le visage gris de fatigue d'avoir manié la faucille sans discontinuer afin de gagner leur pauvre pitance, ils suivaient les adultes, l'œil vague, le cheveu plaqué sur des coulées de transpiration poisseuse de débris de graminées. Des lambeaux de tissu noirâtre gainaient leurs mains. C'était pour adoucir le frottement du manche en bois sur de vilaines ampoules éclatées par la friction constante, au creux de la peau tendre de la paume.

En longeant l'arabesque du bras de la Moselle, ils ne purent s'empêcher de laisser leur regard courir sur le ruban brillant qui filait se jeter sur les pales du vieux moulin délabré. Tel un caméléon, la vague virait à l'indigo lorsque l'envolée des paillettes lumineuses diurnes laissait la place à une pénombre entre soie et velours. Enfin, les premières maisons de Gauvis qui paraissaient comme endormies dans un cocon de ouatine se dressèrent devant eux. De nombreuses masures aux toits de chaumes, d'autres plus solides dressaient leurs carcasses. Entre chien et loup, la fin du jour disposait ses couleurs et ses ombrages.

Après un « b'soir » grognon, à moitié recroquevillé dans l'engourdissement, chacun rentra dans son propre foyer, pressé de vaquer aux corvées qui ne s'accompliraient pas toutes seules. Pour aider les parents et dans l'espoir de se remplir plus vite un estomac qui gémissait d'impatience, les plus grands des enfants se remettaient encore à la besogne. Les uns attisaient le feu pour y accrocher le chaudron à moitié rempli d'eau, d'autres nourrissaient les lapins, les volailles, ramassaient les œufs en veillant à bien refermer le poulailler car les fouines et les renards étaient toujours à l'affût d'une poulette dodue. Pendant ce temps, leur mère préparait la pitance de la truie et de ses gorets, s'activait pour la traite des chèvres ou des vaches, lorsqu'il y en avait au moins une, car ce n'était pas toujours le cas ; puis, elle s'absorbait à la cueillette des légumes frais, ou au binage des jeunes plants, aussi utile qu'un arrosage pour que la terre ne croûte pas. A l'heure où les vapeurs nocturnes s'exhalaient du sol, c'était agréable de travailler à la fraîche… Les hommes s'empressaient de gratter, ratisser, frotter les auges et les box puis sortaient des écuries, des brouettées pleines qu'ils transvidaient sur le tas de fumier devant la maison. En deux temps trois mouvements, de la litière fraîche venait remplacer l'ancienne et de l'eau fraîche renouvelait le liquide souillé.

Alors que le voile de la nuit repoussait la fange chaude du jour en déposant avec tendresse son haleine veloutée sur eux, on s'autorisait, enfin, à prendre le temps de s'alimenter avant d'aller se coucher.

Après s'être rafraîchi le visage et les mains au dessus du tonneau en bois contenant encore un peu d'eau de pluie, on se retrouvait autour de la table. On ne pouvait manger que ce que l'on avait gagné. Depuis la pause frugale de midi, prise en plein champ, composée, bien souvent, d'un quignon de pain ou d'une pomme et de quelques noix, les intestins broyaient du verre tant ils poussaient des sons aigus. Dans chaque chaumière, la chandelle éclaboussait de ses lueurs les écuelles en attente. Le bouillon dansait dans le chaudron sous une envolée de vapeur. La chaleur de l'âtre rendait la pièce presque suffocante avec cette fournaise estivale.

Chez l'Auguste, tanneur depuis trois générations, voici quelques mois, le cœur de la maison s'était arrêté de battre. L'épouse s'était éteinte l'hiver dernier, à trente-huit ans, emportée par les tentacules implacables de la diphtérie. Malgré sa sollicitude, l'*apothicaire* n'avait pas trouvé le remède miracle pour la sauver. Depuis le décès de la malheureuse, la chaise de la défunte était restée à l'abandon. Plantée devant la fenêtre, à l'endroit même où la pauvre femme aimait à se tenir avant de s'évader pour l'empire du grand silence…, « la chose en bois esseulée » semblait mendier un peu d'affection pour soulager sa solitude. Depuis, le *mégissier* aguerri ne blanchissait plus rien, et tannait encore moins. Le regard tourné vers la « chaise », il pleurait sur son triste sort puis s'endormait la tête sur l'étal en hêtre, avec un broc de *verjus* à portée de main. Lorsque la pointe du jour éclaboussait la fenêtre de ses éclats, il s'éveillait à l'appel des moineaux piaillards. Pour le tanneur et sa fille, deux orphelins d'amour, la survie était une expérimentation ardue et douloureuse qui présageait d'autres moments difficiles. En manque permanent du bien-être que l'échappée dans le puits de l'oubli lui procurait, pour satisfaire son besoin, l'homme aviné n'hésitait pas à troquer tout ce qui lui tombait sous la main pour se procurer du tord-boyaux. La semaine précédente, le coq avait fait l'affaire pour une demi-mesure de vin de rhubarbe. Alors qu'il manquait de tout, malgré les lamentations répétées de Madeleine pour tenter de faire entendre raison à son père, contre les coups de folie répétés que son absorption d'alcool lui faisait commettre, en les plongeant dans la misère, le buveur invétéré récidivait en permanence. Ce poison l'entraînait irrémédiablement dans les pentes de la perdition. Pour obtenir de l'alcool, il échangeait une peau après l'autre, soit chez le *vinaigrier*, soit chez l'aubergiste. Il ne réussissait à surmonter ce mal qui l'étreignait qu'avec l'échappatoire miracle. Durant la journée, il errait souvent le long de la Boler, ce petit ruisselet qui coupait le village en deux, en retrait duquel était installé le cabanon du bouilleur de cru tout comme sa tannerie. Il espérait s'évader, près de son ami d'infortune, qui comme lui, se jetait volontiers une p'tite timbale dans le gosier pour naviguer dans la houle ondulante des vapeurs d'alcool. D'autres fois, il installait ses quartiers chez le tavernier, avec l'infime espoir qu'un ancien fidèle de la tannerie lui offrirait un verre. Ce qui était de plus en plus rare. Ses mains tremblantes ne serraient plus rien, même pas une main, puisque la plupart de ses connaissances, ne supportant pas de le voir dans cet état amoindri, évitaient de lui adresser la parole.

Madeleine, en pénétrant dans la *stuff*, après cette journée pénible, ne s'étonna guère de trouver son père plongé dans sa sempiternelle griserie. L'homme d'avant, travailleur et plein de tendresse, s'était transformé en un poivrot qui se vautrait dans la boue, tout simplement, parce qu'il ne tenait plus sur ses pattes. Mais ce qui était le plus pénible, c'était sa totale incapacité à gagner son pain. Un homme qui n'était plus capable de subvenir à ses besoins était un « *caramougna* ». Madeleine avait surtout du mal à supporter le regard des autres, lorsqu'ils observaient la déchéance de son géniteur avec commisération. Elle ne pouvait empêcher la honte de la submerger.

Auparavant, l'artisan aimable, reconnu par ses pairs, réussissait à faire des économies conséquentes avec son ouvrage quotidien. Maintenant, il aurait donné son âme au diable pour boire ce qu'il ne possédait plus…

Avant la perte terrible qui venait de détruire leur cercle familial, ni sa mère, ni elle-même n'avaient eu besoin d'aller « vendre leurs bras », en travaillant sur les terres du bailli. Et pourtant, bien rares étaient ceux qui n'étaient pas dans l'obligation de trimer durant des jours pour un boisseau de millet, d'orge ou d'épeautre.

Madeleine espérait toujours tirer son père de ce gouffre sans fond dans lequel il perdait pied. Au quotidien, elle le tarabustait pour qu'il cesse de broyer du noir et surtout pour le faire arrêter de boire. Cependant, les très vives altercations qui les confrontaient n'arrangeaient pas les choses… La jeune fille était rongée par l'inquiétude. Elle ne savait plus à quels saints se vouer pour solutionner cette situation dantesque. C'est que maintenant, en dehors des vieilles fripes qu'ils portaient sur le dos, ils n'avaient plus rien, ni l'un ni l'autre, à se mettre… Alors, qu'allait donc pouvoir vendre son père pour se payer son alcool ? Peut-être son âme au diable ? Plongée dans ses pensées pessimistes, Madeleine entrouvrit le portillon en bois qui servait de lucarne, en espérant faire pénétrer dans la pièce un air nocturne plus détendu que la tiédeur sournoise de l'intérieur. Elle décrocha du feu le pot d'eau bouillante pour le poser sur la pierre plate. Elle y ajouta deux œufs battus, une pichenette de lard cuit, débitée en fragments irréguliers ainsi qu'un morceau de pain éparpillé à la cassure.

Sans prononcer un seul mot ni se jeter le moindre regard, la soupe à la panade fut lampée par les deux âmes perdues. Seul le son aigrelet du cliquetis des cuillères au fond de la gamelle venait écorcher ce silence. Rapidement le père, la trogne vaseuse, finit la tête couchée sur la table pour piquer son petit roupillon avant que l'appel du corps ne réclame une nouvelle pinte, pendant que la fille, allongée sur sa couche, sombrait, elle aussi, dans les bras de Morphée, trop épuisée pour penser au lendemain. À chaque jour suffisait sa peine…

Dès l'aurore naissante, alors que le cœur de la nuit palpitait encore, que la chouette orfraie hululait son adieu, la jeune fille, le dos endolori, se tira du lit pour aller gagner de quoi remplir la marmite les jours suivants. Après avoir pansé la chèvre et ouvert le portillon de la délivrance aux trois volatiles que son père n'avait « pas encore bus », elle avala un verre de lait de sa biquette, goba un œuf frais directement dans le poulailler, après en avoir percé la coquille avec un petit caillou pointu. Puis elle fila rejoindre les autres manouvriers car maintenant, elle aussi devait aller gagner sa subsistance. Le métayer les attendait en compagnie du bouvier devant la chapelle. Toute l'équipe devait grimper sur la charrette vide, déjà attelée aux deux bœufs, pour s'économiser la fatigue d'un trajet. Là-bas, dans les limbes d'une aube encore évanescente, le cercle d'or s'élevait royalement en encensant la terre de reflets lumineux. La lune rejoignait à peine sa guérite, que déjà la flambée colorée des rayons soufflait sa chaleur.

Entre le village et les arpents à faucher, l'atmosphère fleurait bon l'ivresse nocturne qui tardait à s'évaporer. C'était l'heure de l'abandon de la grisaille. À la place, le bouillonnement intense de la lumière soulevait doucement les vapeurs douces de la terre encore abandonnée à la rosée. Pour accompagner les ahanements du bouvier qui motivait ses bêtes afin de les faire avancer, des chants diffus, comme une mélopée d'amour à la vie, s'élevaient doucement vers le ciel, en mélangeant tout aussi bien voix d'hommes, criaillements de corneilles, pépiements de moineaux... La sérénade matinale rejoignait, très haut, dans le bleu de l'immensité, deux alouettes qui grisollaient l'hymne du jour naissant.

En ondulant leur robe dorée, les graminées gonflées d'abondance les attendaient, la tête tournée vers l'obélisque solaire afin de capter sa force. L'air était saturé de pollen et d'odeurs qui venaient titiller l'odorat. La Moselle, imperturbable, continuait son voyage pour le bout du monde en entraînant son roulis de rêveries.

Madeleine appréciait la compagnie de Paulette. Son amie d'enfance s'était mariée dix-huit mois auparavant avec un jeune potier du village. Celui-ci venait d'ouvrir son petit atelier dans une grange aménagée juste à côté de la tannerie et les affaires tournaient modestement. Pour renflouer leur bourse, la jeune épouse, pendant que sa mère lui gardait son fils Emile, travaillait également pour le bailli. Les deux jeunes femmes entreprirent de retourner, côte à côte, le foin fauché la veille. D'un mouvement rotatif dynamique, tout en avançant régulièrement, les râteaux soulevaient l'herbe sur la droite pour la retourner vers la gauche, côté sec vers le sol et le mouillé face aux rayons brûlants. Au début, elles parlèrent de tout et de rien en plaisantant, puis le travail devenant de plus en plus prenant, la chaleur de plus en plus intense, elles continuèrent dans la solitude de leurs réflexions. Autour d'elles, accompagnés par les « coucou ! » musicaux et répétés d'un oiseau moqueur, les faux, les faucilles, les fourches, les mains lieuses, les corps fourbus, les épaules porteuses avaient repris la cadence d'une longue danse.

De temps à autre, le pleurnichant criard de la pierre à aiguiser vibrait pour affûter une lame. Ensuite, par habitude, un doigt rugueux longeait le fil brillant et le ballet reprenait, sans précipitation, mais avec la régularité du « cricri » d'un grillon.

Par intermittence, des coudes se levaient pour éponger le filet de sueur qui démarrait sous le chapeau de paille pour descendre le long des joues. Mais à peine ralentie par la pression, la coulée, après une simple dérobade, reprenait son aventure vers des terres inconnues et non apprivoisées.

Le soleil trônait à son zénith, lorsque l'heure de la pause fut annoncée par le cri de rabat du métayer. Allongés sur l'herbe grasse, à l'ombre apaisante de l'un des énormes saules pleureurs qui ombrageaient l'endroit, les tâcherons ouvrirent leur sac en toile pour y puiser leur collation. Auparavant, chacun avait pris le soin d'aller chercher son bidon d'eau, glissé dans les plantes aquatiques qui bordaient la Moselle, là où le courant venait les rafraîchir sans pour autant les entraîner dans ses griffes. Les tiges d'osier, les roseaux, les nénuphars laissaient glisser le rouleau tout en l'adoucissant et en l'empêchant d'avoir la mainmise.

Goulûment, ils s'abreuvèrent avec délectation du liquide frais qui glissait dans leur gorge irritée avec la délicatesse d'un nectar onctueux. L'un déballait un oignon avec un morceau de pain noir, un autre deux œufs durs et une pomme, la Maria se découpait, à la tranche d'un couteau, des betteraves rouges qu'elle avait cuites la veille au soir. Ses deux enfants en avalaient quelques quartiers tout en grimaçant… Le métayer, plus aisé que ses compagnons, mordillait dans un morceau de saucisse aux tripes. Un coup dans la tranche de pain dorée, un coup dans la portion d'abats mis sous boyaux qui paraissait appétissante à souhait. Puis, pour enrayer l'engrenage, il faisait semblant de *pignocher,* son bras ralentissait, tournicotait un peu et finalement, changeait régulièrement de direction pour aller titiller les narines des deux gamins présents en leur proposant :

— Vous voulez un p'tit dé, les *mennis* ? C'est juste pour remplir vos dents creuses.

Evidemment, avec les yeux ouverts comme des lunes pleines, les petits doigts se jetaient sur cette gourmandise avec promptitude pour l'avaler aussi sec.

Plus d'un adulte lorgnait la chose avec envie, car tout comme Madeleine ils n'avaient que des fruits de leur verger avec du pain. Lorsqu'il avait plus de trois jours, pour le faire descendre, il fallait le garder longuement dans la bouche en attendant que la salive l'imprègne. Les anciens mouillaient carrément la croûte avec de l'eau pour l'avaler. Mais pas un morceau ne se perdait. En guise de dessert, Paulette proposa à son amie des radis et les dernières cerises aigres de la saison venant du jardin de son père. Elle venait d'en faire de la marmelade et avait gardé spécialement pour elle une belle poignée de fruits à la robe carminée. Pour éviter que sa bouche ne s'assèche, Madeleine suça longuement le dernier noyau avec l'impression de faire durer le délice plus que de raison.

La fournaise écrasait le sol de son manteau brûlant. Cette année encore les noisettes gonfleraient d'abondance, puisque le proverbe disait : s'il pleut le jour de la Saint-Jean, les noisettes il n'y aura rien dedans. Heureusement, c'est le soleil qui avait eu le dessus. Ce moment de répit était fatal aux corps épuisés. Une légère somnolence embrumait les esprits, quelques ronflements laissaient poindre leur sonorité, lorsque les pleurs de la petite Violette, la fille du bouvier, qui sautillait dans tous les sens comme si elle était possédée par le démon, les firent sursauter et émerger en catastrophe de leur léthargie :

— Aïe ! Ouille ! Ça me gratte… J'ai mal ! piaillait-elle à tue-tête. Aïe ! Aïe ! Ça me brûle ! Aidez-moi ! Aïe !

Sans chercher à comprendre, chacun sauta sur ses pieds pour découvrir que la gamine venait de poser son derrière, sur une fourmilière. Crime de lèse-majesté… Car les petites bêtes, dérangées pendant leur recherche inlassable de réserves de nourriture, se vengeaient en y mettant du cœur. Elles grimpaient par dizaines, sous le tablier en toile grise, le long des cuisses blanches, en harponnant la chair délicate pour la marquer de vilaines rougeurs, très douloureuses.

Quelques rires amusés accompagnés de quolibets moqueurs fusèrent pour la narguer :

— Tu t'es choisi un tabouret drôlement confortable, jolie demoiselle !

Une autre voix, plus grincheuse, lui conseilla :

— Dis donc, Violette ! La prochaine fois, avant de t'asseoir, enlève d'abord le « caca » qui s'accroche au coin de tes yeux ! T'y verras certainement plus clair…

Comme tout le monde riait de bon cœur, la malheureuse se mit à bouder. En constatant la mine vexée de la fillette, son père s'empressa de la consoler. Mais déjà, en mettant deux doigts entre ses lèvres, le métayer sifflait la reprise. Bon gré mal gré, les journaliers, à qui on venait d'abréger la courte détente réparatrice, se remirent à la peine. Sans perdre un instant, Madeleine aida la malheureuse à chasser toutes ces intruses, puis pour calmer les démangeaisons, humecta délicatement les boursouflures avec un peu d'eau fraîche, les frotta avec du persil sauvage puis, sans lui laisser le temps de pleurer sur son triste sort, l'entraîna rapidement vers la besogne qui les attendait...

Sans discontinuer, le ramassage des herbes fanées, la mise en « roules » pour faire des gerbes, la volée des faucilles, entre les criquets, les sauterelles et les bêtes à Bon Dieu, se prolongea tout le jour durant. Les durillons des paumes calleuses se renforçaient de plus belle tout comme les dos s'arrondissaient. Mais heureusement, à force que les tâcherons soient à la peine, l'ouvrage avançait...

Quatre jours durant, la fenaison répandit ses apprêts odorants sous les brûlures de l'astre suprême qui brunissait les cuirasses. C'est avec un plaisir évident, alors que le soleil s'égarait déjà derrière les arbres de la forêt de *Sensig,* que tous s'activèrent au chargement du dernier chariot. Dans une ambiance festive pour marquer la fin du fanage, chacun dégusta une goulée d'hydromel offerte par le maître en personne. Sans vraiment chauffer les oreilles, cette gorgée se répandit dans les organismes affamés avec la rudesse d'une coulée de feu, sublimée par la douceur du miel sucré, parfumé et onctueux, au point d'éprouver le désir de fermer les yeux pour mieux l'apprécier. Le retour au village se fit avec l'esprit libéré d'une lourde contrainte.

Les bœufs semblaient avoir les pattes très pesantes. Ils auraient peut-être aussi apprécié un petit coup de vin de miel pour reprendre du poil de la bête, mais on ne le leur avait pas proposé. Alors, malgré les ordres de leur guide, ils traînaient les sabots.

Sur le haut du chargement, les plus petits, avec les ycux brillants de plaisir, goûtaient le bonheur de se faire bercer sur un lit de foin craquant.

Une fois les gerbes remisées, bien à l'abri d'un orage impromptu, les regards se détendirent, les douleurs s'adoucirent et les rires fusèrent. Dans la grange, les plus jeunes esquissèrent même quelques tours de danse, avec des jambes ailées et des rires bénéfiques. Enfin, chacun rentra chez soi pour traire et nourrir ses bêtes.

Les saisons alternaient, tout en tirant, jetant, distribuant lors de leurs divers passages, au petit bonheur la chance, de bonnes ou de mauvaises récoltes dans un chariot débordant de froid, de chaud, d'humidité, d'amour, de haine, de larmes, de joie et de peines...

Pour l'hiver prochain, la nourriture des bêtes était déjà assurée. Pourvu qu'il en soit de même pour la moisson. Dans l'immédiat, elle s'annonçait prolifique...

Les feux du ciel

Durant tout le mois de juillet, la chaleur monta de façon insupportable. On envisageait la moisson avec un peu d'inquiétude car la brûlure constante du soleil devenait néfaste pour les cultures. Aucun coin d'ombre ne permettait de s'abriter de cet air étouffant qui inondait le corps d'une transpiration plutôt déplaisante asséchant de surcroît désagréablement la gorge. Par la force des choses, les étés s'évaporaient en posant leurs différences. Celui-ci faisait très mal. Les anciens se cachaient à l'abri des demeures. Ils clouaient des panneaux de bois sur les ouvertures exposées au soleil puisque les vessies de porc ou les papiers huilés n'empêchaient pas le souffle chaud de s'engouffrer en toute liberté. Dans les champs, les travailleurs se protégeaient la tête sous de larges couvre-chefs en paille tressée et le corps sous de longues chemises en toile, qu'ils humectaient, régulièrement, afin de ne pas se faire griller la peau. Tout le monde souffrait, les humains autant que les animaux. Après plus de six semaines de canicule constante, à la place du cocon de verdure habituel à cette époque de l'année, la nature s'était recouverte d'un linceul couleur cuivre, de plus en plus terne à force d'être brûlé. Des crevasses, de la largeur d'un poing d'homme, écartelaient la terre si profondément qu'il fallait marcher en regardant le sol pour ne point se tordre une cheville.

Le sarrasin souffrait à en courber la tête. L'orge et le millet peinaient, seul le seigle supportait allègrement cette terrible sécheresse. L'épeautre, dont les grains n'avaient pas encore atteint leur gonflante maturité lorsque le soleil avait entrepris, dès début juin, de griller tout ce qui était à sa portée, s'asséchait. Au bout des longues tiges, les épis s'arquaient sous la meurtrissure en ne portant plus dans leur sein que des grains cuivrés qui se ratatinaient sous la blessure. Le métayer envisageait même de débuter la moisson la semaine suivante, pour limiter les dégâts. La récolte ne rapporterait même pas un quart de ses promesses, annonçait-il...

Pourtant, le dimanche précédent, à la chapelle, après avoir fait tintinnabuler sa clochette pour mieux se faire entendre, le curé avait invité ses ouailles à faire appel au Dieu tout puissant pour solliciter son aide. Son sermon avait fait trembler les « pauvres pécheurs », cible innocente de la vindicte courroucée du religieux, à bout de souffle à la fin du sermon et s'épongeant le front tant il était lui-même incommodé par cette température d'enfer :

— Priez ! mes frères. La colèèère de Dieu n'est jamais sans raison, mes frèèères. Vous avez péché en oubliant de faire pénitence. Le ciel nous envoie toujours ce que nous avons mérité ! Vous êtes un peuple de mécréants pour avoir irrité, ainsi, le Seigneur tout puissant ! Tremblez ! mes frèèères, car sa punition pourrait bien être plus terrible encore…

Tout penauds d'avoir mérité les flammes de l'enfer, chacun des fidèles pria longuement pour demander pardon au Bon Dieu de l'avoir offensé en l'implorant instamment de lui accorder son aide divine pour que la situation s'améliore.

Mais jusqu'à ce jour, rien n'avait changé…

La canicule perdura avec une volonté de roc. Le niveau du lit de la Moselle avait baissé en laissant une large berge asséchée et lézardée. Les bateliers n'arrivaient plus à pousser les « schniecke », c'était le surnom donné à ces gros bateaux qui portaient jusqu'à 20 tonnes. Difficile à manœuvrer et à tirer, ils avançaient très lentement mais là, ils ne bougeaient plus du tout. Ils se retrouvaient bloqués aux endroits les plus bas, sans espoir de se tirer de ce mauvais pas, même avec l'aide de chevaux, tant que l'eau ne remonterait pas. Comme les escargots, ces immenses barges flottantes attendaient la pluie pour se remettre en route. C'est en barque que les hommes accostaient pour venir dans les villages chercher de quoi se nourrir. Loin de leurs familles, tous rêvaient d'une bonne averse, douce et bénéfique qui aurait l'extrême obligeance de tomber de nuit pour ne pas flétrir les plants brûlants, mais juste ramollir le sol assoiffé en gonflant les cours d'eau. Les puisards étaient presque à fond de cale. On ne se servait du liquide précieux que pour boire ou cuire les aliments. Pour l'arrosage, tôt le matin, lorsque la rosée de la nuit se posait encore ou, également à la tombée du jour, le ballet quotidien reprenait son envol. Alors qu'un air, légèrement rafraîchi, vivifiait les esprits, les habitants, y compris les enfants, se rendaient près du ruisselet, juste au centre de la bourgade, pour y remplir des seaux et arroser leurs légumes, les carottes, fèves, choux ou topinambours. Une lichette pour chaque plant dans l'espoir qu'il relève la tête et on refaisait le chemin inverse pour récupérer quelques récipients du liquide miraculeux. Même les oies quittaient les basses-cours pour se dandiner jusqu'aux différents creux d'eau afin de tenir compagnie aux goujons que l'on pouvait presque attraper à mains nues. Lorsque les palmipèdes, la tête dressée comme des petits soldats, traversaient le village en jasant et en remuant leur popotin, aussitôt, les sourires fleurissaient sur les lèvres et les remarques fusaient :

— Parole d'homme ! Je n'ai pas le souvenir d'avoir vu une procession aussi entraînante. Il ne manquerait plus qu'un petit air de violon, un tambour, une trompette pour que ce soit la grande fête ! plaisantait l'un. C'est qu'elles savent remuer du derrière, les donzelles !

— Je ferais bien trempette avec ces dames ! pouffait un autre. Regardez-moi ça, elles se vautrent là-dedans, comme mes cochons dans leur auge.

Enfin, ce n'était pas l'envie qui manquait à chacun de barboter en leur compagnie, mais ce sont des choses qui ne se font pas ou alors, en cachette… L'humidité qui mouillait encore les algues et les herbes vertes appâtait les jars, les femelles tout comme les oisons par leurs promesses de nourriture abondante qu'elles ne trouvaient plus dans les terres desséchées qui entouraient les demeures. Alors, pour se rafraîchir le gosier, les ailes, elles n'hésitaient pas à se déplacer vers la mare promise. Qui oserait dire que les oies sont bêtes ? Que nenni ! car ces demoiselles, venant pourtant d'horizons très différents, que ce soit de la grande maison du bailli ou de la plus petite masure, retrouvaient toujours, sans aucune difficulté, leur gîte personnel.

La sécheresse avait même eu raison du ru qui alimentait le vieux moulin. Habituellement, il s'échappait du lit de la Moselle, pour faire une incursion dans les terres, s'éclatait joyeusement sur les pales en entraînant la roue qui faisait tourner le moulin, puis après une jolie arabesque, rejoignait à nouveau, une demi-lieue plus loin, le berceau primaire de la rivière qu'il venait de quitter. Celle-ci, beaucoup trop basse, ne l'alimentait plus. Un si petit filet d'eau se profilait dans le fond spongieux que des striures profondes le marquaient, par endroit, en l'empêchant de faire son ouvrage. La meunerie s'était mise en état de somnolence, tout comme la nature. Les tourets n'entraînaient plus les énormes meules qui finissaient par ne broyer que du noir... Les grains à moudre attendaient, pour devenir farine, que la pluie refasse surface. La vieille bâtisse en bois, plus que centenaire, avait très mauvaise mine, tout comme le vieux meunier, d'ailleurs… Lui, était perclus de rhumatismes. Il approchait de la cinquantaine et toutes ces années de labeur avaient tourmenté son pauvre corps. Maintenant, soulever une charge lui demandait un effort trop douloureux qui ne faisait que lui rajouter d'autres maux. De plus, la froidure hivernale lui avait joué de mauvais tours. Il se remettait très mal d'une toux vicieuse qui lui arrachait la poitrine. Le sirop de fleurs de pissenlit macérées dans du schnaps avec de l'eau et du miel, qu'il avalait par rasade entière, ne l'aidait pas du tout, mais réussissait juste à lui échauffer le bourrichon...

— Mon moulin est aussi vermoulu que moi, et nous tomberons bientôt ensemble ! disait-il en riant aux clients.

Mais tant que le pivot central, malgré ses couinements incessants, tournait bravement pour moudre les grains, il s'accrochait, lui aussi, à son destin. « Un homme n'est rien sans son métier et c'est le métier qui fait l'homme… » Alors il peinait en tirant sa carcasse endolorie, tout comme son moulin bravait les fluctuations des saisons. Les soubassements pourrissaient. Des crevasses, visibles à l'œil nu, rendaient le bâtiment de plus en plus vétuste. De plus, les portillons se déglinguaient et, quand il pleuvait, l'humidité pénétrait par de nombreux trous dans la toiture en torchis pour venir le chatouiller jusque dans son lit. Pourtant, il n'aurait pas voulu d'une autre vie. Présentement, il appréciait le répit forcé que lui imposait la nature. Il ne manquait pas de nourriture et pouvait, lorsque l'envie lui en prenait, dormir son comptant. Seule sa clientèle se lamentait de devoir se déplacer jusqu'à *Sierque* pour faire moudre sa mouture. Mais le ciel décidait de tout…

Fin juillet, alors que la terre s'écartelait de fissures grisâtres tant le soleil l'avait plombée, la vie du village, tout comme celle de Madeleine, fut chamboulée.

Une étrange torpeur engourdissait la nature de façon étrange. La chaleur était devenue si intense, alors que la sphère brûlante arrivait à son point culminant, que tout ce qui était mortel donnait l'impression de tourner au ralenti. Les oiseaux ne gazouillaient qu'aux aurores et à la tombée du jour. Entre-temps, ils se cachaient dans les feuillus drus, sans en bouger. Pendant les heures où la fournaise était la plus forte, le zénith éclaboussait la flore, la faune et les humains de ses piquants cracheurs de feu. Même les insectes prenaient le large à ces moments.

L'exploitant du moulin ne se trouvait nulle part à son aise… À l'intérieur de sa masure, l'atmosphère était si étouffante qu'il cherchait sa respiration par saccade, avec la vilaine impression de se faire aplatir par un baquet bondé d'orge. Pour se sentir mieux, il se mettait en quête d'ombrage à l'extérieur, mais ne trouvait jamais l'endroit idéal, tant cette température suffocante l'incommodait. Il finit par tirer sa chaise jusque sous son vieux noyer plutôt bancal. D'ailleurs, c'était souvent l'endroit qu'il privilégiait. Son vieux compagnon de misère avait tout vécu avec lui, les bons comme les mauvais jours, les années de misère comme les années de bombance, les rires comme les pleurs, l'amour comme la haine, enfin, tout ce qui traverse une vie. Planté par son grand-père, dont le vieil homme ne se souvenait même plus des traits du visage, l'arbre portait ses ans inscrits sur son flanc. Son tronc était aussi hachuré que les ornières profondes que laissait derrière elle sa charrette à main sur un terrain détrempé. Malgré tout, il s'accrochait à son espace vital avec une constance jamais démentie... De toute façon, depuis longtemps, lui-même n'aimait plus se regarder dans le miroir limpide de l'onde. Ses joues, son front, son corps, ses membres portaient autant de faux plis que les frusques de sa défunte épouse, qui traînaient depuis vingt-six ans dans une vieille malle. Il n'avait jamais réussi à s'en défaire. La peine était présente comme au premier jour. Sa Génie, Eugénie pour les autres, avait été emportée par le scorbut à l'âge de vingt-deux ans. Le souvenir des mois de souffrance qui avaient précédé la fatale échéance se mouvait dans ses pensées en permanence. Le calvaire de la malheureuse s'était étiré durant des mois. Peu à peu, ses jambes avaient refusé de la soutenir, ses bras s'étaient atrophiés et ses dents s'étaient déchaussées pour finir par tomber. En dernier, la maladie avait tellement déformé le pauvre corps de l'infirme qu'elle avait pris l'apparence d'une grand-mère. Ce maudit mal ne leur avait guère laissé le temps de faire des petiots… Après cela, il n'avait plus eu envie de prendre femme. Maintenant, il vieillissait en pourchassant les ombres sans jamais les atteindre, avec sa triste solitude comme seule compagnie. La chaise coincée contre le poitrail noueux, bien à l'abri des rayons meurtriers, sous le couvert des branches charnues pour lui faire une ombrelle naturelle, le vieux meunier s'évadait dans les souvenirs d'un passé lointain. Ainsi installé, il trouvait la canicule presque supportable. Une brise légère venait de se lever en allégeant de son souffle doux cette atmosphère si collante. Enfin à l'aise, le vieil homme sondait tant et si bien les égratignures de son histoire qu'il finit par s'endormir profondément. N'était-ce pas le meilleur moyen de faire courir le temps dans l'obscure grotte de l'oubli ?

Venu d'on ne sait où, un troupeau de moutons clairs vint troubler le velours d'un ciel d'azur. Puis, d'autres toisons floconneuses, bien plus sombres, suivirent en donnant l'impression de partir à l'attaque du cercle d'or. À perte de vue, une masse très impressionnante de nuages gonflés comme des outres avançait au pas en assombrissant le ciel. Implacables, les choses affamées se mirent à rogner morceau après morceau, comme des souris sur un fromage, le gros rond doré jusqu'à le faire disparaître totalement. En ce début d'après-midi d'été, la nuit semblait avoir jeté une cape de pénombre sur la terre. En abordant le village, les énormes palettes de charbon donnaient l'impression de racler les toitures tout en traînant dans leur sillage une respiration bruyante qui faisait bruire et enfler la chevelure cloquée de rouille des végétaux. Un roulement détonant, à donner le frisson, comme si le Bon Dieu, pour calmer sa colère, jouait aux boules sur les caillasses de l'enfer, traversa le ciel dans une implosion sinistre. Une nouvelle fois, les sonorités assourdissantes revinrent à l'assaut en poussant des grondements sur des lieues à la ronde. Aussitôt, une bourrasque vengeresse impétueusement souleva des tourbillons de poussière, en se boursouflant au passage de tout ce qu'elle pouvait emporter dans son sillage...

Le vieux meunier, dérangé dans sa béatitude si chèrement acquise, souleva les paupières en observant d'un œil agacé ce ciel chargé d'amertume.

— Par Sainte-Barbe, toi l'orage, on t'a tellement désiré, que tu aurais bien pu attendre que je termine mon somme avant de jeter tes foudres ! marmonna-t-il entre ses dents. Pour une fois que je dormais paisiblement… Bon, je vais tirer ma carcasse à l'intérieur, avant que ce « pétaradeur mal embouché » ne se laisse aller sur ma tête !

En tentant de s'échapper de la brume opaque qui engluait encore ses esprits, il grogna contre les éléments qui s'activaient toujours lorsque ce n'était pas l'heure. Juste au moment où il allait se relever, face à lui, dans la trouée d'une branche il crut voir, dans ce ciel d'enfer, l'ombre de la dame en noir le héler. Aussitôt, après une succion de vent violente qui faillit le faire choir, dans un claquement brutal à lui donner la chair de poule, un éclair creva la lumière en zébrant le ciel avec sa traînée de feu, or et orange, pour venir traverser cette petite ouverture et le toucher en plein cœur. Ce qui suivit, il ne l'entendit plus… Un craquement effrayant ébranla le sol et, au même instant, le noyer se fendit en deux, avant de s'écraser sur le vieux moulin. Tel un fétu de paille, la carcasse endolorie par l'érosion s'écroula sans demander son reste. Au rythme d'une symphonie enlevée, comme pour accompagner la complainte douloureuse poussée par les chutes de bois, des boulets de glace, gros comme des œufs de pigeons, se mirent à sautiller et à danser sur le sol. Les cliquetis n'en finissaient pas, hachurant, perçant tout avec la volonté indéniable de frapper fort. Puis, une pluie diluvienne, tout aussi puissante, s'interposa dans ce déluge qui ne dura, en tout et pour tout, qu'une vingtaine de minutes. Des coulées ondoyantes se formaient de tous les côtés, sans pouvoir pénétrer dans la terre asséchée. Pour trouver une échappatoire, les rouleaux d'écume bouillonnante se glissèrent le long d'un sillon qui filait directement dans le bras de la Moselle, en le gonflant, le grossissant jusqu'à le faire ronfler. Les nuages disparurent à l'horizon pour jeter, ailleurs, leur trop-plein de fureur. De nouveau, le soleil fit sa percée. Aussitôt, des millions d'éclats se mirent à miroiter sur le serpentin joyeux qui avait retrouvé ses forces et cherchait à pousser les pales en bois. Mais c'était peine perdue, car la roue n'était plus là… Elle s'était tout simplement couchée au fond du lit de celui qui l'avait fait œuvrer, épuisée d'avoir tant peiné. La vague translucide, en accrochant les hélices émergentes, soulevait des éclaboussures lumineuses aussi brillantes que des éclats de diamants, avant de tomber en bruine fine sur le corps recroquevillé et calciné du vieux meunier, afin de lui rendre un dernier hommage…

Dans un halo de condensation, les feuilles des arbres s'égouttaient encore, la terre respirait à nouveau en s'imprégnant doucement de cette goulée miraculeuse. Le ciel avait repris sa teinte azurée de routine et le soleil faisait miroiter ses mirages dans chaque goutte d'eau. Mais, dans le fond des yeux de ceux qui passeront l'hiver en se nourrissant de loques d'amertume, les larmes d'appréhension avaient le même brillant.

En constatant l'éboulement total du moulin, deux manouvriers, qui partaient examiner les dégâts provoqués par la grêle sur les plantations, s'inquiétèrent de la santé du brave homme. Ils découvrirent avec stupeur son corps noirci, sans vie, au pied du noyer dont les branches brisées s'étaient écrasées sur la bâtisse. L'arbre et le moulin n'avaient pas abandonné leur compagnon de galère en route. Au contraire, ils avaient décidé de l'accompagner sur le grand chemin…

Les dommages occasionnés par cet orage ravageur eurent des conséquences terribles. Que ce soit dans le potager, les vergers, les vignes ou les champs, les végétaux étaient hachurés, transpercés de toutes parts. Les fruits en gestation, à moitié perdus ; les grappes de raisins, encore en plein développement, striées de blessures brunes ; les moissons déjà appauvries par la sécheresse, presque détruites et les légumes écorchés vifs. Il ne restait plus qu'à sauver ce qui pouvait l'être en tentant de ressemer une nouvelle fois dans les jardinets, ce qui avait des chances d'arriver à maturité avant l'hiver.

Du coup, le quotidien était bien compliqué au village. Sans le moulin et son âme, les habitants devaient se déplacer en perdant un temps précieux pour faire moudre leurs grains. Que d'heures perdues inutilement en s'imposant son pesant de fatigue supplémentaire... Ceux qui n'avaient ni âne, ni bœuf à atteler à un chariot, devaient marcher à pied, en portant à dos d'homme leur sac de mouture. Quelle faute avaient-ils donc commise pour que ce fléau de Dieu se soit abattu, sur eux, avec tant de courroux ?

Le marché de dupe - 1768

« Le Germain », *tanneur* de son métier, était un avare de première… Tanner les peaux, incontestablement, il connaissait. Mais même sa femme et ses enfants se faisaient battre le cuir quotidiennement. S'il avait pu les faire sécher sur un fil, dans l'espoir d'en faire une peausserie de luxe pour gagner quelques poussières, il n'aurait peut-être pas hésité… C'est donc en permanence que l'homme pinailleur s'évertuait à dresser généreusement sa petite troupe pour qu'un maximum d'ouvrage soit abattu. Dès que l'un ou l'autre ralentissait la cadence, la tapette en osier fendait l'air. Il fallait que sa bourse se remplisse plus vite que leur bedaine… Pourtant ses enfants étaient encore très jeunes. Jules, l'aîné venait d'avoir ses onze ans, le deuxième, Louis, huit et la dernière, Valentine, six. Tout comme Madeleine, leur mère, qui avait des dons réels de *wercollier* et ne comptait plus les lanières, ceintures, bourses ou autres colifichets qu'elle avait taillés et piqués, chacun devait poncer, gratter, assouplir, tremper les peaux de bête pour les apprêter. Le père voulait que son affaire marche rondement, s'embellisse et surtout, pour sa propre fierté, qu'il puisse charger grassement son bas de laine. Un vrai grippe-sous. La petite, les mains fripées comme une quetsche pourrie, passait son temps à tremper les peaux et à les ressortir de leur bain glacé. Que ce soit lors de la dessalaison des peaux, au bord de la rivière ou pour leur bain de trempage, son père la menaçait en permanence de lui mettre la tête dans l'eau pour la noyer si elle ne travaillait pas plus vite.

— Tu n'es qu'une traînarde qui fait perdre son temps à tout le monde ! Qu'est-ce que j'ai fait au Bon Dieu pour avoir une fille qui n'est qu'une bonne à rien.

Sous le regard malheureux de sa mère qui n'osait rien dire de peur d'aggraver la situation, en retenant ses larmes, la « bambinette » s'efforçait de courber son dos douloureux au-dessus du grand bac, car les colères du Germain pouvaient être sanglantes. Il avait toujours un nerf de bœuf accroché à sa taille et pouvait le fairc siffler avec la même constance que le chant d'un oiseau. Très souvent, en plus de la musique du claquement qui atteignait son but, le cri de douleur suivait… Même s'ils avaient appris à esquiver les coups, de nombreuses cicatrices marquaient le corps de la jeune femme tout comme celui de ses gamins.

Le Germain se sentait dans son élément, en se vantant autour de lui de ses capacités à faire tourner son atelier avec ce qu'il appelait de la rigueur... Parti de rien, lui, l'orphelin ignare, démuni de tout, était le maître incontesté d'une tannerie qu'il tenait d'un gant de fer.

La maisonnette ainsi que l'atelier étaient l'héritage de Madeleine, sa moitié. C'était un beau brin de femme, de vingt-sept ans, qui connaissait le métier au moins aussi bien que lui. Cependant, il ne l'avait pas épousée pour son joli minois ; il était bien trop intéressé pour cela. D'ailleurs, lorsqu'il l'avait rencontrée la première fois, la mâtine qui n'avait que dix-sept ans, l'avait regardé de très haut… D'un unique regard, elle lui avait vite fait comprendre que le va-nu-pieds mal embouché qu'il était, ne l'intéressait aucunement…

Mais la roublardise du Germain avait soufflé comme sur un feu de paille pour faire disparaître la « mimique condescendante » de la mijaurée. Alors maintenant, pour la moindre peccadille, avec une jubilation non feinte, il lui faisait payer au centuple cette grimace… Il n'était guère de journée où il ne s'accordait pas le plaisir de la claquer avec la même énergie qu'il mettait à cingler son bourricot pour le faire avancer...

Lorsqu'il était sorti en juin 1756, à la fin de son apprentissage, de la tannerie où il avait été placé à Thionville, avec un baluchon aussi vide que ses poches, il avait traîné ses *godillots* dans les villages des environs, dans l'espoir d'y dénicher une bonne occasion pour se placer. Malheureusement, l'embauche était rare. Les différents tanneurs à qui il avait offert ses services, que ce soit de « *Garches, Cathenom, Rodenbach* ou *Jeutz* », avaient tous refusé. Le cœur à l'ouvrage ne suffisait pas pour se permettre un aide, lui avaient-ils répondu, car un ouvrier à payer était un manque à gagner… Avec toutes ces taxes que l'Etat et le clergé exigeaient, ils peinaient tous, alors, chacun préférait mener son affaire seul…

C'est pourquoi sa rencontre providentielle, après deux mois de recherches infructueuses, avec « la très jolie Madeleine » avait bien fait son affaire... Le souvenir de ce moment, douze ans plus tard, était aussi précis dans sa propre mémoire que s'il se produisait à l'instant même… Toujours en quête d'un emploi, en arrivant à *Wyse*, il se revoyait traverser tranquillement la passerelle en bois qui surplombe la Boler... Puis, au fil de ses pas, des éclats de rire répétés accompagnés de voix de femmes avaient chatouillé ses oreilles. Instinctivement, son regard avait viré vers la gauche, du côté de l'arrière de la chapelle, d'où provenaient les sons aigus. Rapidement, il avait aperçu, un peu plus loin sur la rive, quelques ménagères qui rinçaient du linge, en le tapant sur leur planche, à même le ruisseau, pendant que d'autres brossaient le leur avec énergie, sur le plateau en pierre du lavoir.

Les lavandières péroraient joyeusement sur les derniers potins. C'était à celle qui avait la meilleure annonce à faire. Cependant, rien n'arrêtait la cadence musicale des mains qui plongeaient, savonnaient en économisant le pain de savon marbré si onéreux, frottaient, tapaient, rinçaient, tordaient, replongeaient dans mille éclats de bulles mousseuses, d'humour et d'hilarité. La moindre anecdote un peu cocasse était bonne pour étonner ou faire rire les amies. Il ne manquait plus que le fou du roi avec son troubadour pour la pause musicale. Cependant, faute de grives, on se contente de merles, et ce jour-là, c'est une intrusion inattendue dans leur petit monde féminin qui les fit trémousser de rire.

De toute évidence, l'endroit était idéal pour les voyageurs en quête de renseignements. En ce jour béni, la Vierge Marie devait être avec lui, puisqu'il venait de tomber sur les gazetières locales en chair et en os…, les reines du commérage... Germain les observa un moment puis décida de les rejoindre pour se renseigner sur un éventuel emploi disponible. En foulant l'herbe drue, il longea le ruisseau et lorsqu'il fut à la hauteur de ces dames, il se découvrit poliment pour leur demander :

— Je cherche à rencontrer le tanneur, mesdames, pouvez-vous me dire où je pourrais le trouver ?

Avec des rires de gorge enrobés de trémolos, les regards curieux déshabillèrent l'arrivant des yeux. En passant par le couvre-tête qu'il tenait dans une main, le sac en toile grise qui semblait sortir d'une mine de charbon pendu sur son épaule, les cheveux raides de saleté qui lui mangeaient le visage, les yeux marrons, le visage osseux, le nez pointu, les loques qui le vêtaient, rien ne passa inaperçu. Dans la foulée, des quolibets hilares fusèrent de toutes parts :

— C'est pour toi, la Madeleine ! C'est ton amoureux qui vient te conter fleurette. Te voilà devenue bien secrète… Où le cachais-tu celui-là ? Tu aurais pu nous le dire…

— Ne faites pas mousser vos désirs, mesdames ! s'exclama une magnifique jeune fille aux courbes gracieuses, dont la longue chevelure couleur de miel était attachée, en queue de cheval, avec un ruban. Mais, quitte à vous décevoir, pas plus que vous, je ne connais ce monsieur ! C'est pourquoi, pour votre gouverne, vous devrez chercher ailleurs de quoi combler vos besoins de ragots… Si ce jeune homme demande à rencontrer mon père, il est le seul à en connaître la raison.

Elle s'avança vers l'inconnu tout en laissant son regard courir, avec étonnement et un poil de raillerie, d'abord sur ses compagnes puis sur l'accoutrement du nouveau venu. Il était vraiment fagoté comme un bouseux… Son pantalon, couvert de pièces et de reprises innombrables, retenu à la taille avec une cordelette, lui arrivait au-dessus des chevilles. Sa chemise, trois fois trop grande, dont les poignets usés étaient retournés en boudin, lui donnait une allure de clown. D'une main, il tenait son calot en toile grisâtre et de l'autre, il remontait sans arrêt ses manches comme si c'était un geste habituel. Le visage un peu trop maigre semblait taillé à la faux.

— Ce grand maigrichon, pas très attrayant, ne doit pas souvent manger à sa faim ! Il doit sûrement chaparder tout ce qui se trouve à portée de sa main, pensa-t-elle en tentant de ne rien laisser deviner à son interlocuteur des idées peu cordiales qui lui traversaient l'esprit.

Quelle mauvaise chrétienne suis-je donc pour porter un jugement injuste, mauvais et hâtif sur un pauvre bougre de passage qui recherche tout simplement une adresse ? se reprocha-t-elle aussitôt… Il n'attendait qu'une réponse à sa question.

Quant au Germain, malin comme un singe, il avait rapidement compris l'identité de la fière demoiselle aux yeux clairs qui éclairaient un visage délicat à la peau laiteuse, avec une poitrine bien dessinée, aux hanches appétissantes sur des jambes longues. Quoique…, il la trouvait un peu maigrichonne à son goût… Il les aimait plus rembourrées, avec une croupe plus charnue. Celle-ci était d'une finesse… C'était donc la fille du propriétaire de la tannerie qui lui faisait face… Alors, faisant mine de rien, il réitéra sa question :

— Je cherche à contacter le tanneur, mademoiselle, pouvez-vous me renseigner, s'il vous plaît ?

— Désolée, monsieur, mon père n'est pas dans son atelier ! Vous le trouverez au café Thil qui se trouve à l'entrée du village. Retournez donc sur vos pas et vous tomberez dessus.

— Le Jules y' noie son malheur dans un verre *d'*hydromel. Il espère oublier qu'sa femme a été emportée par une pleurésie en janvier dernier ! s'exclama l'une des lavandières. Depuis, il oublie surtout de travailler... Le curé lui a même pris son *bourrin* parce qu'il n'avait plus une seule peau pour payer la dîme.

— Merci, pour votre amabilité. Je vais essayer de le trouver. Au revoir, mesdames !

Les bavardes suivirent des yeux la silhouette qui s'éloignait. Puis, tout en plaisantant de plus belle, elles reprirent leur besogne en jacassant comme des pies. Rien de l'allure dégingandée de l'étranger n'avait échappé aux regards amusés des moqueuses. Heureusement, les oreilles de l'intrus ne perçurent pas la conversation qui suivit car, après son départ, un quart des piques aigres-douces qui s'envolèrent aurait suffi à lui hérisser la tignasse... Cependant, le sourire de la Madeleine s'était éteint… Son regard perdu suivait le filet de mousse qui folâtrait entre les herbes folles. Pour elle, ce rappel du quotidien venait de faire éclater la détente de cet après-midi lessive, telle une tomate trop mûre après sa chute...

Le Germain trouva le maître du cuir, attablé devant un verre d'alcool. C'était un homme à la chevelure grise, assez grand mais de maigre corpulence, qui semblait avoir été buriné par la vie. Ses deux poings encadraient son visage comme si sa tête était prête à rouler au sol s'il ne la soutenait plus. De toute évidence, il tentait de noyer son malheur dans les brumes échappatoires qu'apporte le vin.

L'arrivant s'approcha de la table, souleva sa *calotte*, se remonta les cheveux en y passant la main pour s'éclaircir le regard, avant d'interpeller aimablement le maître tanneur :

— Me permettez-vous de m'asseoir à côté de vous, monsieur, je voudrais vous parler ?

— Ben, vaaas-y donc, le *jeunet* ! Les chaises ne m'appartiennent pas, s'entendit-il répondre d'une voix quelque peu bafouillante.

— Voilà, monsieur ! Je viens de finir mon apprentissage de tanneur et je cherche du travail. Avez-vous besoin de quelqu'un ?

— Tu sais, mon p'tit gars, je n'ai plus le goût à l'ouvrage ! Non seulement, mon atelier ressemble à une porcherie, mais de plus, les outils que je n'ai pas vendus doivent tomber en poussière à force de traîner aux oubliettes. T'es bien mal tombé !

— Dès demain, je pourrai faire tourner l'atelier à votre place, monsieur. Croyez-moi, vous en tireriez fort bénéfice ! insista le jeune homme.

— Avec quoi te paierai-je ? répondit le vieux tanneur du tac au tac en regardant cet énergumène qui devait avoir le cerveau déboulonné : Des crottes de lapin… Je n'ai même plus les sept *sols* neuf deniers que me réclame le *gabelou* pour une livre de sel mouillé et de mauvaise qualité. Nous mangeons des choux, des blettes ainsi que des racines cuits à l'eau. Alors, tout est sans goût... D'ailleurs, notre nourriture est aussi fade que ma vie. C'est pourquoi je rumine mon malheur. Je viens même mendier de quoi boire chez mon ami l'aubergiste. Il est généreux avec moi parce que je lui ai rendu de grands services autrefois. Quant à ma pauvre fille, elle fait les lessives des bourgeois de la haute pour me servir ma soupe. Maintenant, tu vois, petit, l'homme fier que j'étais est devenu un pauvre gueux. Ma main tremble tant que mon verre se trouve à moitié vide avant même d'atteindre ma bouche.

— Monsieur, donnez-moi votre fille en mariage ! Je ferai revivre la tannerie en prenant bien soin de vous !

Dans un éclat de rire tonitruant, l'homme s'était esclaffé avant de bafouiller d'une voix bourrue :

— Aaaas-tu seulement le prrremier denier pour payer le clergé. Le curé refusera de vous unir puisque je n'ai pas versé la dîme... De plus, la Madeleine n'a aucune dooot', pas même une chèvre pourrr vous donner du lait. Le mois dernier, j'ai échangé not' biiiquette contre une bouteille de vin de rhubarbe. Nous n'avons plus que du vent...

— Vous vous trompez monsieur ! Vous avez un bien très précieux, la tannerie... Si je trouve l'argent pour le mariage, vous me donnerez votre accord ?

— Tu l'auras ! Mais d'abord, tu m'offres un verre d'hydromel, pour sceller notre pacte. Je te donne ma parole que la Madeleine sera ta femme si tu trouves de quoi défrayer nos dettes.

Le Germain s'était levé pour se diriger vers le comptoir. Là, il avait parlementé longuement avec l'aubergiste. Puis, sous le regard étonné du vieux tanneur, était revenu s'asseoir, face à lui, avec deux verres du précieux liquide à la robe dorée. Pour trinquer à leur accord, le jeune homme y trempa juste ses lèvres, ensuite, il poussa son verre à la place de celui, déjà vide, du saoulard qui avait descendu le sien tout d'une traite...

C'est ainsi que dix jours plus tard, après avoir chapardé de nuit, au risque d'être pendu, deux chapons dans une ferme d'un château voisin, du chanvre dans la *chènevière* de « Berig », piégé deux lièvres dans la forêt de « Cathenom », trois pigeons dans un colombier de Manom, tout en veillant bien, pour ne point attirer les soupçons sur lui, à espacer ses différents larcins de quelques lieues, il avait le nécessaire pour épouser la Madeleine. La tripaille nouée de devoir donner toutes ses acquisitions frauduleuses à un *calotin,* il s'était rendu, ensuite, chez l'ecclésiastique. Après lui avoir requinqué, rebattu, ramolli, bercé les oreilles avec des paroles mielleuses, il marchanda le paiement de la dîme contre son crapuleux larcin. La bouche salivante à l'idée des pigeonneaux farcis, le religieux accepta, sans aucune difficulté, de les unir la semaine suivante.

De désespoir, la belle Madeleine en pleura toutes les larmes de son corps, mais à dix-sept ans à peine, elle n'eut d'autre choix que celui d'obéir à son père. La veille du mariage, comme toutes les futures mariées le faisaient, son père expédia la jeune vierge chez le maître des charmilles, dont l'immense demeure, ombragée par des charmes centenaires, s'étendait en retrait au fond d'un parc, le long de la route de Fixheim. C'était l'un des plus grands bailleurs de la région. La plupart des terres avoisinantes lui appartenaient… Lors des mariages, il faisait part d'une bonté sans faille en offrant toujours un magnifique cadeau à la demoiselle vertueuse. Les unes revenaient avec un édredon en plumes de canard, d'autres avec une paire de draps en lin, certaines avec quelques torchons en toile, finement brodés et amidonnés. Cependant, pour quelques-unes, il rajoutait parfois une livre. Mais seulement lorsqu'elles étaient très, très jolies… Rien n'avait changé… Le premier contact était toujours le même… Timidement, les futures promises se tenaient debout devant le grand bureau et, d'un seul regard sur leurs rondeurs, le maître décidait du mérite de l'arrivante. Si, d'un geste de la main, il lui indiquait la porte de son secrétaire, le cadeau était petit mais lorsqu'il se levait pour venir observer de plus près les appâts de la jeune vierge, c'était bon signe. Alors, l'homme grassouillet faisait à l'élue la faveur de l'honorer d'un droit de cuissage qu'il s'était généreusement accordé. Evidemment, le cadeau gonflait selon l'ampleur des « générosités » offertes…

Pourtant en 1756, lorsque Madeleine s'était mariée, le maître avait une épouse et deux tout jeunes enfants venus au monde l'année précédente. Cette grande dame à l'allure assez rigide, toujours de noir vêtue, jouait à la hautaine avec sa coiffe à voilette.

Mais, au fil des années qui passaient, on ne l'avait aperçue au village, avec son mari et ses jumeaux, qui maintenant abordaient leur treizième année, que pour l'office dominical. Elle s'installait toujours au premier rang de la chapelle et tirait en permanence l'oreille de l'un de ses fils qui se vautrait sur le banc pour tuer le temps. C'était toujours le même, Honoré… Le regard mauvais que lui lançait la mère l'amusait royalement. Il semblait même la narguer et le sourire gouailleur du père l'encourageait. Autant l'autre gamin, Philibert, paraissait sage, autant le premier avait la bougeotte. Pourtant, ils se ressemblaient comme deux gouttes d'eau. Ces gens de la haute ne se déplaçaient guère à pied. Leur calèche les attendait sur la place, à côté du puits où un seau pendait en permanence au crochet pour que les passants puissent tirer ce dont ils avaient besoin pour leurs bêtes.

Les gens du village regardaient d'un drôle d'œil cette paire de gamins si semblables en disant d'eux :

— Les deux angelots du maître ont le creux des mains aussi doux que la peau de leurs fesses. Les nôtres, au même âge, ont déjà la paume aussi rude qu'un dessous de sabot à force d'abattre de la tâche. Même l'intérieur des paumes de nos filles est en cuir solide…

Lors de la naissance des doublons, les rumeurs n'avaient pas manqué de traverser le village, en passant d'une chaumière à l'autre. D'ailleurs, si longtemps après, les habitants étaient toujours au courant, puisque l'accoucheuse citait encore, à toutes les futures mères, ce cas difficile et unique dans sa longue carrière. Pensez donc, voir deux arrivées par le siège, coup sur coup, ce n'était pas du miel mais du nectar… En annonçant le pire aux femmes en couche, la matrone s'imaginait qu'elles supporteraient beaucoup mieux la douleur. Plus elle les effrayait, mieux les braillards glissaient vers la sortie…

L'enfantement s'était si mal passé pour l'épouse du bailli que les hurlements de la parturiente avaient effrayé les chevaux jusque dans l'écurie, pourtant située à plus de cinq cents pas de l'habitation principale en provoquant un grand drame. Le pur-sang préféré du maître avait tant rué qu'il s'était cassé une jambe en se cognant contre la paroi de la grange. Cruellement affecté par cette tragédie, l'homme, beaucoup plus attentionné pour son animal favori que pour sa famille, avait aussitôt fait abattre l'équidé par son garde-chasse, afin d'abréger ses souffrances. Cependant, à tout jamais, la responsabilité de cette terrible catastrophe incombait à madame qui n'avait pas été capable, comme il se devait pour une dame de la haute, de mettre bas sans faire de bruit... Même ses juments se montraient plus discrètes pour pousser leurs petits dehors. Alors, d'après la servante, depuis cette naissance désastreuse, le couple faisait chambre à part et se parlait peu. L'ambiance dans la grande maison était détestable. D'ailleurs, le maître veillait en permanence à narrer à ses invités, de quelle façon son épouse avait causé la fin de son meilleur étalon. Pour ne pas perdre la face, si longtemps après, Madame rendait toujours les petits responsables de ce trépas catastrophique. L'unique cause en était les maux et les déchirements de l'enfantement que ces garnements lui avaient fait subir. Elle ne supportait même pas de les entendre rire. La présence de ces monstres de cruauté ainsi que le moindre de leurs cris faisaient remonter en elle un torrent de souvenirs désagréables, qu'elle préférait rejeter.

Evidemment, les deux garçons avaient vécu une enfance malheureuse en ne percevant que des ressentiments négatifs autour d'eux. A force de s'entendre dire qu'ils étaient de vilains enfants qu'on ne pouvait pas aimer, ils finissaient par le croire. L'âme en peine, ils naviguaient entre la pension ou le joug d'un précepteur qui leur laissait peu de moments de liberté lorsqu'ils rentraient chez eux. C'est pourquoi, en dehors du service dominical, ils ne côtoyaient guère le bas-peuple. Les villageois les apercevaient bien, parfois, jouant dans le parc des Charmilles, ou encore, on pouvait les croiser lors de leur leçon de cheval, en compagnie d'un écuyer, le long des berges de la Moselle. Sur ceux qui se trouvaient là, au moment de leur passage, Monsieur Philibert, avec son air triste, posait toujours le même regard azur rempli de gentillesse, qu'il accompagnait poliment d'un petit salut de la main. Tandis que son frère, Monsieur Honoré, bien au contraire, lançait aux importuns des œillades rageuses piquées de myriades d'éclats noirs, annonçant une colère retenue… Ce n'était qu'un gamin ; cependant, en sa présence, chacun préférait baisser les yeux plutôt que d'être foudroyé par ses flèches malveillantes. Face à lui, on ressentait la désagréable impression d'être un insecte rampant que ce garnement méprisant s'apprêtait à écraser...

Ainsi, le maître bailli se débrouillait à sa manière, pour combler gaillardement les besoins charnels, que sa glaciale épouse ne lui accordait plus depuis des lustres. D'ailleurs, il s'en satisfaisait volontiers car madame était devenue aussi aimable et avenante qu'un épouvantail à moineaux. Elle n'avait qu'une seule qualité en sa faveur, celle d'avoir apporté une dot fort appréciable dans son escarcelle. Alors, s'estimant fortement lésé, en tant que dîme compensatoire il s'était octroyé, pour son bien-être, des droits ancestraux. Ainsi, lorsqu'une future épousée rentrait chez elle, déflorée, en étalant des richesses imprévues qui réchaufferaient la couche du jeune couple en leur permettant de manger du bon pain durant quelques jours, le futur époux se félicitait de tant de chance. Bien sûr, le droit de cuissage n'était pas une obligation… Ceux dont les moyens étaient plus aisés ne s'y pliaient pas. La fille du volailler, dont les parents étaient propriétaires d'un parc où les poules s'ébattaient en liberté, s'était mariée deux mois auparavant sans lui rendre visite. De toute façon, son allure était si godiche et son visage si peu désirable qu'elle n'aurait reçu qu'un duvet. Alors à quoi bon ? Puisque son père, en déplumant ses poules, avait des plumes à volonté pour remplir les couettes...

Quant à Madeleine, à l'époque, elle avait créé la surprise… Déjà, elle n'était ressortie du domaine que quatre heures après son arrivée, alors que la visite dépassait rarement la petite heure. Puis, à la surprise générale, elle avait traversé tout le village en tirant un baudet bien rondelet. Il était chargé de la précieuse couette, mais surtout, de plusieurs peaux de bêtes à l'état brut. C'étaient celles que son père avait vendues au maître, tout au long de sa triste déchéance, pour trouver de quoi calmer sa soif… Le maître qui ne savait qu'en faire puisqu'il n'était pas tanneur, les lui avait rendues. Pour couronner le tout, sur le dessus du fardeau, une magnifique peau de veau, que le métayer avait fait dépecer la semaine précédente, attendait d'être travaillée. Comme elle n'avait pas les moyens de lutter contre le mauvais sort dévastateur qui la rongeait de l'intérieur, Madeleine était ressortie de la maison, le buste raide et la poitrine en avant. Sans regarder ni à droite ni à gauche, le cœur et le visage serrés pour cacher la tourmente qui l'habitait, elle avait pincé les lèvres sur un sourire factice. Afin de dissimuler, aux curieux, le profond désarroi, cerné de lie boueuse, qui souillait son âme, la future épousée avait marché, le regard voilé par la brume de la honte, en tirant un mulet récalcitrant tant il était chargé. Apparemment, l'animal têtu n'appréciait guère de changer d'écurie…

Son père et « le Germain » ne lui avaient pas donné le choix… Ils ne possédaient plus rien et n'avaient guère les moyens de se passer de l'aide du bailli. Alors, se préoccuper de l'avis d'une femme dont le seul droit était d'obéir, était bien leur dernier souci. Les deux hommes, l'un avide de boire, l'autre de s'enrichir, l'avaient forcée à répondre favorablement à la séance de félicitations. Au retour, en passant près de la chapelle, des larmes coulaient sur ses joues. La traînée rougeâtre de sa pureté déchirée bestialement glissait le long de ses cuisses et afin d'obtenir le pardon de Dieu pour l'offense commise, elle se signa, sans lâcher le contenu du creux de sa main. Elle rapportait une chose, dont elle ne connaissait même pas la valeur et qu'elle n'avait encore jamais vue ni même imaginée : une vraie pièce d'or... Une vraie de vraie… qu'elle serrait très fortement pour « se punir » d'avoir dû subir une telle humiliation. Elle s'en étonnait encore mais estimait que c'était un trésor qu'elle avait bien mérité. Il était certain que le maître, en soufflant tel un taureau en rut, l'avait besognée à trois reprises, en la tripotant sans aucun ménagement. Avilie, souillée dans ses entrailles, Madeleine n'avait pas réussi à retenir ses larmes, tant il avait été brutal. D'avoir dû se plier à cette mascarade indigne l'avait fait défaillir au point d'en avoir la nausée. Lorsque son oppresseur lui avait remis le cadeau spécial, avec un sourire de satisfaction accroché jusqu'aux oreilles, sa première réaction s'était ressentie dans un désir impérieux de le refuser, mais c'était signer sa perte en rentrant chez elle. Alors, sa paume avait pressé si rageusement le métal précieux, que sa chair en avait gardé les meurtrissures bleuies durant plus de huit jours… Enfin, elle n'avait pas souffert pour rien...

En rentrant à la maison, les yeux de son futur mari s'étaient ouverts plus gros que des nèfles tant il avait paru enchanté par l'abondance des biens ramenés par sa future. Non seulement, il y avait la précieuse couette, mais en prime, comme un cadeau tombé du ciel, le surplus était ce dont il manquait tant, des peaux et un âne.

— Qu'avait donc de spécial le pucelage de la Madeleine pour mériter une véritable dot ? s'était-il demandé…

Lorsqu'elle avait ouvert la main pour leur montrer son dernier trésor, le sang du vieux tanneur n'avait fait qu'un tour. Il avait aussitôt brandi le bras pour s'en emparer ...

Des jours durant, Madeleine s'était reproché de ne pas avoir camouflé « la pièce d'or », car, rapide comme l'éclair, « le Germain », en bousculant brutalement, la fille comme le futur beau-père, s'en était saisi en s'écriant :

— Ah non, le père ! Cette pièce servira à racheter le matériel manquant pour pouvoir remettre la tannerie en route. Il n'est pas question que vous la buviez. Vous aurez droit à une bouteille lorsque nous aurons vendu notre première peausserie apprêtée et transformée en bourse ou en bagage.

Le vieux tanneur, tout tremblotant, avait fondu en larmes et, sans prononcer un seul mot, était parti se coucher. Il devait tenir sa promesse… C'est ainsi que « le Germain » devint le maître de la tannerie….

Le troisième samedi de septembre 1756, la mariée fut conduite à l'église dans sa robe de tous les jours. Au comble de la désespérance, elle avait seulement retiré son tablier usé par le labeur, lavé ses mains, coiffé ses cheveux, posé sur sa tête une coiffe blanche en calicot pour aller épouser un homme qu'elle n'aimait pas. Dès leur retour de l'église, le jeune épousé avait entraîné « la mariée » dans l'atelier, puis, après l'avoir poussée contre le mur, il avait glissé sans la moindre retenue ses mains sur le tissu rêche de sa tenue. Avec rudesse, après avoir soulevé son jupon blanc et arraché son pagne intime, il l'avait prise, les yeux exorbités, en expirant par les naseaux avec l'ardeur d'un bœuf au labeur. Tout le temps de l'assaut, Madeleine avait fermé les yeux de toutes ses forces pour tenter d'oublier que c'était son corps qui était ainsi molesté sans son consentement... Quelques instants plus tard, sans le moindre geste de tendresse, après lui avoir juste laissé le temps de remettre ses nippes en place, il l'avait repoussée sèchement en lui ordonnant de se mettre au travail. Le temps gaspillé était de l'argent perdu et il n'avait qu'une seule idée en tête, faire fortune.

Le soir même des noces, il avait installé une paillasse au fond de l'atelier pour « le vieux » en lui précisant bien que la grande chambre était réservée aux jeunes mariés. Il était seul et serait très bien à cet endroit. Le vieil homme acquiesça… Il savait bien qu'il n'était plus bon à rien et d'aucune utilité avec ses pauvres mains qui tremblaient en permanence.

Le Germain, auréolé de gloire pour sa réussite extraordinaire, régna en grand seigneur qui imposait ses lois. Pour empêcher son beau-père de boire, il obligea le malheureux à rester confiné dans l'atelier, tout en lui reprochant d'être une bouche inutile à nourrir. Il ne tenait guère à avoir des notes impayées chez les aubergistes des environs.

En manque d'alcool, le vieux tournait comme un ours en cage et agaçait son gendre en lui réclamant de quoi boire :

— Tu m'as donné ta parole, le gendre et tu dois la tenir ! Alors, occupe-toi de moi et donne-moi ce dont j'ai besoin…

— Mais je m'occupe de toi, le père… Je n'ai jamais dit que je te donnerai à boire, mais bien au contraire, j'ai décidé de te faire arrêter de boire.

Mine de rien, tout en s'activant, « le Germain » ne quittait pas le « vieux » des yeux. Maintenant qu'il avait investi la place, il n'avait pas l'intention de laisser celui-là lui pourrir la vie… Un tremblement de terre, sans pareil, secoua les fondements de la tannerie lorsqu'il aperçut le père de sa femme qui s'emparait d'une peau de hase posée sur le tan. Les mains maladroites tentèrent de camoufler, rapidement, le larcin sous le pantalon attaché à la taille avec un cordon lâche, mais « le Germain » fonça sur lui avec une fureur incontrôlable. Le tonnerre de Dieu aurait paru doux comme un agneau à côté des braillements et de la volée de coups qui s'abattit, avec la régularité du bras qui jette semailles, sur le dos du vieil homme, tout comme sur celui de sa fille lorsqu'elle tenta, en vain, de protéger son père.

— Sale voleur ! Il faudra m'écorcher vif avant de pouvoir me dépouiller d'une peau. Si tu espérais l'échanger contre une rasade de piquette, tu peux aller te pendre avant, car ça n'arrivera jamais ! Tu entends, le poivrot ! Jaaamais ! Chez moi, il n'y a pas de place pour ceux qui boivent mon argent !

Les coups pleuvaient comme le flic, flac, floc de la pluie dans les rigoles… Les jours qui suivirent furent terribles pour l'ancien propriétaire ainsi que pour sa fille. Tel un tyran, « le Germain » les menait au nerf de bœuf et décidait de tout. La moindre contrariété le rendait violent.

Une quinzaine après les noces, on trouva le vieil alcoolique, flottant entre les roseaux, au bord de la Moselle, le corps aussi gonflé qu'une outre. Les uns prétendirent qu'il devait être si saoul qu'il avait trébuché et ripé dans l'eau. D'autres bruits coururent que le gendre l'avait certainement aidé à glisser pour s'en débarrasser… Mais la vie continua son cours. Qui pouvait s'en faire pour un homme de rien... ? On risquait la mort en commettant un vol, mais se défaire d'une personne qui ne pouvait plus gagner son pain était presque un bienfait pour une population appauvrie...

Seule la Madeleine savait… La veille du jour où l'on avait retrouvé la dépouille de son père, à sa grande surprise, puisque d'habitude, c'était tout juste s'il n'attachait pas celui qu'il nommait « le vieux croûton » à un anneau de bœuf pour l'empêcher de quitter la tannerie, une chose étrange s'était produite... Ce jour-là, elle avait entendu son mari faire une proposition étonnante à son père. En utilisant sa voix doucereuse, qui était toujours de mauvais présage, il lui avait annoncé :

— Je vais tenir ma promesse, le beau-père. Comme nous avons tanné plusieurs belles peaux qui se transforment en de belles pièces, bonnes pour la vente, je t'emmène boire un verre d'hydromel chez l'aubergiste.

Le sourire qui avait illuminé le visage du pauvre homme, maintenant décharné et tremblant, tant le manque d'alcool l'avait marqué, fit monter les larmes aux yeux de Madeleine. Son pauvre papa n'avait pas mérité un tel sort et elle non plus…

Les deux hommes étaient sortis ensemble, mais c'est tout seul, qu'elle vit revenir son bonhomme, avec le regard fuyant. Il fila directement au fond de l'atelier. Madeleine vit au passage que ses godillots ainsi que le bas de son pantalon étaient mouillés. Au départ, pensant que son père avait fait une rencontre à l'estaminet, elle ne posa aucune question mais, comme la soirée avançait, l'inquiétude avait envahi ses réflexions… Après deux heures d'attente, elle avait interpellé son mari :

— Pourquoi papa n'est-il pas rentré avec toi, Germain ? Est-il resté chez l'aubergiste ?

Sèchement, son époux lui avait simplement annoncé :

— Maintenant, ton père ne boira plus mon argent ! J'ai fait ce que j'avais à faire ! Je suis tranquille…

— Mais qu'as-tu fait de lui ? Où est-il ?

La seule réponse qu'elle obtint fut une claque violente qui la projeta contre le mur en la faisant vaciller et chuter lourdement. Elle se releva en se tenant la joue et l'oreille et n'osa plus le questionner, mais n'en pensa pas moins… La réaction violente de son mari venait de lui faire comprendre que son père n'était plus de ce monde… Tremblante, elle se dirigea dans le fond de l'atelier pour continuer à fouler le cuir… Elle se mordit les lèvres afin que ses larmes ne viennent pas souiller son ouvrage. Puis, sentant le sang lui venir dans la bouche, elle secoua sa tête, de droite à gauche, tant l'envie de hurler sa colère lui déchirait les tripes. Voilà qu'elle se retrouvait, sans aucun moyen de défense, seule avec un meurtrier. Qu'allait-elle devenir, maintenant… ?

Beaucoup d'eau avait coulé sous les ponts depuis… Le souvenir de l'hiver particulièrement rigoureux, juste après leur mariage, revenait souvent dans les pensées de la jeune femme. L'année-là, l'arrivée d'un soupçon de douceur aux premiers jours d'avril, alors qu'elle se trouvait enceinte, avait soulagé tout le monde. Mais, après trois semaines d'un temps plus que printanier qui offrait à chacun un avant-goût d'été, où pour le régal des yeux les bourgeons pointaient déjà vers la lumière, les abeilles butinaient à en avoir le tournis, les bêtes paissaient de l'herbe tendre, les semailles levaient bien, les arbres fruitiers se gonflaient de promesses, une catastrophe naturelle plongea le village dans la tourmente. Un beau matin, sans prévenir, un gel pinçant s'installa et la neige se mit à tomber dru. Durant dix jours, un manteau glacé recouvrit la plaine en anéantissant toutes les prévisions de récoltes. Dans toute la région, que ce soit dans les vignes, les céréales ou les vergers, la production frisa le néant en compliquant d'autant plus le quotidien d'un peuple qui gémissait déjà... Neuf mois après les épousailles, Madeleine avait accouché d'un petit garçon, Jules, et tout comme la plupart des villageois, ils avaient souffert de la faim durant toute la saison froide qui avait suivi. Vingt mois plus tard, c'était Louis qui avait pointé son nez puis, en octobre 1761, une adorable poupée, Valentine. Madeleine avait mis deux longues années pour se remettre de l'enfantement de son dernier enfant. Epuisée de devoir trimer des heures durant dans la tannerie, tout en allaitant la petite et en élevant les plus grands, elle s'était retrouvée dans un grand état de faiblesse. Mais pas un instant, son époux n'avait cessé de la houspiller et de la brutaliser pour qu'elle s'active.

L'avarice du jeune tanneur devint rapidement légendaire. Mais alors…, à un tel point que, rien qu'en parler faisait se hérisser les poils de ceux qui le connaissaient. D'ailleurs, la plupart des anciens s'empressaient de se signer contre les mauvais sorts que pouvait apporter ce détrousseur d'âmes faibles... Se rendre chez un autre tanneur avec ses peaux obligeait tout un chacun, à payer des taxes plus élevées que la valeur de la marchandise, alors à tout perdre, autant que ce ne soit pas son temps… Et puis, tout le monde appréciait la Madeleine, une enfant du pays. C'est pourquoi le tanneur ne perdait pas sa clientèle. Bien sûr, son métier lui assurait sa subsistance, mais pour lui, avec en plus des bouches à nourrir, c'était toujours insuffisant. Tout était bon pour gagner plus… encore plus… toujours plus… Sa famille ne profitait que de sa méchanceté et de ruades imméritées… En espérant être plaint, le bougre d'homme se faisait passer pour misérable aux yeux de tous. Avec des tours de passe-passe ingénieux et imprévisibles, il réussissait toujours à rouler ceux qui pénétraient dans son atelier. Même ailleurs, sa parole mielleuse faisait des ravages...

Cet odieux personnage obligeait Madeleine à faire de la confiture avec toute la lie et les déchets du raisin après le foulage. Durant des heures, son épouse et les enfants devaient trier et détacher les baies poisseuses, presque desséchées, de leurs tiges. C'était une corvée harassante qui semblait n'en jamais finir… Le tout, mélangé à quelques pommes tombées, donnait une mélasse d'un poids conséquent.

Les jours de marchés, le tanneur chargeait l'âne à l'aplatir... La pauvre bête ressemblait, maintenant, à une misérable carne tant elle devait travailler et jeûner. Ses pattes étaient arquées par tous les fardeaux imposés. Avec Jules, le fils aîné pour le seconder, il marchait de longues heures dans le but de vendre son écœurante marmelade ainsi que ses peausseries. Après avoir acquitté la dîme, non sans chicaneries, il haranguait les passants dans divers lieux. Cette chose indigeste, sucrée avec un peu de miel, contenait surtout des peaux et des grains de raisins incorporés à très très peu de fruits. Une fois à destination, il haranguait les badauds, en leur promettant de déguster « le fameux et délicieux raisiné sucré de la Madeleine ». Mais le délice devait être amer lorsque les acheteurs découvraient une mélasse épaisse, infâme difficile à déglutir. Cependant la surprise ne s'arrêtait pas-là, puisque trois heures plus tard, les gourmets qui ne l'avaient pas recraché, découvraient qu'ils avaient avalé un excellent purgatif…

Des bavards racontaient, également, que cet avare nourrissait, durant tout l'hiver, ses cochons avec les cendres de la veille mélangées à de l'herbe bouillie. Mais personne n'en doutait… Les pauvres bêtes manquaient vraiment de gras…

Quant au curé, il disait de lui…, que ce diable de roublard avait des chardons dans les poches. Les jours de grâces, « à Pâques, à la fête des morts ou à la Noël », lorsqu'il ne pouvait faire autrement que de se rendre à la chapelle, pour ne point déposer son obole à la quête, le cupide restait debout dans le fond. Lorsque le bedeau s'arrêtait à sa hauteur, il sortait sa bourse, farfouillait à l'intérieur, tendait la main vers le plateau, puis du bout des doigts faisait cliqueter les pièces, juste pour faire bonne impression, mais ne lâchait jamais rien…

— Saperlipopette ! disait « le Jan », l'un de ses voisins, bûcheron d'état, sa moitié et ses galopins sont si maigres que l'on pourrait en faire des godillots. Mes semelles sont plus épaisses que les bras du petiot…

Pas une dépouille de bête morte ne lui échappait. Tous les moyens étaient bons pour voler, récupérer ou troquer à petits prix puis revendre à grands…

La Jeanne, l'épouse de l'*olieux ou moulinier*, avait peur de le voir pousser la porte de l'échoppe. Pendant que son mari ne quittait guère le moulin à huile, pour surveiller de près le broyage comme la température de sa marchandise, elle gérait les comptes et selon la saison, l'arrivage des produits à broyer. En ce moment, il s'agissait des noix. Elles arrivaient déjà séchées et décoquillées par les privés, par baquets entiers au moulin où elles étaient pesées pour définir la quantité d'huile due. Ensuite, « le Théodore », dont les joues avaient viré au rouge rubicond, s'activait avec beaucoup d'énergie. En démarrant de l'ardoise pour noter les pesées, il contournait les cuves, préparait les bidons, les jarres de stockage de l'huile, surveillait le feu, le chaudron, ainsi que tous les autres outils et récipients dont il avait usage pour mouliner tout cela... Il courait en permanence, au milieu d'une chaleur suffocante et d'un vacarme assourdissant, entre le broyeur, les presses à vis, le cabestan, les pilons et le chauffoir surnommé les « enfers », parce que ça y ressemblait vraiment… Une fois les cerneaux placés dans la meule à noix, le « gruoir », dont la base était taillée dans de la pierre brute, la « conche », le gaillard costaud actionnait la meule verticale, pour broyer les cerneaux pendant vingt bonnes minutes, jusqu'à l'obtention d'une pâte. Celle-ci était ensuite déversée dans un grand chaudron, « le chauffoir », puis chauffée et brassée à la main en permanence, sous la surveillance constante du maître des lieux. La température de la mixture ne dépassait guère les 50°C car cette pâte ne devait pas être cuite. Lorsque ses mains calleuses, aguerries à cet ouvrage, commençaient à sentir une légère brûlure, le moment était venu de décrocher ce qu'il nommait « la patouille ». Cette action de la chauffer facilitait grandement le pressage qui suivait aussitôt, tout en permettant d'obtenir une huile de bien meilleure qualité que celle obtenue par pressage à froid.

Dès l'arrêt du chauffage, il répartissait cette pâte de noix sur un *scourtin* en toile tissée avec des poils de chèvre, qu'il plaçait dans le récipient spécial en forme de tronc de pyramide, également récolteur d'huile. Ensuite, le moulinier, sans pourtant avoir quatre mains, devait, en même temps, descendre le bras levier, relié par l'intermédiaire d'une corde à un treuil, faire coulisser la couronne cylindrique à l'intérieur du récipient pour écraser la pâte et presser avec force. Réservée pour les plus aisés, l'huile ainsi obtenue sous la pression s'avérait abondante et d'excellente qualité. Après un temps de repos, les impuretés reposaient dans le fond et l'huile pure montait à la surface. Une fois le pressage terminé, le tourteau très dur qui restait dans le fond servait à nourrir les animaux.

Comme la presse était très bruyante, l'olieux ne pouvait pas entendre le clocheton qui résonnait à l'ouverture de la porte du magasin, alors madame se débrouillait de son mieux avec la clientèle. La liste des dettes du Germain, chez elle, était si longue qu'elle ne réussissait plus à compter aussi loin. Il repartait, à chaque fois, avec sa jatte d'huile, en faisant soigneusement rallonger son ardoise, mais ne payait jamais rien. Pourtant son mari lui avait bien interdit de faire le moindre crédit à ce grugeur. Malgré tout, ce grigou était si beau parleur que la malheureuse cédait à chaque fois, tout en sachant qu'elle ne verrait pas l'éclat de son argent. « Il n'emmènera pas son bien en enfer », se disait-elle… Je le fais pour sa femme et les bambins.

Tout le monde avait conscience que la pauvre Madeleine et ses enfants voyaient plus souvent passer la queue d'un renard que la couleur des profits. De toute évidence, ils n'avaient, tous les quatre, aucune idée de l'endroit où cet avare camouflait les précieuses pièces qu'il cherchait par tous les moyens à amasser.

Les gagne-misère

La danse des saisons suivait son rythme imperturbable en faisant défiler les bons moments comme les périodes dramatiques. La dépendance des villageois aux récoltes était totale. Leur survie en résultait. Le roulement des semis, des fenaisons, des moissons, des cueillettes se profilait avec une régularité toujours remplie des mêmes appréhensions. Les provisions suffiront-elles pour passer un hiver trop long ?

Les étables glaciales protégeront-elles suffisamment des bêtes si peu nourries ? La fonte des neiges causera-t-elle des inondations importantes ? La pleine lune fera-t-elle sortir le vilain loup garou jeteur de tant de mauvais sorts, tels que ces démoniaques gelées printanières qui provoquent des dégâts irrémédiables ? Quel temps fera-t-il à la Saint-Médard ? Les pluies d'été se montreront-elles destructrices ? Les insectes et la maladie attaqueront-ils les vignes et les vergers ? Les taxes vont-elles encore augmenter ?

Le dos courbé sur son ouvrage, Madeleine revoyait défiler cette décennie avec un pincement au cœur. Leur vie n'avait pas été facile. Ô ! par la Madone, mais alors, pas facile du tout…

La situation générale dans tout le royaume de France continuait à se dégrader impitoyablement. Louis XV, totalement indifférent aux problèmes de ses sujets, s'était lancé dans les aventures d'une guerre de sept ans totalement inutile. Après avoir plongé le royaume dans un marasme total, la France avait subi le pire des affronts en se faisant rosser à plate couture par les troupes du grand Frédéric II, roi de Prusse, qui avait pourtant une armée bien moindre en effectifs. De nombreux hommes des alentours, dont deux frères du village, de dix-neuf et vingt ans, appelés sous les armes, moururent. Ce furent surtout des jeunes de la Lorraine « allemande » qui ne revinrent pas car le royaume leur avait imposé de fournir un soldat pour trente-cinq habitants. Sans les chefs de famille, non seulement les bras manquaient pour accomplir les travaux des champs, mais les femmes devaient travailler comme des forcenées pour subsister avec leurs enfants. Tous, au village, regrettaient ces beaux gaillards travailleurs qui ne déplaisaient pas à la gent féminine. La mère des défunts du village, madame Humbert, veuve depuis cinq ans, logeait dans la petite baraque perdue au milieu du bosquet d'ormes, juste à cheval entre Berig et Gauvis. Incapable de s'en sortir seule, avec les deux marmots qui lui restaient encore à charge, pour ne pas mourir de faim, la malheureuse avait pris la grave décision d'abandonner tout ce qui avait fait sa vie jusqu'ici pour émigrer. Elle était adroite de ses mains, de plus très bonne fileuse, et se motivait par l'espérance que peut-être sa dentelle et sa couture trouveraient une meilleure clientèle dans une nouvelle colonie en plein essor…

Comme beaucoup d'autres misérables, elle avait été appâtée par les enrôleurs envoyés par Marie-Thèrèse d'Autriche, qui cherchaient des bénévoles pour s'exiler en Hongrie, afin de réhabiliter une région totalement dévastée par les Turcs. Les frais de déplacement étaient totalement pris en charge. Le but final était de créer une nouvelle colonie dans une région dépeuplée. En tirant sa charrette à main remplie avec leurs maigres possessions, ses deux petits de sept et neuf ans à côté d'elle, la mère de famille esseulée avait rejoint de nombreuses autres familles d'Obernaumen, de Kirschnaumen, d'Evendorf, de Flastroff et d'ailleurs. Sans savoir ce qui les attendait, tous avaient chargé leurs meubles sur des brouettes ou des charrettes, puis y avaient attelé un âne, un bœuf ou un cheval lorsqu'ils en possédaient un, pour abandonner sans aucun regret et surtout sans regarder derrière eux l'endroit où ils avaient tant souffert. Au fur et à mesure que la colonne d'émigrants avançait, d'autres misérables de Boulay, Courcelles et de la Lorraine française se joignirent à eux. Une fois à destination, on devait leur assigner des territoires exempts de tout impôt...

Depuis leur départ, la maisonnette en planches pourries où avaient déjà vécu les grands-parents était vide. Les quelques vieilleries que la malheureuse n'avait pas emportées s'étaient volatilisées comme neige au soleil... Encore plus dans les villes qu'à la campagne, la populace en général vivait dans la crainte du manque de nourriture. Se retrouver dans l'obligation de partir ailleurs pour gagner sa vie, en laissant derrière soi sa modeste demeure, seul et unique endroit qui faisait partie de leur passé comme de leur horizon, était terrifiant pour les gens... Que connaissaient-ils d'autre et qu'allaient-ils trouver plus loin ?

Les caisses de l'Etat étant vides, avant même que ne débute cette guerre, où donc et comment notre bon roi allait-il trouver les subsides nécessaires pour financer ses folles décisions ? La réponse était tellement évidente… Les années qui suivirent, ce furent donc à nouveau les gagne-misère que l'on rongea jusqu'à l'os, avec la même gourmandise que des rats sur un gruyère.

L'ambiance devint invivable à la tannerie. Si « le Germain » avait évité l'incorporation, en acceptant, non sans mal, de troquer une peau de bœuf pour échapper à l'enrôlement, il dut se plier au règlement des nouvelles taxes sur le cuir, le sel et sur la plupart des produits de première nécessité. Pour ramasser l'argent qu'il avait promis à Louis XV, Stanislas avait donné libre jeu à son intendant général, de la Galaizière, d'aller le dénicher où bon lui semblait… Cet homme, totalement insensible aux misérables conditions de vie du peuple, ne désirant pas déposséder d'un sol ses amis fortunés, épuisa tout le pays en faisant payer aux paysans la somme de quatre-vingts livres et aux ouvriers vingt livres d'impôts extraordinaires… Ce qui correspondait au gain de plusieurs mois de travail, car un journalier gagnait l'équivalent de six ou sept sols par jour. Comme les modestes travailleurs ne possédaient pas cette somme, ce furent les gens de la terre et les petits artisans à qui l'on extorqua la différence, soit en marchandises soit en argent. À l'annonce d'un impôt sur le cuir, le tanneur commença à s'arracher les cheveux, mais comme c'était douloureux, il préféra s'en prendre à ses proches. Durant toute cette période difficile, les coups volèrent encore plus que d'habitude, sur le dos des enfants comme sur celui de la Madeleine. La hargne du tanneur devint épouvantable.

— Son avarice le rend fou ! disaient les voisins, qui ne voyaient aucune solution pour l'empêcher de violenter sa famille.

Chacun faisait ce qu'il voulait derrière ses murs et l'homme était le maître chez lui. Même si sa femme et ses gosses n'étaient responsables en rien de la situation, ils étaient un bon exutoire pour calmer cette violence qui s'évacuait chez cet homme dans des crises incontrôlables. La poussée de fureur montait crescendo avec la haine qu'il ressentait, contre le roi et ses scribes qui osaient le saigner comme un cochon, lui, le pauvre ouvrier impuissant. La nourriture quotidienne devenait de plus en plus restreinte. Ils ne mangeaient plus qu'une fois par jour. Les fèves, les orties, les pissenlits cuits et les racines des champs remplaçaient la viande, le pain et les légumes dont ils manquaient tant...

L'intendant général savait comment s'y prendre et où frapper pour encaisser du liquide. La matière la plus indispensable au quotidien était le sel. Pour conserver la viande, les choux et d'autres légumes, il était d'une nécessité vitale. C'est pourquoi, il était surtaxé à tel point que l'on payait à *Sierque* vingt-sept livres le *centner*, tandis qu'à une dizaine de lieues, en passant la frontière allemande, à Perl ou bien du côté du Luxembourg, à Remich, le prix différait de beaucoup. La même quantité de cent livres ne se vendait qu'à douze livres et dix sols, donc même pas à moitié prix. Alors, pour l'avoir à moindre coût, les villageois s'arrangeaient pour se rendre à tour de rôle à Perl en traversant les champs, afin de ne pas être pris sur le fait avec l'obligation de payer une surtaxe tout en risquant la prison. Pour gagner quelques sols, ils marchaient durant des heures en faisant des tours et des détours dans l'espoir d'éviter les rondes. Une véritable contrebande du sel s'était installée dans les villages frontaliers.

Un nouveau fait divers avait alimenté les conversations à l'estaminet comme au lavoir. « L'Arthur », le fils unique du tisserand qui, comme tout le monde, avait pris des chemins de traverse pour acquérir son sac de sel à bon prix, s'était fait prendre. Pour échapper aux taxes, après avoir acheté, en fin d'après-midi, sa précieuse marchandise à Perl, par précaution il avait attendu la nuit pour revenir à travers champs. Pour ce faire, il avait suivi le passage dans les terres qui longeait la Moselle jusqu'à Sierque. Alors qu'il avançait d'un bon pas, l'oreille aux aguets, malgré son attention constante, deux « *képismann* » planqués dans le sentier des vignes lui étaient tombés dessus sans crier gare :

— Halte-là ! Arrêtez-vous ou nous tirons !

En tentant le tout pour le tout, le malheureux avait fait demi-tour en courant aussi vite que ses jambes pouvaient le soulever. Cependant, des godillots frappant le sol, derrière lui, à un rythme impitoyable pour le rattraper, ne le lâchèrent pas d'une semelle. Lorsqu'un coup de feu avait claqué dans l'air, le malheureux avait senti, avec un sifflement impressionnant, un projectile frôler son oreille droite. Le souffle court et la peur au ventre, il s'était alors arrêté.

— Non, Je n'ai pas envie de mourir pour vingt *quartes* de sel, avait-il murmuré d'une voix tremblante…

C'est ainsi que le fils du tisserand, menottes aux poignets, s'était retrouvé devant le juge. Maintenant, pour servir d'exemple, il croupissait, pour trois longues années, au fond d'une geôle. Durant un temps, les fraudes ralentirent un peu, mais le manque du minimum vital se faisant de plus en plus pressant, elles reprirent de plus belle.

Les nombreuses suppliques envoyées au Roi pour demander des aides urgentes restaient vaines et sans réponse. En Lorraine comme dans toute la France, des révoltes fusèrent de toutes parts. Pour intimider le peuple en lui faisant comprendre le châtiment terrible auquel il s'exposait, des moyens violents furent employés. Des circulaires menaçantes furent publiées et annoncées en prêche par les curés. Avec une poigne de fer, pour enrayer toute tentative de rébellion, dans chaque paroisse, les religieux avaient publié au prône de la messe le détail du châtiment et du supplice qui avait été infligé à un certain François Damiens, le régicide, avant qu'il ne soit brûlé en place de Grève à Paris. Il fallait détruire dans son cocon toute tentative de désobéissance. Faire régner la peur était une solution efficace. Les ordres étaient donnés par l'évêque pour persuader les fidèles de rester soumis aux lois et, au Roy et surtout, de ne pas se livrer à des violences.

La ronde des années n'avait en rien amélioré la situation. La pauvreté n'avait fait que s'amplifier et les humbles se débattaient pour un quignon de pain. Quant au Germain, qui n'arrivait plus à gratter la moindre piécette, malgré toutes les roueries qu'il employait pour rouler sa clientèle, il devenait intenable. Comme il fallait des coupables, l'homme hargneux avait décidé que sa femme et ses gosses lambinaient de trop et les faisait même œuvrer à la lueur de la chandelle. Dans l'atelier, on entendait les mouches voler… Pour éviter d'éveiller les foudres paternelles, les enfants ne levaient jamais les yeux de leur ouvrage et restaient muets comme des carpes. Huit jours auparavant, le pauvre Jules, qui devait apprendre à fouler et à étirer le cuir, s'était ramassé une claque si violente, qu'il souffrait, depuis, de maux d'oreilles insupportables.

Madeleine n'osait émettre la moindre contestation sans être battue comme plâtre. Le cœur déchiré, elle se faisait violence lorsqu'il s'en prenait à ses petits. Face à la méchanceté de son mari, la rancœur et la répulsion montaient en elle avec la puissance d'un feu de paille. Elle ne voyait aucun espoir de vie meilleure avec cet esclavagiste d'une pingrerie indescriptible. Lorsqu'elle lui demandait de l'argent pour acheter de quoi manger, « le Germain » la repoussait en lui disant :

— Je n'en ai pas ! Alors, va donc en chercher chez le collecteur d'impôt qui nous a tout pris.

Mais au moment des repas, c'était le premier à l'invectiver parce qu'elle leur servait de la nourriture infecte que même la truie dédaignerait. Pourtant, depuis toutes ces années de labeur permanent, elle était certaine qu'il devait avoir quelques économies.

Le maître le payait en argent pour faire tanner et travailler ses peaux. Qu'en faisait-il ? Il n'autorisait même pas l'achat d'un lé de tissu afin qu'elle puisse coudre une chemise neuve à Jules qui avait tant grandi. Ainsi, pour que ce petit bonhomme ne manque de rien, Madeleine montait au grenier, ouvrait la malle remplie de vieux habits datant de la génération précédente, puis elle les rafistolait en cachette. C'est qu'il était beau son gamin. Il ne ressemblait pas du tout au Germain... Ses cheveux qui frisottaient sur les tempes possédaient cette blondeur qui devenait lumineuse avec l'éclaircie du soleil. Son front rond, ses oreilles bien plaquées et ses grands yeux verts lui faisaient penser aux angelots du maître. Serait-il possible qu'elle ait été engrossée, la veille de son mariage, lorsque le bailli l'avait dépucelée en usant de son droit de cuissage ? Elle sentit un frisson lui parcourir le corps et s'en sentait presque soulagée… En fermant les yeux, elle se signa comme pour éloigner les mauvaises pensées qui venaient de lui traverser l'esprit. Jusqu'où la haine pouvait-elle la tourmenter ? Tu n'as pas honte, pauvre folle, d'avoir des idées pareilles… Louis, son deuxième, était si différent de son frère. Il ressemblait comme deux gouttes d'eau au Germain. Il avait son sourire tiré, sa chevelure brune, son nez aquilin, les oreilles un peu décollées et les mêmes joues creuses, mais lui était d'une douceur et d'une gentillesse extrême. Cependant, pour lui, la paternité du Germain était indéniable... Quant à Valentine, c'était son propre portrait à elle, tout craché…

Le manque d'épeautre et d'orge, même lorsque les récoltes étaient bonnes, puisqu'on leur en soutirait la plus grosse partie, rendait le quotidien épineux... Le contenu des gamelles devenait de plus en plus difficile à gérer. Suite à un mois d'août 1767 très pluvieux, la récolte précédente d'orge, de sarrasin et de blé n'avait pas été abondante. Alors, en plus d'une part réduite de moitié, le collecteur avait retiré un tiers du reste pour les impôts. C'est pourquoi, dès fin décembre, les réserves hivernales ne furent plus que chimères… Le troc devenant impossible, puisque les voisins et les artisans devaient faire face aux mêmes difficultés, chacun se débrouillait... Même le maître se plaignait de manquer de nourriture pour ses bêtes… Pour ce triste Noël, le « maman j'ai faim ! » fut leur seul cadeau. Du cochon, un sac d'os ambulant qui s'était nourri tout seul avec des racines et de l'herbe, tué et salé en septembre, censé durer jusqu'à la fin mars, il ne restait déjà plus rien. Forcément, comme la bête était si maigre, Madeleine n'avait pu faire ni saindoux, ni boudin, ni terrine. Les grouillements des ventres affamés de ses enfants écorchaient plus son cœur de maman que ses propres crampes de n'avoir rien avalé d'autre que de l'eau bouillie avec du son, ou bien des noix, des pommes fripées, des lentilles, des flageolets ou des haricots secs. A cette époque de l'année, les poules pondaient peu, les quelques brebis restantes devaient être gardées pour vêler au printemps ainsi que pour leur laine qui rapporterait quelques subsides. Heureusement, elle pouvait traire les deux chèvres afin que les petits aient du lait.

Pour la femme du tanneur, en dehors des clients qui entraient dans la tannerie, les contacts avec le voisinage s'arrêtaient, contre sa volonté, aux obligations d'usage : Bonjour ou bonsoir… Leurs voisins directs tenaient la poterie. Ils avaient un garçon, Emile, un peu plus âgé que Jules. Douze ans après le premier, Paulette, cette native du village tout comme Madeleine, attendait enfin le deuxième, tant désiré. La jeune femme avait confié son doux secret à son amie, discrètement, lorsque loin des yeux du tanneur celle-ci œuvrait au jardin. Comme « le Germain » empêchait les enfants de fréquenter l'école et de jouer dehors, les deux garçons se connaissaient à peine. À de très rares occasions, Jules avait pu discuter avec « Mimile », en travaillant dans les champs ou en emmenant brouter les chèvres. Pour éviter les foudres de son diable d'homme, Madeleine n'osait même pas accorder un petit quart d'heure à ses gamins pour se détendre. D'ailleurs, Pierre, le mari de Paulette un brave gars qui n'appréciait pas du tout « le Germain », disait de son radin de voisin :

— Ce pingre est plus doué pour faire besogner ses enfants et sa femme que pour travailler lui-même. La seule chose qu'il sait dépenser avec générosité et sans compter, c'est son énergie pour rouler les autres dans la farine, afin de gonfler ses propres économies.

L’effondrement du vieux moulin et la disparition du meunier avaient fortement compliqué la vie des habitants. Par la force des choses, ils devaient se déplacer régulièrement. Ce supplément de travail incombait bien évidemment aux hommes pour les chargements à livrer chez le bailli et aux femmes pour la farine nécessaire dans les foyers.

Lorsque le périple s'avérait indispensable, Madeleine se levait au milieu de la nuit, chargeait les grains à moudre sur le baudet et installait la petite Valentine, encore endormie, entre les deux sacs. Son père ne voulait pas perdre de temps avec une braillarde. Puis, en tirant l’animal rétif, elle faisait à pied, en redoutant les ombres nocturnes, les deux lieues qui menaient au moulin de Garches pour y faire préparer sa farine. Dès son retour, après avoir lâché et nourri les volailles qui piaillaient, elle filait rejoindre Jules et Louis à l’atelier. Leur père les contraignait, malgré leur jeune âge, à besogner dès les premières lueurs de l’aube. Dès qu’elle pénétrait dans l’atelier, le tanneur tempêtait contre la traînarde qui n’avait rien d’autre à faire que d’user ses galoches sur les quatre chemins alors que le travail attendait… Sans prendre la peine de lui répondre ni de lever la tête, la jeune femme, qui avait appris à laisser courir toutes les méchancetés désobligeantes de son mari, cachait son sourire en se souvenant de ce que lui avait dit Paulette le lundi précédent au lavoir :

— Tu sais, Madeleine, avec ton grippe-sou de mari tu dois apprendre à rentrer dans ta cuirasse ! Dire que c’est la plus jolie fille qui se retrouve avec un tel âne. La haine s’échappe de sa bouche comme un pet du cul d’un porc, mais ne t’inquiète pas, l’odeur ne fait que survoler et ne peut donc pas te toucher...

La remarque de Paulette avait fait l’hilarité générale. Il fallait reconnaître que son amie était dans une colère folle contre « le Germain ». Celui-ci avait débarqué la semaine précédente à la poterie, en proposant à Pierre devant un autre client l’échange de deux jattes en pierre cuite contre deux tabliers en cuir. Après une poignée de mains, « le Germain » était ressorti avec les jattes, mais n’avait rien rapporté en échange. Ce qui était indigne d’un homme qui avait donné sa parole. Sans argent, le troc était leur sauvegarde pour s'en sortir et chacun honorait sa proposition. Depuis, presque quotidiennement, Pierre réclamait vainement son dû, mais le tanneur lui répondait :

— Tu as dû rêver la nuit de cet échange, car moi je n'étais pas présent ! Ces jattes je les ai déjà depuis une éternité et elles servent à conserver mes macérations pour teindre le cuir… D'ailleurs, demande aux gosses, ils te le confirmeront.

Evidemment, la peur au ventre, pas un des gamins n'osa prononcer un mot, sous peine de finir en carpette et le tanneur d'enfoncer le clou plus profondément encore :

— Tu vois bien que mes enfants me donnent raison ! Ils te le diraient si je mentais…

Pour éviter toutes représailles sur les petits ou sur Madeleine, Pierre n'insistait pas, mais il en avait lourd sur l'estomac… Madeleine avait bien essayé d'intercéder pour ses amis qui vivotaient avec beaucoup de difficultés, mais « le Germain » s'était transformé en fou furieux contre une femme assez lâche pour trahir son mari.

En l'apercevant au four banal, le visage bleui de coups, Paulette avait tout de suite compris et lui avait intimé :

— Laisse tomber ! Madeleine. Ne lui parle plus de rien ! Ton mari est un malade qui est capable de vous occire, toi et les enfants, pour quelques miettes à amasser. Ne t'inquiète surtout pas pour les deux jattes ! Nous nous débrouillerons déjà... Tu devrais te sauver de cette baraque. Il te fait supporter une vie de chien et encore, le chien a un câlin de temps à autre, alors que toi, tu n'as droit qu'à des insultes.

En regardant les autres villageoises présentes, elle avait insisté une deuxième fois :

— Regardez voir de quelle façon ce démon l'a arrangée ! Faites-lui donc entendre raison ! Autrement, un de ces jours, les choses vont mal tourner…

De la joie au drame

L'année d'après, l'annonce de la reconstruction du moulin fut accueillie avec une liesse générale dans toutes les chaumières du village comme dans celles des environs. Le maître bailli ayant décidé d'augmenter son cheptel de vaches laitières et de jeunes veaux, il devait prévoir un supplément de mouture pour les nourrir. Pour faire broyer ses farines animales, les frais et les déplacements supplémentaires chez un meunier éloigné risquaient de lui coûter la peau des fesses. De plus, l'obligation de payer des taxes sur ses propres récoltes, en traversant les autres communes, le mettait en rogne. Il en avait assez d'engraisser une armée d'incapables qui guerroyaient comme des mollassons sans jamais rien gagner. C'est pourquoi il avait donné ordre au métayer de faire le nécessaire pour que les maîtres d'œuvre se mettent rapidement au travail. Il savait sciemment que l'investissement serait vite récupéré. D'ailleurs, il aurait déjà dû le faire plus tôt. En ayant un accord préalable, donnant-donnant, qui équivaudrait à une certaine quantité de sacs d'herbacée en grains pour l'échange du broyage de ses propres récoltes, avec le nouveau meunier qui prendrait le bail du moulin, tout rentrerait dans l'ordre. De plus, si le gars s'avérait être honnête et travailleur, il se ferait vite une clientèle extérieure et pourrait même s'en mettre plein les poches. Les meuneries faisaient partie de la branche artisanale qui s'en sortait le mieux... Elle assurait le pain quotidien au maître de bord et avec le troc en usage, une nourriture variée offrant une aisance incontestable…

C'est ainsi qu'après le passage de l'*agrimandeur* et du *bornier*, comme un champignon qui élève son chapeau vers la lumière, des murs en pierres jaunes rapportées par un *boulinier*, taillées sur place par un *carrier*, déplacées par un *brouettier,* hissées par un *brayeur* et placées par un gâcheur avec du mortier à base de chaux, s'élevèrent à la place de l'ancienne bâtisse sur vingt pieds de largeur et trente-quatre de longueur, sans oublier un poulailler dans le prolongement de l'habitation. Les volailles ne se promèneraient donc pas dans les pieds du meunier, comme c'était souvent le cas ailleurs… Lorsqu'un étage supplémentaire rehaussa encore l'édifice, avec une grange de stockage juste au-dessus de la meunerie, chacun admira, éberlué, la chose solide et grandiose qui se construisait là. On vit également défiler : l'*amoulangeur*, le *boisselier, le bardeautier* et, juste deux jours avant l'installation du nouveau meunier, le *batteur d'or* vint passer le trait d'argent sur les pierres à broyer pour les rendre plates. En juin 1769, le jour de la Fête-Dieu, juste après la messe, dans la tenue du dimanche, les habitants de « Gauvis » et de « Berig », se rendirent en procession de la chapelle jusqu'au moulin pour participer à la bénédiction et à l'inauguration du nouveau bâtiment. Comme toujours, la famille du tanneur brillait par son absence. Le tanneur avait certainement enfermé sa femme et ses enfants à double tour pour qu'ils n'arrêtent pas de travailler. C'était pourtant un jour important… L'officiant marchait en tête, en tenant avec l'aide de deux enfants de choeur, la lourde croix en bois, suivi par le bedeau, le chantre et un troisième servant de messe, porteur du bénitier où trempait l'*aspersoir*. Derrière eux, sur la même rangée, suivaient le maître bailli, le métayer et bien sûr, celui sur qui tous les regards convergeaient, le nouveau meunier. C'était un grand et beau gaillard d'une trentaine d'années, à la chevelure châtain clair et aux yeux bruns pailletés d'éclats verts, pourvu d'un sourire avenant. On lui allouait de nombreuses qualités… Son teint hâlé dénotait bien son origine campagnarde. Il avait obtenu ce bail grâce à son oncle Lucien, également présent, qui tenait un moulin à Manom où il avait fait le rude apprentissage de ce beau métier. C'était le tonton qui avait rencontré le bailli sur le grand marché à bestiaux qui avait lieu une fois par mois sur la grand place à Thionville. Lorsque ce grand propriétaire lui avait expliqué sa quête difficile d'un gars du métier, capable d'assurer, seul, l'exploitation d'une meunerie et surtout, libre immédiatement, le brave homme avait, sans aucune hésitation, répondu qu'il connaissait quelqu'un, en lui demandant cependant un temps de réflexion pour joindre la personne concernée.

Ils se retrouvèrent comme convenu, au marché suivant, en présence du jeune maître intéressé par le bail. Après une discussion serrée, où l'oncle, un dur en affaire, arrangea l'accord au mieux pour son protégé, les trois hommes conclurent par une promesse verbale. Enchanté par cette offre mirobolante, encore plus intéressante que celle dont bénéficiait son oncle, pourtant déjà très favorable sur les terres du Château de La Grange, le jeune Charles remercia vivement son maître d'apprentissage. Celui-ci avait fait preuve de beaucoup de générosité en proposant cette affaire juteuse à son neveu. Il perdait son meilleur ouvrier en se doutant bien que ce serait difficile de retrouver un travailleur aussi doué et assidu. Il ressentait pourtant une vive satisfaction de lui offrir la possibilité de voler de ses propres ailes. Au départ, n'ayant que deux filles, il avait fait le projet de lui laisser sa propre place lorsqu'il serait vieux, mais ce ne serait pas avant longtemps et cette chance ne se présenterait pas deux fois… Son neveu était un bon gars. Il méritait bien de profiter de cette aubaine inattendue… D'ailleurs, il était grand temps que le petiot prenne femme et enfants. Les filles le lorgnaient à volonté, mais il n'avait toujours pas trouvé celle qui ferait jaillir l'étincelle… L'oncle admira, la larme à l'œil, l'homme solide que son *cache-mannée* était devenu, partir vers un bel avenir. En lui permettant d'être maître de son destin, il venait de lui ouvrir la voie céleste de l'indépendance.

Le curé, après une longue diatribe pour remercier le Seigneur de tant de bonté, dans un recueillement religieux, donna la bénédiction tant attendue. Puis, sous les regards attentifs, Charles débloqua les pales du moulin. Aussi vite, le puissant rouleau d'eau jaillit avec force, remonta aussitôt sur la roue en l'entraînant pour son premier tour de manège. Au passage, la vague rebondissante éclaboussa d'une multitude de pépites brillantes mais mouillées, les curieux qui s'étaient rapprochés trop près de l'eau, en leur faisant pousser des piaillements et des gloussements de volailles arrosées. Cette inauguration pétillante provoqua l'hilarité générale. Dans un moment de détente trop rare, les taquineries fusèrent joyeusement.

Dans la meunerie, tout doucement, la meule s'ébranla et sous les applaudissements joyeux et bruyants, elle commença à tourner en écrasant sa première mouture. Chacun apprit à faire connaissance avec le jeune maître des lieux, en dégustant un verre de vin de pays. Il leur expliqua avec patience le rôle de chacune des pièces de cet outillage à la pointe du progrès. Chaque mouvement rotatif avait son importance. Cette nouvelle meule broyait une farine d'une finesse incomparable. Admiratifs, les visiteurs l'interrogèrent à volonté puis, le cœur léger, chacun rentra chez soi.

Dès le lendemain, comme il avait l'intention de le faire pour chacun des artisans locaux qu'il n'avait pas vus la veille, Charles se présenta à la tannerie pour leur annoncer l'ouverture du moulin. La plupart des gens le savaient déjà, mais c'était surtout un geste de politesse et un bon moyen de faire connaissance. Comme il n'était pas natif de Gauvis, il était ce qu'on appelle un « Fremdmann », un étranger quoi…, la meilleure façon de s'intégrer était donc d'aller au devant des habitants. Il frappa énergiquement à la porte, et lorsqu'elle s'ouvrit, dans la clarté lumineuse de ce beau jour, il laissa son regard parcourir avec délectation le corps épanoui de la femme qui lui faisait face. Debout dans l'embrasure, Madeleine regarda avec surprise l'arrivant… Sans qu'elle en comprenne la raison, elle se sentit rougir en frissonnant étrangement.

— Bonjour madame, avez-vous un instant à me consacrer ? s'enquit Charles.

Elle resta un court moment sans voix puis s'écarta pour laisser entrer ce client inconnu en lui disant poliment :

— Bien sûr, monsieur. Entrez donc, c'est ouvert.

Charles s'avança dans le local et avant même qu'il n'ait eu le temps de se présenter, la tenture, dans le fond de l'atelier, s'écarta brutalement.

Un homme, de taille moyenne, le visage maigre, très anguleux, portant plusieurs peaux dans les bras, sans même apercevoir le visiteur attendant patiemment à l'entrée, traversa tout l'espace, avec la trogne mauvaise. Au passage, avec une méchanceté non feinte, il rabroua rudement son épouse et ses enfants.

— Comme d'habitude, dès que j'ai les fesses tournées, vous restez dans les nuages, avec la bouche ouverte pour mieux gober les mouches. Dépêchez-vous un peu, les mollassons ! Vous n'êtes vraiment que des bons à rien…

La jeune femme sursauta en reculant brusquement jusqu'à la table où travaillaient deux enfants.

L'homme bourru traversa l'atelier et au passage, volontairement, bouscula la mère de ses enfants qui perdit l'équilibre.

Charles, témoin incrédule de cet acte de violence, eut un réflexe inné. Sans réfléchir, il avait tendu la main pour retenir la jeune femme par la taille. En la serrant contre lui, il réussit à la remettre d'aplomb avant qu'elle ne s'écroule sur le sol. Il était blanc comme un linge, tant ce geste de brutalité inutile l'avait choqué.

Quant à Madeleine, visiblement troublée et gênée que cette scène se soit passée devant témoin, elle murmura d'une voix enrouée :

— Merci beaucoup, monsieur. Je suis désolée…

Déjà « le Germain » se retournait et son regard s'arrêta sur les mains de l'homme qui tenait la taille de sa femme. Si ses yeux avaient pu lancer des flèches, ce gars serait mort à la seconde. Il lâcha le contenu de ses bras et levait le bras pour frapper, lorsque Madeleine, en s'étonnant elle-même de son courage, prononça avec force avant que la lubie ne prenne son bonhomme de commettre une autre brutalité :

— Au lieu de t'énerver sur ceux qui travaillent, occupe-toi donc de ce client qui t'attendait. Surtout, remercie-le de m'avoir empêchée de tomber !

C'est seulement à cet instant, que le visage du tanneur reprit apparence humaine à l'idée d'avoir devant lui un éventuel acheteur. Comme un caméléon, aussitôt il changea de peau, ses yeux s'éclairèrent, ses traits s'adoucirent et il prit son timbre mielleux pour amadouer le nouveau venu afin de l'inciter à acheter :

— Vous désirez, mon bon monsieur ? Vous trouverez chez moi, des peaux d'excellente qualité…

Encore choqué et excédé par la façon d'être de cet homme, Charles le coupa aussi vite en répétant :

— Désolé, « mon bon monsieur » ! Je ne suis pas venu vous acheter une peau, mais vous annoncer que le moulin tourne depuis hier ! Je suis Charles, le nouveau meunier.

« Le Germain » se décomposa en apprenant la raison de la présence de l'autre-là, dans sa tannerie. Cet effronté venait lui faire perdre son temps tout simplement pour lui annoncer que le moulin tournait. Mais ça ne lui rapporterait pas une pépite cette affaire, alors qu'il aille se faire pendre ailleurs et qu'il n'approche plus la Madeleine…

— Ben, si vous voulez que je vienne chez vous pour faire moudre mon grain, faudra voir à m'acheter mes cuirs ! mon gars, bougonna-t-il en tournant effrontément le dos au visiteur.

Penchée au-dessus de l'ouvrage de ses deux gamins, Madeleine semblait leur chuchoter quelque chose. Cependant, elle n'avait pas manqué un mot de la discussion. Sa petite, assise à ses pieds, grattait un morceau de peau.

Sans se démonter, Charles s'avança vers la tablée, tendit la main à la belle jeune femme ainsi qu'à ses enfants en précisant avec un large sourire :

— Je suis heureux d'avoir fait votre connaissance, madame, ainsi que celle de vos enfants. Lorsque la nécessité se fera, n'hésitez pas à venir au moulin ! Au revoir et à bientôt…

Lorsqu'elle redressa la tête pour le saluer, Charles plongea son regard dans les profondeurs bleutées d'un abysse qui l'entraînaient irrémédiablement dans ses méandres. L'espace d'un instant, il en eut le souffle court... Ce qu'il découvrit, dans l'éclat lumineux de ces lacs tourmentés, semblait être autant un appel de détresse qu'une quête d'espoir…

Il sortit bouleversé avec l'impression d'avoir rêvé. Mince alors, il n'en revenait pas de l'étrange réaction de son corps devant une inconnue qu'il n'avait rencontrée que quelques minutes plus tôt. Au fond de lui, il gardait l'indéniable impression que, sous l'apparence timide de cette jolie dame, le feu couvait sous la glace... Mais Bonne Mère ! Quel mufle la malheureuse avait comme mari…

Il s'était à peine éloigné que la jolie tanneuse eut droit à une scène mémorable. Elle se fit battre le cuir au point de n'en plus pouvoir s'asseoir, tout simplement parce qu'elle laissait n'importe qui pénétrer dans l'atelier… Les fainéants n'achetant rien n'avaient rien à faire dans son atelier en leur faisant perdre un temps si précieux…

Dès les jours suivants, la clientèle afflua au moulin, en arrivant même de différents villages des alentours. Rapidement, Charles fit partie des couleurs locales...

L'hiver, s'avéra assez rigoureux, en s'habillant de blanc pendant plus de trois mois. Un jour de mars, sous un manteau du ciel d'une lourdeur sombre et glaciale entraînant dans ses frusques sa cohorte d'averses neigeuses qui s'accrochait avec fermeté à la nature, tandis que les caves et les greniers se vidaient de leurs réserves, le drame s'abattit sur ce petit village tranquille avec la fureur d'une tornade. Afin de reprendre un peu de force en mangeant de la viande, comme de nombreux villageois, « le Germain » braconnait en dépit du risque de finir en prison ou même d'être pendu en cas de réitération. Il installait des collets au fond du parc à moutons, simplement enclos avec des barrières en bois qui n'empêchaient pas les lapins de garenne de passer au-dessous. Ce jeudi soir, il était sorti à la nuit tombante pour ne revenir qu'une heure plus tard puis, il s'était couché. Dans la nuit, il s'était relevé et Madeleine l'avait entendu sortir par l'arrière de la tannerie. Elle s'était levée, avait poussé le rabat en bois pour se faire un angle de vision et l'avait observé, en suivant le vacillement de la lampe à mèche, vers le fond du jardin. Brrrr ! Le froid était piquant au point d'en brûler la peau. Elle n'aimait pas toutes ces sorties nocturnes qui, la plupart du temps, ne menaient à rien. C'était beaucoup trop dangereux. A deux reprises, il avait emmené leur aîné, Jules, avec lui, et elle avait tremblé jusqu'à leur retour. Malgré la peur permanente dans laquelle cet homme les faisait vivre, elle avait osé l'invectiver en levant la voix :

— Si tu veux prendre le risque de finir emprisonné, n'entraîne pas ton fils, qui est encore un enfant, dans ta déchéance ! s'était-elle rebiffée. Un enfant, ça ne court pas vite, qu'aurons-nous gagné de plus si vous vous retrouvez tous les deux sous les verrous sans que tu puisses faire ton travail ? Rien du tout… Au contraire, nous aurons tout perdu…

Rien que d'entendre « qu'il était indispensable » et qu'il risquait de tout perdre en se faisant attraper… Depuis, il n'avait plus cherché à faire sortir le gamin. Il était vrai que ces petites choses courtes sur pattes lambinaient toujours…

Avec les années, Madeleine avait appris à utiliser les mots qui pouvaient tempérer les répercussions néfastes qu'entraînaient dans leur tourbillon les coups de haine et les crises d'avarice de son bonhomme.

Les pieds glacés car le froid pénétrait par tous les interstices, elle s'était remise rapidement sous la douceur des plumes. Alors qu'elle était plongée dans les brumes d'un demi-sommeil, des cris, des galopades et la porte de la maison qui claquait la firent sursauter. Tremblante d'appréhension, elle se redressa dans le lit en murmurant :

— Qu'allons nous devenir, maintenant qu'il s'est fait prendre ? Au fond d'elle, elle ne savait plus si c'était un mal ou un bienfait. Mais elle ressentait un soulagement intense en se disant que, heureusement, aujourd'hui Jules n'était pas sorti avec lui.

Apparemment non, ce n'était pas ça… Le craquement de l'escalier en bois lui fit comprendre que son mari était rentré. Rassurée, elle s'allongea, très vite, sous l'édredon en plumes, en faisant semblant de dormir. Sans dire un mot, « le Germain » se coucha dans le noir. Dehors, les bruits et les cris continuaient à retentir. Ils semblaient provenir de la maison de Pierre le potier, juste accotée à la leur. Madeleine laissa courir ses pensées.

— Quelle était donc la cause de tout ce tintamarre, surtout en pleine nuit ?

Les voisins se chargeraient bien de le lui annoncer le lendemain. Les nouvelles se répandaient, habituellement, comme une traînée de poudre dans le village.

Au petit jour, en sortant de la maison pour vider son seau de latrines sur le tas de fumier, Madeleine aperçut un attroupement devant le palier de Paulette. Entourée par des bras consolateurs, son amie était en larmes au milieu d'eux. Inquiète, la jeune femme les rejoignit pour s'enquérir de la raison de ce rassemblement.

— Que se passe-t-il, Paulette ? lui demanda-t-elle avec sollicitude en la voyant, hirsute avec les yeux gonflés d'avoir trop pleuré.

Mais la poitrine déchirée de sanglots violents, la jeune femme inconsolable n'arriva pas à prononcer un mot.

— La milice a emmené son Pierre, en pleine nuit, pour l'emprisonner dans la prison de *Sierque* ! s'exclama le rémouleur, adossé contre sa carriole à bras.

Le Marcel ne passait qu'une fois par mois dans le village, mais étonnamment, il était toujours présent lorsqu'il se produisait quelque chose de spécial.

— Mais, pourquoi donc ? s'exclama Madeleine, avec étonnement. Je ne connais pas d'homme plus honnête et plus juste que Pierre… Que lui reproche-t-on ?

Une autre personne, un peu à l'écart des autres, intervint :

— C'est bien là le problème, il a été arrêté pour avoir braconné sur les terres du maître, alors qu'il n'a pas mis les pieds hors de chez lui cette nuit. Le lieutenant et ses hommes certifient avoir aperçu la lumière de sa lampe à mèche, mais il n'a pas obéi lorsqu'ils lui ont signifié de se rendre. Comme ils ont découvert un lapin de Garenne camouflé dans son tas de bois derrière la poterie et de nombreuses traces de pas dans la neige, qui d'ailleurs, s'étalent jusque dans votre propre jardin, ils ont la certitude de sa culpabilité ! La pièce à conviction se trouvait sur son terrain…

— Mon Pierre n'a jamais braconné, murmura Paulette d'un ton haché par les sanglots. Il avait bien trop peur d'être arrêté une nouvelle fois. C'était beaucoup trop dangereux… D'ailleurs, j'étais tout à fait d'accord avec lui. Nous aimions mieux avoir des tiraillements d'estomac plutôt que de prendre de tels risques. Dire que maintenant il croupit dans un trou infect, humide et aussi sombre qu'une tombe. Qu'allons-nous devenir ? Malgré ses longues journées de travail, nous arrivions tout juste à joindre les deux bouts. Il est innocent ! Je voudrais bien savoir qui a osé cacher son forfait dans notre tas de bois.

Comme si on lui avait asséné un coup de massue, le choc venait d'atteindre Madeleine avec une cruauté infernale. En voyant le visage couleur de cire de son amie, ses yeux gonflés d'un trop plein de larmes encore à venir, elle venait de comprendre, en quelques secondes, que son propre mari, avait préféré faire accuser un innocent, plutôt que d'être emprisonné lui-même. Avec la force d'une vague qui submergeait tout sur son passage, des pensées haineuses contre cet homme sans foi ni loi, qui ne respectait que son propre intérêt, la traversèrent.

— Non, ce n'est pas juste ! s'exclama-t-elle, Je sais que Pierre n'est pas coupable, vous devez vous défendre ! Avez-vous expliqué au lieutenant que la nuit dernière, Pierre n'était pas sorti de la maison ?

— Oui, bien sûr ! Des dizaines de fois, mais il n'a rien voulu entendre. Avec la preuve du vol à l'appui, c'est un acte de brigandage pris sur le fait. À moins qu'un autre coupable ne vienne se dénoncer à sa place, c'est lui l'unique fautif… Oh ! Madeleine, que vais-je devenir avec les petits ? J'ai tellement peur pour mon Pierre. Il a déjà été condamné une fois et j'ai une peur terrible de la sentence qui risque de lui être infligée. Ô, Sainte Vierge ! Aidez-nous ! Il a déjà fait de la prison, pour une malheureuse poterie bosselée, que mon Pierrot, qui apprenait encore le métier, m'avait préparée en cachette, pour nos fiançailles, en la tournant lui-même sur le tour de son patron. La patronne, une pinailleuse pour deux sous, alors que nous voulions la lui payer, n'avait rien compris… En prétendant ne plus vouloir lui faire confiance, elle l'avait accusé de vol… Si nous ne pouvons pas le disculper, la condamnation risque d'être terrible…

Par tous les saints du ciel ! Nous n'avons jamais semé le mal ! Alors, pourquoi récoltons-nous la punition ?

— Je vais essayer de parler à Monsieur Pierre Blouet, le juge Prévôt ! s'exclama Madeleine. Ce fut durant plusieurs années un client de mon père, lorsque celui-ci vivait encore. C'est lui qui rend la justice à l'hôtel de ville de Sierque. C'est un homme juste et demain, je t'accompagnerai jusque là-bas pour clamer l'innocence de ton mari en intercédant en sa faveur.

— Je crois que tu perds ton temps ! marmonna le Martin, éleveur de moutons pour le maître. D'abord, ton bonhomme ne te laissera pas bouger de la maison…, de plus, ton juge n'a jamais accordé son indulgence à qui que ce soit. Lorsqu'il tient son coupable, il ne le lâche plus… J'ai passé six mois enfermé dans un trou obscur, donnant sur le ruisseau qui passe près de la prison, où les rats venaient me rogner les pieds. Chaque jour, le sergent du prévôt et le bourreau me conduisaient dans une pièce sombre et humide pour m'interroger avec brutalité afin de me faire avouer un crime que je n'avais pas commis. Ce malade de la tête m'a cogné avec une telle violence que j'ai fini par dire tout ce qu'il voulait entendre. Le maître m'accusait d'avoir vendu ou mangé plusieurs poulets de son élevage, alors que c'est la maladie qui les avait fait périr, tout comme dans les autres élevages de la région, c'est ce qui m'a sauvé… Pourtant, j'avais prévenu le bailli de l'hécatombe des volailles, mais il a volontairement fait la sourde oreille, pour pouvoir céder le bail à un autre éleveur qui rechignerait moins que moi… Je « discutaille de trop » ! paraît-il… Je dois apprendre à me contenter de ce que l'on me propose. Comme je n'étais plus d'accord avec l'offre pour « crève-la-faim » qu'il m'avait faite, monsieur avait décidé de me remplacer par une bonne poire qui accepterait de travailler pour cinq *maldres* (sacs) *de* blé et dix poulettes pour l'an. Sa généreuse dotation ne suffisait même pas à engraisser ses poules à lui… Pendant que ses bestioles se faisaient du gras sur mon labeur, moi j'aurais dû manger de la soupe aux cailloux et encore… Pour garder son bon blé, il ne me cédait que du sarrasin qui sert à la pitance des cochons, des pigeons, des faisans et de la volaille. J'aurais donc dû me nourrir avec de la bouillie et ma femme aurait pétri du pain noir très amer qui ne charge pas l'estomac. Il est tellement flatueux que je pète tout le temps. Alors, après maintes contestations, il a fini par céder en m'accordant le double du premier accord, mais je n'ai pas la chance d'avoir un contrat de roi comme le gérant du nouveau moulin. D'ailleurs, depuis, le maître ne perd pas une occasion de se venger ou de me rouler. Pour lui, tout est si facile… Il ne risque pas de mourir de faim puisque c'est nous qui assurons la production. A côté de moi, le Charles a une chance insolente. Il ramasse la semence avant de l'avoir semée… Il paraîtrait même que, quelques mois après son installation, il envisage déjà d'acheter au volailler, qui a de très grosses difficultés financières après la maladie qui a décimé sa basse-cour, plusieurs arpents de terre sur les coteaux de Berig. En échange, il lui livrera, durant une décennie, un tombereau d'orge moulue pour que le brave homme puisse nourrir ses palmipèdes et ses poulardes. Le père Louis, un des meilleurs clients de notre meunier, m'a raconté qu'il avait l'intention d'y planter de la vigne. Le maître des Charmilles est tellement fier d'avoir un moulin avec une roue à aubes sur ses terres qu'il a accordé la lune à son spécialiste du broyage… Faut-i' quand même que je lui reconnaisse une chose, à ce bougre de bienheureux, il connaît bien son ouvrage. C'est un maître de la poudre blanche. Mais ? pendant ce temps, pour nous les malchanceux, au lieu de nous faire gagner notre farine, le maître nous roule dedans… Trente ans que je me casse le dos pour ses poulettes et j'ai toujours du mal à remplir mon assiette…

En attendant, ma femme a dû se débrouiller toute seule durant des mois avec les trois marmots alors que je n'avais rien fait de mal. Ton juge, tout comme ses deux sbires, avait connaissance, dès le début, de cette épidémie de volatiles et je ne vous dis pas comme j'étais arrangé en ressortant. C'est le chiffonnier de la rue des moulins à Sierck qui m'a ramené sur sa charrette en se rendant au marché de Kattenhoffe. J'avais le corps couvert de bleus et tenais à peine debout, tant ces deux hommes m'avaient bastonné. Je n'aurais jamais réussi à rentrer tout seul. Ma femme ne m'a pas reconnu tant mon visage était gonflé par les meurtrissures. Je n'ai pu reprendre mon ouvrage que trois semaines plus tard.

Les uns après les autres, en abandonnant un moment leurs activités, les villageois venaient passer un petit moment près de la malheureuse pour la soutenir. Chacun y mettait sa bonne volonté pour donner un conseil avisé à Paulette. La seule chose dont personne ne doutait, c'est qu'elle devait se battre pour faire éclater la vérité. Elle ne devait pas se laisser faire… Puis, assailli par ses propres préoccupations, chacun s'en retournait vaquer à son travail. L'arrivée du nouveau meunier, prévenu par un de ses clients du malheur qui venait de s'abattre sur cette famille, activa de plus belle la polémique avec les bonnes âmes présentes. Il proposa lui-même à Madeleine, pour gagner du temps, de la conduire, avec la malheureuse Paulette, chez le juge prévôt avec la carriole et le cheval. Il se rendait de toute façon, à la Chartreuse… Il ne fallait surtout pas perdre de temps car les jugements étaient parfois rendus rapidement. Tout le monde avait compris qui était le coupable ou du moins s'en doutait en connaissant l'homme, mais personne n'osait rien dire de peur d'éveiller les foudres du démon… On n'accusait pas sans preuve !

Avant même qu'elle eût acquiescé à l'aimable proposition du meunier, « le Germain » sortit de la tannerie en vociférant avec son air des mauvais jours. De toute évidence, il n'avait rien manqué de la conversation… Avec une rage bestiale, il attrapa et tira sa femme par le bras, en lui écrasant si brutalement le poignet pour la tirer vers la maison qu'il la fit tomber lourdement :

— Tu as autre chose à faire que de discuter avec des gens qui soutiennent des voleurs. Je vais t'en donner, moi, de te laisser conter fleurette par l'autre-là qui se croit tout permis parce qu'il possède un cheval ! hurla-t-il avec haine. Il peut retourner moudre son grain à son mou…

Le Germain n'avait même pas terminé sa phrase qu'un coup de poing ravageur, auquel il ne s'attendait pas, vint lui éclater le nez.

— N'as-tu jamais appris qu'on ne rudoie pas une dame ! lui intima Charles d'un ton sec faisant entendre une colère froide. Que je ne te voie plus jamais brutaliser ta femme ou bien ça ira mal pour toi ! D'ailleurs, comment sais-tu qu'il y a des voleurs ici, puisque personne ne t'en a parlé ? Tu sembles bien nerveux pour quelqu'un qui a la conscience tranquille !

Et se préoccupant d'abord de l'état de Madeleine, il lui tendit la main pour l'aider à se relever mais, en remarquant ses genoux égratignés, bleuis par le choc, sa robe lacérée couverte de sang et de poussière, et l'autre fou qui lui reprenait le bras pour la tirer à l'intérieur, un pli de colère plissa son front :

— Ne le laissez plus vous malmener de cette manière, il n'en a pas le droit, lui dit-il sans lui lâcher la main.

— Toi, le charognard de meunier, ne touche pas la Madeleine ! vociféra le tanneur, le teint blafard de rage retenue. Tu peux te battre contre tous les moulins à vent ; que tu n'y changeras rien. Celle-là, c'est ma femme et tu n'as rien à dire... Je t'interdis de l'approcher !

Pour éviter d'envenimer la situation, Madeleine s'empressa de suivre son mari, qui lui écrasait le poignet, vers la tannerie. Sitôt à l'intérieur, une pluie de coups d'une violence extrême s'abattit sur elle sans qu'elle puisse se défendre. Les appels de ses enfants qui pleuraient désespérément l'atteignaient. Elle tenta de se protéger avec les bras, mais le tanneur frappait, frappait, frappait toujours en hurlant :

— On respecte son homme ! On ne va pas le dénoncer sur la place publique ! Si tu oses aller voir le juge pour lui dire que j'étais dehors la nuit dernière, je te dépèce comme ces fourrures qui pendent au mur et je te tanne la peau en même temps que celle de tes gosses pour en faire des savates. Essaie donc de sortir de cette maison et nous verrons qui commande ici !

Le Germain devient complètement fou, réussit-elle à coordonner dans son esprit. Mes enfants ! Mes enfants ! Que va-t-il faire à mes enfants ? Madeleine tenta de parler, mais des points noirs couvrirent ses yeux et elle se sentit partir...

Les tripes à l'envers, le regard tourmenté par l'angoisse, Paulette, l'épouse du condamné suivait, avec une terreur sans nom, son mari qui avançait vers le gibet entre deux soldats. Plus personne n'avait eu de nouvelles de Madeleine... Le meunier avait tenu sa promesse. Avec le cafetier, ils avaient accompagné Paulette et son fils chez le juge, pour tenter d'obtenir la grâce de Pierre… Malheureusement, l'homme de loi les avait aussitôt éconduits. Il avait son coupable avec preuve flagrante, pour le reste il ne voulait rien entendre…

Le bruit sinistre des chaînes qui raclaient le sol à un rythme régulier écorchait douloureusement le cœur et les tympans de Paulette. Son Pierre n'avait jamais été très énergique… Il comptait beaucoup sur elle pour prendre des décisions mais, Dieu du ciel, il ne méritait pas une telle fin. La misère faisait déjà partie de leur quotidien mais, maintenant, comment allait-elle survivre avec le deuxième loupiot qui arrivait bientôt ? Un flot ininterrompu de larmes longeait ses joues à la pâleur cadavérique en venant lui saler le coin des lèvres en permanence. La main accrochée au coude de sa mère, au niveau de l'accroc mal reprisé de sa robe grise, Emile la cramponnait comme le branchage d'un arbre que la tempête cherchait à emporter.

Tout un attroupement de curieux, dont beaucoup d'inconnus, attendait déjà le condamné, au lieudit Beschtroff où la potence était dressée en permanence à Sierque, à l'intersection du Bredeweg et de la route principale, juste derrière la maison d'un notable de la ville.

— Personne ne regrettera ce damné traîne-savates, en tout cas, certainement pas sa femme et son fils ! Il n'a jamais réussi à les nourrir avec autre chose que l'herbe qu'il fauchait pour ses lapins... venait d'annoncer, juste derrière la malheureuse, la voix nasillarde du tanneur.

Il avait osé venir, celui-là ! Cet être infâme qui n'avait jamais une minute à gaspiller pour ne pas perdre d'argent venait jusqu'ici pour les narguer. Suffoquée par tant de haine, Paulette sentit ses épaules se tasser et son ventre se plier en eux avec la force d'une épée qui lui aurait traversé les entrailles. Piqué à vif, le petit qu'elle attendait se retourna dans son ventre avec une vigueur étonnante… Ce fut comme si un éclair de révolte venait de lui transpercer l'abdomen... Comment cet homme, leur voisin, osait-il prononcer de telles paroles, alors que c'était lui le coupable ?

Puis, lui donnant l'impression que de l'au-delà une oreille attentive avait entendu son sentiment de grande détresse et d'incompréhension, une autre voix, plus amicale, intervint aussitôt :

— Ben ça alors ! toi « le Germain », tu es vraiment un charognard ! Comment peux-tu être aussi ignoble ? Crois-tu que l'on ne sait pas que, depuis plusieurs mois, tu devais à Pierre les deux jattes qu'il t'avait tournées ? venait de s'exclamer le « père Marcel », rémouleur de son état, toujours présent dans les grandes occasions.

Pierre aurait mieux fait de te tuer à coups de maillet, pour te faire payer ta créance, car un meurtre pour des dettes d'argent est une dette d'honneur, au moins il n'aurait pas risqué d'être pendu pour un lapin qu'il n'a même pas braconné ! s'énervait le brave tisserand de Gauvis.

— C'est pire que cela ! rajouta Charles. C'est le coupable qui ose salir celui qui monte à la potence à sa place. Tout le village vous avait entendus vous disputer, le Pierre et toi, lorsqu'il te réclamait son dû. Il a aussi besoin de nourrir les siens et tu aurais pu lui payer ce que tu devais, au lieu de le faire condamner à ta place... Crois-tu que nous ne savons pas qui maraudait la nuit où ce pauvre gars a été arrêté ? Tu t'es bien vengé...

— Oh ! toi le meunier, occupe-toi donc de ton moulin ! grogna le tanneur. D'abord, t'es un étranger… Tu arrives, tout nouveau tout frais de je n'sais où… et sous prétexte que le maître t'a loué le moulin contre un cens héréditaire de 21 maldres de grains écrasés en farine, (21 sacs par saison durant cent ans), et d'un cochon par semestre, le tout évalué à 230 livres de l'an, tu t'imagines que tu vas pisser plus haut que ta roue et faire la loi ! De quel droit m'accuses-tu sans preuve ? Mais file donc moudre ton épeautre, ton sarrasin ou ton froment ! Ici, ce sont les gens de justice qui décident ! Celui-là a braconné le bien du maître. Il a été pris sur le fait et mérite bien la mort... »

— Allons donc, même ta propre femme et tes enfants pourraient dire que c'est toi le coupable. Mais tu les as tellement roués de coups qu'ils n'ont pas pu se rendre chez le juge. Jusque-là, tu n'avais commis aucun délit répréhensible et tu ne risquais donc qu'une peine légère. Alors, pourquoi signer l'arrêt de mort de Pierre ? grommela l'aubergiste. Honte à toi…

— Tu es le diable en personne ! blasphéma le volailler. Nous avons, tous, tenté en vain d'expliquer aux deux représentants de la milice l'innocence de Pierre, mais seul le vrai coupable pourrait venir se dénoncer tout seul. Mais, tu es bien trop lâche pour cela… En insistant de trop chez le juge, nous avons même failli être punis nous-mêmes. Tout le village est au courant de ton crime et, crois-moi, tu n'as pas beaucoup d'amis… Comment peux-tu, par ta fourberie, envoyer à la potence un pauvre gars qui n'aurait pas fait de mal à une mouche ? Ce ne sont ni ta veulerie, ni ta justice de roublard, ni tes mensonges qui nourriront sa veuve et ses orphelins.

— Moi, je souhaite que la justice divine, cette fois-ci, décide pour toi de la sentence que tu mérites ! grogna encore Charles avec hargne. Ne t'inquiète pas ! Le Bon Dieu voit tout, entend tout et ne t'oubliera pas… Comment vas-tu rembourser sa femme maintenant ? Tout le monde a compris que, pour toi, la vie d'un honnête père de famille vaut moins que deux jattes…

Comme si un arc-en-ciel avait envahi les ténèbres de l'horreur qui s'abattait sur elle, le visage encerclé d'une sombre cotonnade de l'épouse du condamné se retourna. Les yeux rougis se posèrent sur ses amis du village, présents pour l'accompagner, malgré tout l'ouvrage qui les attendait. C'était bon de se sentir soutenue. Paulette croisa les yeux tristes du tisserand, le soutien voilé de tristesse du volailler, le regard chaud de bienveillance du meunier et ses pleurs jaillirent avec plus de force encore.

Les curieux arrivaient encore en courant, pour ne rien manquer du spectacle. L'heure cruciale était venue… Lorsque le roulement de tambour retentit, un silence total s'installa dans la foule. Tous les yeux étaient rivés vers le condamné. En le maintenant sous les bras, le bourreau le fit monter sur un escalier en bois menant à une petite plate-forme. Le malheureux ne tenait plus sur ses jambes. Son visage gonflé et violacé était méconnaissable. Son regard apeuré traversa la foule, s'arrêta en direction de sa femme qui s'appuyait sur les épaules de son fils Emile. Un éclat de lumière sembla aviver les yeux remplis d'effroi du condamné. Un instant, ses lèvres donnèrent l'impression de murmurer, rien que pour elle, quelque chose de très court :

— Tiens bon pour les petits ! mon amour. Pardonne-moi, je t'aime…

Mais déjà, en l'agrippant d'une main, avec fermeté, pour qu'il ne s'écroule pas, le bourreau lui glissa la coiffe de toile noire sur le visage, lui passa la corde au cou, le poussa vers le milieu et, en le tenant toujours, actionna le clapet pour faire tomber la trappe. Aussitôt, s'éleva dans la foule une clameur à donner le frisson lorsque le corps tomba et se balança dans le vide. Après quelques soubresauts, il s'immobilisa enfin dans un silence pesant.

Comme pour chaque exécution le cadavre devait rester quelques jours accroché au gibet, en guise d'exemple pour qui serait tenté de braconner, puis seulement, il serait descendu et enterré par la famille. Le regard dans le vide, l'épouse du pendu restait plantée là, comme si un miracle pouvait encore se produire. Non seulement on lui avait tué son homme, mais elle ne pouvait même pas l'emporter pour l'enterrer décemment près des siens. Après quelques minutes, c'est son courageux gamin qui la tira par le bras en lui disant :

— Viens, maman ! Nous ne pouvons plus rien faire. Nous n'oublierons jamais papa ! Maintenant, il faut penser à toi et au bébé. L'aubergiste et le meunier nous attendent avec le phaéton pour nous reconduire à la maison.

Les yeux tournés vers le corps qui pendait, les lèvres de Paulette tremblaient sans qu'elle puisse parler…

— Allez ! maman, insista son fils. Nous ne pouvons pas rester ici. Je suis avec toi et nous nous en sortirons...

A bout de force, la malheureuse finit par céder. Elle sentait son enfant se retourner comme un révolté au creux de ses reins et son dos lui faisait mal. Ils reprirent le chemin de la maison et c'est Mimile qui pensa à remercier les deux accompagnateurs pour leur avoir évité les deux trajets à pied. Epuisée, dans sa tête, dans son cœur et dans son corps, cette nuit-là, plus de huit semaines avant le terme, Paulette, la femme du pendu, enfanta, avec la seule aide de son fiston, d'une petite fille minuscule, mais bien vivace. Durant deux heures, ses braillements rappelèrent à la femme du pendu que la vie continuait son cours…

Le lendemain matin, lorsque « Mimile » du haut de ses treize ans, sortit puiser de l'eau, il découvrit avec stupéfaction deux volailles, trois lés de tissu, un boisseau de farine et une mesure de lentilles sur le pas de la porte. Il traîna sa découverte jusque dans la *Küche*, pour la montrer à sa mère.

— Regarde voir ! maman, tout cela était posé devant notre maison ! s'exclama-t-il alors qu'il était encore dans le couloir.

L'épouse du pendu, comme si de rien n'était, déjà relevée de ses couches nocturnes, donnait le sein à Angèle, son petit nourrisson qui n'avait plus de papa... En constatant le contenu des sacs, elle fondit en larmes. En attrapant son fils par le bras, elle le serra contre elle en lui disant :

— Va vite remercier nos amis pour leur générosité, Emile. Ils n'ont pas grand-chose eux-mêmes, pourtant avec grand cœur, ils ont partagé, avec nous, le peu qu'ils avaient... Nous avons beaucoup de chance, mon garçon. Grâce à tous ces gens si bons, nous ne mourrons pas de faim dans l'immédiat. Je mélangerai cette farine avec le son et le sarrasin qui nous reste. En y ajoutant les œufs de nos pondeuses, nous aurons au moins des galettes !

Une heure plus tard, son fils revint, fièrement, avec les yeux pétillants de joie pour lui annoncer une grande nouvelle :

— Tu n'as plus à te tracasser, maman, j'ai bien remercié tout le monde... Mais j'ai une bonne nouvelle à t'annoncer ! Je vais pouvoir m'occuper de toi et de ma petite sœur car je viens de trouver un travail... Le meunier vient de me proposer de commencer comme *cache-mannée* ! Je toucherai pour l'année, en marchandises ou en monnaie, la valeur de vingt sols *parisis*, pour aller chercher les grains avec la charrette à bras chez les clients, puis j'irai leur ramener la mouture. Il a tant à faire qu'il a besoin d'un second. Il va m'apprendre le métier ! L'année prochaine, lorsque je commencerai à connaître le travail, il m'augmentera un peu.

— Mais tu es trop jeune pour un ouvrage aussi dur ! mon bébé. Tu n'auras pas assez de force pour soulever les sacs de blé et de farine…

— Arrête de m'appeler mon bébé, maman ! Ma sœur est un bébé, moi j'ai treize ans. Maintenant, je suis l'homme de la maison. Les clients m'aideront déjà à soulever les charges trop lourdes. De toute façon, je suis costaud et j'ai déjà accepté ! Comme papa me l'a toujours expliqué, on ne revient jamais sur une parole donnée. Tu ne voudrais pas que je fasse comme l'autre Germain d'à côté… Il n'y a donc plus à en discuter.

Comme si la parole de son gaillard, qui venait de grandir par la force de la misère, en tombant de plain-pied dans le monde des adultes, valait parole d'homme, elle acquiesça de la tête, en remerciant le ciel d'avoir mis le meunier sur le chemin de son courageux petit gars.

Roule la vie...

Comme la pierre qui roule n'amasse pas mousse, en enroulant les jours, le rouleau du temps n'accrochait ni les soucis quotidiens des gens, ni les peines de cœur, ni l'infortune d'un peuple, ni les saisons néfastes à ses bagages. Il continuait sa route pour prendre le large vers d'autres horizons. Au village, chacun se dépêtrait avec ses petits bonheurs ou ses gros malheurs.

Dans l'apogée d'un ciel sans nuage, quelques corbeaux crevaient le silence de leurs criaillements lugubres. Des chants d'oiseaux, beaucoup plus gais, égayaient le rythme lancinant. Un pigeon ramier roucoulait sa sérénade sur le faîte de la cheminée.

Depuis son installation, un an plus tôt, Charles avait vaillamment arrangé les alentours du moulin. Il ne rechignait jamais à la besogne. Dès qu'il avait un moment de libre, il s'attelait au jardinage du petit carré de terre meuble sur la gauche du bâtiment. Le chuchotement du cours d'eau accompagnait ses efforts en berçant ses pensées. Le clapotement régulier des pales de la roue, entraînées par l'onde, se prolongeait à l'infini. Le travailleur percevait ce roulement avec la même intensité que le battement de son propre cœur tant le bien-être qui l'attachait à sa nouvelle vie le rendait heureux. Maintenant qu'il était le maître de son destin, il s'obligeait en permanence à redoubler d'effort et d'efficacité pour que la réussite soit au bout du chemin. Grâce à cette exigence permanente pour satisfaire sa clientèle, du respect d'un travail honnête toujours bien fait, tout comme sa meule, les affaires tournaient bien. Il se sentait comme un poisson dans l'eau. Mais, par moments, des pensées mélancoliques venaient brouiller le miroir translucide de cette douce félicité. Un certain regard tourmenté venait en assombrir le reflet. Depuis sa visite à la tannerie, Charles revoyait la violence du Germain avec une netteté bien précise. Ce souvenir le tarabustait quotidiennement. Malheureusement, il ne pouvait guère changer la situation. Depuis toujours, il avait été le défenseur des causes injustes. C'est pourquoi son impuissance l'emplissait d'une amertume qui ne faisait que s'amplifier. À entendre les commérages de ses clients, le tanneur s'avérait être un véritable tortionnaire pour sa famille. Tout en se traitant de nigaud, le jour de la lessive, il passait exprès à côté du lavoir rien que pour « l'apercevoir ». Mais, la jeune femme qui venait troubler ses nuits paraissait harassée sous le poids du travail. Ses yeux creusés et son visage trop pâle faisaient peine à voir. Lorsqu'elle se rendait au four banal, elle ne regardait ni à droite ni à gauche. Alors que lui, comme un âne, se morfondait pour la seule femme qui n'était pas pour lui. Comme pour remuer le couteau dans la plaie, Charles apprenait chaque jour, par sa clientèle, d'autres nouvelles désagréables. Ce vieux « grigou » de tanneur ne considérait pas mieux sa femme et ses petiots que son pauvre bourricot… Aux dires de tous, il flagellait autant les siens que sa bête. La colère qui emplissait les pensées de Charles, en songeant à la façon dont cet abruti traitait Madeleine, le mettait hors de lui…

Dans le secret de son cœur, il bouillait comme un chaudron au dessus des flammes… Alors, pour se calmer, il tapait dans le sol avec une rage qu'il n'arrivait plus à tempérer. Il n'avait pas le choix, il fallait que toute cette colère s'évacue, alors autant que ce soit en travaillant. Pour ce faire, la hargne fluait en lui en enflant d'autant la force qu'il mettait à accomplir sa besogne.

Il faisait rebondir si frénétiquement son outil dans le sol que parfois, malencontreusement, il claquait sur des cailloux en provoquant des étincelles... Aussitôt, il se baissait, ramassait l'intrus qui n'avait rien à faire là, pour le jeter de toutes ses forces dans la direction du village. Ce mouvement de haine ne lui ressemblait pas, lui qui était un travailleur pondéré et efficace, mais après ce mouvement intempestif il se sentait mieux. Il cognait tant et si bien, à tort et à travers, dans la terre, que ce qui n'aurait dû arriver qu'à un galopin qui apprenait à tenir ses outils, arriva… La pioche à deux dents ne supporta pas d'atterrir trop violemment sur une caillasse plus volumineuse que les autres et se brisa sous le choc.

— Il était mal façonné ce *Krop*, autrement il aurait tenu le coup ! grogna-t-il entre ses dents, tout en sachant bien que seul le mauvais ouvrier critiquait ses outils lorsque les choses tournaient mal...

Puisque de toute manière il ne pouvait gratter le sol à mains nues, le manche dans une main et les deux morceaux de son crochet dans l'autre, il monta vers le village en se dirigeant directement chez le forgeron.

Son ami l'accueillit avec un sourire qui tourna au fou rire en apercevant le contenu des mains de l'arrivant.

— Pour changer du grain à moudre, tu viens me vendre des morceaux de ferraille ! railla-t-il joyeusement.

— Yo… ! c'est presque cela, Hippolyte… Comme j'avais envie de venir te voir, j'ai tordu et dessoudé mon *Krop* exprès. Tiens, il me le faut tout de suite, car je n'ai pas terminé de nettoyer mon jardin.

— Ben dis donc, annonça le bavard joufflu ! Faut-il que tu m'aimes fort pour l'avoir arrangé si joliment ! Cette chose n'est même plus réparable… Il faut que je t'en fabrique une autre. Tu vas devoir prendre ton mal en patience et me tenir compagnie en attendant...

— Quelle joie ! pouffa Charles, que les plaisanteries de son ami avaient définitivement déridé.

Pendant que le meunier admirait un pare-feu de cheminée qui attendait d'être livré à un client, le forgeron, sans perdre une minute, farfouilla dans ses affaires pour prendre le matériel nécessaire à l'élaboration de l'outil. Le temps de se retourner, déjà il manœuvrait le soufflet pour activer la forge. D'un œil vif et attentif, le forgeur guettait le moment précis où le morceau de métal rougeoyait autant que la braise avant de s'en saisir d'un geste rapide, du bout de la pince, pour le poser sur l'enclume. Alors, le marteau frappait avec dextérité et énergie sur la pièce pour lui donner forme. L'homme tapait… tapait… remettait sur les braises, soufflait… soufflait… puis, retapait… à n'en plus finir, tant et si bien que, sous les mains d'or du forgeron, un miracle s'accomplissait. La ferraille plate du départ se transformait, sous le regard émerveillé du meunier, en un instrument aux lignes parfaites. Les yeux du spécialiste, rougis par le feu des braises, clignaient souvent, mais ce détail ne ralentissait en rien le manège régulier des bras vigoureux :

— Voilà mon ami, ton *Krop* est prêt ! annonça le maître d'œuvre, aux joues cramoisies, en plongeant la chose fumante dans une cuve d'eau pour la refroidir. Pour ma peine, je vais te donner trois sacs d'épeautre à moudre ! Tu me les ramèneras lors de ta prochaine tournée. Ainsi nous serons quittes… Maintenant, tu n'as plus qu'à y rajouter une bonne longueur de noisetier sec pour te remettre à l'ouvrage. Mais cette fois-ci, le jeunot… évite d'embrocher les cailloux avec cette pauvre chose ! Un outil, c'est comme une jolie femme, ça se ménage… et surtout, on s'en sert avec beaucoup de délicatesse. Il est vrai que tu es encore célibataire. Alors, pour tempérer tes ardeurs, qu'attends-tu donc pour te dénicher une jolie donzelle ? Des rousses, des blondes, des brunes, nous n'en manquons pas dans la région… Tu vas bien finir par jeter ton dévolu sur l'une de ces mignonnes…

— Ne t'inquiète surtout pas pour mes « ardeurs », mon ami, je suis capable de les dompter tout seul ! répliqua Charles d'une voix grognon. Il en avait marre des remarques permanentes de ses amis sur son célibat et le leur faisait comprendre clairement. En attendant, c'est du bel ouvrage que tu viens d'accomplir. J'embarque immédiatement ta mouture pour l'apprêter. De cette façon, tu pourras la récupérer dès demain lorsque nous livrerons les autres clients. Fais-moi signe lorsque tu auras besoin d'aide, je trouverai toujours un moment pour toi. Merci, Hippolyte, et bien le bonjour à ta famille…

— Que de temps perdu pour rien ! pensa Charles en rentrant à la meunerie pour écraser le grain de son ami. Je suis quitte à travailler plus longtemps demain. Il va vraiment falloir que j'apprenne à freiner mes rancœurs malveillantes. Faut-il que je sois un nigaud pour me venger sur un outil innocent de mes peines de cœur ! On ne m'y reprendra plus…

Au moulin, son jeune commis avait accompli la plus grosse partie du travail journalier. Charles remerciait presque le Bon Dieu de lui avoir donné la chance d'avoir un apprenti aussi vif. Il ne rechignait jamais à l'ouvrage, accomplissait les choses avant même qu'il ne les lui demande, avec un sourire communicatif. En un an, le gamin avait appris le métier de A à Z… Il se débrouillait comme un petit chef. Charles pouvait partir pour faire ses livraisons éloignées en toute confiance. D'ailleurs, sans la présence de ce brave gars, il n'aurait pas eu la possibilité de se rendre régulièrement, avant même que les cloches de Berig ne sonnent l'Angélus, dans ses vignes.

Comme son apprenti était debout depuis l'aube, en lui remettant le fruit de son labeur, « de la farine pour nourrir les siens », le meunier le renvoya chez lui pour qu'il puisse aider sa mère. La pauvre femme devait galérer, en élevant toute seule son bébé. Heureusement que l'aîné était un débrouillard…

A la tannerie, rien ne changeait. Madeleine tentait de protéger du mieux qu'elle le pouvait ses enfants. La communion solennelle de son fils aîné Jules devait avoir lieu le dimanche de la Trinité, c'est-à-dire une semaine plus tard. Son *Männchen* avait droit, comme les autres enfants, à sa journée de fête. Afin d'éviter toute discussion et ce, malgré la fatigue d'une dure journée de labeur, la veille, elle avait passé la cuisine à la chaux. Puis, les soirs suivants, tardivement, elle avait taillé, dans le complet en toile noire de mariage de son père défunt, une tenue acceptable pour son fils. Heureusement qu'elle n'avait pas jeté cette vieillerie car, en récupérant les meilleurs morceaux, elle était satisfaite du résultat. Elle tenait à ce que son petiot n'ait pas honte de sa tenue pour remonter la nef de la chapelle. Qu'il ne soit chaussé que de galoches… ce n'était pas grave puisque, tout comme lui, la plupart des autres gamins n'avaient rien d'autre à se mettre. De vrais godillots en cuir étaient hors de prix. Les yeux rougis par la difficulté de coudre du tissu noir sous la flamme vacillante de la lampe à mèche qui éclairait trop peu, elle termina enfin l'ourlet de son chef-d'œuvre, deux jours avant la solennité. L'avant-dernière soirée, elle s'empressa de laver, récurer et épousseter la maison.

Maintenant, un autre problème se posait. Elle avait bien les œufs de leurs poules pour faire un gâteau, du miel pour le sucrer, mais après la longue attente hivernale, elle n'avait plus la moindre poignée de farine pour le monter. Le samedi matin vers cinq heures, alors que son mari grommelait encore dans son sommeil contre les collecteurs d'impôts, elle attrapa un panier, se rendit dans le poulailler et, pendant que les volailles dormaient encore, commit son triste forfait, se voler elle-même… Elle souleva une des trois pondeuses, pourtant indispensables, puis, malgré les gloussements du volatile, l'enfourna dans le cabas en osier. Avec son larcin accroché à son bras, alors que la nuit s'étalait encore, elle se dirigea d'un pied ferme jusqu'au moulin. Tout en marchant, elle grommelait entre ses dents

— À son réveil, « le Germain » pourra toujours crier au voleur de poules, mais celle-ci, jamais il ne la rattrapera...

Elle trouva la porte du meunier encore close. Elle cogna contre le chambranle et sursauta vivement lorsque le battant du haut s'ouvrit avec énergie.

— Qui vient donc faire moudre son grain de nuit ? Moi, qui croyais pouvoir prendre un peu d'avance sur mes commandes.

Plutôt troublée de se retrouver face à ce bel homme vigoureux au torse nu, Madeleine demanda d'une voix hésitante :

— Veuillez m'excuser, monsieur Charles, mais mon fils Jules fait sa communion demain et j'aimerais que ce soit un jour spécial pour lui, comme pour les autres enfants… C'est pourquoi je viens voir si c'est possible d'échanger une pondeuse contre de la farine, je n'en ai plus... Vous me rendriez un grand service !

— Ce n'est pas monsieur mais Charles, tout simplement. Laissez-moi un instant pour me vêtir, je n'ai pas l'habitude d'ouvrir ma porte à des dames dès l'aurore.

Après avoir enfilé sa chemise, il ouvrit le battant du bas et l'invita :

— Entrez, Madeleine ! Je suppose que votre mari n'est pas au courant ?

Elle répondit d'une voix tremblante :

— Non ! Il n'aurait pas été d'accord de donner une bonne pondeuse pour faire un simple plaisir à son fils. Ça ne rapporte rien !

— Je n'en doute pas ! Il est plutôt pingre en affaire. Venez, je vais vous préparer de la blonde, c'est la meilleure, de la pure fleur sans la moindre trace de son.

Quelques minutes plus tard, il revint avec un sac en toile d'au moins huit livres. En le lui tendant il annonça :

— Tenez Madeleine ! Vous direz à votre Jules que c'est mon cadeau pour le remercier de m'avoir aidé à charger mes sacs de blé dans la charrette sur la place voici une quinzaine. Il revenait d'une livraison chez le tisserand lorsque les premières gouttes se sont mises à tomber et, sans lui, l'orage aurait tout arrosé… Vous savez bien que du grain mouillé ne s'écrase plus. Vous lui donnerez aussi ceci de ma part. Il me vient de ma défunte mère. Comme je n'ai pas d'enfant, il dort dans un coffre. Il lui glissa dans le creux de la main un chapelet en ivoire blanc, de toute beauté. Les trois pondeuses n'auraient même pas suffi à payer un tel joyau.

— C'est trop beau ! Je ne peux pas l'accepter.

— Il est hors de question que vous le refusiez ! D'ailleurs, ce cadeau n'est pas pour vous, mais pour Jules. Je lui rends tout simplement un prêté pour un rendu. C'est affaire d'honnêteté... L'aide de Jules m'a évité de perdre tout mon chargement. Ce que je lui offre, en échange de son travail, ne me coûte rien… Alors qui perd quelque chose dans l'histoire ?

— Alors, merci pour lui. Tenez, voici la pondeuse, dit-elle en lui tendant le panier.

— Remportez-la, Madeleine. Lorsque j'offre quelque chose, je ne demande rien en échange. Allez, filez vite maintenant, avant que votre mari ne se rende compte de votre absence.

La jeune femme s'empressa de rentrer. Tout en marchant, ses pensées restaient accrochées au souvenir du regard franc et si bon du meunier. C'était d'un homme comme celui-là dont elle aurait pu tomber amoureuse… Malheureusement, son destin était tout autre. Rien que d'y penser, des larmes lui montèrent aux yeux.

— Oh ! papa, murmura-t-elle, j'étais peut-être ton petit ange, mais si tu savais le mal que tu m'as fait ! Tu m'as jeté dans les bras d'un démon pour une rasade… Tu as même échangé le chapelet de maman contre une bouteille de quetsche.

De retour chez elle, alors que le soleil se levait à peine à l'horizon, elle relâcha la poule dans le poulailler, camoufla la précieuse « poudre de vie » dans le garde-manger et prépara des flocons d'avoine pour le déjeuner.

Puis, avec la farine qui fleurait bon le blé doré, et qu'elle laissa glisser doucement entre ses doigts, elle prépara une miche de pain, un Kranzkuch et une tarte aux pommes, qu'elle enfourna dans une large panière. Déjà le plancher craquait à l'étage. Pendant que son mari et les petits déjeunaient, elle leur annonça tout simplement qu'elle devait se rendre au four banal pour faire cuire le pain et les rejoindrait plus tard à l'atelier.

Ce n'est que le soir, alors que tout le monde dormait, qu'elle s'attaqua au dépiautage de la tête de porc qui avait mijoté, presque quatre heures durant, dans le chaudron... Elle l'avait marchandée avec le rempailleur de Berg, qui élevait plusieurs cochons pour les revendre, contre une ceinture qu'elle avait cousue elle-même avec des chutes de cuir. Sa femme l'avait admirée à l'atelier, le matin où « le Germain » était parti au marché de Cattenom et l'affaire avait été vite conclue.

Le grand jour, à son réveil, sans même un bonjour aux enfants pas plus qu'à sa femme, le tanneur qui se moquait royalement de ce qu'il appelait des chicaneries de bénitier, après avoir avalé son bol d'avoine cuit dans du lait, s'énerva :

— Vous devriez déjà être à l'atelier pour travailler !

— Ton fils fait sa communion aujourd'hui ! Je vais à la chapelle avec les enfants ! annonça Madeleine d'une voix inhabituelle, très ferme, tant elle craignait, en temps normal, la retombée des coups. D'ailleurs, tu devrais le féliciter et lui donner un sol pour le cierge, rajouta-t-elle. Le *cirier* sera devant l'église pour nous les proposer. C'est un grand jour pour le petit. Tout le village y sera et on nous montrera du doigt si nos enfants restent des païens.

— *Quatscherailles* ! Ce n'est pas en allant se débarbouiller le front dans un bénitier que ce morpion apprendra le métier et rapportera de l'argent ! Allez faire vos bondieuseries pendant que je travaille, mais vous n'aurez pas un sou… Cet après-midi, je veux tous vous voir à l'atelier !

— C'était bien notre intention, papa. Nous savons bien que le pain ne saute pas dans l'assiette tout seul. Il faut œuvrer pour le gagner, lui répondit aussitôt Jules qui, avec le temps, avait appris les mots qui chantaient juste à l'oreille de son père.

Mais Madeleine savait qu'il les autorisait à se rendre à l'office, simplement pour le qu'en dira-t-on. Il pouvait être ignoble en cachette mais, en face des gens, il était lâche. Jamais il n'aurait osé dire ce genre de chose en public.

Le repas de midi, pourtant bien frugal pour un jour de cérémonie ravit les enfants. En découvrant le pain, le fromage de tête et les galettes de sarrasin, leurs yeux brillèrent de bonheur. Des larmes de joie coulèrent des yeux de Jules lorsque sa mère posa sur la table les deux gâteaux en lui disant :

— C'est en ton honneur Jules ! Tu es un grand garçon maintenant et je suis très fière de toi !

— Où as-tu pris l'argent pour ce repas de gala ? s'énerva aussitôt « le Germain ».

— Ton fils a gagné lui-même cette farine d'épeautre, ainsi que son chapelet de communion. En revenant de sa livraison chez le tisserand, devant la chapelle, il a aidé le meunier à charger et couvrir rapidement ses sacs de farine, lorsque l'orage grondait. Tu sais que chaque travail mérite salaire, c'est donc de cette façon qu'il a été payé. Au moins, toute la famille en profite sans que tu n'aies besoin de toucher un seul sol du ménage.

Après avoir regardé son fils d'un air surpris, l'air de dire : Tiens, ce bon à rien est capable de gagner sa pitance…, le tanneur mangea et fila dans son atelier.

Un mercredi matin d'avril 1770, comme tous les mercredis, le meunier avait garé son attelage sur la place, à côté du puits. Pour se faire connaître, il avait trouvé un bon moyen de satisfaire d'éventuels clients en leur faisant gagner du temps. Afin que ceux qui ne possédaient pas d'attelage propre n'aient pas à lui ramener les sacs à dos d'homme ou avec la charrette à main, un jour dans la semaine, il partait faire sa tournée avec Mimile, afin de ramasser et peser les grains avant de revenir les broyer au moulin. Dès le surlendemain, vers la même heure, il leur rapporterait la mouture. Pour ceux qui n'avaient pas de liquidité, pour être arrangeant selon les moyens de chacun, il déduisait le quart du poids pour se faire payer.

Son apprenti se débrouillait de mieux en mieux en se musclant doucement. Bientôt, il pourrait faire les tournées tout seul, pensait-il. Le ramassage et la distribution se faisaient dans plusieurs villages des environs, en passant par Sentsich, Berig, *Fixheim*, Rodemack, ainsi que le couvent de la Chartreuse à Rettel. Les moines se méfiaient comme de la peste du meunier de Sierck. Ils annonçaient à la volée qu'à vue d'œil, le client constatait que chez « le Martin » le volume de farine était bien bas… À coup sûr, il rajoutait une partie du son pour en augmenter le poids. D'ailleurs une ritournelle moqueuse circulait entre les clients :

Il moud le grain
Se garde la fleur
Et ne donne rien
Aux gars faucheurs

N'allez pas chez Martin
Le meunier malin
Qui enfonce le doigt
Pour réduire le poids

Il moud le grain
Se mange le pain
Et de notre sueur
Se moque bien…

Bien sûr, tout le monde riait de cette petite chanson. Mais les habitants de Sierque qui, comme dans toutes les maisons, fabriquaient leur pain eux-mêmes pour le faire cuire ensuite au four banal, riaient jaune… Ils n'avaient pas d'autre solution que de faire préparer leur farine chez lui. Il était hors de question de payer des taxes, et encore moins de faire des dizaines de kilomètres à pied pour se rendre dans un autre village où l'on n'était pas du tout certain d'être mieux servi.

Par contre, les moines de la Chartreuse, dispensés du paiement des taxes, possédaient de nombreuses terres. Ils vendaient de grosses quantités d'épeautre, d'orge et surtout de la farine déjà moulue. Les bateliers de passage en achetaient régulièrement ou faisaient du troc contre d'autres marchandises. C'est pourquoi le Père Prieur avait signé un accord avec le meunier de *Gauvis*.

Ce client important, en plus des récoltes du bailli, suffisait à faire tourner le moulin. Tous les autres étaient du surplus… Fier de sa réussite, Charles avait comme point d'honneur d'être honnête. Il s'était très vite rendu compte que le client content revenait fidèlement faire affaire, tout simplement parce que le meunier ne trichait pas. Il ne rechignait pas à faire du troc lorsque ses habitués n'avaient pas les moyens de payer en espèces sonnantes ou en matière parce qu'ils en avaient trop peu. Les temps étaient durs… Du moment que les deux parties trouvaient satisfaction, tout allait pour le mieux. D'autres meuniers refusaient de faire du troc. C'est pour cela qu'ils végétaient avec beaucoup de peine. De toute évidence, ils s'y refusaient à tort, puisque pour lui les affaires tournaient rondement. Il venait même de signer un bail de location avec accès à la propriété pour plusieurs arpents très fertiles. Ce terrain lui appartiendrait définitivement dans dix ans, s'il était à même de livrer à l'ancien propriétaire, le marchand de volailles du village, durant toute cette période, un accord en poids de nourriture pour sa basse-cour. C'était une entente avantageuse pour les deux parties et Charles ne doutait pas d'y arriver. Au pire, s'il ne pouvait pas tenir son contrat, le seul risque qu'il encourait, c'était de rendre le terrain… Pour le moment, il le cultivait et n'avait donc rien à perdre. De toute façon, il avait son contrat de meunerie à vie et le travail ne lui faisait pas peur. Il lui venait même des charrettes de l'armée cantonnée à Hettange, dont le trésorier n'hésitait pas à exiger de grands déplacements dès qu'il s'agissait d'avoir un meilleur prix pour faire broyer de grosses quantités de graminées. Ce matin encore, le boucher de Garches, qui préférait lui ramener ses moutures plutôt que de se rendre chez le meunier de son village, avec qui il se trouvait en zizanie, en lui remettant un *bichet* d'épeautre à moudre, lui avait annoncé en lui tapant amicalement sur l'épaule :

— J'aime venir chez toi, Charles. Le poids de la poudrée ocre est toujours généreux et la fleur plus que fameuse. Au moins, lorsque ma femme passe la farine au tamis à bras, il n'en sort que très peu de son.

Cet été-là, la quintessence de la moisson soulagea tout le monde. L'automne, puis la saison hivernale posèrent leurs jalons avec les besognes habituelles à accomplir. Dès le retour du printemps, le rythme des gros travaux reprit son cours. Pour le meunier, si ce n'était cette solitude qui commençait à lui peser, tout allait pour le mieux. Ce mardi-là, il se trouvait sur la place de la chapelle pour ramasser les chargements de ses clients. En apercevant l'épouse du Germain qui remontait la rue, il sentit une poussée de fièvre lui traverser tout le corps. La Madeleine arrivait au four banal, tenu par la mère Fanchon à qui on ne connaissait pas d'autre nom, pour y faire cuire son pain. Charles admira la démarche souple de celle qui accompagnait souvent ses rêves de célibataire. Il convoitait cette femme comme il n'avait jamais désiré autre chose. Seulement, elle n'était pas libre, bien au contraire, c'était l'épouse d'un homme vil à qui il valait mieux ne pas chercher noise. Le souvenir de la pendaison du père de son apprenti, accusé à tort par la faute de cet être malsain, ne l'avait jamais quitté. Après avoir salué poliment la charmante passante, impulsivement, il lui proposa :

— Bonjour, Madeleine. Auriez-vous un instant à m'accorder, j'ai quelque chose de nouveau à vous faire découvrir ?

Il frotta ses mains sur son *sarrau* pour les débarrasser de la farine qui les blanchissait, se pencha pour récupérer la nouveauté dans la charrette et la déposa au creux de la main de cette belle blonde aux yeux clairs qui le rendait si gauche dès qu'elle s'approchait de lui.

— Tenez, c'est un nouveau légume que les moines de la Chartreuse se font livrer par les bateliers. Ils les font venir de Hanovre et les cultivent depuis deux ans dans les jardins de la ferme. Ils viennent de m'en donner un sac plein en échange d'un supplément de travail. Je planterai les plus petites au printemps et les autres je les mangerai. J'aimerais que vous les fassiez goûter aux enfants pour voir s'ils les apprécient. Vous me donnerez votre avis…

La Madeleine regardait ces trois grosses choses qui lui couvraient entièrement la main en se demandant si elles poussaient sur des arbres ou dans le sol. De couleur brunâtre, elles n'étaient ni vraiment rondes ni ovales. Instinctivement, elle rapprocha sa main de ses narines pour en humer l'odeur. Mais non, elles ne sentaient rien ou bien si, l'odeur de la terre. Du bout du doigt, elle gratta l'enveloppe de l'une d'elles pour découvrir une chair claire puis porta le doigt à la bouche afin d'en découvrir le goût, mais sa grimace fit sourire le meunier.

— À voir la mine que vous faites, vous ne semblez pas très convaincue ! s'exclama Charles en plaisantant, mais elles ne se mangent pas crues. Vous devez les piquer avec un couteau, les mettre dans l'eau et les faire bouillir jusqu'à ce que la chair en devienne tendre. Les moines les appellent « tubercules ». Ce sont des pommes de terre qui poussent dans le sol. Il faut les mettre en terre en avril-mai et la récolte, assez productive, se fait en septembre. Elles sont, paraît-il, très nourrissantes. Dans le pays qui les produit, elles servent de nourriture aux gens mais également aux animaux domestiques qui en raffolent. Tenez, j'en ai beaucoup trop pour moi qui suis tout seul, je vous en rajoute quelques petites pour mettre en terre dès maintenant.

Son panier à pain accroché au bras, les mains remplies à ras bord, ne sachant plus comment les empêcher de tomber, avec le petit doigt, Madeleine souleva un pan de son tablier pour laisser couler les choses ovales dedans.

— Eh bien, me voilà belle maintenant ! annonça-t-elle en constatant son allure.

Elle paraissait enceinte de six mois et s'en amusait.

Ni une ni deux, Charles reprit deux grosses poignées dans le sac qui vinrent arrondir un peu plus la taille bosselée.

— Voilà, c'est déjà mieux ! Vous voilà presque à terme, les rondeurs sont beaucoup plus équilibrées. J'espère que les petits apprécieront.

— Je n'en doute pas et je vous remercie de tout cœur pour votre gentillesse. Le menu n'est pas très varié en ce moment et ce sera un festin de roi pour mes enfants.

— Daï ! daï ! Vous ne croyez pas si bien dire car les pommes de terre sont servies à la table du roi. Bon, il faut que je me remette au travail. Bonne journée, Madeleine.

Troublé comme toujours, en présence de cette femme, Charles reprit son travail mais le cœur n'y était plus. Elle ne serait jamais pour lui.

En rentrant à la maison, comme Charles le lui avait conseillé, Madeleine lava les quatre plus grosses choses, les piqua soigneusement, avant de les plonger dans de l'eau. Ensuite, elle accrocha le chaudron à la crémaillère et patienta.... Une fois l'eau à ébullition, de temps à autre, elle les piquait avec une fourchette pour en constater la cuisson et, au bout d'une bonne demi-heure, la pelure creva. Alors, elle les retira du feu. Au moment de passer à table, elle les coupa et posa des parts égales sur chaque assiette.

Le Germain observa avec défiance le contenu de son assiette, alors que les enfants, sans se poser de question ingurgitèrent le tout sans même prendre leur fourchette.

— C'est drôlement bon ! maman. En reste-t-il ?

— Non, Jules, j'ai donné la même part à chacun. Mais tu peux avoir une tranche de pain frais avec de la mélasse que j'avais préparée avec nos quetsches...

— Tu nous mets n'importe quoi dans l'assiette maintenant ! bougonna son mari. Où as-tu ramassé cela ?

— C'est le meunier qui les distribue en disant que c'est un nouveau légume que le Père Prieur fait cultiver sur les terres de la Chartreuse. Si tu n'aimes pas, je n'en planterai pas.

Après lui avoir lancé un regard méfiant, son mari mit un morceau de la chose dans sa bouche et avala le reste sans rajouter un mot. Il ne voulait pas dépenser d'argent mais une chose était certaine, il aimait bien manger...

Avec un bonheur infini, tout en pensant au généreux donateur, Madeleine dégusta la chair moelleuse de ce mets royal.

Eaux troubles...

Les saisons migraient immanquablement avec la même régularité que les départs et les retours des oies sauvages ou des hirondelles. Certaines années se montrèrent avenantes alors que d'autres ne produisirent que récoltes de larmes et de souffrances.

La colère grondait dans chaque foyer. Un souvenir à faire bouillir les sangs de ceux qui avaient faim, avait fait la une des veillées, ces deux dernières années, en échauffant les esprits :

« Après le long hiver de jeûne de 1768, en mai, alors qu'aucune récolte ne produisait encore, une cérémonie festive, organisée par deux casernes, avait fait grincer les dents de ceux dont le ventre hurlait famine car même les topinambours et les rutabagas manquaient. Une réception faite par les officiers du régiment de Picardie en garnison à Sierque pour les officiers du régiment d'Armagnac en garnison à Thionville fit jaser dans les chaumières. Cette fête somptueuse avait été organisée à la « Guinguette », une auberge avec salle de bal et de banquet, tenue par un certain Barthel. Et cela convenait très bien à ces gens de la haute car située sur la Grô, cette rivière qui traverse Sierque, l'auberge était assez éloignée des habitations. Les huit jours qui avaient précédé le banquet, une douzaine d'ordonnances avaient dressé une tribune champêtre pour l'orchestre. Plusieurs femmes de ménage avaient fait la chasse aux toiles d'araignées, pendant que d'autres lavaient, frottaient, récuraient, époussetaient, encaustiquaient et faisaient miroiter chaque recoin. Dans les cuisines, une escouade de cuisiniers et de marmitons avait investi les lieux. Du côté des fours à bois, on apprêtait des gigots, des ortolans, les viandes les plus étonnantes. Au centre, sur les grandes pierres à feu, des chaudrons remplis d'un panel de légumes les plus divers fumaient en exhalant des odeurs délicieuses. Plus loin, une horde de pâtissiers mitonnait les pâtisseries les plus complexes aux couleurs attirantes. Par ici, tout un escadron de chefs très adroits, alignés comme à la parade, découpait, roulait, farcissait, panait, bardait, dégraissait des cochonnailles. Une des aides avait même raconté que les bouteilles de bon vin et de liqueur, alignées les unes à côté des autres, s'étalaient sur trois tables. Aussi, c'est sous un soleil lumineux que de longues files de carrosses, conduisant de beaux messieurs en tenues grandioses ornées de médailles brillantes et accompagnés de « jolies dames », arrivèrent à partir de onze heures. Les hôtes, des militaires de haut rang de la garnison de Sierque, dans des tenues d'apparat, attendaient les invités à la porte de la ville. Après les compliments d'usage, tout ce petit monde, avec la fanfare, le cliquetis de ses armes de guerre et de ses souliers ferrés pour les escorter, se rendit à l'auberge pour déguster l'apéritif. Les premiers plats furent goûtés avec plaisir et le vin coulait à flot pendant que les joyeux drilles dansaient. Puis, durant plusieurs heures, les plus beaux rôtis, les meilleures volailles, des porcelets aux farces les plus élaborées, des poissons recherchés, des terrines inattendues, des agneaux de lait succulents défilèrent. Après quelques présentations gustatives odorantes, déjà gavés comme des oies, les invités de marque ne touchaient même plus aux plats. Les chefs-d'œuvre artistiques repartaient, pour la plupart sans même être goûtés ou à peine. Il en fut de même pour le défilé grandiose de mignardises et de desserts élaborés. Les musiciens jouaient des menuets, des lanciers et des françaises et les couples arrivaient sur la piste pour danser. Au fur et à mesure que la soirée avançait, le flirtage battait son plein. Une collation de mets différents fut servie vers onze heures du soir et la nuit durant les fringants officiers s'amusèrent avec leurs belles de passage. Ce n'est que le lendemain après-midi que les invités retournèrent à Thionville. Mais ce qui provoqua la colère de tous les riverains et des villages alentour, furent les ordures regorgeant de toutes ces victuailles à peine touchées ».

Les militaires de la garnison de Sierck trouvaient normal de jeter toute cette mangeaille alors que les nécessiteux mendiaient dans la rue avec des entrailles qui criaient famine. Bien sûr, d'une caserne à l'autre, on allait se rendre l'invitation. Ce gaspillage indécent était permanent de semaine en semaine. Une telle injustice éveillait la colère des indigents dont la manne journalière était si maigre… Ce n'était pas pour autant que les choses changeaient.

Les inégalités se rajoutaient les unes aux autres pour devenir de plus en plus un vrai poids répressif. La même année, un avis informant la populace de la suppression du droit de libre parcours pour traverser les terres fut affiché à l'auberge et à la porte de la chapelle. Les prés devaient être clôturés. Sinon, les amendes pour les contrevenants seraient coûteuses. Une nouvelle fois, les lois n'étaient pas faites pour les travailleurs. Lorsqu'il s'agissait de déplacer les bêtes, ou de les rentrer des prairies pour la traite, cette rigueur bien ennuyeuse causait de nouvelles difficultés aux paysans... Il fallait faire des tours et des détours pour contourner les obstacles. La cueillette des champignons, de l'oseille, des herbes soignantes, des pissenlits, des mûres et des baies sauvages ne pouvait plus se faire en toute liberté sur des terres maintenant encloses.

Lorsque, la semaine précédente, le plafond du ciel avait viré au sombre, entraînant des mastodontes noirs gorgés de pluie, les visages avaient également viré au gris... Il était impossible de s'affairer à l'extérieur tant la terre était détrempée. Entre détresse et épuisement moral, la population observait, d'un regard noir, ce déluge qui s'abattait sur eux depuis le début de la semaine. Au milieu du village, le passage devenait difficile car la Boler se gonflait rapidement et s'étalait dans les ruelles transversales. On pouvait encore emprunter la passerelle, mais le passage à gué n'était plus possible. Les pierres étaient déjà submergées par une vague bouillonnante. Le principal sujet de discussion des habitués du moulin tournait évidemment autour de la crainte des divers désagréments qu'allait provoquer la montée des eaux. Les riverains étaient habitués aux débords des éléments, mais ils appréhendaient toujours le pire. Les anciens n'arrêtaient pas de narrer la crue terrible vécue par leurs parents à la fin du siècle dernier. Les conséquences en avaient été dramatiques. En cette fin de matinée, penché à la lucarne du grenier, en compagnie de son jeune ouvrier, Charles observait avec inquiétude au-dessus d'eux un ciel d'outre-tombe tant il était chargé de nuages tourmentés. Mais surtout, son regard suivait la Moselle qui étalait, sournoisement, ses eaux troublées par maints détritus et troncs d'arbres qu'elle déposait dans toutes les prairies environnantes. Le moulin était la première maison sur sa route et rien ne pouvait arrêter le flot grondant qui entraînait tout sur son passage. C'était affolant de constater à quelle vitesse le niveau avait monté depuis la veille au soir. À perte de vue, à la place d'une rivière calme et ondulante, un torrent d'eau souillée recouvrait ce qui était auparavant une nature magnifique. Ce spectacle était cauchemardesque et affolant à la fois.

— Je crois, mon petit Mimile, que le Bon Dieu est en colère ! s'exclama le meunier. Si la pluie continue, d'ici deux heures nous risquons d'avoir les pieds dans l'eau. Viens, nous allons tenter de sauver tout ce qu'il est possible de l'être. Pendant que toi tu monteras les sacs de farine et de pommes de terre au grenier, à côté du fourrage, moi je vais conduire les deux chevaux, les vaches, le bœuf, les chèvres, les cochons, les volailles, les oies dans le champ où nous avons fauché le blé à Berg. Comme il est bordé d'un enclos en bois, elles ne pourront pas s'éloigner. Après, je viendrai t'aider à protéger les réserves de nourriture, les meubles et la vaisselle. Nous chargerons les sacs des clients directement sur la charrette et nous les déposerons en partant au village.

— Je n'ai jamais vu ça, maître, bafouilla le jeune ouvrier. On ne voit plus que de l'eau et encore de l'eau. C'est si effrayant…

— Je ne te le fais pas dire ! Mimile. Il faut que nous nous hâtions avant qu'il ne soit trop tard.

— Mais, le moulin va être inutilisable si l'eau le recouvre ?

— Non, je ne le pense pas ! De toute façon, pour limiter les dégâts, je vais bloquer la meule, hausser les pelles de ramassage et les déversoirs de mouture. Après, ce sera à la grâce de Dieu. Viens vite ! Ne perdons pas de temps. Le ruisseau derrière le moulin ressemble déjà à un torrent en colère…

Sans gaspiller la moindre seconde à des paroles inutiles, face au sinistre désastre qui avançait sur eux, avec le seul clapotement de la pluie pour l'accompagner, les deux hommes se mirent au travail. Pendant que l'un montait au grenier tout ce qu'il pouvait soulever seul, l'autre, après avoir attelé les chevaux au grand chariot, s'empressait de sauver les animaux. Trois-quarts d'heure plus tard, en revenant à vide, Charles constata que le brave commis, rouge de sueur, avait *guindé* à l'aide d'une corde de chanvre tous les sacs à l'étage. Il s'évertuait maintenant à soulever la dernière barrique de vin qui restait afin de la mettre hors de danger.

— C'est très bien mon gars, le félicita le meunier en l'aidant aussitôt. Je n'avais même pas pensé au petit blanc de ma dernière cuvée. J'ai vraiment la tête à l'envers. La crue l'aurait emporté comme un bateau ivre…

Une fois le lit et les meubles hors d'atteinte du flux en mouvance, les cuves en bois, chargées de vaisselle, de vêtements, de nourriture, entassées partout où ils trouvèrent un semblant de place dans les combles, les deux travailleurs, trempés de sueur, se regardèrent satisfaits. Des hennissements aux sons inhabituels venant de l'extérieur leur firent appréhender le pire. Charles s'empressa de sortir dans la cour et il sentit monter en lui comme un vent de panique qui lui remua les tripes. Les chevaux avaient déjà les jambes dans l'eau. C'est pourquoi ils commençaient à s'affoler.

— L'eau est là ! Il n'y a plus rien à faire, annonça-t-il à son compagnon en l'entraînant dans la meunerie. Nous chargeons vite les sacs à livrer à la clientèle et nous filons. Je ne suis pas un bon nageur et je préfère me retrouver sur du solide…

Une fois son baluchon de vêtements secs, deux couvertures, et surtout, la mouture à rendre placés dans le van, soigneusement recouverts de planches pour les protéger de la pluie, Charles ferma la porte du moulin, grimpa sur la charrette et Mimile harangua les chevaux pour qu'ils démarrent. Ils paraissaient très nerveux… En piétinant dans quarante centimètres d'eau, le convoi, lourdement chargé, s'ébranla non sans mal. L'eau les encerclait de toute part. On ne distinguait même plus le sol. Pour guider son attelage sans risquer de déverser dans le fossé, Charles sauta dans l'eau qui atteignit aussitôt ses genoux. Tout en parlant aux quadrupèdes pour les calmer, il attrapa les deux sangles pour les serrer de plus près. Le tas de fumier n'était plus là et trois marches du poulailler étaient déjà recouvertes. Il sentait bien que les équidés paniquaient. Pour les rassurer, en marchant devant eux, il s'assurait, à chaque pas, de la stabilité du sol en se basant sur la clôture en bois qui encerclait la meunerie. C'était le meilleur moyen pour repérer la sortie. Un regard sur Mimile lui fit comprendre que le gamin était gris d'appréhension mais, courageusement, il tenait bien les rênes pour que les juments ne s'agitent pas... Celles-ci reprenaient tout doucement confiance.

— Tu ne dois pas t'inquiéter, petit ! Nous nous remettrons de notre bain forcé. Nous avons bien fait de nous activer… D'ici dix minutes nous serons au sec. D'ailleurs, nous allons nous arrêter chez ta mère, pour voir si elle a pu se débrouiller avec ta petite sœur.

Au fond de son cœur, Charles espérait également voir si le tanneur avait mis sa famille hors de danger. Avec ce fourbe, on pouvait s'attendre à tout. Dans l'espoir d'amasser quelques sols de plus, il était bien capable de faire travailler Madeleine et les gosses avec les pieds dans la vase glaciale qui les encerclait.

Tout en tenant fermement son attelage pour éviter de déverser, le meunier avançait doucement mais sûrement. Il luttait ferme pour échapper à cette vague mouvante qui voulait l'entraîner dans son sillage, en même temps que les branches mortes et les déchets qui lui lacéraient rudement les jambes. De sa main libre, il déviait les plus gros débris pour qu'ils n'aillent pas frapper les chevaux.

C'était incroyable tout ce qui pouvait flotter autour d'eux. Jusqu'à l'entrée de Gauvis, tout était déjà recouvert. Même l'immense parc du volailler n'était plus visible. Une pluie glaciale leur cinglait le visage en enflant leurs habits avec ce liquide vaseux qui s'infiltrait partout en les alourdissant. Cette pesanteur humide qui les retardait n'arrangeait pas les choses. Charles sentait que ses pieds et ses doigts devenaient gourds, que son corps glacé s'ankylosait rapidement et que sa démarche se faisait de plus en plus pénible Mais sa volonté était telle qu'il s'efforça d'oublier son mal-être pour les sortir, le jeunot et lui, de cette mélasse poisseuse qui continuait irrémédiablement à engloutir tout ce qui faisait partie de leur vie. Alors que la Moselle chatouillait déjà les pieds d'une dizaine de chaumières, ils émergèrent enfin hors du cauchemar.

Mimile trouva sa maison vide. Sa mère avait déjà quitté les lieux avec Angèle en emportant ce qu'elle pouvait. Les deux hommes tentèrent de remonter sur des cales une partie des meubles, accrochèrent en hauteur les denrées périssables, mais ils durent très vite abandonner car la vase s'infiltrait déjà dans l'intérieur de la maison.

Charles confia, aussitôt, l'attelage à son second pour qu'il retrouve les siens devant la chapelle. Puis, comme si une force indomptable l'y poussait, malgré son animosité latente contre « le Germain », il frappa à la porte de la tannerie pour proposer son aide. Il ne pouvait supporter que Madeleine soit à la merci de ce malade.

— Bonjour, le tanneur ! La Moselle est devant votre porte et il devient urgent d'évacuer la maison ! Voulez-vous un coup de main ?

L'homme, qui était au fond de l'atelier, pivota sur lui-même au son de cette voix qui l'agaçait prodigieusement.

— Nous avons du travail à accomplir et ce n'est pas un simple bain de pieds qui va me faire courir comme une poulette ! Sauvez-vous donc si vous avez peur, s'entendit-il répondre.

Comme de bien entendu, la Madeleine ouvrageait laborieusement avec les enfants. Aucun d'eux n'avait osé lever la tête à l'arrivée du meunier.

— Laissez au moins les gamins et votre épouse se mettre à l'abri avec de la nourriture et des vêtements. L'eau est glaciale… Ils risquent d'attraper la mort ! Vos réserves ne supporteront pas de stagner dans l'humidité. Si vos peaux sont mouillées, vous allez tout perdre… La pluie tombe de plus belle et la crue est incontrôlable ! insista Charles.

— Ici, le meunier ! c'est moi qui décide de ce qu'il faut faire ou ne pas faire ! Alors, pour le moment, que ça te plaise ou non, ils ne bougent pas de-là !

— Je ne suis pas d'accord ! intervint aussitôt la Madeleine en se levant, avec les yeux remplis de hargne et de colère. Lorsqu'il s'agit de la vie de mes enfants que tu mets volontairement en danger, j'ai mon mot à dire. Ne peux-tu une seule fois penser à autre chose qu'à tes intérêts pour protéger d'abord les petits ? Si tu es assez fou pour attendre que l'eau te glace les entrailles, alors, travaille ! Nous, on s'en va… D'ailleurs, tu ferais mieux de mettre tes peaux au sec plutôt que d'attendre que la Moselle s'en fasse une fourrure de luxe !

Elle terminait à peine sa phrase que, malgré son geste de recul inopiné, un *couteau demi-lune* jeté avec rage par son mari la marqua d'une griffe ensanglantée à la tempe. La chose tranchante continua sa course en allant se ficher d'un claquement sec dans le bois de la porte. Madeleine, sous le choc, porta sa main au front et essuya de la paume la coulée de sang poisseuse.

Fou de rage à l'idée de ce qui aurait pu arriver avec cet outil extrêmement coupant, Charles bondit et attrapa le tanneur par les épaules pour le soulever de sa chaise en lui rugissant dans les oreilles d'une voix sombre :

— Espèce de charognard ! Ne recommence plus jamais cela ! Tu mériterais que la Moselle t'arrache de ton tan et ne te relâche que lorsque tu seras raide comme une planche ! Qu'es-tu donc comme humain pour user de violence afin de faire passer quelques biens avant la vie des tiens ?

Sans un regard pour son époux, ni aucun souci pour ce qu'elle laissait derrière elle, la jeune femme chargea à la volée, dans un sac en toile, une pile de linge qu'elle venait de laver et sécher, décrocha les manteaux des enfants, attrapa un édredon dans le coffre de l'entrée puis, sans se retourner, entraîna ses loupiots vers la sortie tout en blasphémant :

— Que le diable t'emporte, avec tes peaux et tes économies ! Reste là si tu le veux, mais les enfants et moi, nous voulons vivre ! Tu entends ! Nous voulons vivre ! Venez Charles, nous partons avec vous ! Sans se retourner, ils quittèrent la tannerie…

En l'espace d'une vingtaine de minutes, l'eau avait déjà dépassé la deuxième des trois marches.

— Pressons nous, les garçons ! L'eau monte très vite... Remontez bien vos pantalons si vous ne voulez pas avoir les pieds glacés et enlevez vos galoches ainsi que vos bas, pour pouvoir les remettre dès que nous serons au sec. D'un bras, Charles s'empara du chargement encombrant qui emplissait les mains de Madeleine, de l'autre il souleva la petite Valentine pour lui éviter de marcher dans l'eau glaciale. Lorsqu'il sentit le contact de la paume de Madeleine qui s'agrippait à son coude, il perçut une houle de fierté l'envahir. Elle ne manque pas de courage, ma belle tanneuse, pour avoir osé affronter son mari ainsi, songeait-il, aussi transi d'amour que de froid. Lorsque son regard croisa les iris à la nuance tendre des pervenches en passant par le front blessé, Charles comprit qu'il pourrait mourir d'amour pour cette femme qui paraissait aussi bouleversée que lui. Quoi qu'il fasse, même s'il devait en être damné, cette femme le troublerait toujours…

— Advienne ce qu'il pourra et que Dieu soit avec nous, mais je ne te laisserai plus repartir, lui murmura-t-il contre son oreille en se penchant vers elle. Ne bouge pas ! Je reviens te chercher.

Durant le court moment où Charles installa Valentine sur le siège, Madeleine resta debout, dans un état second. Elle avait osé… Dans son for intérieur, c'était comme si l'ombre d'une autre venait d'agir. Ses pensées s'activaient à en avoir le tournis. J'ai enfin osé me confronter à l'homme brutal qui partage ma vie, pensait-elle. Elle revoyait le défilé d'atrocités que son avare de bonhomme leur avait fait subir en se moquant éperdument des conséquences de son acte. D'ailleurs, pourquoi ne l'ai-je pas fait plus tôt ? Demain est un autre jour… Pour le moment, je n'ai qu'un seul désir, suivre Charles afin de mettre mes enfants en sécurité. Ses pensées bondissaient dans tous les sens, entre ses gamins, l'angoisse du lendemain, le présent avec ce danger qui s'avançait silencieusement sur eux, son courage quant à l'avenir, ses propres envies… Aurai-je la force de ne plus revenir dans mon foyer ? s'interrogeait-elle. D'après ce que je ressens au fond de moi, ce n'est vraiment pas l'envie qui m'en manque. Je sais ce que je veux, mais « le Germain » ne le permettra jamais. Qu'elle sera sa réaction ? Je crois qu'il nous tuera plutôt que de nous laisser partir… Enfin, il vaut mieux éviter d'y penser et pourtant… Déjà, deux bras solides la soulevaient, en la pressant fermement contre un torse ferme, pour l'installer sur la charrette, à côté des petits. Ce bref moment la troubla plus que de raison…

La plupart des habitants s'étaient réfugiés au café Thil. Le ruisseau avait tellement gonflé que la passerelle était immergée. Le village était coupé en deux. L'eau s'étalait sournoisement dans les ruelles. On ne pouvait plus se rendre du côté de Cattenom ou Thionville. D'autres personnes, également coincées de ce côté-ci de l'inondation, n'arrivaient plus à rejoindre leur domicile. Tous les sinistrés de cette rive se regroupaient là. Ils avaient, curieusement, observé de loin l'attelage du meunier, en ouvrant des yeux ronds comme des queues de pelles. Il n'arrivait pas seul… Mais des bouches, béantes comme celles des carpes, s'étaient ouvertes, en reconnaissant la passagère que le beau gaillard tenait serrée contre son poitrail. Au moins, elle ramenait ses gamins avec elle. Comme Madeleine tremblait de froid et d'appréhension, Charles encerclait, fermement, ses épaules rondes pour la réchauffer.

— Que la Sainte Mère les protège ! balbutia la sœur du padre, en se signant à trois reprises. La Madeleine était-elle devenue folle ? Maintenant, le tanneur va perdre complètement la boule…

Malgré la surprise, il était un temps pour chaque chose… L'urgence était tout autre, alors aussi vite chacun s'inquiéta de la montée des eaux. C'est pourquoi la crue redevint le problème primordial à affronter. De toute évidence, à cinquante lieues à la ronde, l'avis du Germain, sur la présence de sa femme avec un autre que lui, leur passait au-dessus du bourrichon. Ce vil rapiat avait bien mérité que sa femme s'échappe avec un autre. D'ailleurs, pour une fois que ce radin prêtait quelque chose… Et puis, le meunier, c'était un bon gars. De plus, la jolie Madeleine méritait mieux que ce qu'elle avait… Les commères auraient bien le temps de faire des « gorges chaudes » plus tard.

Sans se préoccuper du qu'en dira-t-on, Charles et Madeleine discutèrent un moment avec Mimile, sa maman et la petite Angèle. Ils patientaient en compagnie des autres, devant le parvis, en attendant qu'une décision d'évacuation se prenne. Comme rien n'arrêtait l'avancée permanente de la Moselle, les moines du village voisin, en hauteur, leur proposèrent l'hospitalité dans l'église de Berg. Même si elle n'était pas chauffée, ils seraient au moins à l'abri. Sous l'emprise des trombes d'eau froide que le ciel n'arrêtait pas de déverser, ils montèrent la côte avec une pluie glacée qui leur giflait le visage. Le long du chemin, des animaux en perdition erraient par hordes entières. Les fugitifs furent accueillis généreusement. Même les bœufs et les équidés, pour ceux qui avaient un attelage, furent placés dans différentes granges. Charles réussit à confier son lourd chargement à un ami qui possédait une vaste remise... Une fois les bêtes sous couvert, la cargaison au sec, il rejoignit Madeleine et les petits dans l'église. Après avoir enfilé des habits secs prêtés par tout le voisinage et avalé, pour se réchauffer, une soupe à la panade offerte gracieusement par les moines, ils se sentirent mieux. En se plaçant, selon les moyens du bord, le plus confortablement possible, ils s'installèrent pour passer la nuit… Les uns s'étaient allongés sur des bancs avec un baluchon en guise d'oreiller, d'autres sur des sacs de vêtements, ceux-là sur des couvertures sauvées du déluge. Quant à Mimile, il avait déroulé un vieux tapis de laine en choisissant comme point de chute l'espace sous la chaire, pour sa mère et sa petite sœur.

Madeleine et les enfants s'étaient lovés, les uns contre les autres, juste devant l'autel, sur la douceur du duvet en plume que la jeune femme avait emporté. Malgré la fraîcheur des lieux, avec leurs tenues chaudes et les deux couvertures de Charles pour se recouvrir, ils se sentaient bien. Ils étaient isolés du sol glacial. Les moines vinrent réciter quelques prières pour solliciter l'aide de Dieu et après un dernier cantique, ils les laissèrent pour la nuit. Charles vint s'allonger à côté de Madeleine, en laissant entre eux la distance qui s'imposait pour un couple non marié. Cependant, sous la couverture, des doigts se cherchèrent… Alors que la situation était catastrophique, émus, ils souriaient tous les deux. De l'inondation et de ses dégâts, Charles s'en moquait royalement, puisque la main de Madeleine était blottie dans la sienne. Jules, Louis et Valentine les regardaient avec des yeux remplis de lumière comme si un miracle venait de se produire. Cette évasion de leur quotidien morose, sans se faire rabrouer en permanence, leur semblait un cadeau du ciel. Les flammes des bougies pétillaient en les encerclant d'un halo de lumière divine. C'était comme si Dieu bénissait leur présence en ce lieu saint. De plus, ils bénéficiaient de la protection de véritables œuvres d'art, trois statues en bois de grandeur humaine.

Au centre, celle de Saint-Michel trônait au-dessus du maître autel. D'une main il brandissait une épée de feu, tout en tenant enchaîné de l'autre le diable couché à ses pieds.

A gauche du chœur, la Vierge, couronnée d'étoiles et écrasant de son pied le serpent infernal, semblait les regarder avec bonté.

Sur la droite, une sculpture reproduisait Saint-Willibrord, apôtre du Luxembourg, en tenue d'Evêque. Un ange était assis sur un tonnelet posé juste devant lui.

Une fois les flammes des bougies éteintes, à l'ombre de la nuit, ils se rapprochèrent. En ressentant la chaleur de leurs deux corps, ils s'endormirent serrés l'un contre l'autre, sans dire un mot, mais en rêvant de l'impossible…

Dès le lendemain, malgré un ciel toujours aussi assombri par ce temps de chien qui n'en finissait plus d'étaler son souffle morose et pluvieux, Charles sortit pour constater l'importance des dégâts. Des hauteurs du clocher de l'église de Berig, leur village d'accueil, il vit que la rivière insolente s'était étalée jusqu'au pied de la montée vers les vignobles. C'est-à-dire, à plusieurs mètres encore de son lopin de terre. Il se plaignait toujours de la pente rude à monter, lorsqu'il y courbait l'échine pour y peiner, mais aujourd'hui, il en remerciait le ciel. Même si la pluie continuait à s'abattre, pour le moment, ses bêtes ne couraient aucun risque. Tout en réfléchissant, il traversa le chemin, poussa la grande porte du couvent qui faisait face à l'église, pénétra dans le grand bâtiment, qui avait plus l'apparence d'un château que d'un couvent… Il désirait emprunter un seau au frère économe qui gouvernait les lieux appartenant aux Bénédictins du couvent de Saint-Willibrord d'Echternach. C'était dans cette petite ville luxembourgeoise, que chaque année, lors de la Fête-Dieu, des centaines de fidèles venaient en pèlerinage pour se joindre à une grande procession.

De l'extérieur, la solidité des murs du couvent s'imposait comme une évidence aux passants et l'arrivant découvrit avec surprise que l'intérieur s'avérait plus que confortable. Plusieurs cheminées ronronnaient dans les grandes pièces, en assurant, par ce temps humide, un bien-être appréciable aux religieux. Charles exposa sa requête au responsable… Aussitôt, le Bénédictin, un homme serviable d'une grande maigreur, assez âgé, accepta de bon cœur. Auparavant, il convia son visiteur à visiter l'admirable cave qui faisait la fierté des lieux. Ils traversèrent l'immense couloir, visitèrent la salle de séjour, dont les deux bahuts ainsi qu'une immense table et des chaises sculptées dans du chêne massif ressortaient bien sur la blancheur des murs badigeonnés à la chaux. Cinq frères convers l'occupaient. C'étaient les receveurs des dîmes en vin et autres denrées qu'ils possédaient à Berg et dans les environs. Puis, ils jetèrent un œil sur la salle de prières meublée, en tout et pour tout, d'un âtre flamboyant, de quatre bancs, d'un autel central recouvert d'une nappe blanche brodée sur lequel trônaient deux cierges et un crucifix. Une aile était réservée à la vie privée des religieux, alors que le reste du bâtiment était partagé. Les caves, qui se trouvaient dans les sous-sols, surprirent Charles. Il n'avait jamais vu autant de futailles et de bonbonnes de vin. Elles s'étalaient sur toute la longueur de la propriété. De fameuses cuvées continuaient à prendre de l'âge. Après avoir remercié le religieux, Charles, muni de son précieux récipient, rejoignit Madeleine et les enfants.

— Voilà, expliqua-t-il, avec ceci nous pourrons, sans aucun problème, descendre par le petit chemin de terre qui conduit directement au vignoble, pour traire les vaches et les chèvres. Si l'éclaircie daigne faire son apparition, ce sera également un bon moyen pour nous détendre. Ensuite, nous partagerons le lait avec les autres, ajouta-t-il en regardant, autour de lui, les visages anéantis des sinistrés, dont le désarroi était évident. Tous ces gens étaient des amis. Plusieurs d'entre eux, déjà miséreux auparavant, se retrouvaient totalement démunis.

Ils courbaient le dos d'impuissance…

Pour constater de près l'étendue des dégâts, dans l'après-midi, le meunier et son apprenti descendirent à Gauvis en chevauchant les deux juments. C'était plutôt angoissant de rester bloqué dans l'église, sans savoir ce que le sort leur réservait. Des femmes pleuraient, d'autres gémissaient car l'attente était ce qu'il y avait de pire. Comme il pleuvait toujours, Madeleine, pour occuper la marmaille, jouait à colin-maillard sous le porche. Des éclats de rire fusaient joyeusement.

— C'est la première fois que mes loupiots découvrent le jeu, lui avait-elle avoué à l'oreille lorsqu'il s'était penché pour l'embrasser discrètement sur le front.

Il la regarda avec un regard de tendresse qui voulait tout dire et partit en quête de nouvelles avec son cache-mannée… Le long du chemin, ils virent le cheval bai du forgeron qui habitait pourtant de l'autre côté du ruisseau, galoper et sauter au-dessus des clôtures. Sa robe était identifiable entre toutes, grâce aux crins noirs qui encerclaient l'extrémité de ses membres.… Ils croisèrent les deux bœufs du père Jacob, un vieil ours solitaire qui vivait presque en reclus tant la vie l'avait aigri. Mimile récupéra même au passage ses deux propres biquettes qu'il attacha à un arbre pour les récupérer au retour, après leur avoir passé une corde autour du cou.

— C'est ma mère qui va être contente ! s'était-il exclamé en reconnaissant la Pépette et la Râleuse.

De tous côtés, des vaches, des cochons, des chèvres, des volailles et même un taureau erraient en liberté. Pour les sauver, les propriétaires ou les métayers les avaient chassés hors du village. Cette constatation inhabituelle fit monter l'inquiétude dans l'esprit des deux cavaliers. Dans quel état allaient-ils retrouver leurs propres habitations ? À leur grand désespoir, la situation n'avait fait qu'empirer. L'inondation avait largement dépassé les habitations et tout le village était condamné. Tout comme eux, d'autres sinistrés étaient venus observer la catastrophe qui détruisait leur vie. Pourtant, il n'y avait qu'une chose à faire, attendre… Charles demanda des nouvelles des autres villageois et, surtout, du tanneur, en racontant de quelle façon il avait aidé Madeleine et les enfants à s'enfuir. Malgré le poids de tristesse qui pesait sur les épaules de ceux qui étaient présents, quelques blagues fusèrent, tant « le Germain » s'était fait une réputation de grippe-sous. Mais personne n'avait vu ce rapiat et nul ne s'étonnait de sa conduite. Il avait toujours frappé femme et enfants.

— Il doit certainement travailler en faisant du sous-l'eau ! plaisanta le gardien des chèvres du bailli.

— Tiens donc ! pouffa le Papé, il doit sûrement compter les bulles pour ne rien gaspiller. On ne va quand même pas se casser la tête pour ce « rabioteur ». Il doit être en haut d'un arbre avec ses peaux sous le bras…

La plupart des maisons étaient vides. Mais pour les rares habitants, qui étaient restés à l'autre bout de la bourgade, une barque devait faire le tour, au cours de l'après-midi, afin de leur apporter de l'eau potable et des vivres. Les ravitailleurs auraient peut-être des nouvelles plus fraîches. La discussion tourna également sur la situation générale. Malheureusement, ils n'étaient pas les seuls à plaindre… Quelqu'un précisa même que Sierque avait les pieds dans l'eau ainsi que la plupart des villes et villages qui bordaient la Moselle. L'inquiétude chargea à nouveau les regards car la situation ne faisait qu'empirer… En ce début d'après-midi, le ciel s'assombrissait comme à la tombée de la nuit. Par précaution, chacun décida de reprendre la route pour retrouver son point d'ancrage.

En remontant la côte de Berig, un vent d'une extrême violence s'était mis à souffler et les deux hommes calmèrent avec beaucoup de difficultés leurs montures effarouchées. Ils durent même s'entraider pour récupérer les deux *Geiß*, tant les tourbillons se montraient agressifs. Madeleine les vit arriver avec soulagement. Les nouvelles alarmantes lui firent monter les larmes aux yeux, mais elle se reprit aussitôt en voyant le regard inquiet de Jules. Ce n'est que lorsque les enfants dormirent qu'elle osa demander des nouvelles du Germain. Cependant, Charles n'en avait aucune… Où s'était-il abrité ? Durant toute la nuit, des bourrasques violentes, accompagnées de bruits violents, de couinements, de claquements les réveillèrent. Pour passer le temps, Charles leur conta les histoires que lui racontait son grand-père pour l'endormir.

Dès l'aube, alors que la tempête s'était calmée, mais qu'au-dessus d'eux les cumulo-nimbus continuaient à déverser leur trop-plein de larmes, ils découvrirent que, dans le village où ils gîtaient, plusieurs toitures avaient été emportées. Décidément, le diable était à leurs trousses ; il avait certainement décidé de les poursuivre jusqu'aux enfers avec sa fourche.

Durant trois jours, ils observèrent la Moselle qui continuait à se gonfler. À perte de vue, ce n'était qu'une étendue d'eau… Dans l'église de Berig, les naufragés vivaient, par respect pour les autres, leur aventure dantesque avec le sourire forcé, de ceux qui savent qu'ils ont tout perdu. Les abbés d'Echternach, résidants du couvent, leur faisaient porter des soupes chaudes. Dans cette surface close, pour faire tourner les heures, les confidences filaient bon train. En allant voir ses bêtes, Charles avait même ramassé trois œufs que ses poules avaient pondus directement sur l'herbe. Les enfants les avaient gobés après en avoir percé, de chaque côté, la coquille avec un caillou.

Après ces soixante-douze heures de déluge incessant, le soleil refit enfin son apparition. Timidement, la décrue s'amorça. Ce n'est que le surlendemain matin, au petit matin, que la route fut enfin praticable, malgré les caniveaux qui dégorgeaient en rigoles boueuses.

De tous côtés, les terrains n'étaient que désastre et désolation. Les tas de fumier s'étaient volatilisés, emportés par la Moselle. Les plantations d'hiver étaient condamnées à pourrir lentement dans un sol trop spongieux. Il était impossible que les céréales résistent à une telle affluence d'eau. Les gelées blanches glaçaient déjà le sol et c'était quasiment inutile de tenter d'autres semailles. Les fourrages avaient, en partie, pris la tangente. Dans certaines prairies, plus creuses, transformées en lacs, des meubles, des amas de paille, d'orge, d'orties et autres se chargeaient de rappeler aux passants que, devant le courroux vindicatif de la nature, on ne peut que se résigner.

Au fur et à mesure que les villageois retrouvaient leur domicile, des cris, des pleurs, des lamentations se faisaient écho. Devant l'ampleur du désastre, des bordées de jurons contre le diable, la terre entière, le Seigneur qui n'avait pas empêché cette terrible catastrophe, s'échappaient des gorges nouées par le chagrin des hommes, afin d'empêcher les larmes de couler à flots. De l'eau, on en avait assez vu et un homme ça ne pleurait pas… La vie vous apprenait à vous endurcir et chacun comprenait que la famine serait la punition du ciel durant la saison hivernale à venir... Les locaux inhabitables, remplis d'immondices, de boue stagnante, sentaient le croupi. Les meubles, que les flots n'avaient pas pu emporter dans leur rouleau infernal, étaient boursouflés et englués de gadoue malodorante. Les réserves de nourriture de ceux qui n'avaient guère eu le temps de les placer en hauteur n'étaient plus que souvenirs, la vaisselle n'existait plus, les latrines au fond des jardins s'étaient volatilisées, de nombreuses portes ou volets en bois avaient pris la clef des champs. Chez le boucher, qui était parti faire sa tournée au moment crucial, les découpes de viandes faisandaient dans tous les coins de la maison dans une sauce écœurante. Chez le potier, le tour avait été soulevé par une houle forcenée pour finalement rester coincé contre le chambranle de la porte. La boutique n'avait plus que sa pancarte « poterie » pour annoncer ce qu'elle avait été, car les pots brillaient par leur absence. La fange les avait remplacés. Des gros bestiaux avaient été embarqués comme des plumes par la crue. La maisonnette en bois avec le toit en torchis située en face du chanvrier et où logeait la servante du bailli avait disparu. Le four banal n'avait plus rien de banal. Situé en face d'un énorme tas de fumier, il avait réceptionné au passage de nombreuses défécations animales. On aurait dit l'antre d'une grotte crépi avec du crottin. On ne risquait pas d'y cuire du pain avant longtemps... La passerelle en bois qui enjambait la Boler, emportée comme un fétu de paille, n'était plus qu'un souvenir. Seules, les trois dernières maisons à l'autre bout du village, en avançant sur la route de *Fixheim*, avaient échappé au désastre. L'aubergiste avait également évité le pire... Non seulement, il était resté dans sa maison mais, ayant vidé son sous-sol avant que sa cave ne soit inondée, il n'avait que du nettoyage à faire. Quant au domaine du bailli, situé en retrait dans les terres, il n'avait pas été inquiété du tout par la crue.

En arrivant devant la tannerie, Charles fit stopper les chevaux et descendit du van. Il voulait régler les choses avec le tanneur. Même si les conditions étaient difficiles, c'était nécessaire. Assise sur la banquette en bois, avec les enfants, tremblants de frayeur, blottis contre elle, Madeleine, la main collée sur la bouche devant cette vision d'horreur, regardait, avec stupéfaction, ce qui restait de son héritage. La double porte à battant de la porte de l'atelier avait été arrachée, une partie de la cloison en bois sur la droite avait fait place à un trou béant, l'atelier semblait totalement déserté. Même l'énorme tonneau qui servait à foulonner le cuir avait disparu. Seul le tan, dont les pieds en fer forgé étaient fixés profondément dans la terre battue, était planté là, comme un pauvre hère solitaire au milieu des débris. Au-dessus de la tannerie, ce qui était auparavant leur logis, composé de la cuisine, d'une *stuff* avec table, chaises, une malle pour le linge et de deux divans où dormaient les petits ainsi que la chambre parentale, était éventré. La toiture, en bois noirci, fragilisée par les intempéries et l'érosion du temps, avait été arrachée comme un fétu de paille.

En serrant le bras de Madeleine, Charles lui dit gentiment :

— Tu restes dans le chariot avec les enfants ! Il faut que je trouve « le Germain » pour lui parler de nous. Je ne veux plus que vous retourniez vivre avec lui ! Contre de l'argent, il ne fera peut-être pas trop d'histoires. Après, nous partirons ensemble.

Sans dire un mot, Madeleine acquiesça d'un signe de tête mais, en lisant au fond de ses yeux, il comprit à quel point elle appréhendait cette confrontation.

— Maman, bredouilla Jules, papa va se mettre en colère. J'ai peur ! Mais cette fois-ci, je ne veux plus qu'on se laisse faire. Je veux devenir un homme courageux comme Charles pour l'empêcher de te taper !

— Ne t'inquiète pas, Jules ! lui répondit aussitôt, Charles. Je ne le laisserai plus jamais vous faire de mal…

Madeleine pressa ses enfants contre son cœur et laissa son regard se perdre dans les yeux de cet homme dont elle était tombée profondément amoureuse. Sans qu'elle ne puisse les retenir, elle laissa des larmes de soulagement jaillir… Au fond d'elle, elle n'arrivait pas à croire que son mari les laisserait partir sans réagir. Elle savait bien que cet être malveillant était capable de tout. L'avarice, la convoitise, la haine et la jalousie l'habitaient comme une seconde peau… Le souvenir de son père lui revint en mémoire comme un vent de torture pour provoquer la panique au creux de ses tripes. Elle tentait bien de cacher son angoisse aux petits, mais les yeux de son aîné en disaient long… Il avait tout compris. Elle sentit sa main se glisser dans la sienne pour la soutenir.

Charles pénétra dans cet endroit qu'il maudissait et faillit s'étaler plusieurs fois, tant le sol était glissant. Il fit rapidement le tour des ruines. Un pan du plafond en bois se détacha juste au-dessus de lui. Il dut faire un écart brusque pour ne pas le prendre sur la tête. Ce n'était pas le moment de se faire assommer. Partout où il posait les pieds, il butait contre des limons ou des gravats que la rivière déchaînée avait charriés dans son ventre pour les oublier derrière elle, au moment de la décrue. Comme de bien entendu, il finit par se retrouver avec les fesses dans cette fange terreuse. La maison était vraiment inhabitable. Il ne trouva aucune trace de son rival violent et rejoignit Madeleine et les enfants.

— Il n'y a personne dans la maison, se contenta-t-il de leur expliquer en arrivant près de l'attelage. À part glisser avec le derrière dans la *boulibatch*, nous ne pouvons rien faire d'autre pour le moment. Les fous rires des deux plus jeunes en constatant l'état du postérieur de l'arrivant détendirent tout le monde. Charles ressentit jusqu'au fond de l'âme le souffle de soulagement que poussa Madeleine. Cependant, ce n'était que partie remise.

Dans la maison voisine, Mimile commençait déjà à déblayer les déchets et il vint aussitôt leur annoncer l'état des lieux. Chez eux, comme la construction était plus récente, les chambres à l'étage n'avaient pas été touchées, les meubles et les réserves qu'ils avaient mis en sécurité avec Charles étaient intacts. Ils n'étaient donc pas à la rue. L'après-midi, il avait l'intention de se rendre à *Fixheim* pour trouver un peu de bois sec afin d'allumer la cheminée. Il craignait que sa mère et le bébé ne prennent froid… Le seul gros problème était le manque d'eau potable. Bien sûr, il y en avait partout mais l'eau des puits était aussi gadoueuse que les murs et les sols à nettoyer. Il faudrait plusieurs jours avant qu'elle ne se filtre et que les saletés se posent dans le fond. Enfin, chacun s'affairait pour déblayer, lessiver, brosser, réparer tant bien que mal les dégâts.

En haranguant les juments pour rentrer au moulin, Charles sentait une barre d'oppression lui serrer la poitrine. Maintenant que son rêve se réalisait enfin, et qu'il ramenait, chez lui, la femme qu'il aimait avec ses enfants, dans quel état allaient-ils, tous les cinq, trouver le moulin ?

De l'extérieur, il s'aperçut que le solide bâtiment semblait entier. Le chemin et la cour étaient saturés d'eau, mais les grosses pierres, dont il avait tapissé l'allée principale pour faciliter le passage de ses clients, leur évitèrent de s'embourber. Il en connaissait plusieurs qui seraient soulagés de retrouver leurs céréales, qu'il venait de traîner avec lui durant plusieurs jours, moulues et sèches. Après avoir bloqué la charrette et aidé Madeleine et les enfants à descendre, il détela les chevaux pour les laisser en liberté derrière la meunerie. C'étaient deux belles bêtes sur qui il pouvait toujours compter. Sur les parois du mur il constata, aussitôt, que les marques laissées par l'inondation dépassaient sa tête de quelques centimètres sans toutefois atteindre l'étage. Avec un peu de chance, ils dormiraient au sec cette nuit. Comme partout ailleurs, en ouvrant la double porte, il découvrit une vision cauchemardesque. Ce qu'il n'avait pas eu le temps de relever était totalement recouvert de la même crasse écœurante que dans les autres maisons. Le sol était glissant. Une branche d'arbre était coincée dans l'âtre de la cheminée. Il fallait lever les pieds pour éviter de buter dans des objets méconnaissables. Le nettoyage de cet amoncellement de boue et de crasse exigerait plusieurs jours de travail. Quant à la roue, elle n'avait pas bougé d'un pied. Charles espérait bien qu'après lessivage et graissage de l'engrenage, elle pourrait reprendre du service. Dans les prochains jours, il pourrait la tester. Dans l'immédiat, il fallait trouver le moyen de survivre et surtout d'attaquer le grand déblayage. Il ne s'était pas trompé. L'eau s'était arrêtée à trente centimètres du niveau supérieur. Malgré cette odeur de moisissure assez dérangeante, une fois les locaux décrassés, les murs recouverts d'une couche de chaux lorsqu'ils seraient secs, la vie pourrait reprendre son cours. L'étage était intact. La nourriture, qu'il avait rangée dans un fût en chêne posé au dessus d'un lit, semblait impeccable. Les céréales pour nourrir les bêtes, les pommes de terre, les betteraves, les lentilles, les pois cassés, les fèves, la choucroute, le petit salé, le lard, le jambon fumé et les terrines de pâté s'étaient, tous bien conservés. Il ouvrit aussitôt un sac de farine et, comme la matière glissait avec onctuosité entre ses doigts, il comprit que, pour eux, l'hiver ne serait pas trop dur. Sa grande crainte avait été de la retrouver collante par le trop-plein d'humidité. Comme les réserves étaient saines, ils pourraient même en secourir quelques-uns. Le toit semblait parfaitement étanche et, dans l'immédiat, sa petite famille était protégée. Mais, lorsque « le Germain » montrerait le bout de son nez, ce ne serait plus pareil.... Charles savait qu'il venait de s'approprier la femme de son prochain et qu'il était en tort... Même si le tanneur était un félon, personne ne lui donnerait raison. Il risquait les foudres du diable pour son méfait. Pourtant, il ne regrettait rien... Que serait-il advenu de Madeleine et des enfants s'il n'avait pas agi ainsi ?

Pendant que la jeune femme, en compagnie de la benjamine, tentait de faire un peu de place à l'étage pour qu'ils puissent tous s'installer le plus confortablement possible, Charles attaqua le gros du décrassage. En compagnie des garçons, il entreprit d'abord le déblayage de la meunerie pour faciliter le passage en évitant de glisser sur les saletés qui recouvraient le sol. Que de choses inutiles on conservait toujours pour le jour où... car souvent on ne s'en servait jamais. Dans la cour, le tas de détritus s'épaississait à vue d'œil. En sa compagnie, Jules et Louis accomplissaient leur part de travail comme des petits hommes.

— Doucement les enfants, autrement nous n'aurons plus de travail pour demain ! leur dit Charles en riant. Il savait trop de quelle façon les deux frères étaient habitués aux coups s'ils ne s'activaient pas… Il voulait, surtout, qu'ils se sentent en confiance avec lui. D'ailleurs, Jules l'avait déjà compris, car il lui répondait d'une voix claire et assurée…

Comme la nuit commençait à poser ses jalons, il envoya le plus jeune chercher, au grenier, trois chemises sèches dans son coffre à linge. Il installa un baquet au milieu de la grange et puisa trois seaux d'eau terreuse directement dans le ruisseau, derrière la meunerie, pour le remplir. Où était passée l'eau limpide qui passait par-là habituellement ? Enfin, elle était toujours moins malodorante que leurs tenues actuelles, raides de crasse. Après s'être déshabillés, ils se lavèrent de haut en bas, et pour terminer, ils plongèrent leurs fripes souillées dans le liquide peu engageant afin de les faire tremper. Ensuite, ils revêtirent une chemise propre. Louis devait la remonter telle une traîne pour ne pas marcher dessus, mais il riait de bonheur en tournant sur lui-même. Il était vrai qu'ils avaient, tous les trois, une allure plutôt comique. Madeleine éclata d'un rire communicatif en les voyant arriver... En attendant, elle avait déblayé un coin du grenier. Comme elle n'avait pas réussi à bouger le lit en chêne que Charles avait posé sur le revers pour gagner de la place, elle s'était contentée de tirer le lourd matelas en laine qui était debout contre la paroi ainsi que la literie coincée au-dessus sur un nid de paille. Puis, juste à côté, elle avait étalé le duvet qui avait tant servi ces derniers jours. Son unique bien qui ne s'était pas embarqué sur le bateau pirate, pour un aller simple, sans espoir de retour…

Assis sur les lits de fortune, avec la lumière flageolante d'un bougeoir posé, bien en hauteur, sur un meuble pour éviter de le faire choir en risquant de mettre le feu, ils se contentèrent de la miche de pain offerte à chaque famille sinistrée par les moines du prieuré, au moment de leur départ, d'un bocal de terrine de cochon avec du lait de chèvre. Repus et épuisés, Jules, Louis et Valentine s'étalèrent comme des masses sur la doudoune en plumes pour s'endormir aussitôt. Avec son plus beau sourire, en posant le doigt sur les lèvres de Madeleine, Charles lui murmura :

— Chuuut ! Maintenant, nous ne sommes plus que nous deux avec la nuit à venir…

Et, joignant le geste à la parole, il souffla le lumignon qui dansait une farandole sautillante sur le haut du bougeoir. Une fois la mèche bien éteinte, en bravant les interdits, avec la souplesse d'un félin, il se lova contre le corps chaud de sa bien-aimée. En chuchotant, ils parlèrent de tout et de rien, du futur et du passé durant plus de deux heures, sans jamais prononcer le nom du Germain… Puis, comme s'ils se comprenaient, Charles l'embrassa tendrement sur la bouche pour lui dire bonne nuit. Ce contact passionné éveilla en eux une myriade de sensations intenses. Cependant, même si le désir les émoussait, même si le sommeil tarderait certainement à venir, pour le reste ce n'était pas encore l'heure… Par respect, Charles ne voulait pas profiter d'une situation due au hasard, et surtout pas avec les enfants à côté d'eux.

Le lendemain, ils se levèrent aux aurores pour bénéficier le plus possible de la lumière du jour dans l'avancement de leur ouvrage. À l'étage, Valentine épluchait des pommes de terre pour la *Speise*. Pendant ce temps, les garçons, afin d'y réinstaller le bétail, déblayaient les écuries à coups de poussoir en bois, de *Schrouppette* et de seaux d'eau, avant de rafistoler le poulailler dont l'escalier et le perchoir en bois avaient suivi le cours d'eau. Les adultes, eux, s'attaquaient au lessivage intérieur du moulin. C'était un travail décourageant qui donnait l'impression de ne guère avancer. L'eau de rinçage du ruisseau paraissait toujours aussi opaque. À l'aide d'un balai en osier ou de vieilles nippes, il fallait brosser, récurer, frotter les murs à plusieurs reprises, de haut en bas, pour peu de résultats. L'eau boueuse s'était infiltrée profondément dans les cloisons. Le cœur au diapason, les deux amoureux se jetaient des regards complices, ce qui rendait la tâche plus légère. Vers dix heures du matin, ils n'avaient pas encore terminé de décrasser la cuisine lorsque Mimile arriva du village, hors d'haleine. Juste derrière lui, Jules et Louis, qui l'avaient vu passer comme une flèche, venaient aux nouvelles :

— Vite, vite ! La Madeleine ! Un malheur ! Un grand malheur est arrivé ! s'époumonait le brave gars. Le Bon Dieu s'est mis en colère ! Courez vite à la chapelle. C'est pour « le Germain… » J'ai toujours dit à ma mère que la punition, pour ce qu'il a fait à mon père, viendrait du ciel ! Et c'est arrivé… Oui ! C'est vraiment arrivé… Prenez un châle et venez ! insistait-il en la tirant par le bras. C'est très urgent !

— Que se passe-t-il, Mimile ? A-t-on retrouvé le tanneur ? questionna Charles.

— Oui, c'est cela, se contenta-t-il d'ajouter en regardant vers les enfants. Je ne peux pas trop vous en parler devant eux, car ce n'est pas beau à voir, mais vous devez venir tout de suite ! Je vais rester avec vos enfants, Madeleine, pendant que Charles va vous accompagner.

— Maman ! Je sais qu'ils ont retrouvé mon père… Je veux venir avec vous ! les interrompit, brusquement, Jules. Si j'étais assez grand pour trimer comme un baudet, à la tannerie, en étant frappé du matin au soir, alors, je le suis aussi pour aller le regarder… J'ai tout compris ! mam'. Tu sais, il nous a tant fait de mal que j'ai besoin d'aller le voir pour le croire… ou bien je l'imaginerai toujours derrière moi avec son nerf de bœuf…

— Oui, tu as raison mon garçon, murmura Madeleine. D'ailleurs nous allons y aller tous les cinq. Vous êtes assez grands pour savoir jusqu'où peut conduire l'avarice… Autrement, vous aurez toujours un doute sur ce qu'il est devenu.

Pendant que Mimile, pour leur faire gagner du temps, attelait les chevaux, sans se préoccuper des vêtements souillés qu'ils avaient sur le dos, ils se contentèrent tous les cinq de se rincer les mains avant de grimper dans la charrette.

Une fois sur place, Charles préféra rester un peu à l'écart pour éviter de faire jaser. Le corps du tanneur, gonflé comme une outre, recouvert de sédiments et de déchets, était couché sur le pavé. Il avait les bras serrés sur sa poitrine et tenait contre lui plusieurs peausseries. Il avait certainement essayé de les rattraper lorsque la Moselle les avait charriées.

— Hier, tout était encore trop recouvert d'eau pour que je l'aperçoive, mais ce matin, de la fenêtre de l'étage, j'ai remarqué au fond du jardin une masse bloquée contre les bûches, précisa Paulette qui venait de s'avancer vers Madeleine. Espérant retrouver un meuble, j'ai enfilé mes vieilles galoches pour voir ce que c'était, et c'est « celui-là » que j'ai retrouvé, coincé contre ce qui restait de notre gros tas de bois que mon Mimile avait solidement arrimé avec des piquets. La Moselle ne l'a même pas voulu dans son lit pour ne pas se salir…

En se rendant compte de ce qu'elle n'avait pu s'empêcher de dire, Paulette s'excusa :

— Pardon, Madeleine pour cette phrase méchante, toi, tu n'y es pour rien, mais j'ai de la haine dans le cœur contre cet homme. C'est à l'endroit même où il était coincé que « le Germain » avait caché le lapin de garenne qu'il avait braconné. Je mentirais en disant que sa mort me cause la moindre peine… Il n'a que ce qu'il mérite…

— Ne t'excuse pas, Paulette. C'est vraiment par sa faute que ton Pierre a été pendu. Il m'a frappée et enfermée, durant plusieurs jours, pour m'empêcher d'aller dire la vérité. Mais la punition de Dieu n'aura pas tardé longtemps… Il a été châtié par là où il a fauté !

— Nous l'avons toujours su, Madeleine. Maintenant, tu vas enfin pouvoir vivre normalement.

Comme si elle en doutait encore, elle chercha Charles du regard pour s'assurer de sa présence.

Evidemment, la chapelle était aussi impraticable que le reste des habitations. Pour la remettre en état, le gros nettoyage demanderait l'aide de quelques paroissiens. Le prêtre avait donc décidé de bénir le corps sur la chaussée. Mais il était hors de question de laisser des cadavres à la vue de tous… Pour éviter d'amplifier le malaise déjà croissant des gens, ainsi que la crainte du futur qui les rongeait, il était plus judicieux d'accélérer les choses, pour que chacun retourne à sa besogne. La terre était si détrempée et spongieuse, que la trouée de la tombe s'annonçait presque impossible, mais comment faire autrement ? Alors que le prêtre annonçait sa décision à la veuve et aux fidèles réunis, quatre villageois arrivèrent en portant un autre corps sur un brancard. Cette fois-ci, il s'agissait de la mère du *caucassier*. C'était une vieille dame claudicante qui avait des difficultés à se mouvoir. Elle avait certainement glissé dans l'eau. Son propre fils l'avait retrouvée, dans le fond du parc, retenue par l'enclos.

Les funérailles en plein air furent expéditives, et dix minutes plus tard, la parentèle de chacun des noyés n'eut plus qu'à emporter les corps pour les enterrer. Alors que des montagnes de gravats restaient à sortir des maisons, plusieurs hommes du village, dont Charles, se chargèrent de creuser les tombes dans la gadoue, avec des coulées de boue qui leur retombaient en permanence sur le dos. Les dépouilles furent déposées au fond du trou, simplement recouvertes d'un drap. Après un signe de croix furtif, chacun repartit pour parer au plus pressé, survivre…

Pendant toute une semaine, Charles et sa petite famille recomposée continuèrent à vivre dans les combles du moulin. Dès le quatrième jour, la roue débarrassée des branchages qui la bloquaient s'était remise à tourner, la meule à broyer du grain. Les clients revenaient nombreux, parfois même par curiosité. Evidemment, la rumeur déferlante que le beau meunier avait installé chez lui la veuve du tanneur, avant même que l'on ne retrouve le corps du noyé, avait fait le tour des villages avoisinants. Chacun était avide de porter la nouvelle plus loin.

— Félicitations, Charles, j'ai appris que tu nous as pris femme et petiots en deux temps trois mouvements, s'était exclamé le mercier de Rodemack en arrivant avec un *muid* d'épeautre à moudre.

— Bêêê dis donc, mon petit gars ! avait plaisanté l'officier de la gabelle de Sierque. C'est un beau brin de fille que tu t'es fauché là. La serfouette était bien aiguisée… Ma foi, t'y a mis le temps, mais quand tu te décides, t'y vas pas avec le dos de la cuillère. C'est qu'il y a du monde au balcon ! Nous en avons tous eu les quinquets ronds de stupéfaction en apprenant la nouvelle.

– Alors, ce n'est pas une blague, tu vis bien avec la Madeleine l'avait interrogé le *bracier* de Jeutz, qui avait pourtant un moulin à deux pas de chez lui. Mais le *barillier* était passé chez lui et il avait appris la chose…

Même le *batteur d'archal* de Cattenom, un homme assez discret en général, s'était permis son envolée lyrique :

— B'jour le Charles ! On cause beaucoup de toi en ce moment... Tu t'es fait une sacrée renommée, mon cochon ! Alors comme ça, tu lorgnais sur la jolie blonde du grippe-sou. J'en ai presque avalé ma langue en l'apprenant. Personne n'a jamais réussi à rouler ce fesse-mathieu d'une seule piécette et toi, le jeunot, tu arrives dans tes jolis sabots et hop ! tu lui dérobes sa femme et ses enfants ! C'est à mourir de rire... N'empêche que le bonhomme s'est couché dans une tombe plutôt détrempée.

Comme le préconisait ce dicton des aînés, Charles avait conscience qu'il était préférable de tourner sa langue sept fois dans sa bouche avant de parler, plutôt que d'énoncer des absurdités. Malgré tout, certains, pourtant des amis, ne s'en privaient pas. Ils avaient oublié la maxime dont il fallait user : Le silence est d'or, la parole est d'argent... Enfin, tant que Madeleine n'entendait pas toutes ces gaillardises, Charles se contentait d'en sourire. Il savait bien que ces braves gars ne souhaitaient que du bonheur au nouveau couple...

Les habitants, soumis devant la volonté de l'Eternel, obéirent à l'appel du bedeau. Celui-ci, à la demande du prêtre, avait clocheté dans toutes les ruelles du village, pour inviter les paroissiens à se rassembler devant la chapelle. Ce n'est qu'après un long sermon de réconfort que chacun comprit que cette inondation maléfique s'était montrée meurtrière. Elle avait emporté plusieurs personnes dans ses flots ravageurs. Une fillette, la mère du volailler, le tanneur avec ses peaux et un très brave gars, accordéoniste à ses heures de détente. Ce boute-en-train du village, apprécié de tous, était également porté disparu. De tout cœur, on espérait encore le retrouver vivant. Malgré ces tristes nouvelles, la vie reprenait le dessus... Après une bénédiction sur le parvis, puisque la Sainte Maison était dans le même état que le reste des habitations, le religieux, en souhaitant à ses fidèles que la paix du Seigneur soit avec eux, les renvoya vers leurs foyers, ou du moins ce qu'il en restait. Chacun s'en fut de son côté pour continuer à batailler contre les coups du sort...

Deux familles, qui s'étaient retrouvées dépouillées au point de n'avoir plus que les seules fripes qu'elles portaient sur le dos, venaient de partir pour le bout du monde, avec comme but de marcher aussi longtemps que les porteraient leurs jambes dans l'unique espoir de trouver une terre moins cruelle qui leur permettrait de vivre décemment. Et c'est ainsi que, deux semaines après cette dramatique inondation, le jour de la Toussaint, la plupart des villageois se retrouvèrent à l'office sur la place, pour honorer ceux qui n'étaient plus de ce monde. L'ombre des récents disparus taraudait la conscience de toutes les personnes présentes avec ces nombreuses images cauchemardesques qui revenaient les hanter.

Avec Violette, la petite innocente, c'était trop injuste. Chacun tentait d'entourer les parents pour les consoler de leur affliction. La peine était si lourde, qu'il était difficile de trouver les mots consolateurs capables de mettre du baume sur la blessure. Quels qu'ils soient, attentionnés, amicaux, protecteurs ou doux, de toute façon, ils ne faisaient qu'augmenter l'océan de chagrin qui noyait le cœur en s'échappant de leurs yeux.

Le commis de la grande maison était un brave gars qui venait de perdre sa fillette pour avoir, tout simplement, tenté de sauver les trois vaches du maître qui paissaient dans le pré, juste à côté du bras mort de la Moselle. Comme d'habitude, la petiote traînait derrière lui… Lorsqu'il s'était aperçu que les bêtes à cornes étaient dans une vilaine situation, il avait aussitôt décidé de les aider. N'imaginant pas un instant qu'il courait un quelconque danger en traversant des prés recouverts d'eau, il avait installé son trésor à la crinière blonde sur ses épaules pour filer secourir les bêtes. En arrivant dans le parc, l'eau lui arrivait déjà aux cuisses. Le temps de traverser la prairie d'un bout à l'autre, de tirer les bêtes éparpillées et affolées vers la sortie, cette masse déferlante, d'une force herculéenne, qui les oppressait en tentant de les attirer dans ses profondeurs, avait continué à monter avec une rapidité inimaginable. Comme la petite n'avait plus pied et qu'il lui était impossible de tirer les bovidés, tout en portant la fillette en même temps, il l'avait installée, comme il le faisait souvent, sur le dos de l'une des bêtes. Celle-ci, apeurée, s'était bien quelque peu rebiffée tant la pression du courant était forte, mais elle s'était remise en route. Le dos tourné pour les emmener vers la terre ferme, un tronc d'arbre lui percuta avec force le genou en le faisant chuter lourdement de tout son long sous l'eau. Sans lâcher la corde ni écouter la douleur qui lui martelait sa jambe blessée, en se dépatouillant au milieu des branchages, il s'était difficilement redressé pour repartir. Mais le pauvre diable ne s'était pas rendu compte que le bovidé remuant s'était débarrassé de son fardeau. Incapable de se retenir sur cette masse glissante et mouvante, la petite avait glissé, doucement, en appelant son père, mais lui-même immergé à ce moment-là n'avait rien entendu. Habituellement, la gamine jacassait comme une pie. Alors, afin de la calmer, tout en tirant les trois vaches, le père lui parlait pour la rassurer. Mais au bout de quelques minutes, il s'était étonné de son silence inhabituel. Elle était certainement frigorifiée. Lui-même sentait des picotements désagréables dans ses pauvres guibolles. En se retournant pour lui donner du courage il avait constaté, horrifié, sa disparition. Ses hurlements de douleur n'y changèrent rien. Transi, il avait essayé de la retrouver, en plongeant, replongeant des dizaines de fois, mais en vain… Sinistre d'insolence, écumante de toutes les fautes commises par ce bas monde, sombre vengeresse de la main de Dieu, la Moselle avait entraîné, dans ses méandres, le corps de l'adorable poupée au sourire malicieux et aux cheveux bouclés. Elle ne l'avait toujours pas rendu à ce jour. Désespéré et dans un état pitoyable, le malheureux bougre, en ramenant les laitières à son propriétaire, criait à tue-tête entre deux sanglots :

— Je suis un criminel ! J'ai tué ma fille ! Je suis un meurtrier…

Depuis, il n'était plus le même… Tout comme son épouse, il restait inconsolable. En quelques jours, ce gars costaud d'une trentaine d'années était devenu aussi grisonnant qu'un vieillard. Les larmes venaient aux yeux de tous ceux qui le croisaient tant il faisait peine à voir.

Quant à Joséphine, que tout le monde surnommait Fifine, la mère du *caucassier*, éleveur et vendeur de volailles, qui venait de sonner ses 59 ans, elle avait fait preuve de beaucoup de bravoure. Durant l'absence de son fils, en s'apercevant que la plupart des volatiles étaient emportés par les eaux, elle s'était évertuée, alors que la

Moselle continuait à monter en permanence, à sauver les poules qui piaillaient de tous côtés, alors que d'autres étaient déjà en totale perdition. Durant plus d'une heure, elle avait pataugé, en s'aidant d'un bâton pour en récupérer un maximum. Mais l'eau glaciale et boueuse avait eu raison d'elle… Comme le fils était parti avec son épouse au marché de Cattenom, elle avait tenté de protéger leur gagne-pain. Elle ne tenait guère à ce que leur fortune s'éloigne à la nage. Mais ce jour-là, la chance s'était échappée de son escarcelle, car son pied gauche, malencontreusement, s'était coincé dans une souche submergée par ce flux immergeant et la brave dame, soudainement bloquée, avait chuté. Incapable de se relever, avec sa hanche malade qui l'handicapait, ses muscles raidis par le froid, ses vêtements trempés comme une soupe, la malheureuse était morte noyée à cent cinquante mètres de la maison. La barrière de la basse-cour avait retenu la carcasse gonflée d'eau de la malheureuse. C'était une femme travailleuse qui ne ménageait pas sa peine. Tout le monde la regrettait… Mais elle avait déjà bien vécu et sa disparition n'était pas aussi dramatique que celle d'une enfant dont la destinée fleurissait à peine...

Par contre, la disparition du tanneur était plutôt une bénédiction pour de nombreux villageois… Une chose était certaine, si un seul des pauvres bougres que ce ladre avait dévalisés faisait preuve de suffisamment de bonté de cœur pour planter une fleur sauvage sur la tombe de ce vautour, il mériterait sans hésitation sa place au paradis. Malgré le personnage que nul ne regrettait, Charles se sentait coupable de ses espoirs concrétisés mais immoraux. Il avait souhaité à cet homme de finir raide comme une planche et le diable avait comblé son vœu. Ce ne pouvait être le Seigneur qui accorde un tel miracle. Il se sentait tellement coupable que des cauchemars envahissaient ses nuits… Le tanneur venait l'empoigner par les pieds pour l'attirer au fond d'un gouffre sans fond, dans lequel il était englouti, avec comme seule musique d'accompagnement le bruit de la roue du moulin qui broyait, avec une sonorité lugubre, les vagues de rancœur qui l'étouffaient.

C'est pourquoi, lorsqu'il se rendait au village, il écoutait avec un plaisir évident les villageois pérorer sur ces disparitions épouvantables. C'était, à chaque fois, un soulagement de constater qu'il n'était pas le seul à avoir des idées méchantes :

— Bon vent et bon bain, Germain ! Tu nous as assez dépiautés… La main de Dieu vient de rendre sa justice… Ta famille va enfin pouvoir vivre tranquille ! disait l'un.

— La Madeleine aura encore quelques beaux jours devant elle, tout comme sa marmaille ! s'exclamait une autre.

— Lorsque l'atelier sera reconstruit, ils seront capables de faire tourner l'affaire sans ce monstre de Germain ! expliquait le cafetier. Ils s'en sortiront… Le fils aîné est débrouillard. De toute façon, nous pourrons les aider…

— Ce couard les a tellement flagellés pour les faire activer devant le tan qu'ils en ont le dos rond, marmonnait le forgeron.

— Allons, allons, mes ouailles ! Notre Dieu prône le pardon, tempérait l'ecclésiastique. Lorsque vous êtes frappés sur une joue, il faut savoir tendre l'autre.

— Madeleine et les petits l'ont déjà trop tendue ! pensa Charles. Maintenant, je crois que ça suffit…

D'autres villageois, plus tolérants ou ne désirant pas contrecarrer les édits de la religion, compatissaient pour le drame, tout en reconnaissant que la disparition du Germain était un bienfait pour tous. D'ailleurs, rares étaient ceux qui, auparavant, ne l'avaient pas souhaité aux mille diables, embroché par la fourche acérée, tant cet homme s'était montré diaboliquement fourbe. Et en premier l'épouse du pendu et ses enfants.

— Qui sème un vent de zizanie récolte la tempête ! rajoutait en dodelinant de la tête le métayer.

— Ce radin n'a même pas pu laisser la moitié de son corps sur la terre ferme pour faire des économies ! raillait un autre ! Terminé les petits sous à rabioter, tout est parti à vau-l'eau. Même son bas de laine, plein à déborder, a pris la vague. Il aurait pu le laisser à sa femme…

Il était vrai que son porte-monnaie en peau de hérisson qu'il n'ouvrait jamais pour ne pas se piquer les doigts n'avait pas été retrouvé. C'était très bien ainsi. Charles n'aurait rien voulu qui appartienne à ce brigand. Cependant, il ne pouvait empêcher le trouble de l'envahir. Même s'il n'était pas responsable de cette fin dramatique et morbide, il l'avait souhaitée tant de fois... Comment peut-on souhaiter la mort de son prochain, même si au fond de son cœur la haine a pris le dessus sur tout sentiment d'humanité ? « Le Germain » était peut-être devenu un être violent, maladivement pingre, tout simplement parce que son enfance malheureuse de petit orphelin martyrisé l'avait rendu ainsi ?

— Bonne mère ! Voilà maintenant, que je lui cherche des excuses à celui-là ! s'énerva Charles. Nom de nom ! C'était un lâche qui s'en prenait à plus faible que lui et rien n'autorise un humain à se conduire ainsi. Les turpitudes de cet homme étaient vraiment impardonnables. En songeant à l'ignominie de ce père et mari indigne, j'en arrive à oublier, moi-même, les bases primaires du respect des autres... Mais comment un père pouvait-il frapper ses enfants avec une telle violence ? Une image bien précise le tarabustait. Quelques mois auparavant, alors qu'il déchargeait, un matin, des sacs devant la porte du volailler, des cris de douleur lui avait fait lever la tête.

En pleine rue, sous prétexte que le gamin ne débardait pas assez vite les lourds fagots de bois que l'enfant venait de tailler et de ramener, en tirant la carriole à main, de la forêt de Cattenom, d'un coup de poing, « le Germain » avait poussé Jules dans le caniveau et roué l'enfant de plusieurs coups de pieds, devant les passants, en rabâchant comme un fou :

— Je ne nourris pas un bon à rien. Le temps perdu c'est de l'argent jeté aux cochons ! Tu peux aller te rouler dans le purin avec eux, si tu n'es pas capable de travailler plus vite. Pendant que tu rêves aux corneilles, les peaux ne se tannent pas toutes seules… Tu veux notre ruine !

Avec une bestialité inqualifiable, cet être malfaisant avait continué à s'acharner sur le gamin couché au sol.

En constatant de ses propres yeux de quelle manière le tanneur maltraitait son fils qui ne jouait jamais, ne fréquentait pas l'école pour trimer sans relâche, alors qu'il n'avait même pas dix ans, ça, Charles n'avait pas pu le supporter. Il avait traversé la rue en courant et en lui jetant un regard noir, s'était aussitôt interposé pour retenir ce fou furieux. Le tanneur, avec son air mauvais, était aussitôt rentré dans la tannerie. Charles avait, gentiment, aidé Jules à se relever. Mais, après lui avoir serré la main pour le remercier, le gamin courageux lui avait aussitôt annoncé :

— Je préfère qu'il me tape moi, plutôt que maman ou les plus jeunes, alors je vais vite rentrer.

Les larmes aux yeux et le cœur retourné de ne pouvoir agir, le meunier s'était remis à l'ouvrage. La femme du volailler, qui avait assisté à la scène, lui confirma que les violences étaient quasi-journalières à la vue de tous.

Heureusement, l'heure de régler ses comptes devant le Créateur avait sonné pour « le Germain ». De toute évidence, cette brebis galeuse ne trouverait personne pour faire pénitence à sa place. Qu'il rôtisse dans les flammes de l'Eternel ! Moi, je vais patienter un peu, pour éviter les commérages et, d'ici peu, je ferai ma demande à la Madeleine. Même courte, puisque nous vivons déjà ensemble, une période de deuil est obligatoire pour éviter les cancanages. Mais tout le monde connaissait leur cas et, en dehors des plaisanteries, n'y trouvait rien à redire. Les enfants avaient besoin de stabilité, alors nul ne s'offusquerait pour un peu de précipitation... Au fond de lui, il bouillait d'impatience, mais comme pour la culture de la terre, tout vient à point à qui sait attendre. Enfin, le destin lui souriait…

Une autre vie - 1771

Le jour des épousailles, Madeleine trouva sur le couvre-lit en dentelle une robe en soie noire, avec des broderies autour de l'encolure ainsi qu'aux poignets, qui avait certainement appartenu à sa belle-mère. Elle était accotée à un bonnet lorrain à longues dentelles bien tuyautées. La jeune femme n'avait jamais rien vu de semblable. Bouche ouverte de stupéfaction, elle observa longuement cette tenue de toute beauté. Des souliers noirs, fermés avec des boucles en ferronnerie, trônaient sur la carpette. Elle ne possédait qu'une unique paire de sabots et n'avait jamais enfoncé ses pieds dans de véritables chausses. Ceux qu'elle traînait tous les jours étaient ceux de sa mère, qui lui avait dit peu avant de mourir :

— Ils sont pour toi ma fille. En les chaussant, tu marcheras toujours dans mes pas. Ainsi je ne te quitterai jamais…

Madeleine les avait, évidemment, récupérés après son décès en y tenant comme à la prunelle de ses yeux. Un tel lien affectif pour des godillots en bois pouvait prêter à rire, mais ils représentaient bien plus qu'un trésor... Pour l'intérieur de la maison, son père lui avait tanné et cousu des *Schlappes* dans des chutes de peau de mouton, surtout pas la pleine fleur qui était réservée à la clientèle, mais en retournant le cuir et en le cousant à l'envers afin d'isoler les pieds du sol tout en conservant la fourrure à l'intérieur. Elles lui tenaient chaud et s'avéraient peu coûteuses puisque fabriquées maison...

Le rouge lui montait aux joues à l'idée de porter ces choses luxueuses… C'est dans un état de béatitude inexplicable qu'elle se revêtit en ne pouvant s'empêcher de tournoyer sur elle-même. Elle se retint tout de même de faire des sauts de cabri, car ce n'était pas très convenable pour une mère de famille de fanfaronner comme une gamine. Un discret grattement contre la porte lui annonça l'arrivée de Charles pour se rendre à l'office. En ouvrant la porte, le futur marié fut bouleversé lorsqu'il aperçut sa promise. Elle était d'une beauté à couper le souffle dans sa tenue d'apparat. Avec le cœur qui jouait à saute-mouton, il admira longuement son tendre amour. Puis, avec une émotion infinie, il s'approcha d'elle. Dieu du ciel, qu'elle était belle ! Il ne remercierait jamais assez le Seigneur de lui avoir accordé cette grâce. Très ému et sentant les larmes poindre à ses yeux, sans murmurer une seule parole, il lui prit la main pour embrasser délicatement le creux soyeux de sa paume. Tout aussi troublée de découvrir Charles, avec sa mise des grands jours, Madeleine s'accrocha au bras de l'homme qu'elle aimait, avec le sentiment d'avoir enfin trouvé l'entrée du paradis. Les enfants, apprêtés dans leurs habits neufs, les attendaient dans la cour, installés dans la charrette, attelée par Jules une heure auparavant. Leur empressement, de voir ce papa cadeau qu'ils aimaient beaucoup, uni à leur mère, s'émoussait par des disputes constantes pour des choses insignifiantes. Lorsque les futurs mariés sortirent enfin du moulin, un cri unanime de satisfaction fusa du trio.

— *Schnell* ! Nous allons être en retard pour nous marier ! s'exclama aussitôt Valentine. Vous devez vous dépêcher.

La chose était acquise pour Charles, les trois gamins l'épousaient également. En écoutant son cœur, après avoir installé Madeleine confortablement, il les embrassa à tour de rôle sur le front en leur disant :

— Je suis fier d'avoir trois enfants aussi formidables ! Allons vite nous marier ! Nos invités nous attendent.

Ils avaient fière allure en arrivant à la chapelle. Rayonnante de joie, la petite famille s'avança vers le chœur avec dix bonnes minutes d'avance tant l'impatience les émoustillait. Après avoir prononcé leurs vœux sacrés, devant le curé, fier comme un paon Charles embrassa sa jeune épouse en lui murmurant au creux de l'oreille qu'il l'aimait et lui promettait un futur bordé d'amour.

À l'issue de la cérémonie, les témoins et les mariés s'éclipsèrent dans la sacristie pour signer le registre paroissial des mariages. Charles paya comptant les vingt sols correspondant à la taxe réglementaire due à l'officiant. Une fois les officialités terminées, il prit Madeleine dans ses bras pour la serrer contre lui. Pendant tant d'années, il s'était fait à l'idée qu'il n'aurait jamais droit à ce bonheur-là, qu'il avait besoin de s'assurer qu'il ne rêvait pas. Les nouveaux mariés quittèrent la chapelle avec leurs invités. Il était de coutume de faire du charivari lorsque c'était un remariage. Les invités, les voisins, les clients et les amis se retrouvaient nombreux, à l'issue de la cérémonie, avec un vieil ustensile de cuisine. Il y avait des gamins de toutes les tailles dont plusieurs avaient encore le « *Lép* » qui sortait de la culotte avec des adultes de tous les âges. Sous la houlette d'un aîné, qui disposait tout ce petit monde en haie d'honneur, les « grinceurs », puisque leurs instruments grinçaient, devaient attendre la sortie des nouveaux mariés. Un coup de sifflet du chef, entre deux doigts, donnait le signal de l'arrivée imminente du couple. Madeleine et Charles durent se boucher les oreilles, tant le tintamarre qui les accueillit fut épouvantable. Cette musique discordante à réveiller les morts venait d'instruments plutôt bizarres et étonnants, c'est-à-dire tout ce qui couinait…, en tête, ceux qui frappaient sur des vieilles casseroles, puis venaient ceux qui soufflaient dans des arrosoirs, ensuite les gobelets en ferraille que l'on entrechoquait, des bidons de lait qui servaient de tambourin et ainsi de suite. Le dernier rang avait des *Klébber* accrochés autour du cou qu'ils tournaient avec rage. Toute cette colonne s'ébranla en suivant les jeunes épousés jusqu'au moulin. Cela faisait un vacarme épouvantable, sous le regard hilare des villageois, rentrés des champs plus tôt pour ne pas manquer les épousailles de leur meunier. Ils se tenaient aux fenêtres ou sur le pas des portes pour rajouter leur quote-part de bruit en applaudissant à tout rompre et en plaisantant gaiement.

— Hé ! Le meunier ! Accroche donc la Madeleine sur ta roue pour la faire monter jusqu'au paradis, mon gars. Tu verras, c'est ça la félicité ! proclamait l'un.

— Ho ! La belle Madeleine ! Le Charles va te rouler dans la farine pour te redonner ta virginité ! plaisantait un autre.

— Sacré veinard ! Avec une si jolie femme dans ton lit, ce n'est pas du blé que tu vas palper, mais de la chair tendre ! s'exclamait le rémouleur, bien sûr de passage au bon moment…

C'est en procession qu'ils rejoignirent tous le moulin. La table était dressée à l'arrière de la maison juste à côté de la roue. Elle était couverte d'un drap en lin et des carafes de *Gréchen* attendaient les invités. Après la dégustation d'un cochon de lait, cuit sous la braise, accompagné de salade et de *Pfannenkuchen*, ils dégustèrent, en guise de dessert, un *Kranzkuch* juste doré à point accompagné d'un verre de vin de rhubarbe. Plus tard, pendant que les dames débarrassaient et remettaient tout en ordre, les hommes firent la causette devant un godet d'eau-de-vie. Charles distillait lui-même ses pommes avec l'alambic qu'il avait installé dans la grange. La chaleur de l'alcool aidant, lorsque les dames réapparurent, ces messieurs chantaient joyeusement des chansons paillardes pendant que les enfants jouaient, en piaillant comme des poules, au bord du ruisseau. Inlassablement, la roue du moulin tournait en emportant les éclats de rire dans sa ronde. Chacun repartit chez lui avec l'âme légère, le ventre bien rondelet après un tel festin. Ce n'était pas souvent jour de fête… Alors, c'était si bon de se laisser aller, quelques heures, sans penser au pain du lendemain. C'était un brave gars, ce meunier, même si c'était un étranger puisqu'il n'était pas natif du village. Il arrivait du pays *des Schlecke,* gens renommés pour être, comme les escargots, lents à la besogne. Bien au contraire, celui-ci était rapide à l'ouvrage et, installé depuis peu, voilà qu'il épousait déjà la plus belle femme du village que plus d'un *Pellen* reluquait.

Plus tard, dans leur couche tiède et joliment décorée, vêtue d'une jolie chemise blanche garnie de frivolités, Madeleine, tremblante tant son cœur battait la chamade, fondit dans les bras de l'homme qu'elle aimait, pour s'évader, avec lui, dans le tumulte de la passion.

De sa voix envoûtante où se mêlaient passion et tendresse Charles lui murmura des mots d'amour tout en couvrant son visage de tendres baisers. Il souleva, avec douceur et délicatesse, la nuisette immaculée de sa bien-aimée pour découvrir, enfin, la chair tendre et rose de sa splendide nudité. Sa bouche affamée butina aussitôt, avec la concupiscence d'un bourdon en quête de pollen chaque parcelle de ce corps offert. Soulevée dans une bulle de plaisir, Madeleine en attente de volupté, attendait les assauts passionnés de son mari, comme si sa chair en fête ne pouvait plus s'en passer. Sa chevelure, étalée sur l'oreiller en plumes, la nimbait d'une auréole blonde et soyeuse. Sa bouche, rouge d'être mangée par des lèvres gourmandes, son visage illuminé par la griserie insoupçonnée que lui faisaient découvrir les mains hardies qui s'aventuraient dans la chaleur de sa féminité, elle s'enflammait en rendant autant d'ardeur qu'elle en recevait. La voix rauque, le corps épanoui, ils atteignirent, ensemble, dans un dernier frissonnement, la tension brûlante et flamboyante du plaisir. Lorsqu'ils se retrouvèrent, serrés l'un contre l'autre, repus de jouissance, ils parlèrent, longuement, de leur avenir qui offrait ses promesses.

L'envol des jours - 1773

Aux aurores, Madeleine pénétra dans la cuisine, enfila mécaniquement son tablier, attrapa vivement le tisonnier et éperonna avec énergie les braises blotties sous la suie, afin d'éveiller le feu avant que sa petite troupe n'arrive. Dans la foulée, elle ajouta quelques pommes de pin séchées pour l'activer. Dès la première flamme, elle chargea l'âtre avec deux bûches de bois. Heureusement, celui-ci ne s'était pas totalement éteint durant la nuit. Elle venait de gagner un moment précieux.

Depuis leur mariage, deux ans venaient de s'écouler dans un sentiment de bien-être sans égal. Selon la volonté de Charles, les enfants se rendaient chaque jour à l'école du village. Chacun accomplissait sa part d'ouvrage à la sortie, mais l'instruction devait être prioritaire. Ils avaient, tous les trois, beaucoup de retard. La connaissance de la lecture comme de l'écriture ouvrait de nombreuses portes et surtout, c'était la seule façon, pour eux, de réussir plus tard. Dans son cocon de tendresse, Madeleine se sentait bien. Enfin, ses petits n'étaient plus considérés comme des esclaves mais comme des êtres humains à part entière. La jeune femme découvrait, au fil des jours, ce qu'étaient le bonheur et le respect. Valentine avait quelques difficultés à l'école, mais comme elle était très jeune, ce n'était pas encore trop inquiétant… Chaque jour, la fillette, qui éprouvait du mal à former et à lire les mots, écrivait, lorsqu'elle était seule, les lettres de l'alphabet et les chiffres sur sa belle ardoise neuve que lui avait offerte son nouveau papa. Pour ne pas se la faire chaparder, par qui, elle n'en savait rien… mais c'était plus fort qu'elle, chaque soir, elle filait la camoufler dans sa cachette secrète. Celle-ci se trouvait, derrière la cabane d'aisance, dans la cour du moulin. Personne ne pouvait l'empêcher d'agir ainsi… C'était comme si son père, en s'apercevant de quelle façon inutile sa fille perdait son temps, allait ressortir de son tombeau pour venir la lui reprendre, afin de la claquer contre le mur. La peur était enfouie en elle comme le ver dans le fruit. À force de s'entendre dire qu'une fille n'avait pas besoin de savoir lire, elle s'était fait une raison… Elle n'avait qu'une chose à apprendre, tenir une maison, travailler et obéir.

C'est pourquoi sa réaction instinctive n'étonnait pas sa mère. Ses enfants avaient beaucoup souffert et les marques restantes se montraient ineffaçables. On porte ses souffrances comme une longue chevelure qui par moment s'accroche dans les broussailles saillantes. Alors, pour lui redonner confiance en elle, Madeleine lui disait en riant :

— Si tu te sens mieux en cachant ton ardoise, ma Valentine, fais-le ! Tu verras, ma petite chérie, que tes angoisses s'en iront lorsque le temps aura pansé tes blessures.

Ouvrier accompli maintenant, Mimile s'occupait du broyage tout en recevant les clients au moulin. Après seize heures, Louis le rejoignait, pour apprendre ses leçons et ses tables de multiplication à côté de lui. Puis, jusqu'au souper, le gamin ne quittait plus leur jeune ouvrier d'une semelle. Attiré, irrésistiblement, par cette roue qui broyait les céréales sans jamais s'épuiser, il rêvait de pouvoir, lui aussi, la faire tourner. Quant à Jules, c'était un très bon élève. Il était capable de lire et de déchiffrer, tout seul, les édits du Roy, affichés sur le panneau des avis à la population. Depuis le début, il s'entendait à merveille avec son beau-père. Dès qu'il était libre, il s'empressait de le rejoindre, soit pour les livraisons, à la meunerie ou au vignoble afin d'œuvrer avec lui. Que ce soit en cultivant la terre ou en s'affairant au moulin, Jules aimait la façon dont Charles accomplissait les choses avec passion et surtout, la manière dont il en parlait. Depuis qu'il voyait pousser les ceps de vigne avec le regard de cet homme fier de son ouvrage, il les observait différemment. De longues discussions lui faisaient découvrir la richesse de la terre. Cette communion avec la nature semblait lui avoir donné des ailes. Même s'il connaissait, par la force de son destin, parfaitement le métier, il n'envisageait pas de travailler, plus tard, comme tanneur. D'ailleurs, la tannerie était toujours ouverte à tous vents, car aucun d'eux n'avait eu le courage d'y mettre les pieds. Les mauvais souvenirs, l'odeur des peaux et bien trop de rancœur les tourmentaient tous.

Madeleine savait ce que son aîné aimait par-dessus tout, soigner les animaux, mais il en parlait peu. Une seule fois, il lui avait avoué, en l'aidant à ramasser les pommes de terre, l'émotion qu'il ressentait dès qu'il était au contact des chevaux, des vaches, des moutons. Avec Charles, l'avenir des petits était assuré… Madeleine, enchantée que son homme et les enfants s'entendent si bien, tenta de sortir de ce regain d'images heureuses qui affluaient dans ses pensées, pour s'activer un peu. Ce n'était pas le moment de traîner des pieds. Après avoir sorti le chaudron du *Kücheschrank*, elle le remplit d'eau à moitié avant de le suspendre à la crémaillère. Pour ne point faire gicler de liquide sur les flammes encore flageolantes, elle y glissa délicatement le morceau de lard entrelardé qu'elle avait pris soin de faire dessaler toute la nuit, plus le dernier morceau de bœuf que leur avait laissé le boucher de Cattenom en guise de paiement pour faire moudre son grain. C'était une denrée assez rare car ces gros bestiaux servaient surtout à accomplir les travaux des champs et peu de gens en possédaient. Les deux maîtres artisans s'arrangeaient toujours ainsi pour éviter le recours aux monnaies sonnantes qui manquaient tant. Cet échange de marchandises ou de services était monnaie courante à la campagne. Tu me fais cela, moi je te donne ceci à la place. Une fois c'était un agneau pour des volailles, une autre fois un lé de tissu contre de la farine, du vin contre une aide aux vendanges, enfin chacun était gagnant, en y retrouvant à chaque fois son content…

Après les inondations, la famine avait sévi plus que jamais dans la région. En sollicitant en plein hiver leur aide pour les vendanges de l'automne suivant, Charles avait aidé, en leur cédant farine et viande, quelques villageois en très grosse difficulté. Ainsi, leur tonneau de petit-salé se retrouvait vide, bien plus tôt que prévu. Voilà pourquoi, ce matin-là, avant même le lever du soleil, c'était le branle-bas de combat pour tout le monde. Les hommes avaient décidé de tuer un cochon, pour ne pas se retrouver l'assiette vide dans les prochains jours.

Pour ne pas perdre de temps, Madeleine prit dans la huche à pain la miche qu'elle avait fait cuire la veille au four banal, la déshabilla de son sac en toile, la signa sur le revers avant de la poser sur la table pour en couper plusieurs tranches odorantes. Dans une écuelle, elle servit à chacun une louchée de fromage blanc frais et, tout en avalant une cuillerée de temps à autre dans la sienne, sans même s'asseoir, elle prépara le nécessaire pour trier les lentilles. Elle déversa une petite quantité du contenant d'un sac en toile, à même la table et se mit à l'ouvrage. Ses doigts agiles faisaient glisser avec une dextérité incomparable les minuscules choses plates. Vers la droite, un caillou, un grain de blé, un plus gros caillou qu'elle jettera aux poules plus tard. Vers la gauche, une brindille ou un fétu de paille et vers elle, une *pitchoune* portion de légumes secs qui glisse dans la jatte posée sur ses genoux pendant que l'autre main étale et étale encore sans que son regard n'arrête, durant son triage incessant, sa quête d'intrus. En un clin d'œil, le tas diminuait. Un sourire vint illuminer son visage lorsque ses doigts rencontrèrent une petite pierre pointue. Elle était identique à celle qui avait cassé une dent de son père. Chez cet homme calme, cet étonnant excès de rage en ressortant la chose dure responsable du désastre dans sa bouche, en même temps que sa dernière molaire, venait de lui revenir à l'esprit. Il avait lancé un regard noir sur le contenu de sa main puis, d'un geste rageur inhabituel, avait réexpédié le tout directement dans la marmite posée au centre de la table en s'écriant :

— Si comme nos poules, tu veux manger des petits cailloux, alors en voilà deux de plus et surtout avale tout, ma fille. Moi, j'aurais préféré garder ma dent. Ensuite, en repoussant son tabouret, il s'était éloigné vers la *Stall* en marmonnant.

Son pauvre papa lui manquait tant… Il ne se passait pas une journée sans qu'un détail de la vie quotidienne ne lui rappelle son absence et tout ce qu'il lui avait appris durant les années où sa mère vivait encore...

— Allez ma fille, le présent est plus urgent que tes rêvasseries ! se dit-elle en se redressant. La journée sera longue, tu dois encore nourrir les bêtes, traire, assurer la *buée*, rentrer quelques coudées de bois dans la grange, puiser de l'eau, panser les bêtes et cuire la potée de *Linzen* avant midi.

Elle prit le broc d'eau froide, presque vide, sur la pierre plate, en versa sur les lentilles pour les rincer et les égoutta avant de les plonger dans le bouillon. D'ici quelques minutes, le bouillon frémirait déjà.

— Bon, je rajouterai des carottes, des pommes de terre et des navets après avoir nourri les bêtes. La viande aura déjà cuit un petit peu…

Elle glissa ses pieds dans les sabots qui l'attendaient près de la porte, attrapa le seau, le tabouret et fila traire vaches et biquettes. Attachées avec une corde à un piquet, les deux « bêleuses » lui firent la fête. Elle commença par la Bécote qui passait son temps à vouloir lécher son monde, d'où son surnom. En la repoussant, Madeleine posa sur le sol le trépied, s'assit avec son seau entre les jambes puis se mit à tirer sur les mamelles. Mais cette sotte de chevrette gesticulait en permanence dans l'unique but de lui lutiner le visage.

— Pousse-toi ! Bécote. Je ne suis pas un morceau de sel que tu peux léchouiller avec plaisir.

Pour réussir à la traire, elle n'avait d'autre solution que de lui taper sur le croupion afin de la remettre en place. Deux fois de suite, le lait gicla à côté du récipient en lui inondant ses jambes. La Blanchette, beaucoup plus docile, se laissa faire sans anicroches. Pour les vaches, elle leur attachait la queue pour éviter tout balancement inattendu. En rentrant, elle entendit les enfants bouger à l'étage. Sa troupe n'allait pas tarder à descendre avec l'estomac dans les talons. Pour l'aider, Charles les avait déjà réveillés. Il n'était pas de jour, sans gestes attentionnés, sans caresses tendres, ou des aides imprévues pour lui éviter toute fatigue inutile. Le chaudron plein à porter sur la table, il s'en chargeait ; un baquet de linge encombrant, il le lui volait en riant pour le rentrer dans la cuisine ; un panier de légumes lourd à soulever, il la prenait par la taille pour la poser plus loin et s'en occupait tout en lui chapardant un baiser au passage, pour le plus grand plaisir des enfants. En souriant, elle déposa le lait sur la pierre à eau afin qu'ils puissent tous se servir. Le reste sera bouilli tout à l'heure. Mais auparavant, elle fila vers le poulailler pour nourrir ses volailles et ramasser les œufs. Les oies, en liberté dans la cour, l'accueillirent avec un tintamarre épouvantable. Alors qu'elle était baissée pour touiller dans le seau un mélange d'eau, d'avoine, de poussière de son, de millet, récupéré à chaque broyage en balayant le sol de la meunerie, le jars, un volatile revêche, l'avait déjà pincée au petit doigt.

— Pour la Noël, je danserai la bourrée autour du plat lorsque tu passeras à la casserole ! annonça-t-elle d'une voix agacée et vengeresse au palmipède effronté.

Quant au coq, n'en parlons pas. De tous les volatiles qu'elle avait eus jusque-là, celui-là était le plus hargneux. Etrangement, Charles et les garçons pouvaient passer près de son cheptel de femelles caquetantes sans aucun problème, mais pas elle. Ce fieffé coquin devait faire une allergie galopante contre sa longue chevelure. Si encore sa crinière avait été rousse, Madeleine aurait pu comprendre qu'il la confonde avec la queue fauve d'un renard, d'où l'attaque impromptue pour sauver ses belles, mais elle était blonde. Depuis le premier jour, lorsqu'elle arrivait avec la pitance journalière, le fourbe se redressait sur ses ergots, la regardait avec condescendance et puis, comme pour tromper l'ennemi, tout en faisant mine de rien, regardait ailleurs... C'est alors, dès qu'elle avait les fesses tournées, que ce traître, sans même pousser son cri d'attaque favori, d'une envolée énergique, lui sautait sur le haut du crâne. Là, il s'agrippait dans ses cheveux et la piquait avant de pousser énergiquement son « cocorico » victorieux. Bien sûr, tout en le houspillant, Madeleine le poursuivait pour lui rendre la pareille, mais la bestiole filait vite. Charles et les enfants riaient de ce branle-bas sonore et amusant. Pour défier les menaces de la bête agressive, Madeleine, qui connaissait maintenant sa parade, évitait de lui tourner le dos. Malheureusement, le Bon Dieu avait oublié de lui mettre un œil entre ses deux épaules car à reculons, justement ce matin-là, elle buta dans une caillasse proéminente. Toute surprise de se retrouver les quatre fers en l'air, elle n'eut pas le temps de se mettre en garde que ce fourbe de bipède, la crête dressée, l'attaqua. Dans une colère folle, en constatant qu'une goutte de sang perlait sur le haut de son front, la blessée, atteinte dans son honneur, ramassa le seau en fer qui traînait sur le sol et le jeta de toutes ses forces sur cette bête maudite. Chance ou bien malheur, elle visa si droit au but, avec une telle énergie, que l'oiseau royal tomba raide, la nuque brisée. Elle venait de l'achever comme un lapin… Lorsqu'elle pénétra dans la cuisine avec le cadavre de l'élégant oiseau qui pendouillait dans sa main, Charles et les enfants qui déjeunaient furent pris d'un fou rire irrépressible.

— Tu as tué notre coq ! Ses plumes sont toutes rouges de sang. Mais pourquoi as-tu fait cela, maman ? Ce n'est pas très gentil…, l'interrogea aussitôt Valentine, d'un air catastrophé. Ce n'est vraiment pas gentil, il était si beau…

— J'ai l'impression que maman a gagné le combat final, petite sœur, pouffa Jules. La bataille a même été sanglante…

— Ben dis donc ! maman, je ne savais pas que tu étais capable de tordre le cou à une pauvre bête. Je suis certain que ce malheureux coq ne s'attendait pas à avoir affaire à une telle furie. Il se serait méfié autrement…

— Alors, mon amour ! Tu as eu raison de la bête ! rajouta Charles avec humour. Viens vite t'asseoir, je vais soigner tes blessures.

— C'est cela ! C'est cela ! Lorsque vous l'aurez dans l'assiette, vous risquez d'y trouver également les cailloux qu'il avait dans le ventre ! Ça vous apprendra à vous moquer de moi.

Evidemment, les rires fusaient de plus belle… C'est l'arrivée de Mimile, pour sa journée de travail, qui mit fin aux réjouissances, mais les enfants lui racontèrent d'abord la fin atroce du roi de la basse-cour pour qu'il puisse également rire un bon coup.

Ce bonheur tout simple faisait du bien à Madeleine. Elle commençait tout doucement à aimer la vie avec la même intensité qu'elle aimait se donner à Charles. Chaque moment de leur vie, même difficile, était entouré de tendresse et d'amour partagés.

La journée « cochonnaille » s'avérait toujours harassante. La seule qui s'éclipsait, sous prétexte d'avoir des leçons à réviser ou autre chose à faire, c'était Valentine, car la mise à mort de l'une de ces malheureuses bêtes lui faisait monter la bile jusqu'aux narines. D'ailleurs, ses frères se moquaient d'elle, en prétendant que de toute façon, ce n'était pas l'endroit pour les demoiselles délicates qui tombaient dans les pommes… Alors que le soleil se levait à peine, tout ce petit monde se retrouva dans la grange. D'abord, il fallait attraper l'animal rétif. Etrangement, le gros malabar choisi donnait l'impression de comprendre ce qui l'attendait. Enfermé dans la porcherie pour restreindre l'espace, les trois garçons coururent derrière lui à perdre haleine, sous le regard amusé de Charles et Madeleine qui se tenaient enlacés près de la porte... Avec des éclats de voix et des rires à n'en plus finir, c'était à celui qui terrasserait en premier l'animal. Mais c'était sans compter sur l'envie de vivre de l'ongulé. Celui-ci sautait au-dessus de son auge comme un cabri, tournait, braquait, ressautait, faisait demi-tour, s'arrêtait pour repartir aussi vite, revenait sur ses pas, bondissait, abusait ses adversaires à une vitesse incomparable, dans l'unique espoir d'échapper aux tentacules doigtées qui cherchaient à le happer. Lorsque la bête, épuisée, céda enfin à la pression, Jules, Louis et Mimile s'abattirent sur lui avec des visages aussi colorés que la peau du suidé. Pendant que les trois champions tenaient fermement leur proie plaquée sur le sol, Charles lui attacha fermement les pattes arrière. Leur prise poussait des criaillements à en péter les tympans. Quelques clients du moulin s'étaient déjà approchés pour observer de plus près ce grand moment apprécié par les curieux. Avec le secours de deux autres adultes présents, ils soulevèrent l'animal pesant pour le mettre, dans la cour, sur une grille en fer forgé posée sur quatre grosses pierres plates. En se plaçant devant l'animal, Charles posa un genou à terre pour que son geste soit plus précis puis enfonça droit dans le cœur du désespéré, qui poussait des cris d'orfraie, la lame qu'il tenait fermement dans sa main. Sans perdre un instant, Madeleine qui se tenait prête, glissa son pot en terre cuite sous la grille porteuse du cadavre sanguinolent qui tressautait encore, afin de récupérer chaque goutte du précieux liquide carmin pour faire son boudin. Une fois la coulée épuisée, elle battit vivement, du plat de la main, le liquide poisseux afin qu'il ne caille pas. Puis elle fila se rincer les mains directement dans le ruisseau. Ensuite, muni d'un fagotin de paille tressée, préalablement enflammé, c'est Jules qui eut l'insigne honneur de griller les poils du porc, pendant que les autres le tournaient, le retournaient, soulevaient une patte, puis l'autre, la queue, le dos, les oreilles... Aussitôt, une odeur âcre, qui prenait les narines, se répandit partout, mais pas un endroit ne fut oublié. Comme personne ne tenait à avoir un de ces crins durs sur la langue lors des repas, il fallait en passer par là… Puis, pour débarrasser la couenne des brûlures carbonisées qui la noircissaient, chacun se munit d'une pierre plate et ponça vigoureusement chaque partie du corps de la bête. Régulièrement, Madeleine rinçait toute cette noircissure en y jetant un baquet plein d'eau et le ponçage reprenait de plus belle jusqu'à ce que la peau devienne aussi rose et lisse que celle d'un bébé. C'est seulement alors, avec l'aide de son équipe de bénévoles, que Charles s'attaqua à la rude tâche de vider la bête. Après lui avoir ouvert le poitrail, non sans avoir ôté les rognons et le foie en enlevant précautionneusement la bile, il tira sur les tripes et les laissa tomber directement dans un baquet. L'odeur piquante prenait les narines désagréablement.

Après avoir soulevé à quatre personnes l'énorme masse inerte, ils la hissèrent pour la poser sur la table qui attendait dans la grange. Le meunier entreprit, en compagnie de son second, de l'écarteler pour la scier en deux, dans le sens de la longueur. Une demi bête était plus facile à soulever et à tourner que cet énorme mastodonte. Pour finir, les deux parties de la bête furent suspendues à des crochets pour les laisser refroidir toute la nuit. La viande chaude se découpait très mal. En attendant, il s'agissait de préparer la tripaille et les abats. Débarrasser les boyaux de leurs immondices et les nettoyer au bord du ru prendrait tout l'après-midi aux garçons et c'était surtout une besogne pas très ragoûtante. Obligés de les prendre, les uns après les autres, dans les mains, pour les presser et les vider, ils devraient, ensuite, les rincer minutieusement, avant de les faire tremper dans de l'eau vinaigrée et les saupoudrer de sel. Juste avant de les remplir de chair à boudin, il faudrait encore une fois les tremper dans de l'eau froide, puis les gonfler d'eau pour s'assurer qu'ils ne soient pas percés.

C'est donc le lendemain, après une courte nuit, sans le chant du coq pour les faire sauter du lit, puisque la pauvre bête n'était plus de ce monde, que Charles, aidé par son équipe de bénévoles, entreprit la découpe. Après avoir installé une moitié sur l'étal, il scia la tête au niveau du cou et la fit passer à Jules qui la débita en quatre morceaux, gratta les oreilles, sortit les yeux, arracha les poils intérieurs du museau et mit à tremper les morceaux dans de l'eau vinaigrée pour les nettoyer de toutes leurs impuretés. Pendant que Mimile s'occupait de la meunerie, car le client était roi…, Charles continua sa tâche… Il découpa soigneusement les deux jambons de l'arrière pour les déposer dans le bac de salaison. Puis les cuisses avant, une fois la couenne retirée, furent débitées en rôtis. Après avoir de nouveau aiguisé ses couteaux, minutieusement, le meunier, agile de ses mains, détacha le filet, scia les côtes, hacha en morceaux égaux les cotis qui viendraient enrichir les potées pour les rendre plus savoureuses. Heureusement, on savait tout faire à la campagne car, dès l'enfance, les enfants participaient aux différents travaux. Tout au long de leur vie, cet héritage de connaissances diverses leur était bien utile. Chaque morceau de gras ainsi que les abats étaient utilisés. Une fois la carcasse dépecée, il fallait entreprendre la salaison ou la cuisson selon les morceaux. C'était toujours le travail de Madeleine. Avant de saler les jambons, elle prenait bien soin de presser, avec un torchon, les petits vaisseaux sanguins de la chair qui entourait l'os aux deux extrémités. C'étaient les endroits qui pouvaient se gâter si la préparation n'était pas faite avec minutie. Elle y glissait ensuite de l'ail et une copieuse dose de sel. Puis, dans le saloir, pour pouvoir bien les conserver, elle les enrobait de sel, avec largesse, ainsi que les morceaux de poitrine en attendant la fumaison. Sans perdre de temps, dans le grand chaudron où de l'eau salée en ébullition attendait au-dessus de l'âtre, avec deux poireaux, une carotte, un bouquet garni et un navet, la tête de porc détaillée fut mise à cuire jusqu'à ce que la viande se détache facilement des os pour pouvoir la hacher grossièrement. Dans le bouillon de cuisson, bien filtré pour éviter les petits os indésirables, la viande en dés devait encore mijoter, doucement, durant un petit quart d'heure afin d'éclaircir la future gelée, avant d'être versé dans des terrines. Les jours suivants, on pourrait déguster un fromage de tête délicieux que Madeleine servait souvent avec des pommes de terre rôties devenues un mets apprécié depuis leur apparition.

La grosse découpe terminée, le plus gros de la peine consistait à la préparation du boudin. Après avoir débité en morceaux réguliers la couenne et toute l'épaisseur de gras, il fallait les faire légèrement roussir dans un chaudron, pour faire fondre la graisse. Ensuite, on les filtrait afin de séparer le saindoux, que l'on versait dans un pot en terre, des *Schmalzgreveles*. Avec ces restants de grillés de graisse, Madeleine faisait blondir quelques oignons et un blanc de poireau finement hachés. Elle y ajoutait un petit chou blanc dénervé, blanchi et coupé menu par Valentine, car chacun devait mettre la main à la pâte. Une fois prête, cette mixture était transvidée, en attendant la suite, dans un bac suffisamment grand pour remuer facilement la préparation finale. Après, dans le large pot qui servait également à préparer les confitures, elle faisait bouillir durant deux longues heures, sur un feu qui avait été allumé dès l'aube, dans un trou creusé à même la terre entre deux grosses pierres plates, toutes les chutes des découpes, le gras du porc, le mou et les rognons. Une fois la viande cuite, pour faciliter le mélange des ingrédients, il fallait, avec le couteau, la hacher très finement pour la rajouter rapidement à la préparation première. Après avoir salé la mixture encore tiède, en la goûtant régulièrement pour ne pas en mettre, ni trop ni pas assez, elle y joignait progressivement le liquide rouge, qu'elle avait auparavant énergiquement battu. Pendant que l'eau de blanchiment était mise à chauffer sur le feu, à l'aide d'un entonnoir que Louis et Jules enfonçaient dans un des boyaux minutieusement sélectionné pour qu'il ne soit pas percé, l'opération consistait pour Madeleine à faire glisser la mixture, en la poussant avec les doigts à l'intérieur des tripes, le plus loin possible, alors que Charles tournait, une fois à droite, une fois à gauche, une fois que le boyau était bourré, afin de former des petits boudins. La tripe bien garnie, on nouait et on recommençait la même manœuvre avec un boyau vide. On continuait ce bourrage jusqu'à épuisement de la viande apprêtée. Une fois les longs boyaux chargés et liés avec des ficelles, ils étaient plongés dans de l'eau très chaude, mais surtout pas bouillonnante pour ne pas faire éclater les tripes. Tout en retenant le chapelet par la ficelle, Madeleine le glissait quelques minutes dans l'eau à peine frissonnante, et à l'aide d'une aiguille, elle piquait délicatement les boudins. Tant que des gouttelettes carminées apparaissaient, elle les replongeait dans leur bain-marie. Lorsque plus une goutte de sang ne s'en échappait, ils étaient bons. Elle les ressortait rapidement et, pour les égoutter, les glissait, à l'aide de la ficelle, sur un bâton calé entre deux tables. Au fur et à mesure, chaque lourd anneau de tripailles était ainsi blanchi.

Le plat préféré de toute la famille s'avérait être « le pâté de viande maison » que l'on mangeait toujours le lendemain des « cochonnailles ». Avec avoir sélectionné un bon morceau de foie, une bande de poitrine grasse, deux poignées de viande maigre, deux oignons, trois échalotes et un bouquet de persil pour l'épicer, le tout était haché très menu, puis une fois salé et bien remué, Madeleine enroulait sa préparation dans de la pâte à pain et faisait cuire le tout au four banal. Ce pain de viande était un menu excellent, dont on ne perdait pas une miette. C'était la récompense après l'effort.

Trois jours durant, l'odeur des cochonnailles planait dans la maison.

Ceux qui pouvaient engraisser un verrat ou une truie étaient des chanceux car ils se faisaient des réserves pour un bon moment. Une potée de lentilles, des fèves ou des haricots blancs au petit salé, c'était le ventre plein garanti.

Maintenant, Valentine se sentait mieux dans sa tête. Ce n'était plus comme avant, lorsque son père vivait encore. Pourtant, dans ses moments de solitude, les souvenirs revenaient l'assaillir en masse. Elle se revoyait dans la tannerie, traitée de « moins que rien », juste bonne à noyer dans la cuve, au fond de laquelle elle ne trempait jamais assez vite toutes ces maudites peaux. C'est ce qu'elle était d'ailleurs, « une moins que rien » car n'ayant été, en tout et pour tout, durant ce qui aurait dû être sa première année d'apprentissage de la lecture, que neuf journées à l'école, elle éprouvait maintenant beaucoup de difficultés pour rattraper son retard. Malgré son changement de vie, le passé la hantait. Pendant le corroyage d'une peau, elle se revoyait encore, fouettée jusqu'au sang, pour avoir dérapé avec l'abat-carre en adoucissant les bords de la coupe, afin de faciliter la couture de la pièce. Ensuite, avec habileté, il fallait marquer un filet décoratif sur les bords de la coupe, côté cuir, avec le formoir en buis pour resserrer les tissus et embellir la bordure. Malheureusement, ce jour maudit, involontairement, elle avait perforé la précieuse croûte à un petit centimètre du bord. Tout était à refaire. Dans la seconde même, les foudres du ciel s'étaient abattues sur elle… Elle en gardait encore, si longtemps après, des traces sur sa peau. Une autre chose la tourmentait encore : cette gêne permanente qu'elle avait ressentie les rares fois où elle s'était rendue à l'école. Pour être bien vus par le régent, au moment de la récolte ou lorsqu'ils abattaient un cochon, les parents des mieux lotis lui faisaient envoyer, par l'intermédiaire des enfants, le volailler une oie, le sabotier une paire de galoches, le forgeron un *Krop*, celui-ci une corbeille de fruits, celui-là des légumes, un autre un chapelet de boudins ou encore deux ou trois côtelettes... Quant au tanneur, pour qui un sou était un sou, non seulement ses gamins connaissaient à peine le chemin de l'école, mais comme cet avare n'offrait jamais rien à celui qui était censé instruire ses petits ignares, comme deux ou trois autres petiots d'indigents, les drôles étaient les laissés pour compte. Ce n'est que pendant l'hiver, de temps à autre, lorsque les peausseries s'avéraient trop glacées et craquantes pour être tannées, et surtout grâce à l'insistance de leur mère qui prétextait que les enfants devaient apprendre à calculer pour gagner beaucoup d'argent, que leur père les avait autorisés à s'y rendre. « Les petits corniauds », doux sobriquet dont les avait affublés le maître, repris par tous les élèves, restaient au fond de la classe en compagnie de l'innocent du village et de quelques autres gamins qui, comme eux, ne fréquentaient pas souvent les lieux. Sans ardoise, ni craie, puisque le père n'avait pas d'argent pour ces colifichets destinés aux gosses de riches, ils bâillaient en regardant les mouches et en s'ennuyant ferme. Du vivant du tanneur, ils avaient, tous les trois, été considérés, par certains, comme des ânes. En se remémorant ces sombres moments, le rouge de la honte montait aux joues de Valentine. Avec son nouveau papa, ce n'était plus pareil. Il était bon et juste. Une fois les devoirs et leur part de travail accomplis, ils avaient même le droit de jouer. Maintenant, du haut de ses neuf ans, elle tenait à réussir à l'école. Pour ce faire, elle s'évertuait à suivre les explications du régent. Même dans sa chambre, dans la lumière de la lune, munie d'une plume qu'elle avait arrachée à la queue du nouveau coq, moins querelleur que le précédent, elle traçait chaque lettre de l'alphabet dans le vide. Partout, dans la cour, dans les champs, en s'armant d'un caillou ou d'un bâton, pour n'en oublier aucune, elle recommençait à les graver sur le sol... Mais, lorsqu'il s'agissait de lire des mots ou de les marquer, à l'aide d'un morceau de craie, sur son ardoise, au tableau devant le maître qui n'était pas très patient ou bien à ses parents, elle se retrouvait tremblante et n'y arrivait plus. Comme des bulles de savon qui s'échappaient, selon leur volonté, de sa damnée caboche, les lettres disparaissaient de sa mémoire pour n'y revenir que lorsqu'elle se retrouvait de nouveau toute seule...

Avec une constance et une gentillesse indéniables, Charles s'asseyait à côté d'elle pour tenter de lui faire écrire « papa et maman ». Mais rien n'y faisait… Les sanglots à fleur d'âme, elle partait dans sa chambre pour en revenir, quelques minutes plus tard, avec les lettres magiques transcrites sur son ardoise. Sa mère la regardait avec tristesse et venait lui faire un bisou sur le front en lui disant :

— Ce n'est pas de ta faute tout ça ! mon trésor. Je sais que tu les connais par cœur, tes mots. Il faut t'armer de patience et les craintes qui t'envahissent finiront par partir. Bientôt, ta main écoutera enfin ce que lui commande ton cerveau, sans s'occuper de la présence des autres. Pour le moment, elle tremble encore et attend toujours les ordres d'une voix haineuse qui t'a fait beaucoup de mal. Moi aussi, il m'arrive parfois de l'entendre encore. La peur met beaucoup de temps à s'en aller…

Détendue, tout simplement parce que sa maman comprenait les difficultés qui la préoccupaient, Valentine se jetait dans ses bras en espérant que ce moment viendrait très vite…

Lorsque la saison chaude posa ses couleurs, ses odeurs et ses chaleurs, les enfants profitèrent de quelques vacances. Leur présence devenait utile dans chaque atelier, ferme ou maison, pour les cueillettes, les récoltes et la mise au sec de bois pour l'hiver... Comme toutes les mains n'étaient pas nécessaires pour faire tourner la meunerie confiée aux bons soins de Mimile et Louis, chacun trouva à œuvrer. Charles, après ses tournées, s'occupait de ses vignes et Jules, à la demande du métayer, participait pour la première fois, cet été-là, à la fenaison et aux moissons du bailli, qui manquait de manouvriers. C'est à cette occasion qu'en arrivant aux aurores, il trouva le métayer occupé au vêlage d'une vache. N'ayant que deux bras pour calmer, en même temps, le bovidé agité et faire sortir le veau, l'homme âgé interpella aussitôt Jules pour se faire aider.

— Viens ici, mon grand ! La brunette a du mal à mettre bas et tu vas lui tenir la tête en lui parlant gentiment pour qu'elle se tienne tranquille. Tu vas assister à l'un des miracles de la nature. Après tant d'années d'expérience, je suis, à chaque fois, aussi ému que la première fois lorsque je fais vêler une de mes bêtes.

Durant plus de deux heures, la pauvre vache beugla, bougea, poussa des sons plaintifs et tant bien que mal, malgré son inexpérience, le second nommé d'office tenta de la garder tranquillement en place, tout en chuchotant des « n'importe quoi » dans l'oreille de la bête en souffrance. Avec un bouleversement qu'il ne s'expliquait pas, Jules observa la naissance du quadrupède.

Tiré par les pattes arrière avec énergie, force et douceur durant un temps interminable par le métayer, le petit veau atterrit, enfin, sur la couche en foin, dans un flop étrange. Mais, plusieurs minutes après sa sortie, malgré les gestes vifs du paysan aguerri pour le ravigoter, avec une poignée de paille, le veau ne bougeait toujours pas. Lorsque l'adolescent vit le brave homme se redresser en soulevant l'animal inerte pour le sortir de l'écurie, un torrent de larmes s'échappa de ses yeux. Il venait de comprendre que le petit animal était mort. Le vêlement primipare s'était prolongé trop longtemps et la petite chose était morte étouffée dans le ventre de sa mère.

Tout le jour durant, le triste tableau vint se projeter dans son esprit. Pourtant, le travail ardu du fauchage des foins aurait dû l'en libérer, mais non, ni la transpiration, ni la fatigue, ni les courbatures ne l'en débarrassèrent. Le désir de comprendre ou de trouver le détail qui avait transformé une scène normalement magique en catastrophe, l'assaillait…

Le soir, au moulin, il parlementa tant et tant sur la naissance désastreuse à laquelle il avait participé le matin même, que Charles le nargua en disant :

— Tu parlotes comme une commère, Jules ! Arrête donc ton moulin à paroles et mange mon grand… On dirait que tu nous racontes la naissance d'un fils de roi, tant tu en rajoutes… Nous n'allons pas décréter un deuil royal pour cette petite chose qui n'a pas survécu… Tu sais, les veaux naissent ou meurent tous les jours dans les étables, alors calme-toi un peu…

Cependant, même bouche cousue, des idées folles germaient dans l'esprit du jeune gaillard. Il ne voulait plus que des petites bêtes meurent en naissant… Comment pouvait-il changer les choses ?

Pendant que Madeleine nourrissait ses volailles, jardinait, cueillait et préparait ses conserves pour la saison froide, de son côté, Valentine emmenait les vaches paître dans les prairies qui bordaient la Moselle car la parcelle octroyée à Charles, avec le bail de la meunerie, n'était pas suffisante pour la nourriture abondante dont avaient besoin les laitières et les bœufs. Après s'être installée sous la voûte ombragée d'un arbre, pendant que les bêtes ruminaient inlassablement, elle écrivait sur son ardoise et se répétait des dizaines de fois, les mêmes consonnes, les mêmes syllabes, puis elle les assemblait, les changeait de place, les réunissait pour composer d'autres mots. Elle était plongée dans sa danse des lettres lorsque le galop d'un cheval la fit sursauter et émerger de son isolement. Il s'agissait d'un cavalier seul. Lorsqu'il s'approcha, Valentine reconnut aussitôt Philibert, le fils du maître qui était apprécié de tous. En arrivant à sa hauteur, celui-ci s'arrêta pour la saluer.

— Bonjour toi ! Mais je te reconnais, tu es la fille du moulin !

— Oui, m'sieur ! Bonjour, m'sieur !

— Tu dois t'ennuyer ferme ici, à attendre durant des heures que tes laitières se gonflent la panse.

Gênée, elle répondit avec timidité :

— Non, ça va ! m'sieur, j'ai apporté mon ardoise pour m'occuper.

— Tu n'as pas besoin de m'appeler Monsieur ! Je me prénomme Philibert, et toi, quel est ton prénom ?

— Valentine !

— Tu sais écrire, c'est très bien ! Viens, montre-moi donc ce que tu sais déjà faire ?

— Oh non ! M'sieur, j'ai bien trop peur… Lorsque quelqu'un me regarde, je n'arrive plus à écrire. Il faut que je sois toute seule.

Sans écouter un mot de ce qu'elle venait de dire, l'arrivant sauta de son cheval, accrocha la sangle à une branche basse et se laissa choir à côté d'elle.

— Tu as de la chance, j'ai du temps de libre et je vais t'aider un peu. Je te promets de tourner la tête lorsque tu écriras.

Tremblante d'inquiétude, la gamine timide n'osa lui répondre par la négative et, sans mot dire, elle lâcha sa précieuse ardoise qu'elle tenait dans ses mains, lorsqu'il s'en saisit en annonçant d'une voix ferme :

— Montre-moi donc les mots que tu as déjà écrits, afin que je puisse évaluer tes connaissances…

Valentine ne comprenait rien aux mots compliqués que le fils du maître employait, alors plutôt que de répondre une bêtise, elle resta bouche cousue.

— Bien, continua-t-il, puisque tu sais déjà écrire « le cha jou avec la souri », mais avec beaucoup de fautes, nous allons réviser tout cela. Alors, si ton chat était une femelle, comment dirais-tu ?

— La maman chat ! répondit-elle aussitôt, toute fière de savoir répondre.

L'éclat de rire qui suivit sa réponse instinctive la troubla... Pourquoi riait-il ainsi ?

— Je ne suis pas très futé en te posant des questions, pouffa-t-il en voyant l'air étonné de la gamine. Bon, nous allons nous y prendre autrement. Alors, écoute-moi, si le mâle est un chat, la femelle s'appelle une ch.....

— Chatte ! s'écria-t-elle avec un sourire éclatant qui éclairait son visage.

— Bravo ! Et à la fin du mot chatte, tu entends te..., alors le mot chat s'écrit avec un « t » à la fin. Essaie de l'écrire sur ton ardoise, je regarde en l'air.

Les yeux de Valentine se tournèrent vers la tête levée sur un azur limpide et, vite, elle fit glisser la craie sur son ardoise pour rajouter un « t » à chat.

Puis, après l'avoir félicitée, ce fut le verbe jouer qu'il lui expliqua et lui fit conjuguer au présent et pour terminer, Valentine apprit que souris prenait toujours un « s », même lorsqu'il n'y en avait qu'une. Durant plus de deux heures, il lui dicta des mots, en lui expliquant à chaque fois de quelle façon les écrire et c'est lui qui lui signifia la fin de la leçon en lui proposant :

— Maintenant, tu dois rentrer avec tes ruminants, car il faut les traire et tes parents risquent de s'inquiéter, mais demain je repasserai à la même heure et nous travaillerons encore.

— D'accord, m'sieur et merci m'sieur, Cependant, je ne veux pas rentrer avec des « rumin'an... » que je ne connais pas, mais juste avec mes vaches, se contenta de préciser Valentine.

En éclatant d'un rire joyeux, le jeune maître s'exclama :

— Tu es une petite marrante, toi ! Je n'ai pas vu le temps passer en ta compagnie. Si tu tiens vraiment à ton M'sieur, ajoute au moins Philibert à la suite, car autrement, j'ai l'impression que tu t'adresses à mon père… D'accord ?

— D'accord, m'sieur Philibert.

Lorsque Valentine, en rentrant chez elle, raconta de quelle façon le jeune maître l'avait aidée à faire des devoirs, Charles et Madeleine en furent tout surpris. En temps normal, les deux frères n'engageaient que très rarement une discussion avec les villageois et, surtout, on les voyait rarement l'un sans l'autre.

Elle s'appliqua de son mieux, des jours durant sur son ardoise, blanchissant, essuyant, recommençant, couvrant sa manche de craie, encore et encore… en suivant bien les instructions du jeune maître. Puis, après plusieurs leçons très irrégulières, elle réussit enfin à s'améliorer… Un après-midi, m'sieur Philibert arriva avec un livre tout neuf dont la couverture était reliée en cuir marron. Il le lui donna en disant.

— Tiens Valentine, lorsque tu seras capable de lire, toute seule, son contenu, il t'appartiendra. En attendant, je te le prête pour travailler.

Toute surprise, en tendant la main pour s'en saisir, elle bredouilla :

— Merci b'coup, m'sieur Philibert !

Avec émotion, elle tourna et retourna cette chose qui lui rappelait tant les peaux en cuir qu'elle faisait tremper. Lorsqu'elle ouvrit la première page, tout de suite, son regard s'arrêta sur une belle écriture noire.

— « La Bible », lut-elle à voix haute.

— Tu vois que tu arrives à lire ! s'exclama-t-il en souriant. Si tu te donnes du mal, à la fin de l'été ce livre sera à toi…

Après deux mois de travail assidu, aidée en cela, de temps à autre, par le jeune m'sieur, elle réussit à déchiffrer les mots. Assise dans l'herbe drue d'une prairie, en gardant les laitières qui paissaient tranquillement, ou derrière le moulin, allongée au bord de l'eau, elle écrivait les nouveaux mots en s'entraînant des dizaines de fois sur sa belle ardoise. Lorsque le jeune maître arrivait, il l'aidait à lire d'autres chapitres, la reprenait lorsqu'elle se trompait. Au fur et à mesure, elle se rendait compte, qu'elle y arrivait toute seule.

Déjà, elle n'en revenait pas de posséder une véritable ardoise, pas un simple petit morceau, limé sur les côtés pour ne pas se blesser, mais une vraie de vraie, comme celle des enfants riches… Lorsque Charles en avait apporté une aux trois enfants, chacun avait tourné la sienne dans tous les sens pour s'assurer qu'il ne rêvait pas. Mais, sans qu'elle en comprenne la raison, Valentine continuait à camoufler la sienne.

— Tu sais, ici nous ne manquons de rien et personne ne te la volera. De toute façon, si jamais elle devait se briser, je t'en ramènerai une autre lui avait dit « son nouveau papa » en lui passant gentiment la main dans les cheveux.

Mais elle n'avait pas l'habitude de tant de bonté. De toute façon, elle ne pouvait s'empêcher d'agir ainsi. C'était comme si elle devait s'interdire d'être heureuse.

— Tes peurs s'en iront bientôt. Les jours qui passent vont balayer les démons du passé. Moi aussi, j'en ai encore qui viennent me piquer avec leur fourche, lui répétait sa maman.

Puis voilà que maintenant, comme une cerise sur le gâteau, pour lire les mots, elle avait un livre avec de véritables « enluminures dorées » sur la couverture. C'était un mot compliqué que M'sieur Philibert lui avait expliqué. Elle le répétait même aux clients qui venaient au moulin, rien que pour le plaisir... Elle n'avait plus de cesse de lire la suite. Les histoires étaient tellement belles...

Une autre fois, tout en observant, l'âme rêveuse, la danse nuptiale de deux cygnes qui batifolaient au creux de la vague, elle ressentit la sensation d'être comme une plume qui divague dans un monde nouveau. Etrangement, au fond de son cœur, elle savait que quelque chose avait changé et se sentait prête à relever tous les défis. D'ailleurs, le roulis de la Moselle lui avait toujours fait ressentir ce sentiment de légèreté en lui permettant de puiser les forces dont elle avait besoin dans la nature qui l'environnait... Elle ne voulait surtout pas décevoir m'sieur Philibert. Cependant, il ne venait pas tous les jours, ou arrivait parfois avec un peu de retard ; c'est pourquoi elle prenait son mal en patience en travaillant seule. D'autres fois, Valentine le voyait surgir alors qu'elle ne l'attendait plus. Alors, son regard s'éclairait comme si un rayon de soleil venait s'y mirer. Pour la mettre en confiance, le jeune homme avait toujours un mot gentil en arrivant, mais rapidement ils se mettaient tous les deux au travail. Au début, pour ne pas la troubler, il faisait semblant de s'intéresser aux mouches qui volaient… Détendue, au bout de quelques minutes, Valentine ne faisait même plus attention à son voisin, tant elle était prise par son travail. À chaque fois, il lui préparait autre chose à apprendre pour la leçon suivante et, lorsqu'il ne venait pas, la fillette continuait à lire toute seule...

Pourtant, un événement inattendu vint mettre fin à la complicité qui liait l'enfant et l'adolescent.

Alors qu'ils riaient tous les deux, à perdre haleine, car Valentine venait de faire une erreur amusante en lisant :

« Le saindoux prit » à la place de « le Saint-Esprit », un cavalier arriva vers eux.

— Voilà mon frère, lui annonça aussitôt m'sieur Philibert. Il était alité durant plusieurs semaines, suite à un méchant furoncle à une jambe et le revoilà sur pieds. Je pense que nous allons devoir arrêter la leçon pour aujourd'hui.

Sans même la saluer, m'sieur Honoré interpella aussitôt son frère :

— Te voilà enfin ! Tu sais que pour ma première sortie je n'ai droit qu'à une heure d'équitation et voici plus d'une demi-heure que je te cherche ! Ce n'est pas amusant de chevaucher tout seul… N'as-tu donc rien d'autre à faire que de discuter avec une fille de paysan ? Allez, viens… Ces gens ne sont pas de notre monde…

Puis, lorsque ses yeux s'arrêtèrent sur le contenu des mains de la fillette, avec un sourire jubilatoire, il ajouta :

— D'ailleurs, que veux-tu qu'une gamine ignare fasse avec un livre de cette qualité ? Elle ne pourra que le mettre dans la cabane au fond du jardin pour s'essuyer les fesses.

Le visage de Valentine avait pris la teinte blafarde du duvet d'une poule blanche. Tremblante, elle lâcha le livre dans l'herbe, se releva et partit récupérer ses vaches pour rentrer au moulin.

— Tu aurais pu être plus poli avec cette petite qui ne t'a rien fait ! Quel besoin as-tu de jeter ton venin sur des gens qui ne peuvent pas se défendre ? s'était aussitôt exclamé Philibert. Dans de telles conditions, je n'ai même pas envie de t'accompagner.

Mais le mal était fait et, le lendemain, Valentine resta au moulin. Elle avait compris, comme le répétait souvent sa mère, qu'on ne mélangeait pas les « torchons » avec les belles « serviettes ». Elle n'était qu'un torchon…

Pourtant, à table, le soir même, son papa préféré lui tendit un petit paquet emballé en annonçant :

— Tiens Valentine, Monsieur Philibert est venu déposer ceci pour toi, en disant qu'il n'a qu'une parole et que ceci t'appartient. Tu l'as bien mérité. Il espère de tout cœur que tu continueras à progresser et te présente des excuses pour la méchanceté de son frère.

Après avoir essuyé la table avec précaution, Valentine ouvrit l'emballage et découvrit, non seulement sa Bible, mais également un crayon en bois et des feuillets de papier vélin pour pouvoir écrire. Sans qu'elle puisse les retenir, les larmes lui montèrent aux yeux. Ce soir-là, elle ne cacha ni son ardoise, ni son livre, ni ses feuilles, bien au contraire, elle les posa en évidence sur sa malle à linge. On ne les lui volerait plus, elle les avait mérités ! Elle savait lire… Par cette acquisition importante, son mal-être s'était changé en certitude positive quant à l'avenir. Maintenant, elle était porteuse de la lumière de la connaissance et n'aurait jamais de cesse d'en alimenter la flamme par toutes les façons qui se présenteraient à elle. Forte dans sa tête, elle n'était plus la fille du Germain, une moins que rien juste capable de tanner une peau, mais Valentine, la fille du meunier, qui avait de l'instruction. Elle percevait avec assurance que les tourments de la vie, quels qu'ils soient, n'éteindraient plus jamais ce feu du savoir qui brûlait en elle.

Le meunier vigneron

Une fois son ouvrage quotidien accompli au moulin, sa distribution de mouture terminée, sans le moindre répit, le meunier filait cultiver sa terre pour ne rentrer qu'à la nuit tombante. De pouvoir affirmer « ma terre » à haute voix lui donnait l'envie irrépressible de sauter de joie… Trois années avaient filé depuis son mariage avec Madeleine, en faisant tournoyer les bouderies, les tracasseries, les embellies, les gerçures, les coups de soleil comme les colères du ciel de mesdames les saisons. Avec un plaisir inlassable, Charles observait le développement de ses ceps, surnommés également « arbre à pain ». Pour ne point faillir à la tradition, chaque dimanche de janvier, à partir de la Saint-Vincent, patron des vignerons, et durant février lorsque le temps le permettait, il s'attaquait à la taille du vignoble dont dépendait la végétation ultérieure. Le faire avant la montée de la sève était d'une importance primordiale.

Les dimanches de mars, comme il l'avait vu faire par son père durant son enfance, pour éviter la pousse rapide de l'herbe, il passait le *moine* autour des ceps puis, en les bouturant à la cheville, veillait à remplacer les souches abîmées et à éliminer les yeux inutiles à la serpe. D'ailleurs on disait depuis des générations que celui qui excellait dans l'art de la taillerie avait de l'or au creux des mains. C'était tout un savoir-faire que de laisser se développer le courson à bois ainsi que l'arçon porteur de fruits pour lui donner la courbure idéale. Après une longue journée à peiner, seules deux longues raies étaient terminées et il lui en restait encore vingt et une à besogner. Que de soirées et de jours du Seigneur en perspective l'attendaient encore au milieu de sa vigne ! Mais il savourait ces moments de labeur comme un don du ciel que le Seigneur n'accordait qu'aux meilleurs. Son travail était le miel qui couvrait ses tartines et il ne pouvait s'en passer. Le pain et le vin étaient l'offrande de Dieu pour une vie saine. Il était « meunier-vigneron » et possédait les deux…

Avec satisfaction, au printemps, cet amoureux de la nature observait l'éclosion des premiers bourgeons. De la *bourre* ouatinée, les jeunes pousses d'un beau vert tendre pointaient déjà vers la lumière pour se développer. La sève montait dans les ceps taillés comme dans le cœur du travailleur, heureux d'accomplir son ouvrage. Energiquement, avec son *hoyau*, il tirait la terre vers le centre des rangées tout en arrachant les herbacées indésirables. Malgré le piochage de l'automne, les coquelicots et le chiendent avaient déjà repris racine. L'hiver le plus redoutable ne chatouillait guère les pieds de ces satanées mauvaises herbes. Dès qu'on tournait le derrière quelques jours, elles refaisaient surface sans jamais se lasser. Après avoir fini d'ameublir la terre, dès que les premières pâquerettes apparaîtraient dans les fourrés, il viendrait enfoncer les échalas pour y attacher les branches porteuses. Dans l'immédiat, il devait ensemencer les arpents restants avec les céréales de printemps, puis avant le premier muguet arriverait le moment de planter les pommes de terre. C'est maintenant que se programmaient les réserves de l'hiver prochain. Il surveillait en permanence les écarts de la lune et guettait sa plénitude avec crainte, car alors les gelées pouvaient se montrer mordantes et dévastatrices pour ses plantations.

En juin, sous une chaleur déjà estivale, alors que le feuillu abondant étincelait de reflets lumineux, la vigne s'était enjolivée de sa magique floraison. Charles resta debout un long moment, juste pour le plaisir, afin d'admirer cet éternel miracle de la nature. Puis, comme le travail ne se faisait pas tout seul, il se mit à l'œuvre… Il releva les jeunes rameaux et, à l'aide de son pointeau, incisa les branches. En fin d'après-midi, une fois la fraîcheur revenue, il badigeonna la vigne avec de la bouillie d'orties qui macérait depuis l'automne dans un vieux fût qu'il avait tiré jusque-là avec la charrette à main. Pour appliquer sa préparation, il utilisait un bouquet de longues plumes de coq afin de ne pas endommager les feuilles. Il badigeonnait le feuillu tout comme les branches à volonté. Cette mixture était la solution la plus efficace, à sa connaissance, pour parer à l'attaque des maladies, des insectes tout comme des oiseaux, mais malheureusement, totalement inefficace contre l'arrivée d'une « bête noire » qu'il appréhendait durant tout l'août : le grésil d'été, ces petits grêlons qui pouvaient tomber lors d'un orage de chaleur en blessant irrémédiablement feuillage et fruits en gestation, en les festonnant d'innombrables brûlures. Alors là, la saison était dramatiquement cuite…

Entreprendre la plantation et l'entretien d'un vignoble lui demandait une assiduité quotidienne. D'ailleurs, il avait longuement écouté les conseils des anciens et en tenait compte dans les moindres détails. Il n'avait pas envie de se retrouver le derrière dans la mélasse sous la risée de clients jaloux. Ceux qui le félicitaient maintenant seraient certainement les premiers à médire de lui en cas d'échec. Mais il avait trop de volonté pour échouer et il désirait fermement se prouver qu'il en était capable. C'était la troisième année qu'il œuvrait dans sa vigne et la production s'annonçait bonne.

À la mi-septembre, avant même que le clocher ne sonne l'Angélus du matin, la horde de cueilleurs venus pour l'aider était à pied d'œuvre pour démarrer l'envolée des faucilles. Ceux que l'on surnommait « les petits paniers », surtout des femmes et des anciens, cueillaient directement aux ceps les fruits à la robe dorée, tandis que « les grands paniers », les plus vaillants, étaient les transporteurs à l'épaulé qui, en duo, à l'aide de la barre à débarder, rapportaient leur précieux chargement jusqu'au chemin où les attendait le tombereau rempli de cuves. Dans une ambiance festive, la danse des panières regorgeant de grappes blondes prêtes pour le foulage et n'attendant plus que le pressage se prolongea durant quatre jours.

Les éclats de rire et les blagues fusaient dans l'air avec la même sincérité que les mélopées lyriques des oiseaux.

Le dernier soir, devant un feu de camp, l'un des travailleurs musiciens fit tourner la manivelle de la vielle pendant qu'un autre, installé sur un tabouret, l'accompagnait au violon. La musique voltigea dans l'air, très tard dans la nuit, pour le plus grand bonheur de tous. Pendant que les anciens se trémoussaient et chantaient joyeusement, les plus jeunes roucoulaient en faisant les yeux doux à leur favorite. Un libertinage léger réchauffait la fraîcheur de cette nuit automnale et tous les yeux brillaient. Dans la tourmente d'une vie dure et astreignante, ce moment de détente était le bienvenu.

Il fallait trois ans pour qu'une jeune vigne soit rentable. L'année précédente, les ceps, dans leur deuxième saison, étaient encore trop jeunes pour nécessiter la venue de cueilleurs. Charles avait œuvré tout seul entre les rangées. Puis, pour faire partager à tous ses clients la joie de cette première récolte, il leur avait fait déguster un verre de l'unique petit fût qu'il avait réussi à remplir avec sa récolte réduite.

Mais en ce jour béni, en faisant claquer bruyamment leurs sabots, chacun des participants pouvait virevolter à volonté afin de célébrer comme il se doit la fin d'une vendange prometteuse. Pour l'occasion, il avait, dès ce matin, envoyé Emile faire cuire au four banal deux douzaines de petits pains blancs et, en début d'après-midi, après avoir creusé un trou dans la terre, il avait allumé un grand feu avec des sarments secs et, lorsque le crépitement joyeux s'était arrêté, il avait mis à griller sur le lit de braises, tout doucement, en le recouvrant bien pour qu'il soit moelleux, un cochon de lait égorgé la veille. Sa truie lui avait donné sept gorets et il n'en avait pas besoin d'autant. Pour certains des travailleurs, c'était une manne inconnue…

— Pour sûr, Charles, le blanc de cette année sera beaucoup plus vineux. Il contient plus de degré d'alcool que celui de l'année dernière ! Je suis certain qu'il tournera autour de 13 ou 14 degrés, vu qu'il a été gorgé de soleil, annonça un de ses amis, Mathias

Legoff, qui possédait lui-même un vignoble du côté de Sierque. Tu nous inviteras à tester le *gréchen* lorsqu'il sera prêt, mais nous serons certainement dans l'obligation d'en « torcher » quelques-uns. Les jeunots qui tètent encore ont les tripailles trop fragiles et risquent d'avoir des surprises galopantes. Heureusement, chez toi, le trône est contre la maison, ils n'auront pas besoin de courir au fond du jardin.

Afin d'arrondir ses revenus, le brave homme n'hésitait pas à se faire saisonnier chez les autres. Mais, lorsqu'il avait appris en venant faire moudre sa farine que son ami démarrait sa première vendange, il s'était invité en tant que bénévole comme plusieurs autres d'ailleurs, afin de soutenir cette grande première. Dans ses pensées, le meunier avait déjà décidé de lui moudre gratuitement sa prochaine commande. Même pour un ami, un service en valait un autre. Il n'y manquait jamais. C'était la seule façon d'honorer le respect que l'on devait à autrui. Les profiteurs finissaient toujours par provoquer du ressentiment autour d'eux.

Les semaines qui suivirent, le tirage et la mise en tonneau se concrétisèrent par quatre barriques pleines. L'attente avait été longue et le travail ardu, mais la première production vinicole de Charles s'avéra succulente. Après avoir laissé rouler longuement une gorgée de ce nectar à la robe légèrement dorée au fond de son palais, l'heureux vigneron éclata d'un rire heureux. Ce petit vin blanc sec des côtes de la Moselle laissait en bouche un léger goût de fruit, idéal pour accompagner un poisson. D'après les connaisseurs, c'était l'une des meilleures années de ces dernières décennies. La bonté divine s'était posée sur lui car, sur une parcelle qui produisait à plein régime pour la première fois, la cuvée était excellente. En moins de deux mois, en dehors de ce qu'il voulait conserver pour sa propre cave, la totalité fut vendue, dont un quart acquis en argent sonnant par le cafetier du village.

Cependant, l'après-vendange était loin de clore le travail. Après la récolte, il avait fallu arracher les échalas, piocher et butter la terre. La vigne demandait un soin permanent tout au long de l'année et le sarclage était un travail pénible qui pliait le dos en deux. La montée était si raide vers les coteaux de Berig que l'utilisation du canasson devenait impossible sans que la terre ne s'éboule aussitôt. Par contre, la vue plongeante, de ces hauteurs sur la Moselle en contrebas, était grandiose. Les lacets de la rivière ondulaient gracieusement autour de Gauvis pour tracer son lit autour de la colline. Après sa plantation où il travaillait, les vignobles s'étalaient sur plusieurs lieues sur des côtes bien exposées à l'astre d'or. D'où il était, il apercevait le moulin et son regard s'envolait souvent dans cette direction. Cependant, tous les soins et les efforts qu'il donnait sans compter pour gratter le sol autour des ceps afin de les désherber, les aérer et les protéger avant les gros froids ne suffisaient pas. Le gros problème des endroits pentus était les coulées de terre. Mais la vigne ne se complaisait que sur ces terrains... La moindre averse entraînait l'or brun dans une descente sans fin au creux des rangées. Mais, Dieu du ciel, il était hors de question d'en laisser filer une seule pincée dans le champ du voisin du dessous, c'est-à-dire du bailli. Celui-là ne faisait jamais de cadeau à qui que ce soit. Il n'avait pas l'intention de se saigner pour des prunes afin d'acquérir définitivement ces arpents pour qu'un autre en profite. Même si le diable avait connaissance de la montagne d'efforts qu'il avait déjà accomplis et qu'il devrait encore produire, il remonterait encore et encore ce terreau précieux. On n'avait rien sans mal… Alors, à la sueur de son front, il remontait par pleines brouettées les amoncellements de terre que la pluie faisait rouler. La parcelle plus à gauche ne prenait pas assez le soleil pour y mettre de la vigne ; c'est pourquoi, comme le lui avaient conseillé les moines de la chartreuse, il avait ensemencé sur la moitié du haut du blé importé par les bateliers, plus gros et plus blanc que l'épeautre planté dans nos régions. Cette production plus abondante assurait largement pour sa famille ainsi que pour son second, Mimile, du pain pour l'année et du fourrage pour ses bêtes. Mais ce n'était pas n'importe quel pain… Des miches à la croûte dorée et à la mie blanche comme de la neige d'une succulence indéniable. Il pouvait le conserver plusieurs jours dans un sac en toile blanche sans qu'il durcisse. Sur l'autre partie, plus plate, il plantait simplement les pommes de terre nécessaires à sa propre consommation. Il préférait parer aux risques encourus par des conditions climatiques désastreuses en différant les cultures.

Certains automnes peu pluvieux permettaient un travail agréable. La fraîcheur ne le dérangeait en rien, car sa chaleur corporelle due à l'effort s'en arrangeait largement. Mais ce mois de novembre-là était vraiment désagréable. L'atmosphère était surchargée d'un brouillard givrant qui glaçait les vêtements comme le corps. Le soleil était totalement inconnu dans cette poisse cotonneuse qui enserrait la terre en se faufilant jusqu'à l'intérieur des demeures par toutes les trouées à sa portée. Une pluie cinglante n'était pas plus engageante et il fallait se contenter de ce que le Bon Dieu nous accordait. Alors, pas question de se plaindre ni de rechigner à l'ouvrage. De la même façon que lorsque le vin était tiré, on pouvait le boire, lorsque la besogne se présentait il fallait l'abattre.

Quatre semaines avant Noël, à l'heure des matines, alors que la nouvelle lune brillait encore, tout en houspillant le bœuf qu'il venait d'atteler car celui-ci semblait perdu dans les limbes ouatinés du sommeil, Charles, muni de sa faucille, était parti le long des berges de la Moselle pour couper des roseaux. Une fois qu'ils seraient secs, il les étalerait sur le sol de sa cave à vin afin de l'isoler de l'humidité hivernale qui remonte de la terre battue, avant d'y entreposer les fûts. C'était un moyen efficace d'éviter que la moisissure n'attaque le bois des barriques. La conservation des futailles nécessitait une température fraîche et égale, mais ni trop humide ni trop sèche. C'est pourquoi, en été, il les arrosait et en hiver, bien au contraire, il traquait, au moment des fortes pluies et des fontes de neige, les émanations humides remontant de la terre. Pendant la mauvaise saison, il lui arrivait même de les surélever sur des planches pour éviter tout contact avec l'eau. Le contenant devait être protégé avec le même soin que son contenu. Les anciens disaient que, par manque d'attention, le vin pouvait tourner au vinaigre, rien que le temps de le dire, et une saison entière pouvait être jetée sur le fumier, suite à une inattention.

Pour éviter de rouler avec un tombereau à moitié plein, « car le temps c'est de l'argent et faire double trajet pour revenir une autre fois était inutile », il compléta son chargement en sectionnant une quarantaine de tiges d'osier qui, une fois liées en bottes, ne prenaient pas beaucoup de place. Elles serviraient à tresser des paniers durant l'hiver et surtout à nouer les branches aux échalas en avril. Il n'avait pas suffisamment de place pour cultiver du chanvre et préférait se débrouiller avec les moyens du bord. Ces attaches-là ne demandaient qu'un peu de travail, et par « tous les diables » il n'avait pas un poil dans la main… Durant la saison morte, c'était une occupation attrayante. Chaque automne, pour avoir de quoi fermer les sacs de farine, il se préparait également des bottes de *feurre-longs* de paille ou bien de seigle très grosses. Il les liait par le bas d'un fort lien, et en glissait un second dessous la botte pour empêcher le premier de glisser. Afin de les préserver de la gourmandise innée des souris, il fixait les gerbes ainsi apprêtées, debout sur les poutres de la grange, jusqu'à l'année suivante. Cette réserve de liens ne coûtait rien, alors que la cordelette était onéreuse. Il devait troquer avec le chanvrier de Berig la quantité de chanvre déjà défibrée dont il avait besoin contre son pesant de farine. Il le recevait déjà roui, c'est-à-dire qu'il avait séjourné une dizaine de jours dans l'eau pour que les fibres se détachent facilement. Ensuite, le propriétaire de la chènevière le broyait sous la « braie » puis le passait au séran afin de séparer ce qui pourrait être filé au rouet. Les fileuses et le tisserand du village lui réservaient, d'avance, la plus grosse partie de sa production ainsi que le papetier de Thionville. Quant aux graines de chanvre, elles étaient pressées par l'huilier du village. L'huile ainsi obtenue jouissait d'une excellente réputation et ne pouvait être acquise que par les plus riches. C'est pourquoi la majorité de la population se contentait de saindoux. Il fallait donc faire sa commande en début de saison et, surtout, attendre le passage du colporteur. Le besogneux fabriquait sur place la corde et la ficelle avec le chanvre fourni par ses clients. Il demandait à être payé avec des liquidités et une fois le travail fini, se faisait offrir le couvert. Tout le temps sur les routes, le gars se contentait d'une grange quelconque pour la nuit. Charles lui faisait tisser quelques aunes pour lier les sacs des commandes de ses clients importants, mais pour le reste son esprit d'économie prenait le dessus. Dans la région, tout le monde connaissait le Fernand et guettait le passage régulier de l'homme avec « la bourrique », une machine en bois sur roues.

D'autres ouvriers itinérants tournaient régulièrement dans la région. Le rémouleur avec sa meule à eau sur roue venait aiguiser faucilles, cisailles et coutelas. Un cache-mannée, ouvrier en second dans une menuiserie de la région, passait une fois par mois avec la *Geiß* pour fabriquer des manches de pioches ou autres outils en bois. Quant au Youp qui demeurait à Berig, à une demi-lieue de là, il descendait tous les mardis au village, en faisant tirer « la fagotière » par son canasson pour l'installer sur la place de la chapelle. Pendant que l'homme s'éloignait en toute confiance pour aller boire «ein klein Dropp » (un petit verre) au café Thil, chacun venait faire ses fagots en lui laissant qui une piécette, qui un pichet, un pigeon selon le travail effectué. Vosgien par naissance, il s'était installé dans la région après ses épousailles et tenait cet outil de son père qui le lui avait cédé cinq ans auparavant. Sa présence évitait tout déplacement jusqu'à la ville et le brave gaillard rentrait chez lui, la musette bien farcie d'articles en tout genre. Chaque jour de la semaine, il tirait sa « chèvre » ailleurs et nourrissait sa famille en laissant chaque utilisateur fagoter tout seul. Durant chacune de ses virées, il ne manquait jamais de venir saluer le meunier et sa famille en faisant moudre sa farine par la même occasion.

Jules et son idée farfelue

En ce début avril 1774, l'hiver enroulait doucement les dernières froidures sous sa cape que déjà le printemps asseyait ses premières couleurs vives. Les perce-neige, les roses de Noël terminaient leur floraison tandis que, dans les prairies, les fleurs des pissenlits faisaient déjà briller leurs robes ensoleillées. C'était un régal pour les yeux, cette montée de la sève nouvelle qui faisait vibrer la nature comme les êtres. La nature reverdissait, la faune s'activait, les humains revivaient…

Même si les taxes mangeaient la moitié du bénéfice, la clientèle s'étant fidélisée à la meunerie, les affaires marchaient rondement. Le meunier, sa femme et ses enfants ne manquaient de rien, sans pour autant se permettre la moindre extravagance. Ce qui n'était pas le cas pour de nombreux villageois qui survivaient avec beaucoup de mal. Dans la plupart des masures, le toit couvert de chaume n'était pas très étanche. Les fenêtres closes avec des vessies de porc séchées n'empêchaient ni l'humidité, ni le froid de passer. Et surtout, les vivres manquaient…. Ce dernier hiver les avait cruellement fait souffrir. Les duvets de plumes n'avaient pas empêché les engelures et l'onglée de faire ses dégâts. Les loups avaient hurlé, chaque nuit, jusqu'aux Cendres en donnant des frissons à tout un chacun. Comme d'habitude, durant les veillées, les contes s'étaient envolés vers des contrées inconnues, impressionnantes, tendres et angoissantes à la fois… Le meunier et sa famille n'en avaient manqué aucune. Chaque fois que leur tour était venu de recevoir les fidèles amis, amateurs d'histoires, de légendes, Madeleine et Valentine, qui allait avoir treize ans, avaient préparé, à la grande joie des visiteurs pour qui la farine était une denrée rare, des gâteaux au miel et aux noix.

Charles apprit à une de ces soirées par le *peau de lapin*, qui avait dormi dans la grange du moulin, lors de sa tournée mensuelle de ramassage de peaux pour le peaussier sierquois, avec son tombereau tiré par deux bœufs, qu'une histoire sonnante avait mis leur ville sens dessus dessous… En effet, la grosse cloche de l'église de Sierque avait provoqué un grabuge inattendu. Fendue et inutilisable, on avait dû la descendre du clocher et l'envoyer à Metz, chez maître Delaître, fondeur de son état, pour être refondue. Là n'était pas le problème, mais l'affaire était survenue lorsque le maire de la ville, Monsieur Scharff, seigneur de Basse-Kontz, qui ne lésinait pas sur les dépenses lorsqu'il ne s'agissait pas de ses propres deniers, avait donné l'ordre d'y graver une devise le glorifiant : «Maurice Scharff, maire royal et bienfaiteur de la ville de Sierque», et lorsque le commissaire avait ramené la cloche ainsi auréolée à la gloire du Monsieur, des cris d'indignation s'étaient élevés parmi les conseillers car, en fait de bienfait, le maire avait réglé la chose avec l'argent des habitants. Les protestations furent telles, et le maire indélicat se fit tellement sonner les cloches, c'est le cas de le dire, que la chose sacrée fut, illico, renvoyée à Metz pour être refondue et dotée d'une inscription plus justifiée, « *Campanula dato Conventui* », mais aux frais de Monsieur le Maire cette fois-ci. Cependant, les choses ne s'étaient pas arrêtées-là, car depuis, le maire boudait totalement le Conseil et ne se présentait même plus en mairie. Depuis, les affaires courantes étaient conduites par le premier syndic et le reste partait à vau-l'eau… La colère régnait à tel point qu'une demande avait été faite au subdélégué de Thionville à l'effet de nommer Monsieur de Schanen, alors commandant de la ville, en lieu et place de l'ancien maire. Ce qui fut fait.

La roue du temps comme celle du moulin brassait l'évasion des jours en entraînant son lot de soucis comme de plaisirs. Avec les prémices des bourgeonnements printaniers, chacun s'activait à accomplir tous les travaux d'urgence, non sans quelques courbatures après une si longue période d'hibernation. « Le soleil plein de la Saint-Isidore annonce un printemps plaisant », disait le père Anselme, l'ancien du village, qui frisait les soixante-dix ans et, lorsqu'il parlait, on l'entendait. Le temps était venu de charrier les énormes tas de fumier amassés pendant l'hiver, dans les tombereaux tirés par les bœufs, jusqu'aux champs qu'il fallait fertiliser. Les énormes entassements débordaient largement des usoirs, dégoulinaient sur le chemin et devenaient encombrants. De plus, les hommes devaient faire vite, car après les neiges tardives de cet hiver, les gelées nocturnes glaçaient encore les ornières en permettant de conduire, sans risque d'enlisement, les attelages chargés à outrance. Ce qui permettait d'amoindrir les épuisants déplacements, car dès les premières chaleurs du jour, les chemins devenaient plus boueux et les mouches abondaient, en laissant de prolifiques chapelets d'œufs dans les trouées de cet amoncellement putride. Dès que l'on soulevait une fourchée de cet entassement puant, les asticots grouillaient et il fallait œuvrer sous les piaillements agacés des poules que l'on dérangeait dans leur festin royal. Après un jeûne hivernal forcé, disette s'imposant, puisque les volatiles n'avaient pu gratter le sol enneigé pour picorer quelques racines ou cailloux, cette manne providentielle et bien grassouillette était la bienvenue pour le coq et ses poulettes en errance totale. Mais tout ce travail était nécessaire pour ameublir la terre et la traction de ces lourdes charretées nécessitait un attelage solide. Sous le claquement des fouets, les ébrouements des chevaux ou les soufflements d'efforts des bœufs, les lourds vans se mettaient en route, en laissant diffuser derrière eux une odeur pugnace et infecte qui imprégnait les habits comme les maisons, dans des cris d'exclamations :

– Allez ! hue ! Allez ! hue, pour les faire démarrer et hola ! ho ! pour les faire s'arrêter.

Les rudes bestiaux démarraient en ébranlant ce chargement de forçat dans des claquements et des couinements sonores.

Après avoir terminé sa livraison de graminées moulues, Charles avait annoncé, durant le repas, qu'il partait travailler dans ses vignes. Aussitôt Jules, qui venait de terminer sa scolarité, s'était levé en lui proposant de l'accompagner. Du haut de ses quinze ans florissants, il avait belle allure, ce grand gaillard. Ses cheveux bouclés avaient gardé cette blondeur dorée des blés mûrs et les rayons du soleil s'arrangeaient toujours pour les blondir encore plus. Avec les années, sa ressemblance avec les fils du maître des Charmilles se faisait de plus en plus flagrante et le doute n'était plus possible. Madeleine le regardait avec le regard attendri de la mère aimante. Il devait choisir un métier, mais cherchait encore ce qu'il voulait faire. C'était un bon gars travailleur qui attendait, avec impatience, chaque vêlage printanier chez le métayer. Il restait à la ferme du maître, durant des nuits entières, pour ne pas manquer une naissance attendue qui, sans que l'on se l'explique, se déclenchait souvent la nuit. Pendant des heures, il pouvait parler de ce miracle de la nature qui était de donner la vie, mais lorsque les choses tournaient mal, il gardait un mutisme grave et Madeleine se rendait compte que son petit était en souffrance… Cependant, la nature était ainsi faite, le Seigneur donnait et reprenait… et l'on ne pouvait rien y changer. Les demoiselles commençaient à tournicoter autour de lui. Quelques-unes venaient même au moulin avec du « vent » à moudre, rien que dans l'espoir de le rencontrer, mais apparemment, le jeune homme avait d'autres idées en tête. Ainsi, ce qui lui moussait dans la caboche allait leur tomber dessus, avec l'étonnement que provoque une neige de printemps ou l'envolée d'une bulle de savon...

Venu pour soigner le maître des Charmilles qui avait pris la pluie lors d'une partie de chasse avec le seigneur de Rodemack et souffrait d'une *phtisie galopante*, le docteur de la ville annonça que son état ne laissait guère présager de bonnes nouvelles. Aussitôt, les deux jumeaux avaient été rappelés au chevet de leur père, après plus de trois ans d'éloignement dans un pensionnat messin, car leurs chamailleries constantes dérangeaient leur mère.

En ressortant de la grande maison, le médecin s'était arrêté aux écuries pour admirer les équidés dont il était un fervent admirateur. Jules, qui travaillait avec le métayer au chevet d'un jeune poulain né la nuit précédente, avait écouté avec émerveillement les conseils prodigués par ce spécialiste du corps humain quant aux soins à donner à cette petite bête. Que ce soit les plantes pour calmer une diarrhée mortelle, des coliques, un refroidissement, une blessure infectée, il savait tout…

Alors, sans pouvoir retenir sa curiosité débridée, il avait interrogé l'homme de science :

— Docteur, s'il vous plaît, existe-t-il un métier où l'on apprenne à soigner les animaux ? C'est ce que j'aimerais apprendre…

— Ma foi, je le pense bien ! Tu peux devenir maréchal-ferrant qui est également un soigneur, ou alors, ce qui est beaucoup plus compliqué, vétérinaire ou pour être plus précis encore « un artiste vétérinaire. »

— Un vété quoi ? s'étonnèrent Jules et le métayer en même temps.

En riant, le docteur répéta en articulant bien :

— Un vétérinaire ! C'est un médecin des animaux, tout comme moi je le suis pour les humains. Mais pour cela, il faudra te rendre à Lyon. L'unique école qui apprend les méthodes pour soigner les animaux se trouve là-bas et elle n'existe que depuis 1761.

— Lyon ! c'est loin du village ? s'exclama Jules. Je n'ai jamais entendu ce nom.

— Mon pauvre petit ! Il faut traverser la moitié du pays pour s'y rendre. Tu n'as même pas les moyens de te payer la diligence, alors pour subvenir à tes besoins sur place et payer l'inscription, n'en parlons pas. Tu sais, c'est un métier pour les riches. Alors petit, ne t'imagine pas n'importe quoi !

Et là, en passant la houe entre les pieds de vigne à côté de son père adoptif, Jules lui annonça :

— Papa, je voudrais partir à Lyon pour apprendre le métier de vétérinaire ! Es-tu d'accord ?

Charles ressentit comme des vibrations dans les oreilles en entendant cette histoire abracadabrante à laquelle il n'avait rien compris.

— Partir à Lyon apprendre à faire des terrines en verre ! Tu as le cerveau qui prend l'eau, mon grand. Si les honorables métiers de meunier ou bien de vigneron ne te conviennent pas, n'en existe-t-il pas assez à apprendre ici, autour de chez nous ?

Je ne veux pas faire des terrines en verre ! pouffa Jules, mais être vé.té.ri.nai.re ! C'est un nouveau métier où l'on apprend à soigner les animaux. C'est comme un docteur pour les bêtes.

— Fadaises ! Le maréchal-ferrant ne fait-il pas assez bien son travail ? C'est que ton Lyon, c'est au bout du monde et comment veux-tu t'y rendre ? Mon Dieu, en voilà une idée farfelue…

— À pied ! papa. J'irai en marchant tranquillement, car le trajet en diligence est hors de prix. De plus, dans cette école, il faut payer une pension pour les études, le gîte et le coucher.

— Mais, c'est que tu as l'air bien décidé… Combien on te demande pour cette histoire-là ? En as-tu déjà parlé à ta mère ?

— Non, j'ai préféré t'en parler à toi d'abord avant d'écrire pour connaître les conditions d'inscription. Le métier, c'est une affaire d'homme ! Maman ne comprendrait pas. Le docteur m'a dit qu'il pourra m'aider…

— Je te remercie pour ta confiance, Jules. Cependant, nous en parlerons ce soir avec ta mère.

Bien évidemment, sa mère le traita de fou pour avoir une envie aussi « farfelue ». Ce soir-là, ce grand mot se répéta maintes fois durant le repas.

Pour finir, devant son insistance à apprendre cette médecine pour les bestiaux et rien d'autre, sans lui donner le moindre signe d'espérance, on l'autorisa uniquement à demander des renseignements. Il était difficile de s'entretenir de ce que l'on ne connaissait pas.

C'est seulement deux mois plus tard qu'un dossier d'inscription arriva. Pour l'année-là, les candidatures étaient terminées, mais pour la rentrée de l'année suivante, c'était possible. Lorsque Jules découvrit la somme à régler d'avance, dès maintenant, rien que pour y entrer, il en devint blanc de désespoir. Ses rêves se voyaient enterrés avant même de naître. Le montant représentait le gain d'un journalier pour une dizaine d'années. Comment trouver cette somme ?

Lorsque ses parents entendirent le fatidique chiffre de 320 livres, sa mère le reprit aussitôt en demandant :

— Tu veux dire 320 sols parisis, Jules !

— Non, maman ! Il s'agit bien de livres pour les trois années d'études.

— Je suis désolée, mon garçon ! C'est impossible… Il va falloir que tu oublies, immédiatement, cette idée malheureuse. Seuls des gens de haut rang peuvent se permettre ce genre de folie ! s'était-elle aussitôt, exclamée.

— N'ayez aucune inquiétude ! Je l'avais déjà compris en ouvrant cette damnée lettre. Mais la vie est trop injuste ! Seuls les riches peuvent tout s'offrir ! Pourtant, nous en sommes aussi capables qu'eux, mais on ne nous en donne pas la possibilité.

— Sûr, fiston ! Mais où veux-tu que nous trouvions une somme pareille ? Même en rassemblant toutes nos économies, nous n'en aurons pas le dixième…

— Je le sais bien ! D'ailleurs, je vais jeter de ce pas cette maudite lettre à la poubelle. Mais merci de m'avoir écouté… Au moins, on ne peut pas nous interdire de penser et de rêver…

— Viens, je la brûlerai moi-même ! insista son père en tendant la main pour la saisir. Je voudrais d'abord essayer de la lire à tête reposée pour comprendre à quoi une telle fortune doit servir… Tu sais, j'ai un ami qui est maréchal-ferrant soigneur, à Cattenom. Il pourrait te prendre à son service.

— Merci papa ! Je vais y réfléchir. Ce n'est pas vraiment ce que j'espérais. Il faut d'abord que je me fasse une raison.…

Le mois qui suivit, on ne parla plus de l'idée farfelue de Jules puisqu'il était impossible de résoudre des problèmes insolubles…

Mais du haut de ses quinze ans, le gamin avait de la suite dans les idées… Jeter aux orties cet espoir qui lui imbibait le cerveau au point de l'empêcher de dormir, sans même se battre, n'était pas envisageable.

Il arriva un soir à table, en annonçant tout de fait :

— Je viens de me trouver un emploi de *Bout-avant*. Je pars demain pour Rosières, en remontant la Moselle avec un batelier.

— Mais pourquoi veux-tu partir aussi loin, Jules ? N'es-tu pas bien à la maison ? Que te manque-t-il donc ? s'exclama aussitôt Madeleine, abasourdie par la dernière idée de son fils

— Je suis très bien ici, maman. Mais j'ai ce métier de vétérinaire dont je rêve qui me trotte dans la tête et je veux gagner la somme nécessaire pour le concrétiser. En restant au moulin, ce n'est pas possible. Ce n'est pas avec les quelques sols que gagne un manouvrier que j'y parviendrai… Alors qu'en inspectant les salines, c'est le triple d'un salaire normal que je gagnerai. J'ai rencontré le responsable des salines de Rosières, chez le maître, et il a besoin d'une personne qui sache lire et écrire parfaitement pour rédiger les fiches de contrôle.

— Tu tiens donc tant que cela à devenir un soigneur pour les bestiaux. On va donc faire des saignées aux vaches et aux cochons maintenant ? J'espère que tout ce sang est au moins récupéré pour mettre dans le boudin… Autrement, quel gaspillage ! Toutes ces simagrées ne servent déjà pas à grand-chose pour les humains, alors pour les bêtes… Lorsque l'heure est venue de passer à trépas, c'est que le Bon Dieu en a décidé ainsi ! Je n'y comprends plus rien… De la médecine pour les bêtes et c'est le fils du meunier qui veut faire ça ? Les clients vont s'en éclater la bedaine de rire en apprenant cette nouvelle… Ils n'ont pas le moyen de payer le docteur pour eux-mêmes, tu parles qu'ils vont appeler un « vété'aire » pour la truie qui a la coulante. Dans quel monde vit-on ? « V'là t'y pas » que ce môme a décidé de s'envoler je ne sais où rien que pour y arriver… Et c'est quoi ce nouveau travail ? En dehors de celui que ta mère verse pour saler la cochonnaille, tu n'y connais absolument rien au sel, précisa Charles avec un regard pensif… De plus, pour gagner cette petite fortune tout seul, il te faudra au moins cinq ou six ans pour y arriver. Tu n'es pas au bout de tes peines.

— Je le sais bien ! papa. Mais j'apprends vite ! D'ailleurs, n'est-ce pas toi qui m'as appris que le travail et la volonté permettaient d'atteindre son but ? Alors, je veux au moins essayer. Ici, avec Mimile et Louis, tu ne manques pas de bras. C'est pourquoi je veux tenter ma chance. Le maître d'exploitation m'a dit qu'il me formera lui-même. En ce moment, ils font des essais pour alimenter les fourneaux des salines avec de la houille qui arrive de Sarrebruck, en espérant pouvoir remplacer progressivement le bois qui commence à manquer, surtout en hiver lorsque le voiturage est impossible sur les chemins boueux. Je percevrai 90 sols par journée de travail pour contrôler les structures salifères ainsi que l'intérêt de cette nouvelle méthode de chauffe. Je mettrai mon gain de côté jusqu'à ce que j'obtienne la somme suffisante pour aller à Lyon.

— Enfin, fais comme tu veux, mon garçon. Loin de moi l'idée de t'empêcher de réaliser ton rêve… Mais tu vas nous manquer…

C'est à ce moment-là que chacun perçut les sanglots qui soulevaient les épaules de Madeleine.

— Que t'arrive-t-il, ma chérie ? s'inquiéta aussi vite Charles. Est-ce le départ de Jules qui te chagrine autant ?

— Ouiii, murmura-t-elle. Comment vais-je supporter de ne plus le voir durant des mois. Et puis, pourquoi mon nigaud de fils a-t-il besoin d'avoir un désir irréalisable ? Tu ne pouvais pas te contenter de notre vie tranquille ? Non, il te faut la lune… Alors, il va te falloir grimper haut pour l'atteindre…

— Nous allons faire de notre mieux pour l'aider, ma chérie, intervint Charles en prenant la main de son épouse. J'admire notre Julot, pour sa ténacité.

— Oh ! certainement pas autant que moi répondit Madeleine en se levant pour entourer les épaules de son fils avec ses bras. Je ne suis même pas étonnée de ton ambition, mon petit Jules. Tu as une ambition de riche et ne peux vouloir que le meilleur…

— Pourquoi dis-tu cela ? s'exclama Jules, étonné par les paroles de sa mère.

— Parce que, dans tout ce que tu réalises, tu recherches la perfection. Tu as ça dans le sang…

Le lendemain, alors que la nuit s'étalait encore, Charles conduisit leur fils, à Rettel, au bac de la Chartreuse, pour qu'il puisse se faire embarquer par le premier batelier de passage en partance pour cette direction. Cependant, la Moselle était navigable mais pas la Seille, dont le lit se faisait marécageux sur une grande partie. Les bateliers ne s'y aventuraient pas. Alors Jules avait prévu de descendre, tout simplement, au dernier bac près de Nancy. C'était toujours moins long que de faire le trajet par la route. Là, un attelage devait le prendre deux jours plus tard, au quai d'arrivage pour le conduire jusqu'aux salines où il était attendu par son futur employeur….

En rentrant au moulin, Charles annonça simplement à Madeleine :

— Notre fils s'est embarqué pour une grande bataille. C'est très bien comme cela… C'est la meilleure façon de devenir un homme. Il est courageux ! Nous allons lui laisser apprendre ce qu'est le travail… Pendant ce temps, de notre côté, nous allons nous battre pour l'aider.

Les larmes aux yeux, Madeleine se jeta dans les bras de l'homme qu'elle aimait, pour se faire consoler du vide que l'absence de son petit homme allait provoquer dans leur quotidien. C'était déjà difficile de laisser son oisillon s'envoler du nid… Alors, quand il partait pour l'inconnu, c'était plus terrible encore…

Cet été-là, comme tous les jours qui suivirent, chacun accepta les ouvrages qui permettaient de gagner quelques pécunes. Que ce soit les travaux des champs chez le bailli, la couture pour les gens de la ville, vente de confitures ou de fruits, ramassage et cassage des noix par Valentine, pour la production d'huile du maître, chaque petit sou était une aide pour le rêve de Jules.

De temps à autre, Charles regardait sa femme avec un regard triste, lorsqu'il la retrouvait avec les yeux rougis. Elle s'inquiétait pour son petit.

Puis, un matin, Madeleine vit son homme atteler les deux chevaux à la charrette, accrocher un bœuf à l'arrière, et, après lui avoir donné un baiser, il se contenta de lui dire :

— J'ai à faire au marché de Thionville, ma chérie. Je risque de rentrer tard…

Etonnée qu'il ne lui donne pas plus d'explications sur sa virée inhabituelle, Madeleine, songeuse, le regarda s'éloigner au loin. Etrangement il ne leva même pas la main pour la saluer. Qu'avait-il derrière la tête ?

Il revint en fin d'après-midi, avec uniquement le bœuf pour tirer la charrette. Les chevaux brillaient par leur absence.

Les yeux pleins de larmes contenues, Madeleine comprit aussitôt ce qu'il venait de faire...

— Non ! tu n'as pas fait ça ! s'exclama-t-elle en fondant en larmes…

— Le maître a dételé les chevaux en route pour gagner du temps ! plaisanta Emile en apercevant l'attelage lambinard qui ramenait Charles. Les « dadas » ont-ils perdu leurs quatre fers en même temps ou quoi ?

— Non, il n'y a plus de « chevaux », Mimile. Je viens de les vendre pour payer l'inscription de mon fils pour son école de soigneur d'animaux. En attendant, nous ferons les livraisons avec les bœufs et, pour la vigne, j'ai les baudets. Trois ans à peiner, ce n'est rien dans une vie. Je viens de passer chez le docteur pour qu'il fasse parvenir la demande de Jules avec les 180 livres d'avance sur le montant à payer que je lui ai apportées. Entre la vente des chevaux et nos économies, c'est tout ce que j'ai réussi à tirer. En plus du salaire que Jules va gagner pour son année de travail, il ne nous reste plus qu'à trouver encore un quart de la somme pour la prochaine rentrée. Si cette école vétérinaire accepte d'être payée en deux fois, tout ira bien. Le médecin y a joint une lettre avec un avis favorable quant à notre crédibilité. Alors nous n'avons plus qu'à attendre.

Ce soir-là, au creux de l'oreille, juste après une pause câline, Madeleine murmura à l'oreille de son homme :

— Par le geste d'amour que tu viens de faire aujourd'hui, tu viens de broyer en poudre fine toutes les blessures qui me restent de mon autre vie ! Je t'aime, mon aimé…

Du jour au lendemain, les livraisons prirent trois fois plus de temps, la fatigue en fut augmentée d'autant, mais la vie se poursuivit au moulin en continuant à mettre les bouchées doubles pour récolter quelques piécettes. Madeleine décida d'engraisser quatre cochons supplémentaires et des volailles, afin de les vendre.

C'est lors de son passage, pour dormir une nuitée dans la grange du moulin, qu'un ami colporteur leur avait appris la mort du roi Louis XV, depuis le 10 mai 1774. Il venait de s'éteindre de la petite vérole au château de Versailles. Les mœurs dissolues de la cour s'étaient retournées à contre-courant… Les funérailles étaient déjà terminées depuis plusieurs semaines, mais les nouvelles mettaient du temps à arriver dans la campagne profonde. Le pays avait changé de roi et le peuple avait toujours faim. Le dauphin reprenait la relève en donnant une petite bouffée d'espoir au peuple. Chacun espérait que « Lui », aurait peut-être la bonté de faire passer les besoins du peuple avant ses propres plaisirs. Dans l'immédiat, ce changement de souverain ne changeait rien à la dure réalité de leur quotidien.

Jules revint à la Saint-Nicolas pour quelques jours. Le grand gamin devenait un homme. Lorsqu'il pénétra dans le moulin avec son petit baluchon, ce fut la sérénade de stupéfaction :

Valentine lui sauta dans les bras en versant quelques larmes et se contenta d'annoncer à la volée :

— Jules est là ! Jules est rentré ! Venez vite ! Notre « Jujules » est revenu…

— Bé' dis donc ! ton retour nous fait plaisir. Mais tu aurais pu nous faire prévenir ! Nous t'aurions attendu au bac, s'exclama Charles en pressant le fiston contre son torse …

— Oh ! mon bébé ! Que je suis heureuse de te prendre dans mes bras ! Tu nous manquais tant… Te nourris-tu suffisamment là-bas ? J'ai l'impression que tu as un peu maigri, s'inquiéta aussitôt Madeleine avec des yeux pétillant de joie…

— Tout va bien, maman ! Ton bébé est revenu à pied de Rettel et le volailler m'a ramassé à la hauteur de Haut Kons. J'ai peut-être le visage légèrement cerné d'avoir voyagé depuis la pointe de l'aube mais, dès demain, à la pique du jour, je casserai du bois. J'ai vu le gros tas qui attend d'être fendu à l'extérieur…

— C'est certain que l'ouvrage ne manque pas, mon frérot. Que je suis content de te voir au moulin ! Je devais m'y atteler tout seul, alors ton arrivée, c'est comme du miel sur une tranche de pain ! pouffa gaiement Louis. Crois-moi, je ne vais pas en perdre une miette… Je te souhaite la bienvenue ! Jules.

Mimile vint aussitôt vers son ami et les deux garçons se serrèrent joyeusement la main, tout en feignant de se chamailler. Plus tard, alors que tout le monde se retrouvait autour de la tablée pour déguster une tisane avec du tilleul séché, Jules parla longuement de son nouveau travail. Il expliqua ses visites aux différentes salines, avec un cheval et une calèche mis à sa disposition pour se déplacer à Vic, Delme, Moyenvic, Marsal, Château-salins. Il n'omit aucun détail sur les nombreux essais du Seigneur de Delme, chez qui il logeait, afin de rendre la Seille navigable. Le propriétaire cherchait désespérément une solution pour faire venir le bois et de la houille par les bateliers. Mais l'affluent de la Moselle était trop marécageux.

Puis, avec un petit regard canaille, Jules les pria de l'excuser un moment pour une « affaire pressante ». Il revint quelques secondes plus tard, en tirant quelque chose de lourd derrière lui… Il avait caché son présent à l'extérieur pour leur faire la surprise.

— Tenez ! annonça-t-il en tendant un très gros sac de toile bien gonflé à son père. C'est mon cadeau de retour pour toute la famille.

Pendant que Charles dénouait la cordelette de chanvre, toutes les têtes s'étaient penchées au-dessus de la chose et le même cri de surprise les unit tous lorsqu'ils découvrirent le contenu mystérieux :

— Ouah ! du sel ! Il a rapporté du vrai sel, ni mouillé ni détrempé…

— C'est ça ! reprit Jules avec le regard malicieux… Dix bons bichets de bon sel pour vous saler le museau, de la part de mon patron. Vous en aurez au moins pour deux années. Pour mon travail, j'ai une autorisation de transport pour le sel, sans avoir à payer la gabelle, alors je n'allais pas manquer l'occasion…

Cette denrée si précieuse pour conserver les aliments était devenue presque inabordable avec toutes ces taxes qui s'y rajoutaient. Alors, même les clients n'en ramenaient guère pour du troc. On l'économisait tellement que, parfois, les choucroutes tournaient au vinaigre et les viandes se conservaient très mal. Alors, cette manne précieuse que venait de ramener Jules était un cadeau du ciel. Et de plus, une telle quantité…

— Attends un peu, fils ! Tu nous as réservé une surprise, mais nous en avons également une pour toi…

Un silence à couper à la serfouette se fit dans la *stuff* lorsque Charles se leva pour prendre sur le pétrin dont le couvercle était rabattu un pli cacheté qui attendait depuis une semaine d'être ouvert. Mais la crainte d'une réponse négative avait retenu le meunier.

— Tiens, fils ! Ouvre-le toi-même pour nous dire ce qu'il en est…

— Ce qu'il en est de quoi ? interrogea Jules. Que se passe-t-il pour que vous fassiez des têtes à effrayer les revenants ?

— Ouvre donc, si tu veux le savoir !

Minutieusement, Jules éclata le cachet le cire puis écarta les rabats pour en sortir un long parchemin. Sans rien dire, il se mit à lire et toute la tablée vit son visage blanchir comme de la craie. Alors que chacun espérait des éclats de joie, ce furent des larmes, à inonder les pavés blancs du sol, qui se mirent à couler sur les joues du grand gaillard avec des tressaillements à faire bouger la table qui soulevèrent ses épaules.

Plus blanche que la farine de blé, Madeleine regardait son fils avec un regard désespéré.

— Non ! s'énerva le meunier sans pouvoir retenir la colère qui montait en lui en lui faisant serrer les poings : Après tous nos efforts, ces chiens n'ont pas pu refuser la demande ! Ils sont en dessous de tout. Ces « mange-sous » n'ont aucun cœur ! Arrête de pleurer, mon petit ! Si ce n'est pas cette année-là, ce sera la suivante que tu rentreras dans ton école. On y arrivera…

— Arrête ! papa. Même si je n'y comprends rien ! Ils viennent d'accepter de me prendre dans leur école pour la prochaine rentrée ! hoqueta-t-il entre deux sanglots. Comment avez-vous trouvé autant d'argent ?

Lorsque Jules apprit l'impensable, son père avait vendu ses chevaux, la plupart des bêtes, son vin depuis sa première récolte, il se sentit complètement perdu… Dès le mois d'août prochain, il partait à Lyon pour devenir vétérinaire, mais à quelles conditions ?

Lorsque sa mère lui avait expliqué comment, sans même venir lui en parler à elle, auparavant, son père avait déniché la moitié de la somme nécessaire à l'inscription, il n'avait pas réussi à dire un mot tant l'émotion lui avait pris la gorge.

Le cheval était aussi important pour l'homme que sa propre main pour pouvoir le mener. L'achat d'un beau cheval représentait un an de salaire, alors pour économiser une telle somme... Sans lui, on redevenait un humble.

— Je ne suis même pas ton vrai fils et tu te démunis de tout pour me donner ma chance ! Pourquoi es-tu si bon, papa ? l'avait interrogé Jules, à peine remis de sa surprise. Plus tard, j'aimerais devenir aussi « noble » que toi…

— Dis donc, petit ! As-tu oublié qu'en épousant ta mère, je vous ai épousés en même temps, pour le pire et le meilleur. Tu es mon fils ! Alors, nous aurons peut-être du mal à nous en sortir, mais c'est à toi de nous prouver que ce ne sera pas pour rien. Ce n'est qu'une affaire de trois ans et nous allons nous battre, tous ensemble, pour nous en sortir ! Alors, fils ! Rends-nous fiers de toi, en prouvant que nous avons eu raison de te faire confiance…

— N'en doute pas un instant, papa. Mais tu vas devoir faire toutes tes livraisons avec le bœuf ou les baudets. Ça ne va pas être facile...

— Fils, tu apprendras que rien n'est facile dans la vie ! Mais il faut faire les bons choix. Le mien, c'est ma femme et mes enfants ! Que représentent trois ou quatre ans à peiner un peu, si tu réussis bien dans tes études. Tu pourras nous aider à remplacer ce cheval, plus tard, lorsque tu gagneras bien.

C'est ainsi que, après avoir vendu la plupart des volailles, tous les cochons hormis les deux nécessaires pour les vivres hivernaux, avoir travaillé comme des mulets pour le bailli, vendu la moitié de la récolte de pommes de terre, toute la réserve de vin sans même que Charles en garde un seul litre pour lui, ils réussirent à rassembler, en tenant compte du salaire de Jules, la fabuleuse somme nécessaire à son projet.

Le 10 juillet 1775, Jules partit pour son long voyage qui devait durer trois ans…

Le cœur sur la main - 1776

Le meunier avait pour ami l'huilier de Marienflosse. Le brave gars, à l'allure débonnaire et au sourire constant, était originaire de Hunting tandis que son épouse, Eugénie Bidinger, était la fille d'une longue lignée d'agriculteurs d'Eft. C'était une femme douce et travailleuse qui se montrait toujours très serviable avec chacun. Le couple était apprécié de tous. Lorsque Charles partait faire ses livraisons du côté de Sierque, en dehors de la période des plantations ou des récoltes, Madeleine l'accompagnait quelquefois pour faire des emplettes. Avant de rentrer chez eux, ils s'arrêtaient pour faire une pause amicale chez ce couple avenant. L'huilier avait un bail de deux décennies avec les moines des Chartreux pour le moulin à huile qui se trouvait à côté de l'ancien couvent, laissé totalement à l'abandon depuis l'installation des moines sur le domaine de la Chartreuse à Rettel. Il bénéficiait par la même occasion des terrains alentour, d'un porc gras et d'un maldre de colza à charge de fournir régulièrement, en compensation, toute l'huile nécessaire pour la cuisine du domaine des religieux. Dans leur accord, d'autres obligations lui incombaient également, telles que balayer l'église, fournir l'huile pour la lampe brûlant devant l'autel, laver le linge sacerdotal et fournir les essuie-mains pour la sacristie, ces deux dernières corvées étant du ressort de madame. Assez débrouillard, le Klek, comme on le surnommait, mettait beaucoup d'énergie à ce qu'il faisait et surtout, travaillait dur. Il était fier de posséder quatre ânes pour le transport de ses marchandises. Ce jour-là, lorsque Charles et Madeleine arrivèrent chez lui, le meunier retrouva *l'olieux,* devant le mur de l'appentis, malheureux à fendre l'âme. De son côté, en pénétrant dans la maison, Madeleine découvrit, dans la cuisine, sa femme et les petiots dans tous leurs états… L'Eugénie égrenait son chapelet en invoquant à voix haute, avec le dos secoué par les sanglots, l'aide de l'au-delà. Ses enfants, blottis dans un coin de la stuff, étaient serrés les uns contre les autres comme si le ciel venait de leur tomber sur la tête. Ils avaient le teint blême de ceux qui viennent de découvrir qu'après la vie vient le trépas, c'est-à-dire rien d'autre que la douleur de l'absence… Le matin même, ils avaient retrouvé, en compagnie de leur père, deux des précieuses bêtes, à la lisière du grand pré à l'arrière du château des Seigneuries de Sierque, raidies comme des souches, et une troisième, avec le cuissot arrière largement entaillé. Recouverte de mouches, la blessure purulente de cette dernière paraissait vilaine et le charron de Sierck lui prédisait mauvaise fin. Mieux valait occire le bourricot pour conserver la viande que de la laisser s'empuantir sur pieds et crever en étant immangeable. Les pauvres bestioles avaient été tirées comme des pigeons… Comble de malchance, « le Caillassou », l'âne que montaient les petiots et qu'ils avaient baptisé ainsi parce qu'il avait la tête aussi dure qu'une caillasse tant il était têtu, avait perdu la vie de cette façon si cruelle. Les malheureux bambins venaient de découvrir ce qu'était la cruauté humaine. La veille, une battue de chasse, organisée par le Châtelain de Sierque pour ses nombreux invités de haut rang, avait terminé en queue de cochon… Les tourterelles, certainement insuffisantes en nombre et plus difficiles à toucher en plein vol que des bestiaux immobiles, n'avaient pas suffi et les baudets ainsi que la chèvre de leur voisin, qui paissaient tranquillement au moment de leur passage, avaient servi de cibles de jeux aux élégants messieurs et dames en quête de divertissements nouveaux avec leurs mousquets. Au travers de l'innocence des grands regards rougis par le chagrin qui se levaient vers elle, Madeleine décela un monde d'incompréhension, d'incrédulité et de tristesse. C'était trop injuste ! Le bouillonnement de la colère bourdonna en elle comme le grondement du tonnerre. Fallait-il rendre grâce à Dieu devant une telle injustice ? Pourtant Eugénie priait… Elle priait pour les bêtes disparues, priait pour demander au Seigneur de les protéger dans son humble demeure où les corps ne souffraient plus, priait pour le remercier de sa bonté. Puis, comme pour faire monter cet appel, avec plus de force encore, vers l'immensité inconnue, les deux aînés se mirent à balbutier des prières avec leur mère. Le cœur au bord des lèvres devant tant de désolation, Madeleine sortit quelques minutes de la pièce pour se remettre. Durant des années, à elle non plus, la vie n'avait pas fait de cadeau, mais la souffrance des autres lui était plus pénible encore. La sienne, elle avait toujours réussi à la dompter… On s'habituait au malheur comme au bonheur. Evidemment, sans témoin visuel pour confirmer les faits, il n'y avait aucun responsable et des « on m'a dit que » n'étaient qu'affabulation. Accuser un dignitaire ou un noble, sans raison fondamentale, d'avoir tiré sur des ânes, pouvait mener directement en prison. Parfois, même jusqu'à la peine de mort. Alors, on ne s'y frottait pas. Si le fruit de l'ouvrage de toute une année partait en fumée, il ne restait qu'une chose à faire, se taire et recommencer…

Désolé pour le drame qui venait de survenir, Charles aida son ami à enterrer les deux carcasses couvertes de charognards puis les deux hommes mirent fin aux souffrances de la bête blessée et la dépecèrent. La viande, mise pour une partie en terrine et pour l'autre en salaison, remplirait au moins les assiettes. Mais le brave gars ne pouvait plus faire tirer son lourd chariot par un seul mulet. La charge était trop pesante. Son impuissance devant cet état de choses le désespérait. En attendant, Madeleine consolait, par sa présence attentive, la femme de l'huilier et ses enfants en tentant de leur changer les idées. La nuit avait déjà étendu ses ombres noires lorsque le couple rentra, l'âme en peine, au moulin… Inquiets de leur si longue absence, Valentine et Louis les attendaient en guettant leur arrivée, avec des pommes de terres cuites en robe des champs qui refroidissaient sur la table. Quel était donc ce monde où le fruit du labeur des humbles n'était que poussière que l'on pouvait jeter à tous vents, simplement parce que l'on faisait partie des castes inférieures ? Ce manque de respect d'autrui était inacceptable, mais le pot de terre ne pouvait pas se battre contre le pot de fer. La décadence de la Royauté ne faisait qu'empirer. Une longue série de revers succédait à quelques trop rares victoires royales pour des guerres incomprises par le peuple et, surtout, si mal conduites qu'elles se terminaient, les unes après les autres, en fiasco total en ne faisant qu'accentuer le chaos. Les caisses publiques étaient irrémédiablement vides et avec un cynisme indécent, un gouvernement de diplomates, d'incapables ou d'intrigants continuait à saigner le peuple sans limite. On vivait mieux au siècle dernier disaient les anciens. Maintenant, même un maître artisan devait tirer le diable par la queue pour s'en sortir. Les gamins qui fréquentaient l'école devaient apporter leur bûche pour chauffer la salle de classe en hiver puisque le bureau de la mairie ne pouvait y pourvoir.

La semaine suivante, en se rendant avec son attelage à vide sur le domaine de la Chartreuse, pour réceptionner au quai d'arrivage des bateaux du blé venu du bout du monde – du moins d'un endroit qui lui était totalement inconnu – et transporté par les bateliers, le meunier fit ce que son cœur lui conseillait... Même si les temps étaient durs pour tout le monde, avant d'aller charger sa cargaison, en ami fidèle, sans dire mot, il plaça dans le pré, en compagnie du baudet rescapé, une jeune ânesse de l'année, tout juste sevrée, mais qui pourrait reproduire d'ici à quelques mois. Il n'en n'avait pas vraiment la nécessité puisqu'il avait son bœuf pour tirer la charrette et quatre ânes bien vaillants. Cette jeune femelle n'était pas encore très solide mais avec le mâle qui restait, le Klek avait la paire. Sa vente lui aurait procuré quelques livres à mettre dans son bas de laine pour l'achat du cheval tant espéré, mais, l'amitié valait bien d'en rallonger un peu le délai.... Plus légers que les chevaux de trait, les ânes ne lui servaient que pour monter des charges dans les vignes, afin de ne pas faire glisser la terre vers les arpents du bas, ou bien pour rentrer du bois. Dans le vignoble, ils lui étaient indispensables. D'ailleurs, la deuxième ânesse devait mettre bas d'ici peu, et il vendrait cet ânon-là... Avec le lait des femelles, Madeleine faisait un rouleau aux herbes sauvages et avec celui des biquettes, un « chevrou » délicieux. Elle préparait, comme le lui avait appris sa mère, chaque petit fromage avec soin. Après avoir fait cailler le lait, égoutté et assaisonné à sa manière le fromage blanc, elle tournait les rouleaux à la main pour leur donner forme puis, l'un après l'autre, les encerclait dans une feuille de rhubarbe pour éviter qu'ils croûtent trop. C'est ainsi qu'elle les conservait plusieurs jours dans la pièce noire, dont le sol en terre battue laissait remonter la fraîcheur. Avec une tranche croustillante de pain blanc, un verre de vin de sa propre production, c'était le délice suprême. Ce nectar, à la robe ambrée qu'il produisait, ne ressemblait en rien au « verjus », cette piquette à l'odeur de vinaigre, servie dans les tavernes, qui arrachait méchamment le gosier.

Ensuite, Charles se dirigea vers le Couvent de la Chartreuse afin de récupérer ses précieux sacs de semences dont la livraison était prévue la veille. Encensée par les moines, dont la première production avait été florissante, cette nouvelle graminée, à l'épi beaucoup plus gonflé, remplaçait l'épeautre en donnant une farine d'une blancheur virginale. Lorsqu'il avait moulu les trois premiers maldres de ce grain généreux à souhait, il en était resté bouche bée, en découvrant la poudre, couleur de neige, qui en avait résulté. C'est pourquoi Charles avait aussitôt décidé de tester ces nouvelles graines sur sa propre terre. Seulement, il fallait acheter la totalité des semences. Comme les religieux avaient ensemencé deux autres champs avec ce même blé, près du « Sténe Kreitz » le long de la route de Rettel, le meunier devait parler au frère économe pour s'accorder sur les conditions de broyage du surplus. Il savait que les bateliers livraient régulièrement des tissus et des soieries venant des Indes, et il avait une envie folle de faire une surprise à Madeleine. Il rêvait de la voir dans une robe des dames de la haute, taillée dans un tissu en étamine aux couleurs de l'arc-en-ciel, assortie à l'azur de ses yeux avec autour du cou une bordure de dentelle ajourée. Elle se contentait en permanence de blouses ou de jupes en toile toute simple pour travailler. Sauf le dimanche, où elle mettait sa tenue de mariage pour se rendre à la chapelle. Ma douce est si modeste, pensa-t-il, que l'idée de posséder des fanfreluches ne lui vient même pas à l'esprit. Chaque jour que Dieu fait, j'ai un trésor à mes côtés, et je veux lui faire plaisir…

Tout en songeant à la femme qu'il aimait tant, il longea le lieu-dit « Galgenberg » et, arrivé aux fourches patibulaires qui séparaient le chemin en deux, obliqua vers la droite, traversa le village, cahota le long du chemin de terre, longea les hauts-fonds de la Moselle, là où les bateliers débutants restaient en rade, lorsque le niveau de l'eau descendait au plus bas pendant la canicule. Mais, heureusement, le problème ne se posait pas en permanence, car les étés se suivaient et ne se ressemblaient pas... Bien entendu, les hommes de métier connaissaient parfaitement la façon d'amorcer ce passage délicat afin d'éviter les zones d'enlisements. Bien avant d'arriver à ce niveau, ils réduisaient la voile pour ralentir, tiraient un peu sur le gouvernail pour serrer vers la droite, et se servaient constamment des perches pour surveiller la profondeur des fonds. Lorsque l'un d'eux s'y frottait par mégarde, on disait qu'il avait, sans le moindre doute, bu auparavant, trop goulûment, une bonne dose de « verjus accrocheur».

Après avoir admiré les magnifiques arpents de terre cultivés avec savoir par les religieux : du blé, du maïs, de l'orge, des betteraves et, plus près du cloître, les raves, les navets, les pommes de terre, les choux, les fèves, les poireaux en rangées interminables pour la revente en ville et sur les marchés, Charles dépassa le village et arriva devant la Chartreuse. Il arrêta son attelage, juste en face du portique d'entrée en chêne, doté d'un grand crucifix sculpté à même le bois et sauta à terre. Soigneusement, il attacha les lanières en cuir à un des anneaux prévus à cet effet, tout en doutant que son bœuf ait l'idée de prendre la clef des champs, mais il fallait tout prévoir… Puis il se dirigea vers l'entrée, souleva le loquet, tout en observant les arcs-boutants magnifiques qui encadraient le bois, et le relâcha contre le socle en fer forgé. Un bruit sourd résonna aussitôt en laissant derrière lui comme un son de clocheton. Quelques secondes plus tard, le battant du judas s'ouvrit sur la tête du moine, faisant office de portier pour recevoir la clientèle, qui venait découvrir l'identité du visiteur. Un large sourire illumina le visage du vieillard en découvrant Charles.

— Voilà l'homme qui nous fournit la farine qui fait gonfler notre pain divin ! s'exclama-t-il, c'est toujours un plaisir de vous revoir mon brave…

— Pour moi de même, Frère Firmin, pour moi de même…

— Vous nous ramenez notre mouture, je suppose !

— Non, pas aujourd'hui ! Suite au conseil avisé du Père supérieur, j'ai une commande de semences de ce nouveau blé, que vous faites venir par les bateliers, à retirer. Le frère économe a-t-il un moment à me consacrer ?

— Nous allons de ce pas nous en informer, mon ami. Entrez-donc !

Les deux hommes traversèrent la cour, empruntèrent le corridor qui conduisait vers la chapelle, puis bifurquèrent aussitôt sur la gauche, jusqu'à la porte portant l'inscription « Cella Procuratoris ». Après avoir frappé discrètement contre la cloison boisée, sur l'invitation intérieure ils pénétrèrent dans la pièce. Pour le saluer, le meunier prononça la phrase consacrée :

— « Dieu soit loué », et la voix grave de l'économe lui répondit :

— « Eternellement ».

Cette grande pièce carrée et lumineuse servait aussi bien de bureau, de local d'accueil pour les frais et les taxes, que d'archives. Un pan de mur entier était couvert d'étagères, allant du plancher jusqu'au plafond où étaient alignés, comme des rangs d'oignons, des quantités de registres et de dossiers archivés. Dans l'emplacement central, quatre chaises encerclaient une grande table en chêne rustique recouverte d'un amoncellement de papiers divers. Juste derrière cette montagne déséquilibrée, le père économe était assis dans un fauteuil en bois. Il n'avait même pas levé la tête pour voir entrer les arrivants et, tout en continuant à écrire, avec son lorgnon grossissant au-dessus du nez, il annonça :

— Asseyez-vous et patientez un instant ! Je termine mes écritures et je suis à votre disposition.

Charles, pour faire passer le temps, observa d'abord l'homme de religion. Âgé d'une soixantaine d'années, il portait une robe de bure marron. Une calotte couvrait le sommet dégarni de son crâne en laissant apparaître des tempes grisonnantes sur un visage rude assez émacié. Charles eut le temps de découvrir un crucifix pendu entre les deux fenêtres, un portemanteau, taillé dans une belle branche de hêtre, certainement besogné avec art dans les locaux. Dix minutes plus tard, l'économe leva les yeux et annonça avec une voix étonnamment douce, en regardant au-dessus de son lorgnon :

— Désolé pour l'attente, le meunier, mais si je ne termine pas les choses tout de suite, je ne m'y retrouve plus… Voyez autour de vous, tout ce capharnaüm… Voilà, maintenant, je suis à votre entière disposition.

Les deux hommes se mirent d'accord sur les conditions de paiement des sacs de blé puis Charles commanda le tissu convoité. Il allait s'enquérir des modalités et du lieu de chargement de sa commande lorsque le Père Prieur pénétra dans la pièce.

— Ce n'est pas une surprise de vous voir, le meunier ! Je me doutais de votre impatience à ensemencer vos champs avec le nouveau blé. Puisque tout est réglé, venez, je vais vous faire visiter les lieux et vous conduirai ensuite au hangar de stockage. D'ailleurs, le batelier qui a livré votre marchandise est encore amarré. Il a passé la nuit ici et ne repart pas à vide. Si vous le désirez, vous pourrez même faire sa connaissance. En ce moment, il charge une montagne de sacs de céréales.

Charles salua poliment le religieux responsable de la paperasserie, et suivit le prieur... Ils traversèrent la suite de l'immense couloir avant de monter un large escalier muni d'une rampe en fer forgé, artistement tourné. Une fois à l'étage, ils pénétrèrent dans la bibliothèque. L'endroit était aussi silencieux que le chœur d'une église. Pourtant, trois frères s'y tenaient. Ils saluèrent l'invité d'un signe de la tête et se replongèrent dans leur étude. Le Père Supérieur lui chuchota quelques mots en lui expliquant que les vieux livres à tranches rougeâtres, que les religieux feuilletaient, contenaient l'histoire du monastère depuis sa construction première. Ils préparaient un ouvrage concernant l'historique des lieux. Charles regarda avec émerveillement ces immenses rangées remplies du savoir… À mi-hauteur des murs de livres, une passerelle attendait le bon vouloir d'un grimpeur pour atteindre les rangées en hauteur.

Alors que, dans les casiers du bas, des livres, d'une hauteur et d'une largeur impressionnantes, reliés de cuir et garnis de ferrets en cuivre, ressemblaient à des missels très anciens. Une bible, d'une épaisseur dantesque pour un brave travailleur, montrait sa face de couverture vers la salle, au milieu de tout cet étalage littéraire.

En lui prenant le bras, le Père Prieur entraîna Charles en lui disant :

— Venez mon fils, continuons notre visite, pour que les frères puissent poursuivre leurs recherches en paix.

La Chartreuse possédait son propre four et les cuisiniers n'avaient donc pas besoin de se rendre à celui du village. Tout en lui narrant les avantages de cette situation privilégiée d'avoir leur propre boulangerie, Charles eut la surprise de découvrir les nouveaux pétrins qui venaient d'être installés. Ils étaient taillés dans des troncs de chêne et, sur le dessus, un bras mécanique qui se tournait à la main enroulait la pâte autour d'une pale en bois taillée en queue de cochon. Incroyable ! De cette façon, une main d'homme pouvait tourner une quantité impressionnante de matière. Aucun boulanger de sa connaissance n'avait ce genre de système bizarre... Les créations farfelues des hommes l'étonnaient toujours, mais du moment que ça marchait, vive le progrès. Plusieurs moines, vêtus de chemises et de calots blancs, œuvraient en silence, car il n'était permis de causer que pendant le service. Dans le fond de la salle, le visiteur attentif admira de près les immenses pièces de cuisson, bâties d'après les derniers perfectionnements. Une des portes de la boulangerie, ouverte pour aérer la pièce, donnait sur l'extérieur. Ils continuèrent la visite en marchant jusqu'au cloître où étaient alignées les cellules particulières de chaque religieux. Ils commencèrent par la chapelle, bâtie en forme de croix au centre d'une immense cour. C'était un joyau de toute beauté. Le portail, de style roman, était orné de quatre immenses colonnes et d'un magnifique fronton avec deux grandes niches contenant chacune une statue de grandeur naturelle ; l'une d'elles représentait Saint-Bruno, le fondateur de l'ordre et l'autre Saint-Sixte, le patron du monastère. Au-dessus, dans les angles, quatre statues aussi imposantes que les deux précédentes, représentaient les Evangélistes. Au sommet du fronton, un cadran d'horloge indiquait les heures avec une sonnerie. La nef assez longue, à la voûte haute, était soutenue par six contreforts entre lesquels se trouvaient d'immenses vitraux dont la magnificence représentait des saints et des scènes de l'ordre des religieux. Sur le toit, à la jonction de la traverse, s'élevait un clocheton très élégant, tout en hauteur, renfermant plusieurs cloches destinées à annoncer les différents offices. En observant autour de lui l'abondance de biens qui était déployée dans ce lieu de piété, Charles eut du mal à en comprendre la raison…

Le Seigneur avait-il besoin de tout cet étalage ? Les bénitiers étaient d'énormes coquillages de mer en bronze, des bancs finement sculptés garnissaient la nef et les allées étaient dallées en pierres de Guénange noires et blanches. De magnifiques stalles ainsi qu'un jubé en bois sculpté entouraient le chœur. Tout l'ornement de la chapelle était de style rococo blanc et or. Le Père Prieur continuait tranquillement ses explications. La tête levée, Charles admirait l'immense baldaquin qui surmontait le maître-autel en offrant au regard un effet merveilleux. Bien sûr, il lui fit entendre la puissance extraordinaire de l'orgue avant de ressortir de la chapelle. Ce lieu saint était bordé par un petit cimetière dans lequel on ne voyait que de simples croix en bois, toutes pareilles, portant comme unique signe distinctif le nom et la date de décès du défunt. C'est en pénétrant à l'intérieur de ce havre d'amour divin que se tenaient les religieux, face à l'autel, pour prier et méditer. Puis à l'extérieur, tout autour de ce sanctuaire de paix, sur un cercle distant de plusieurs mètres, seize cellules, totalement identiques, attendaient leur visite. Le Père Prieur en ouvrit une, en lui précisant que l'ameublement restreint était le même pour chacune d'elles. La possession de ce qui n'était pas indispensable était contre le vœu de pauvreté des religieux. Seuls, le travail et des pauses spirituelles ou intellectuelles suffisaient à remplir sainement leur vie. Le père expliqua : Chaque nuit, à minuit, nous nous levons pour entonner les matines, puis nous nous recouchons. Ensuite, nous nous rassemblons à la chapelle aux aurores afin de prier et chanter l'angélus. Avec une surprise non feinte, Charles découvrit que les religieux ne profitaient de rien pour eux-mêmes. Bien au contraire, chacun dormait dans une minuscule chambrette blanche, rectangulaire, juste éclairée par deux fenêtres. Elle contenait en tout et pour tout un crucifix sur le mur, une petite table avec bassin et cruche pour la toilette, deux chaises, une malle, un seau de nuit puis, dans un coin, un grossier fourneau en fonte et, dans l'autre angle, un bois de lit sur lequel se trouvait une simple paillasse de fleurs de chardon avec un oreiller et deux couvertures en laine. Le contraste avec tout ce qu'il avait vu jusque maintenant était saisissant…

« Je dors plus confortablement qu'eux », pensa Charles, sans pourtant oser le dire à haute voix.

Le tout était de construction très simple et vraiment après avoir vu la splendeur de la chapelle, il s'attendait à mieux… Attenant à la cellule se trouvait le cabinet de travail avec des outils, soit de menuisier, de tourneur, de relieur, de peaussier ou tout autre métier auquel se livrait l'occupant. « Ora et labora », le moine doit prier et travailler. Les lieux d'aisance communs se trouvaient dans la cour. Pourquoi des chambres privées étaient-elles si ternes et vides, alors que la cuisine, la bibliothèque et la chapelle frôlaient le luxe ? Il était certain que l'outil de travail était plus valorisé, ici, que le bien-être propre de l'homme. Chaque frère possédait devant son endroit privé, un petit jardinet qu'il ornementait à son gré. Certains d'entre-eux étaient des parterres fleuris de toute beauté, mais tous, très soigneusement entretenus, agrémentaient joliment les lieux... Ensuite, ils se rendirent au réfectoire des moines. C'était une salle très lumineuse qui possédait une chaire pour qu'un des frères puisse y faire la sainte lecture durant le repas. Elle s'étirait tout en longueur sous un plafond voûté. Unique fantaisie, en dehors de la table et des chaises, sur le mur de droite, un grand tableau peint à l'huile représentait Jésus crucifié. Un desservant pour recevoir et donner les plats communiquait directement avec la cuisine. Le meunier y découvrit une installation digne de la cour du roi… Sous le grandiose manteau de la cheminée, il y avait une barre de fer où étaient suspendues une douzaine de crémaillères. Au centre de l'immense pièce, trônait une longue table entourée de chaises. Tout autour, plusieurs dressoirs regorgeant de vaisselle, des escabeaux, un crucifix au-dessus de la porte, de nombreux pots de fer de toutes les grandeurs, plusieurs petits fours à braise, un immense fourneau à bois, un étal pour travailler facilement, des hachettes, des couteaux et, surtout, un confort qui paraissait incongru pour tout simplement faire cuire une potée. L'installation de cette immense cuisine était certainement aussi probante et innovante que celle d'un grand maître ; ainsi que la cave d'ailleurs, dont les vins millésimés s'exhibaient en quantité comme en qualité. Pendant la visite, lorsque les deux hommes croisaient un frère convers dans le corridor, celui-ci s'agenouillait devant le Père Prieur en prononçant une phrase en latin, inaudible…. À chaque fois, le religieux répondait également en latin à ce salut. Le meunier découvrait un autre monde, une autre façon de vivre où chacun semblait en paix avec lui-même…

Le couvent était immense et la visite n'en finissait pas… Le meunier s'inquiétait déjà de tout le travail qui l'attendait alors qu'il fainéantait tranquillement au lieu de se presser. Mais une fois n'était pas coutume… Ils traversèrent le « Fratum Laïcorum Refectorium » avant de monter au premier étage pour visiter ce que les villageois appelaient « spital » (hôpital), mais qui n'était en fait qu'une infirmerie où les plus démunis étaient soignés gratuitement à l'aide de plantes médicinales préparées par les moines. Pour les cas les plus graves, une fois par semaine, le médecin de Sierque venait faire sa visite. Trois salles bien éclairées, pourvues chacune d'une douzaine de lits, s'étendaient sur toute la longueur. Comme des malades y séjournaient, ils ne s'aventurèrent pas à l'intérieur des pièces. Ensuite, ils se rendirent chez frère Anselme, à la pharmacie. C'était lui le préparateur de tous ces cataplasmes, décoctions, désinfectants naturels, tisanes, pommades, toujours à base de plantes sauvages ou d'herbes cultivées sur place. Après une brève discussion, le temps de faire connaissance, ils revinrent sur leurs pas. Près du portier, la porte était assiégée par de nombreuses personnes qui faisaient la queue.

— Ce sont les indigents des environs qui attendent la distribution de la soupe et du pain, car ils n'ont pas de quoi se nourrir, lui expliqua le Prieur. Notre devoir premier est d'aider notre prochain. C'est ce que nous faisons, chaque jour que Dieu fait. Voilà pourquoi nous avions la nécessité d'agencer une très grande cuisine pour préparer des quantités suffisantes de nourriture et de pain, car quotidiennement la file d'attente augmente devant la porte. Notre roi met le pays dans une situation de famine impardonnable… Bon, nous allons faire une petite pause avant que vous filiez charger votre marchandise. Debout dans la cuisine, avec un regard sur la cour où se trouvait d'un côté le bûcher et de l'autre un étang qui regorgeait de poissons, le Révérend Père lui versa une *schlofdrepchen*, lui raconta que depuis la veille ils avaient un blessé grave à soigner… Il y avait eu du grabuge à l'auberge du Tonneau d'Or à Sierque entre deux hardis batailleurs du régiment et deux braves de la maréchaussée qui avaient les oreilles échauffées par un trop-plein de *gréchen*. L'échauffourée s'était terminée dans un corps à corps effrayant et l'un des hommes s'était retrouvé avec un coutelas planté dans le ventre… Pour le moment, l'état du malheureux n'était pas très bon… Le Prieur comptait bien deux bonnes nuits d'attente avant de pouvoir annoncer à l'épouse s'il s'en sortirait ou alors…, son trépas. Durant dix bonnes minutes, Charles écouta patiemment le brave moine débiter son chapelet de nouvelles. La congrégation vivait assez recluse et, à chaque passage d'une tête inhabituelle, l'homme bavard cancanait avec un plaisir évident. De nombreux villageois travaillaient sur les terres du prieuré mais, pour être en communion totale avec le Divin Père, on œuvrait sans parler inutilement. Pour les moines, la terre était un don sacré du Seigneur et, pour l'en remercier, il fallait la respecter. Alors, que ce soit en pinçant les vignes, en plantant les échalas, en binant les betteraves, en piochant ou en butant les pommes de terre, chacun s'affairait avec ses propres pensées et, surtout, avec la prière pour seule compagne.

Le Père Prieur lui proposa enfin de se rendre au hangar pour charger sa commande. Ils sortirent par la porte qui donnait sur la Moselle et se dirigèrent vers le lieu-dit « Pontekaul ». C'est à cet endroit que se trouvait la cabane du passeur. Juste au moment de leur arrivée, un batelier jetait une pièce de monnaie en offrande à Saint-Nicolas. La remonte de la Moselle se faisait par halage et le passage pour arriver au débarcadère du couvent de la Chartreuse, totalement géré par les moines, était réputé difficile. C'est pourquoi, pour conjurer le sort, les braves gars n'hésitaient pas une seconde à offrir leur obole plutôt que de s'enliser si le diable avait décidé de leur jeter un mauvais sort. La statue en bois était placée dans une niche située dans le bâtiment du passeur. La cuve en cuivre pour récolter les dons se trouvait à ses pieds. De toute façon, même si ce n'était qu'un sol, ne pas honorer le saint patron qui les protégeait était impensable. Les bateliers utilisaient des bateaux à fond plat, relevés sur l'avant, avec une plate-forme à l'arrière, d'où ils manœuvraient le gouvernail. Il en existait de toutes les longueurs et de différents tonnages, mais celui qui amarrait était un *Illnachen* en bois de chêne, allongé sur le devant, d'environ 6,50 *toises* de longueur sur 1,50 de largeur. Il pouvait porter jusqu'à 12 tonnes de marchandises. Il avançait, uniquement poussé grâce à de longues perches. De nombreux bateliers n'avaient pas les moyens d'acquérir des bêtes de trait pour les tirer, et avancer à contre-courant demandait beaucoup d'efforts. Mais lorsque les tirants d'eau étaient plus profonds, ils pouvaient hisser la voile. Les « Feirge » (autre nom donné aux bateliers) s'étaient même groupés en corporation, et des règlements bien précis existaient. Ils avaient leurs coutumes particulières, dont celle-ci, le respect du saint patron. À chaque *Zollhaus*, c'était la même chose. Ceux qui n'étaient que de passage s'approchaient du ponton, réglaient les taxes au préposé qui sortait de sa case et puis, visaient bien le récipient. Les autres appontaient d'abord, puis dès la descente du bateau, avant de se rendre chez le passeur pour obtenir l'accord de déchargement et payer le dédouanage, ils posaient leur obole dans la gamelle prévue à cet effet, sous l'œil attentif de Saint-Nicolas. L'argent ainsi récolté par les religieux était redistribué aux nécessiteux. La navigation devait respecter les édits et les lois les concernant et le transport variait entre divers produits : des céréales, des animaux, des légumes, des fruits, du fromage, des étoffes, des *foudres* ou des *muids* de vin, du matériel de construction… voire même des personnes. Les bateliers pouvaient se déplacer, tant que le lit de la Moselle le permettait, en acquittant les péages obligatoires. C'était un travail qui les obligeait à œuvrer de l'aube à la nuit tombante, mais cette peine était le prix de leur liberté. Ils étaient les maîtres à bord de leur maison flottante qu'ils faisaient avancer tout en s'aidant de perches, à l'aide de baudets ou de chevaux qui tiraient sur les berges. Marchandises ou humains, il en coûtait dix sols pour remonter la Moselle jusqu'à Trèves, cinq pour la descendre jusqu'à Thionville, et deux pour traverser sur l'autre berge. Des grues, capables de porter une tonne, étaient installées sur les ponts importants et sur les autres, comme à Rettel, c'était une simple poulie qui soulevait les grosses charges avec une verrine en acier munie d'un énorme crochet. Mais c'était très long et, surtout, très dangereux. Souvent la charge se retrouvait sur le sol avant que l'on ait le temps de dire « ouf »... Ce système était actionné, manuellement, par deux ou trois hommes, à même le pont d'amarrage. Pour le reste de marchandises, sacs, caisses, tissus et autres, c'était le dos de l'homme qui soulevait comme un mulet pour le déposer à quai. Il se posait parfois quelques problèmes, et surtout, la « guéguerre » entre pêcheurs et bateliers. Depuis 1735, suite à une requête faite par la corporation des Feirge, il était interdit aux pêcheurs comme aux riverains de couper les herbes et les plantes de la Moselle pour ne pas abîmer les berges et leur porter préjudice en abaissant ainsi le niveau de l'eau, ce qui provoquait de grosses difficultés de navigation car les perches n'avaient plus prise dans des fonds vides de plantes aquatiques. Certains contrevenants s'en moquaient royalement, car la seule chose qui importait, c'était le poisson que l'on pouvait avoir dans son assiette pour apaiser sa faim. Lorsque les joncs, les algues et les roseaux gênaient, on les attrapait difficilement... Dure loi de la nature, attrape-moi si tu le peux..., mais quand le ventre crie famine, comment se faire violence et respecter l'interdit ?

En attendant que les clients viennent chercher leurs commandes, elles étaient stockées dans un hangar, situé à moins de 40 toises de la cabane du douanier. Une fois les diverses taxes acquittées, chacun pouvait emporter son bien. Charles chargea donc ses sacs de blé et le précieux rouleau d'étoffe rare qu'il avait choisi dès le premier coup d'oeil. Le tissu était plus onéreux que toute la semence de l'année, mais le plaisir du cœur et des yeux qui en résulterait en valait bien la peine... Ses yeux brillaient de plaisir rien qu'à l'idée de la surprise qu'il réservait à son aimée. Malgré les difficultés du quotidien, il remerciait pour cela le Dieu tout Puissant. Sa vie avec Madeleine le comblait d'amour et de bonheur…

Valentine - 1777

L’arrivée de Louis XVI sur le trône, trois ans auparavant, n’avait rien changé aux difficultés que rencontrait le peuple au quotidien. En cette année 1777, la colère grondait chez les paysans… De façon plus marquée que dans le reste de la France, les Lorrains souffraient, encore plus qu’avant, de nombreuses inégalités sociales et la situation n’avait fait qu’empirer. Elle leur avait fait perdre d’anciennes libertés, sans pour autant leur apporter de compensations. Le meunier tirait bien son épingle du jeu car avec le troc, la nourriture de sa famille était assurée. Maintenant que le bail de dix ans avec le volailler était passé, les arpents de vignes lui appartenaient. Posséder un lopin de terre était un bien inestimable et il en était fier. Pour lui apprêter ses moutures afin que le volailler puisse nourrir ses poulets, il s’était mis d’accord avec son ami pour recevoir, en compensation de son travail, des volatiles ailés. C’est ainsi que, depuis quelques mois, tout doucement, Charles avait réussi à remplumer son poulailler. Cet arrangement était idéal. D’ailleurs, Madeleine en était enchantée. La viande et les œufs étaient d’une nécessité vitale. Même si l’époque était difficile, ils mangeaient au moins à leur faim, ce qui n’était pas le cas de tous. Dans les villes surtout, la situation avait empiré car les habitants n’avaient ni le jardin, ni le verger, ni la basse-cour pour leur venir en aide. Par contre, ce qui manquait en permanence, c’était les liquidités… Rares étaient les clients qui pouvaient se permettre de payer dans la main. Grâce à son travail pour les moines de la Chartreuse, il avait ses semences de l'année assurées, mais l'argent, cette chose si rare, manquait terriblement. Depuis le départ de Jules, il n'avait qu'une idée en tête, racheter un cheval. Il n'en pouvait plus de perdre autant de temps en faisant ses livraisons de farine avec la charrette tirée par un bœuf, qui lui donnait l'impression d'avancer « à reculons » tant il traînait la patte... il avait beau le haranguer en permanence, rien n'y faisait. Le pépère allait son petit bonhomme de chemin à son rythme. Mais Charles ne doutait pas de réaliser son vœu. Il avait trop de volonté pour cela… Par contre, ce qui le tourmentait, c'était de constater l'augmentation du nombre de personnes, autour d'eux, qui vivaient dans une misère noire. Depuis que le meunier leur avait expliqué que les moines du couvent de la Chartreuse servaient des repas gratuits aux nécessiteux, plusieurs d'entre eux marchaient plusieurs lieues par jour pour une assiette de soupe chaude. Ce pain offert par les hommes de religion était un cadeau du ciel… Vivre au jour le jour, en travaillant de l'aube jusqu'à la nuit tombée sans gagner suffisamment pour se nourrir, avec comme seul horizon « la misère, toujours la misère en point de mire » devenait invivable pour beaucoup de ces laborieux. Maintenant qu'ils étaient soumis aux corvées sur les routes, durant tout le temps que prenait cette activité, les manouvriers ne travaillaient pas dans les champs ou à leur lieu de travail. Pour être dispensé de ces maudites corvées, là aussi il fallait payer et c'est ce que Charles avait fait… De plus, tous les jeunes hommes dans la force de l'âge étaient soumis à l'obligation du service militaire et manquaient terriblement à leur famille. Sans regretter l'ancien régime ducal, la population dénonçait cette ingérence du souverain qui s'accordait les pouvoirs absolus.

Dans cette région frontalière de la Moselle, les anciennes terres ducales faisaient toujours partie des provinces « réputées étrangères ». En conséquence, la vente et la sortie de marchandises hors des frontières ne pouvaient se faire qu'après versement d'espèces sonnantes. La gabelle comme les taxes sur le sel devenaient trop pesantes alors que, localement, la région en produisait beaucoup. Le meunier fulminait encore plus, de devoir payer un acquit pour sa propre récolte de blé et de raisins qui provenait de ses arpents situés à la limite du village voisin. La moitié d'une lieue le séparait de ses terres et les taxes à acquitter pour passer d'une localité à l'autre étaient presque équivalentes à un tiers de la valeur de sa récolte. Au café, les plus informés disaient que la bourgeoisie fourmillait d'idées nouvelles pour remplir les caisses vides de notre roi, mais les informations n'arrivaient pas dans les campagnes. Par contre, la misère et la cruauté du sort trouvaient facilement le chemin pour poser leur lourd manteau de tourmentes sur des épaules courbées par le travail.

Quelques mois auparavant, le maître s'était éteint aux Charmilles. Alité depuis de nombreux mois, après avoir craché du sang pendant deux longs hivers, la faucheuse était enfin venue le délivrer de ses souffrances. Le personnel racontait que la maîtresse l'avait fait cloîtrer au premier étage pour ne pas attraper sa phtisie galopante... Malgré sa fortune, l'homme était mort comme un pestiféré, totalement esseulé et privé de tendresse. Les gens racontaient même que sa crainte de se présenter devant l'Eternel le paniquait. Pour s'assurer le repos de son âme, il avait légué une vieille maison au clergé. Le revenu annuel que les religieux pouvaient en tirer lui garantissait un certain nombre d'office dits chaque année à la Saint-Antoine, fête du village.

Comme Madame ne s'était jamais occupée de rien, en ce qui concernait l'exploitation des biens, les arpents venaient d'être partagés en deux parts égales. Chacun des jumeaux gérait sa moitié. Normalement, l'héritier aurait dû être Monsieur Philibert, puisqu'il avait pointé le nez en premier, mais le père avait coupé la poire en deux. À la meunerie, Charles se félicitait d'être du côté gauche de la Moselle, sur la partie des terres attribuée à son préféré. Il était toujours d'une politesse et d'une gentillesse extrême alors que les manouvriers qui exploitaient le côté appartenant à Monsieur Honoré, vers l'intérieur des terres, le craignaient comme le feu... Il était irascible en permanence. Lorsque ses gens peinaient, il aimait déambuler autour de ceux qui ouvrageaient en les regardant d'un regard noir. Il passait et repassait près d'eux, une main au niveau de la première attache de son frac, là où pendouillait une baguette en osier. De l'autre, il tenait ses deux chiens de chasse en laisse, les laissait avancer vers le travailleur, les ramenait en arrière, recommençait son semblant d'attaque. Puis, avec ses deux monstres, il montait et redescendait une dizaine de fois la longueur d'arpents à entretenir ou à ouvrager. Les femmes en avaient une peur bleue. Son regard concupiscent les lorgnait de haut en bas comme un morceau de viande fraîche.

En ces premiers jours d'avril où il était conseillé de ne pas se découvrir d'un fil, le soleil avait revêtu sa tenue d'apparat et les rayons indiscrets se faufilaient joyeusement entre chaque trouée. Sur les cerisiers, les jeunes pousses perçaient déjà la pointe de leur coque et les premiers feuillages, dont le panel coloré s'égayait dans toute la gamme des verts, enlaçaient doucement les arbres pour recouvrir leur triste nudité.

Oubliée, la giboulée glacée de la semaine précédente qui les avait empêchés d'accomplir leur ouvrage à l'extérieur pendant deux longues journées. Jeté aux orties cet hiver interminable qui leur avait glacé l'âme et le corps ; moins oppressantes les craintes de ne pas pouvoir assurer le paiement de tous ces droits. Aujourd'hui, c'était le jour du Seigneur, et chacun attendait, avec impatience, la gourmandise qui faisait fleurir un sourire sur tous les visages. Ce rituel s'avérait être un moment très attendu. Déjà, la famille se levait aux aurores pour, « selon le sexe, les femmes dedans, les hommes dehors », fourrager les bêtes, faire le ménage ou mettre le repas au coin du feu. Ensuite, dans l'écurie, à tour de rôle, il fallait faire trempette dans une cuve à raisin que la mère avait remplie d'eau tiède pour le savonnage hebdomadaire. Puis, brillants comme des sous neufs après avoir revêtu les habits de fête, la troupe partait pour la chapelle. Après les dévotions, en rentrant au moulin, chacun remettait sa tenue habituelle sans oublier de suspendre « la toilette sacrée », celle des grandes occasions, dans l'armoire. C'est seulement à la fin du repas dominical qu'arrivait le délice suprême : parcimonieusement, la mère leur distribuait, pour la faire durer, de la confiture étalée sur une tranche de pain blanc, accompagnée de quelques noix lorsque la récolte de l'automne précédent avait été abondante.

Le printemps déballait enfin ses premiers atouts, tout en gardant encore en réserve, c'était certain, son flux de bonnes ou mauvaises surprises. Présentement, après quelques journées douces, la nature faisait crépiter sa montée de sève avec la puissance d'une symphonie orchestrale qui berçait le cœur de Valentine. La chrysalide devenait papillon et, ces derniers temps, la jeune fille avait tendance à beaucoup rêvasser. Elle se sentait heureuse. Quelles que fussent les raisons qui auraient pu vouloir en changer les choses, elle ressentait la sensation magique d'être au-dessus de tout ce qui était dérangeant. Son esprit planait dans cette spirale envoûtante qui entraîne l'esprit sur les chemins de l'irrationnel, et c'était si bon de s'y laisser entraîner. Les appels de sa mère qui la hélait du porche de la maison la firent sursauter et revenir sans délicatesse dans le quotidien bien réel.

— Voyons ma fille, n'as-tu donc rien d'autre à faire qu'à bayer aux corneilles alors que les chèvres ne sont pas encore traites ? Presse-toi un peu et fais-le avant que la nuit tombe ou tu n'y verras plus rien ! Tu dois encore me trier les petites pommes de terre que nous devons mettre en terre demain et dégermer les plus grosses afin qu'elles ne se ratatinent pas de trop. Nous n'en aurons pas de nouvelles avant longtemps… Allons jeune fille, si tu veux remplir ton ventre, mets-toi au travail. Tu auras toute la nuit pour rêver…

Prise en flagrant délit de fainéantise, Valentine s'activa et, comme toujours, la Bécôte fit des siennes… Non seulement, elle ne se contenta pas seulement de lui lécher l'oreille mais, pour finir, elle réussit à mettre une de ses pattes arrière dans le seau.

— Petite peste, va ! Maintenant, je n'ai plus qu'à filtrer le lait avec un linge propre. J'avais suffisamment d'ouvrage sans que tu sois obligée de m'en rajouter !

D'un geste brusque, Valentine, énervée, repoussa cette chipie en lui claquant le bas du dos. Mais cette grande folle de chèvre fit une telle cabriole pour reculer qu'elle réussit à taper dans le seau qui était en retrait à quelques pas. La main sur la bouche de stupeur, la jeune fille observa tout le précieux liquide blanc se faufiler entre la paille.

— Pauvre de moi, ma mère va me crêper le chevelu ! Je viens de laisser partir dans la rigole tous les « chevrous » d'une journée. Bonne mère ! Ça n'arrive qu'à moi, ces choses-là…

En rentrant dans la stuff avec le seau vide, bien évidemment, elle se fit tirer les oreilles pour ne pas avoir veillé avec plus d'attention à la seule chose qui avait de l'importance, « le lait ».

— Pour compenser la perte, demain tu iras avec les journaliers planter les pommes de terre dans le champ du maître. Je vais avec ton père au marché de Cattenom, mais tu resteras avec la femme de l'huilier et sa fille Marie.

C'est ainsi que dès les premiers pépiements d'oiseaux dans le noyer, Valentine s'habilla en toute hâte, avala sans s'asseoir un bol de lait et une tranche de pain tartiné de saindoux, et partit vers la Moselle pour rejoindre toute l'équipe de travailleurs dans le champ près de la haie de mûriers. Toute la matinée, le long des rangées marquées avec la charrue à bras tirée à l'aide d'un bœuf, on s'affaira. Pendant que les uns puisaient dans les lourdes panières accrochées à leur bras les tubercules qu'il fallait enfouir, dans le sillon tracé par le laboureur, d'autres, avec le *Krop*, refermaient soigneusement les lignes en les recouvrant de terre.

Sur le coup de onze heures, un cavalier les rejoignit. C'était Monsieur Philibert qui venait observer l'avancement du travail. Valentine ne lui avait plus jamais parlé depuis l'année de son apprentissage de la lecture, à part le jour de l'enterrement du vieux maître, où les deux frères et leur mère étaient arrivés en phaéton à la chapelle en suivant la calèche qui tirait le cercueil. Les villageois n'avaient pas quitté un instant des yeux cette étrange famille. Madame, sous un immense chapeau à voilette ne montrait pas une parcelle de son visage. Si quelqu'un avait espéré la voir verser une petite larme pour le pauvre Monsieur, il en était pour ses frais. Tout était noir de chez noir… Quant à l'autre doublon, Monsieur Honoré, une fleur rouge à la boutonnière comme s'il était à la fête, à peine assis sur le banc il s'était mis à tourner la tête à droite, à gauche, en jetant des œillades assassines à tous les regards qui croisaient le sien. Plusieurs fois, ses yeux s'étaient arrêtés sur la famille du meunier puis avaient continué leur observation plus loin. Seul Monsieur Philibert semblait avoir de la peine. Son regard doux était toujours le même… C'était le seul qui avait pris la peine de saluer l'assemblée d'un simple signe de la tête en arrivant. C'était suffisant pour que chacun se sente considéré tel un être humain et non comme le commis de service…

Après avoir attaché sa monture, le jeune maître remonta le champ sur toute sa longueur tout en discutant quelques instants avec ceux qu'il connaissait bien. En arrivant à la hauteur de la femme de l'huilier, de Marie et de Valentine, qui gardait la tête baissée, il les dépassa légèrement en se contentant de faire un signe de la main. Il avança de quelques pas, et comme si un éclair venait de l'atteindre, se retourna brusquement pour revenir sur ses pas :

— Est-ce bien toi, Valentine ? La fille du meunier…

— Oui, Monsieur Philibert ! C'est bien moi, la fille du meunier…

— Te voilà devenue une grande demoiselle. As-tu lu ta bible jusqu'au bout ?

— Mieux que cela, Monsieur Philibert ! Je la connais même par cœur…

Puis le jeune maître continua sa remontée des arpents à ouvrager.

Marie et sa mère regardèrent Valentine d'un air étonné et, sans pouvoir se retenir, l'interrogèrent :

— Comment sait-il que tu sais lire ?

— Tout simplement parce qu'il s'est proposé de m'aider à lire et à écrire quelques mots sur mon ardoise, deux ou trois fois, quand j'avais neuf ans. Avant de partir en pension, il avait même remis une bible à mon père pour que je continue à m'exercer.

— Diable, marmonna la mère de Marie. Si maintenant l'un des jeunes maîtres donne des cours aux enfants, c'est que le ciel va nous tomber sur la tête…

Jusqu'à midi, le travail continua sans relâche… Les pommes de terre avaient autant d'importance sur la table du commun des mortels que le pain bénit de Dieu. Chacun pouvait en planter autour de sa maisonnette. Ces petites denrées ovales, qui n'avaient pourtant pas belle mine, agrémentaient toutes les « *speise* », se rôtissaient délicieusement dans du saindoux, se cuisaient au four, se servaient telles quelles, tout simplement cuites à l'eau bouillante et surtout, elles calaient efficacement l'estomac.

C'est sur les berges de la rivière, dans l'herbe drue, que tout le groupe de travailleurs s'installa pour une pause bien méritée. Chacun déballait son petit coupe-faim et se désaltérait lorsque Monsieur Philibert vint les rejoindre avec deux sacs en toile liés entre eux par le milieu, qu'il venait de décrocher de sa monture. À la grande surprise des dîneurs, il les ouvrit pour un sortir, de l'un deux grosses brioches au miel et de l'autre trois miches de pain et deux saucisses de porc et de bœuf mélangés que la plupart des personnes présentes n'avaient même jamais goûtées. La viande de bœuf n'était pas abordable pour les « petites gens… ». Le jeune maître partagea ce festin en parts égales et distribua une portion à chacune des personnes présentes, sans s'oublier lui-même.

Les mercis fusèrent de tous côtés, mais la surprise était si grande que personne n'osa porter des aliments si appétissants à la bouche.

En se laissant tomber dans l'herbe, entre le métayer et Valentine, le maître annonça en plaisantant :

— Si vous ne mangez pas, ce sont les fourmis qui viendront faire un festin. Peut-être n'appréciez vous pas le menu léger que je vous ai ramené ?

Et, comme si cette raillerie était le déclic qui autorisait à avaler une manne totalement inattendue, chacun mordit dans son pain, dans sa saucisse, remordit encore, sans prendre le temps de vider sa bouche, dans l'un, puis dans l'autre, avec l'impression que s'il « traînassait » quelque peu, le tout disparaîtrait en un clin d'œil.

— Je crois que ma voisine a décidé de laisser sa part aux petites bêtes puisqu'elle ne mange pas ! annonça-t-il en constatant que Valentine ne touchait à rien.

— Oh non, la fille du meunier ! ne fais surtout pas cela, s'exclama aussitôt le jeune laboureur. J'ai encore de la place dans ma bedaine pour t'aider à te débarrasser de ces choses.

— Là, tu rêves, Lucien le gourmand… J'ai aussi des souris dans mon ventre qui crient famine. Alors, elles passeront avant toi… lui répondit-elle en mordant à belles dents dans son morceau de saucisse.

Les rires fusèrent joyeusement et, le ventre repu, chacun s'allongea dans l'herbe pour prendre un peu de repos.

Pas un souffle de vent ne bruissait le feuillu. Un roitelet lançait ses trilles sous le feuillage. La Moselle s'enroulait tranquillement dans sa route inlassable vers l'horizon. Seul le roulement des vagues faisait légèrement frissonner la surface. Un soleil doux, impassible, jetait du haut de son perchoir son serpent de brillants tendres pour la rendre plus lumineuse. Qu'elle était belle, leur rivière. Assis sur l'herbe tendre, pendant que les autres somnolaient, admirant ce miracle féerique, Valentine et Philibert se tenaient là, silencieux. La moindre parole aurait pu troubler le batifolage des cygnes ou des canards sous l'onde avenante, le doux bruissement du feuillu, les piaillements de deux mouettes farouches, le roucoulement d'une tourterelle dans un buisson, le gazouillement des oiseaux dans les arbres, la danse des libellules dans les roseaux. Ce silence enrubanné d'une symphonie magique sublimait un court moment de complicité.

Les bruits de sabots d'un cheval firent sursauter tout le monde. Il s'agissait de Monsieur Honoré. Il laissa courir son regard sombre sur tout le groupe, observa son frère et sa voisine et grogna entre ses dents :

— Je suppose, mon frère, que c'est ta façon de faire travailler ton personnel ? Notre père doit se retourner dans sa tombe en te voyant faire.

— Sans aucun doute, mon frère ! Il s'en soulagera en dansant sur la tienne…

Monsieur Honoré continua son chemin sans rajouter un mot. Le visage crispé, Monsieur Philibert se releva, enfourcha sa monture et, après avoir salué gentiment ses gens en leur souhaitant un bon après-midi de travail, il repartit en direction du village.

Les manouvriers présents venaient de se rendre compte que l'amour ne régnait pas entre les deux frères, bien au contraire… Du coup, ils se remirent au travail tout en commentant la surprise agréable que le jeune maître leur avait réservée et « elle » resta, durant des heures, le sujet d'étonnement sur toutes les lèvres. Paroles d'anciens, on n'avait jamais vu ça, un maître bon… Pas comme l'autre…

La semaine suivante, alors qu'elle ramassait des pissenlits, - car avec des œufs durs, des lardons, un oignon et de la vinaigrette, cela faisait une salade délicieuse, - Valentine avançait, l'esprit en vadrouille. C'était déjà un peu tard pour les prendre, c'est pourquoi, elle n'hésita pas à se glisser sous la clôture d'un pré appartenant à Monsieur Philibert en découvrant qu'il était parsemé de taupinières. Elle farfouillait délicatement dans les monticules de terre soulevés par des taupes, parce que les jeunes pousses étaient bien jaunes et plus tendres dans ces endroits-là, alors qu'en pleine prairie les fleurs se formaient déjà et les pissenlits devenaient amers. Plongée dans ses pensées, la jeune fille sursauta lorsque la voix du jeune maître la héla.

Décidément, pensa-t-elle, je le vois partout maintenant…

— Alors, Valentine, on vient chaparder les pissenlits dans mes prairies ?

Elle n'avait même pas entendu le cheval s'approcher et, comme si elle savait que l'autorisation était accordée d'avance, elle s'entendit répondre :

— Ben évidemment, Monsieur Philibert, vous ne voudriez pas que j'aille les chaparder là où ils sont durs. Sur votre prairie grasse, truffée de mottes de terre, je suis gâtée. Mais je peux vous en céder la moitié… Moi, j'ai fait le travail et la terre vous appartient… C'est plutôt juste, non ?

— Petite rusée ! Moitié - Moitié ! Tu trouves que c'est équitable lorsque ça ne t'appartient pas ?

— Largement, précisa-t-elle avec sérieux. Je ne vous vois pas à quatre pattes pour ramasser de la salade et ce sont vos vaches qui les auraient broutés. Vous voyez bien que, si je n'étais pas passée par-là, vous n'en n'auriez pas eu du tout…

— Peut-être, annonça-t-il, en se retenant de rire et en faisant mine de réfléchir. J'ai cependant une certitude, mes vaches auraient donné beaucoup plus de lait en les mangeant.

— Même pas dans vos rêves ! s'exclama joyeusement Valentine. Une fois le pis plein, on ne peut que le vider, alors ce ne sont pas trois pissenlits qui changeront les choses.

— Bon, comme tu sembles tenir autant à ta salade qu'à la prunelle de tes yeux, je te la laisse volontiers… Tu peux revenir en ramasser, ainsi que les champignons, autant que tu le voudras... Mais, ne va surtout pas en faire autant sur les arpents de mon frère ! Il serait capable de t'expédier en enfer ou devant le juge pour deux pieds-de-mouton ou trois vesses-de-loup.

— Ne vous inquiétez pas ! s'exclama-t-elle. Je n'y pense même pas…

Valentine enjamba la clôture et prit le chemin du retour. Et, jusqu'à deux pas du moulin, en tenant son cheval par les rênes, le jeune maître l'accompagna.

Je trouve que la petite fille sauvage qui voulait apprendre à lire a bien changé en quelques années. Celui qui s'y frottera ne devra pas manquer de caractère, pensait-il.

Lorsqu'il la questionna sur les livres qu'elle avait pu lire ces dernières années, Valentine se contenta de répondre

— Votre bible est mon livre de chevet, mais je n'ai jamais pu en acheter d'autre.

— J'aurais dû y penser. À l'occasion, j'en déposerai au moulin.

— Il ne faut surtout pas vous déranger pour moi, murmura soudain la jeune fille, gênée de tant d'attention.

— Tiens, revoilà la petite fille timide qui revient au grand galop. Je croyais que tu l'avais expédiée aux oubliettes...

Ils arrivaient à l'arabesque qui quittait les berges de la Moselle, quand un bruit de grand galop les fit lever la tête. Déjà, Monsieur Honoré arrivait à leur hauteur et, après avoir jeté un regard rageur sur le panier et sur sa détentrice, il hurla plus qu'il ne parla à son frère :

— Au lieu de flairer le jupon et de traîner le guilledou, viens immédiatement ! Notre mère est très mal…

Dix jours plus tard, on enterrait en grande pompe la dame des Charmilles qui venait d'être emportée par des fortes fièvres provoquées par un mal inconnu. Des connaissances étaient arrivées de tous les villages environnants, ainsi que les villageois au grand complet, sauf Monsieur Honoré. Celui-ci ne parut même pas à l'église. Apparemment, il n'avait pas jugé sa présence nécessaire pour conduire à sa dernière demeure la femme qui l'avait mis au monde, mais avait passé sa vie à les haïr, son frère et lui. Ce sentiment de haine impuissante entre gens de même sang faisait peur… Maintenant que les deux frères se retrouvaient complètement seuls pour régenter les terres, la population n'était pas très rassurée. Allaient-ils s'entendre ?

Une semaine s'écoula et Monsieur Philibert arriva au moulin. Après avoir serré la main à tout le monde, il accepta l'invitation du maître de maison de goûter à la dernière récolte de vin. Il s'installa avec eux autour de la table, en but une gorgée, la roula longuement dans sa bouche pour en apprécier le bouquet et annonça.

— Je vais vous dire une chose, le meunier, je crois bien qu'il est plus fruité et meilleur que le mien, que je trouve un peu acide. Vos pieds de vigne sont certainement plus exposés au soleil que notre vignoble.

En deux temps, trois mouvements, il en commanda deux barriques pleines sans même en discuter le prix. La seule condition, Charles devait les livrer demain matin aux Charmilles.

Tout ceci arrangeait bien les affaires du meunier qui, avec cette rentrée d'argent, possédait presque les trois quarts de la somme nécessaire pour acquérir ce cheval qui lui faisait tant défaut. Encore un petit effort, et les comptes seraient bons…

Juste au moment de partir, Monsieur Philibert sortit de la sacoche de sa monture deux livres qu'il remit à Valentine en lui disant :

— Chose promise, chose due, jeune fille. Voilà de la lecture qui vous changera certainement de la bible.

— Merci beaucoup, Monsieur Philibert.

Madeleine découvrit le titre du premier : « Candide » d'un certain Voltaire. Elle ouvrit une page au hasard et lut à haute voix :

« N'aimez-vous pas tendrement ?...

— Oh ! oui, répondit-il, j'aime tendrement Melle Cunégonde.

— Non, dit l'un de ces messieurs, nous vous demandons si vous n'aimez pas tendrement le roi des Bulgares.

— Point du tout, dit-il car je ne l'ai jamais vu.

— Comment ! c'est le plus charmant des rois, et il faut boire à sa santé.

— Oh ! très volontiers, messieurs. »

Et il boit. « C'en est assez, lui dit-on, vous voilà l'appui, le soutien, le défenseur, le héros des Bulgares, votre fortune est faite, et votre gloire est assurée. »

On lui met sur-le-champ les fers aux pieds, et on le mène au régiment. On le fait tourner à droite, à gauche, hausser la baguette, remettre la baguette, coucher en joue, tirer, doubler le pas, et on lui donne trente coups de bâton ; le lendemain, il fait l'exercice un peu moins mal, et il ne reçoit que vingt coups ; le surlendemain, on ne lui en donne que dix et il est regardé par ses camarades comme un prodige.

Candide, tout stupéfait, ne démêlait pas encore très bien comment il était un héros…

— Ça me paraît bien compliqué cette histoire ! s'exclama Charles. Qui sont ces « Bulgares » qui bastonnent à volonté ? Ce n'est certainement pas de la lecture pour une jeune fille ?

— Ne vous en faites pas, le meunier, c'est un conte que Valentine pourra vous lire. Vous allez découvrir de quelle façon Voltaire condamne, avec beaucoup d'humour, la guerre au nom de la raison et de l'humanité en narrant l'histoire d'un jeune ingénu confronté à des recruteurs de soldats bulgares bien malins. C'est assez amusant. Quant au deuxième livre, il a été écrit par l'Abbé Prévost et son roman, « Manon Lescaut », raconte l'histoire du jeune chevalier que ses parents destinent à l'ordre de Malte. Mais il s'éprend de Manon Lescaut et s'enfuit avec elle à Paris. C'est le combat acharné de ce jeune homme pour vivre son amour que son nom, sa future destinée, la raison et sa famille lui interdisent… Valentine peut les lire en toute confiance.

— Merci encore, Monsieur Philibert. Je vais me plonger dedans dès ce soir.

— Oui, mais il ne faut en lire qu'un seul à la fois, autrement les choses risquent de se compliquer…

Tout le monde rit sur cette bonne blague et Valentine se contenta de lui répondre :

— Je vais également essayer de ne pas commencer par la fin…

En plaisantant encore un peu, le jeune homme enfourcha son cheval, regarda longuement la fille de la maison et repartit.

Madeleine posa un regard étrange sur sa fille et sentit l'angoisse monter en elle avec une vigueur qu'elle n'avait plus ressentie depuis des années.

Même si sa Valentine ne l'avait pas encore compris, il se passait quelque chose entre ces deux-là, et c'était impossible. Sainte Mère de l'enfant Jésus, tout devait-il tourner en catastrophe pour ses enfants ?

Louis - 1778

Quatre longues années s'étaient envolées en fumée depuis le départ de Jules. Au moulin, la roue continuait à emporter dans son sillage le roulement des saisons, mais l'inquiétude montait crescendo... Maintenant que la période, dans son école de Lyon, était terminée, chacun attendait de pied ferme que le petit revienne à la maison. Alors pourquoi autant de retard sans la moindre nouvelle de sa part ? De temps à autre, Madeleine se levait le matin avec les yeux rougis et Charles comprenait… Lui aussi s'étonnait de ce silence. Jules avait-il échoué dans ses études ? Mais ce n'était pas grave... Seule sa présence importait. Les conséquences de cette énorme avancée d'argent pour les études de l'aîné s'étaient posées avec évidence dans le quotidien de leur vie car, sans les chevaux pour gérer les déplacements, les choses s'étaient sérieusement compliquées, mais on s'habituait à tout… Comment acheter des semences, ou prévoir des subsides, pour le cas où les blés seraient détruits par une gelée printanière ou un orage d'été, quand de nombreux clients démunis les faisaient attendre jusqu'aux semailles pour venir payer leurs dettes avec de la marchandise ? Ils avaient tout simplement pris leur mal en patience, en attendant que le troc leur permette de remplacer doucement les bêtes vendues. Aux dernières Pâques, le meunier avait même reçu pour la première fois, en guise de paiement, un agneau sur pattes du boucher qui en gardait bien une vingtaine derrière chez lui. C'était une petite boule de fourrure blanche, toute frisée, qui avait fait craquer tout le monde. Evidemment après avoir chouchouté des semaines durant l'adorable chose, ni Charles, ni Madeleine ni les enfants n'avaient pu se résoudre à la tuer. Derrière le moulin, elle avait de quoi paître à volonté. Mais, en quelques mois, la petite boule sur pattes était devenue une magnifique brebis bien dodue. Du coup, le matin même, Charles l'avait tirée jusqu'au parc du boucher pour la mettre au bélier et cette coquine avait apprécié la visite. Tant qu'à faire, elle pouvait faire des petiots. Pas de bouche inutile à nourrir, elle devait servir à quelque chose.

À la meunerie, ils ne manquaient jamais de farine, mais sans marchandises monnayables, ils se restreignaient sur tout pour faire quelques économies. Mais c'était difficile. Heureusement, chez eux, l'amour n'était pas consommé au compte goutte ni rationné… De se serrer la ceinture ne les empêchait pas d'être heureux. La préoccupation quotidienne était purement matérielle et le métier de meunier avait de nombreux attraits positifs. Alors, pour pallier ce qui manquait, chacun travaillait plus. La vie les avait habitués à se contenter de peu… Dès la deuxième année, deux lapines pleines et un lapin mâle, ayant servi de paiement pour moudre le froment de l'aubergiste du village, étaient venus remplir les cages. Ainsi, les clapiers se remplissaient doucement. Ces petites bêtes à fourrure étaient très reproductives et un civet avec des pommes de terre à l'eau remplissait leur ventre chaque dimanche. Pour les nourrir, Valentine fauchait quotidiennement, à la faucille, de l'herbe fraîche autour du ruisseau. Le foin, insuffisant, ne servait que durant l'hiver. Dans le poulailler c'était pareil… Le gardien de la grande maison lui avait remis deux oies et deux canards pour faire moudre ses maldres d'orge et Charles avait l'intention de les vendre au marché pour gratter quelques sous. En permanence, par-ci par-là, d'autres victuailles ou marchandises arrivaient et elles étaient souvent mangées aussi vite, vendues ou échangées…

D'ailleurs, la situation était identique dans tout le village. Les habitants peinaient, en permanence, à acquitter les redevances seigneuriales tout comme les diverses exigences permanentes de notre bon roi. De plus, les graminées ne rapportant pas grand-chose à la vente, pour compenser le manque de liquidité, sur les terrains bordant la Moselle, depuis trois, quatre ans, on les remplaçait par des vignes. Sur les marchés, le raisin tout comme le vin se marchandaient beaucoup mieux. C'est pour cela que Charles se félicitait d'avoir son petit vignoble. Juste quelques arpents, mais c'était ce qui leur permettait de s'en sortir sans trop de peine.

La ronde inlassable des difficultés se mélangeait à celle, plus rare, des bons moments. Tout en récriminant contre la terre entière, le roi, ses scribes, les gelées, la pluie, le vent, la lune rousse, la pleine lune, l'orage, l'argent qu'on leur soutirait, un renard mangeur de poules ou bien le mouton qui osait venir paître sur le terrain de chaumes du voisin, même si les plaintes s'évaporaient comme une plume dans le vent, chacun se laissait aller à sa complainte, car ça soulageait. De toute façon, avait-on d'autres solutions que d'accepter la fatalité ?

Le dicton disait bien : Saint Médard grand pissard, Saint-Barnabé lui casse le nez, mais pour une fois il ne s'était pas trompé. Alors que le 8 juin il tombait les grandes eaux au point de patauger comme des canards, à partir de la Saint-Médard, donc trois jours plus tard, une canicule éprouvante s'était installée, sans jamais faillir depuis maintenant plus de six semaines. Chacun scrutait le ciel avec un regard inquiet. Pour la première fois depuis la grande inondation, la roue du moulin était arrêtée depuis une huitaine. Le ruisseau était à sec. Pour servir les clients qui manquaient de farine, Louis qui connaissait maintenant tous les secrets du métier, et dont la tête fourmillait, en permanence, d'idées novatrices pour augmenter le rendement de la meunerie, s'était montré très malin. Il avait eu l'heureuse idée d'attacher, à l'aide de crochets en fer forgé, les trois baudets à la pierre broyeuse et c'est eux qui depuis ce matin la faisaient tourner. Pour faciliter le versement des graminées, il avait hissé les sacs encombrants pour faire couler les grains, à l'aide de trois planches clouées en forme de déversoir, directement sur l'axe principal qu'il avait préalablement bien dégagé. L'adolescent riait de retravailler à l'ancienne comme l'avaient fait les générations précédentes. Dire qu'à une certaine époque on broyait le grain à la main… C'était presque impensable mais pourtant les aïeux avaient dû trimer dur… Bien sûr, le rythme était plus lent, il fallait repasser trois quatre fois la mouture sous la pierre pour l'affiner, mais faute de grives, on mange des merles. Les habitués avaient de quoi préparer leur pain en attendant que le ciel daigne faire son pipi pour gorger d'eau le cours d'eau de la Moselle… Charles le regardait faire avec du plaisir au cœur. Il était heureux que l'un de ses fils aime le métier. Avec la Madeleine, il aurait bien aimé en avoir un quatrième, mais le petit n'était jamais venu. Mais c'était sans importance, ils en avaient déjà trois qui étaient vraiment de braves petits.

Beaucoup de choses avaient changé à la meunerie. Maintenant, c'est Mimile qui partait faire la tournée de ramassage des sacs à moudre, ce qui lui permettait de voir sa fiancée dans le village voisin. Paulette, sa mère avait épousé depuis peu le frère de l'aubergiste et avait tout simplement changé de ruelle avec la benjamine qui poussait comme un champignon. Le jeune homme avait décidé de s'installer dans la poterie pour y demeurer. Pour cela, il avait ajouté deux cloisons dans l'ancien atelier de son père afin d'avoir deux pièces d'habitation supplémentaires. Il devait se marier après les vendanges et tenait à ce que tout soit prêt avant l'arrivée de sa promise.

C'était Louis qui était chargé de faire tourner la meule. Ce métier était vraiment fait pour lui. Il en connaissait tous les rouages et ne se laissait guère conter de billevesées par qui que ce soit. Tout en s'activant, il chantait, en poussant sa voix grave, à en faire trembler les murs. Avec ses dix-sept printemps, la barbe commençait à ombrer ses joues, son menton et, en grandissant, sa ressemblance avec le « tanneur » était plus flagrante. Il avait fini par enduire les mauvais souvenirs du passé avec du brou de noix, et ceux-ci ne venaient plus le déranger. Il était le fils de Madeleine et de Charles le meunier. Son sourire permanent lui donnait un visage doux, très différent… Même s'il n'avait pas la beauté du visage, il avait celle du cœur et la volonté d'être quelqu'un de bien comme son père adoptif. D'ailleurs, Marie, la fille de l'huilier, qui avait son âge, s'en était bien aperçue. Elle passait très souvent au moulin pour un fond de panière à faire moudre et s'attardait généreusement en sa compagnie, pendant que sa mère, qui ne la lâchait pas d'un godillot, parlait un moment avec Madeleine. C'était un bouton de rose au regard lumineux qui venait, toutes les nuits, enivrer les pensées de l'amoureux fébrile. Apparemment, les deux familles voyaient d'un bon œil le rapprochement de ces tourtereaux en se prêtant au jeu. Le dimanche matin, à l'office, endimanché et plus brillant que le miroir de l'eau de s'être tant frotté dans le baquet, Louis s'asseyait, évidemment, du côté des hommes, mais toujours trois rangs derrière elle pour pouvoir l'admirer dans sa tenue de fête. Lorsque les autres gars promenaient leurs yeux sur sa silhouette, il sentait glisser la jalousie au fond de ses entrailles, comme un torrent de blé dans le coulant du centre de la meule. C'était plus fort que lui. Il désirait cette fille à un tel point que sa cervelle en moussait. Cependant, les parents de la demoiselle veillaient au grain… Elle ne traînait jamais seule dans le village. Pour la rencontrer, le jeune homme filait la voir le dimanche après-midi, devant la porte du moulin à huile. Pendant que sa mère s'affairait, juste à côté, dans le potager, il pouvait discuter avec sa belle, sans que le regard de la « *Glouck* » ne les lâche un instant. Lorsqu'il réussissait, discrètement, à lui prendre la main, il était heureux comme un pinson sur sa branche et sifflait tout le long du chemin en rentrant chez lui. Très rapidement, il avait fait part à ses parents, un soir à table, de son désir d'épouser Marie. Madeleine lui avait aussitôt rétorqué :

— Un peu de patience, mon Louis. Vous n'êtes que des grands gamins. Accordez-vous d'abord le temps de vous connaître afin d'être certains de vos sentiments. Les soucis, tu devras les assumer bien assez vite…

— Ta mère a raison, mon fils. Tu vois bien que ses parents sont enchantés que tu veuilles la fréquenter, alors apprends à la connaître en lui faisant la cour… Tout l'avenir est devant vous. Pour des amoureux, les fiançailles sont le moment le plus important avant de se lancer dans la vie. Lorsque vous serez prêts, nous envisagerons une date précise avec sa famille.

— Mais je n'ai pas envie d'attendre aussi longtemps...

— Ça suffit, petit ! Nous verrons l'année prochaine, pour le week-end de la Saint-Casimir, avant que les gros travaux des champs ne commencent ! J'en parlerai à sa mère…

Malgré l'impatience qui bouillait en lui comme la soupe dans le chaudron, Louis n'eut d'autre choix que d'obéir. Lorsque les parents parlaient, le chemin était tout tracé…

Avec les gaillards qui accomplissaient l'ouvrage au moulin, si sa présence n'était pas nécessaire, Charles partait travailler dans leurs vignes ou pour les cultures du jeune maître, en compagnie de Madeleine et Valentine. Ils tenaient absolument à gagner de quoi remplacer, au moins, un des chevaux. Mais, à chaque fois que leurs économies s'arrondissaient un peu, une nouvelle taxe venait les faire fondre comme du beurre en été.

Le bonheur ne nécessite pas beaucoup d'argent... Le regard de ceux qui nous aiment a bien plus d'importance. Tant qu'une soupe à la panade remplissait les ventres, tout allait bien… Le fait de se retrouver tous ensemble, de rire, de discuter, de s'apprécier, de s'aimer, même si leur vie était très étriquée sur les moyens, les rendait heureux. Le travail ne leur faisait pas peur. Il ne manquait plus que le retour de Jules… L'année précédente, il n'était pas rentré du tout…Ils avaient reçu un pli au moulin, leur annonçant qu'il pensait bien à eux, que son travail était très satisfaisant et qu'il ne les remercierait jamais assez des efforts qu'ils avaient tous consentis pour lui donner sa chance. Avec ce long voyage à faire, il n'avait pas la possibilité de revenir pour la Saint-Nicolas car il devait travailler sans arrêt pour y arriver. Ce métier était très difficile mais il éprouvait une joie profonde à le pratiquer. Il avait terminé sa lettre avec quelques plaisanteries :

Je vous souhaite à tous le meilleur : Pour Valentine, que Saint-Nicolas lui apporte un bâton pour faire avancer son âne ; à ce polisson de Louis, j'espère bien que la bourrique du Saint Homme déposera des crottes dans ses souliers, à mon ami Mimile un laideron à croquer pour bien fêter le nouvel an. Vos blagues me manquent. Et à vous mes parents, j'envoie tout mon amour. Votre fils Jules qui vous aime très fort. Depuis, plus rien… Alors, on attendait patiemment.

Les mois s'envolaient paisiblement lorsqu'un drame terrible mit tout le village sens dessus dessous en faisant couler beaucoup de larmes. Nous arrivions à la Saint-Mathieu, le 21 septembre… Dans les granges, chacun préparait ses tonneaux. A cause de la sécheresse estivale, la récolte de raisins ne s'annonçait pas très abondante mais les fruits étaient gorgés de sucre. Le vin serait certainement bon. À la pointe du jour, la vendange démarra sous une bruine fine qui trempait le dos. Cette partie des terres était tenue par Monsieur Honoré. Pour ce faire, le métayer avait fait venir une foison de cueilleurs. Les terres privées seraient faites plus tard. Madeleine, Valentine, Louis, la femme de l'huilier et, bien sûr, la jolie Marie, au grand bonheur de son promis qui attendait avec une impatience d'amoureux transi la date des épousailles, ainsi que Paulette, la maman de Mimile, faisaient partie du groupe de journaliers. Le dos courbé, de l'aube naissante jusqu'au coucher du soleil, sans s'arrêter, chacun devait s'activer pour remplir sa cuve de grappes dorées. De temps à autre, on voyait une silhouette s'éloigner un moment pour faire sa petite affaire derrière un buisson, à quelques mètres de là, puis elle rejoignait son poste pour se remettre au travail. Les descentes et les remontées des porteurs pour aller vider les lourdes panières ne cessèrent pas. Louis faisait partie de ce groupe. Lorsqu'il passait à la hauteur de Marie qui œuvrait à quelques toises derrière sa mère, dans la septième rangée, les bras levés et les mains occupées à tenir en équilibre sur son épaule son lourd chargement, du bout des lèvres, il lui envoyait un baiser. La réponse lui arrivait, retournée des deux mains par les airs, sous les quolibets d'autres journaliers. Heureux comme un oiseau sur la branche, en sifflotant gaiement, le gaillard continuait à dévaler la descente pour décharger les précieux fruits dans les chariots où les attendait le métayer. Tout en marchant, ses idées vagabondaient dans le futur. Les noces étaient dans six mois et, dès les vendanges terminées, il voulait se construire une petite maisonnette, à la place des ruines de la tannerie, pour y accueillir sa dulcinée. L'amour lui donnait des ailes… Mais, de temps à autre, il était obligé de revenir sur cette bonne terre en se poussant sur le côté afin de céder le passage, malgré son lourd chargement, à Monsieur Honoré qui, du haut de sa monture, inspectait le travail en montant et redescendant les rangs de ceps. En permanence, sa main droite tapait le flanc de son cheval avec sa cravache en cuir. Son regard noir, qui donnait froid dans le dos, suivait des yeux les besogneux en les dévisageant longuement. Ceux-ci évitaient de lever le regard sur lui, tant sa trogne des mauvais jours faisait peur à voir.

En fin d'après-midi, après deux périples dans les pentes ardues sans voir sa Marie, Louis s'inquiéta de son absence. Il héla poliment sa mère qui était un peu plus haut dans le vignoble :

— Madame, Marie est-elle malade ? Je ne la vois plus.

— Ne t'inquiète pas, Louis ! Ta promise ne s'est pas envolée, s'était aussitôt exclamée en riant la femme de l'huilier en portant une main à son dos pour soulager ses courbatures. Elle s'est certainement éloignée dans les buissons pour faire son petit besoin…

— C'est déjà la deuxième remontée que je fais sans la voir, madame ! Une si longue absence n'est pas normale…

En entendant les paroles du jeune homme, la dame devint blanche comme un linceul et se mit à redescendre le long des vignes en criant :

— Marie ! Quelqu'un a vu Marie ? Marie !

Mais personne n'avait vu Marie…

Comme un fou, Louis décrocha sa panière chargée abondamment, la laissa tomber par terre et se mit à courir vers la haie, que l'on appelait le petit coin, en criant :

— Marie ! Marie ! Où es tu ?

Marie n'était pas là… Malgré les appels répétés du métayer qui s'inquiétait de la colère du jeune maître, tout le monde s'était arrêté de travailler. Mais Monsieur Honoré n'était plus dans les parages.

Pendant que Louis courait jusqu'au domicile de Marie pour s'assurer qu'elle ne soit pas rentrée à la maison, tout le monde la recherchait en l'appelant à tue-tête :

— Marie ! Marie ! Mais Marie n'était nulle part...

Affolé, Louis revint au vignoble en compagnie de l'huilier, qui lui non plus n'avait pas vu sa fille.

— Si elle était redescendue vers le village, je l'aurais forcément vue passer, affirmait le métayer. Les tombereaux sont en plein milieu du chemin. Je vous assure, elle n'est pas venue par ici. D'ailleurs, regardez, au bout du chemin, nous voyons Monsieur Honoré qui remonte de Gauvis. On le voit très bien. Nous aurions dû voir Marie de la même façon… Vite, remettez-vous au travail !

— Il n'en est pas question, tant que nous n'aurons pas retrouvé Marie ! s'impatienta aussitôt Louis.

— Je veux retrouver ma fille ! s'énervait la mère, les yeux brouillés par les larmes, en se cramponnant au bras de son mari.

— Que se passe-t-il ici, le métayer ? interrogea aussitôt le jeune maître en arrivant. Pourquoi les manouvriers ne sont-ils pas à l'ouvrage ? Ne pouvez-vous pas faire travailler ces gens ? Si vous n'êtes plus capable de vous faire obéir, nous veillerons à vous remplacer…

— Le problème n'est pas là, Monsieur. C'est la petite Marie qui a disparu ! Tout le monde est à sa recherche.

— Quelle petite Marie ? Pourquoi n'est-elle pas à son travail comme tout le monde ? Je m'absente une petite heure pour aller contrôler aux écuries des charmilles si les deux brebis malades ont survécu et, à mon retour c'est la pagaille complète ! Si, dans les cinq minutes, tout ce petit monde n'est pas en train de vendanger, l'après-midi ne sera pas payée ! C'est inadmissible !

— Il s'agit de la fille de l'huilier, Monsieur ! La nuit va bientôt tomber … Si nous ne la retrouvons pas, la petite demoiselle va passer la nuit dehors. Elle n'est nulle part, ni à son domicile, ni aux alentours. Nous sommes très inquiets…

— Vous perdez votre temps pour une donzelle qui s'est certainement envolée avec un amant ! Cela ne m'étonne pas de ces petites paysannes… Toutes à fricoter ici ou là !

Jules serra ses poings avec des envies d'assassinat en entendant la méchanceté du jeune maître.

— Je vous en prie, Monsieur ! Faites preuve d'un peu de bonté… Ses parents et son amoureux sont juste à côté de vous ! s'exclama le vieux métayer qui avait vu le gamin grandir et se sentait honteux du mépris et du peu de considération qu'il avait pour ses travailleurs. Monsieur Philibert n'agirait jamais ainsi…

— Ça suffit, Ferdinand ! Au travail ! Assez de paroles inutiles semées dans le vent ! Je reviens des Charmilles, car mon frère surveille les deux brebis au ventre gonflé qui ont léché trop de sel et je n'ai vu personne en revenant. Cette petite retrouvera bien son chemin toute seule. Elle a su déguerpir ; elle saura bien revenir…

Pendant que la plupart des cueilleurs se remettaient à l'ouvrage pour ne pas perdre leurs heures de travail, Madeleine, avec deux autres villageois, fit une battue sur la gauche, les parents de la petite se mirent à sa recherche en partant vers la droite et Louis, qui n'avait qu'une chose en tête retrouver sa dulcinée, s'élança droit devant lui... Il courait, courait, comme un fou, appelait, appelait encore, traversait des arpents fauchés, sautait des barrières, des prairies en hurlant :

— Marie ! mais en vain...

Durant des heures, des battues partirent dans tous les sens. Puis, lorsque la nuit noire les empêcha d'avancer, Madeleine et les villageois rebroussèrent chemin en décidant de remettre les recherches au lendemain. Seul, « le Louis » ne rentra pas au moulin… Où il avait erré, où il avait cherché, comment il avait passé ces heures terribles ? Il n'en dit rien à personne, mais…

Alors que le soleil se soulevait à peine, le lendemain de ce jour terrible, le voisin des parents de la disparue arriva au moulin, avec la mine catastrophée, pour annoncer à Charles et à Madeleine :

— Il vient de se passer quelque chose de terrible ! Le corps de la petite Marie vient d'être retrouvé par deux bûcherons, dans le bosquet d'ormes à la sortie du village. Elle a été sauvagement violée et étranglée ! Ce n'est pas beau à voir…

— Sainte Vierge ! Priez pour nous ! s'exclama Madeleine en pleurant. Pourquoi le malheur doit-il entrer dans nos vies ?

— Oh ! Mon Dieu ! Qui a osé faire une horreur pareille ? murmura Charles en encerclant les épaules de son épouse pour la soutenir. Pourquoi cette pauvre petite ? Et notre Louis ! Quelqu'un a-t-il vu notre Louis ? Il n'est pas rentré de la nuit.

— Il est là-bas ! Il a croisé les bûcherons lorsqu'ils ramenaient le cadavre de la petite qu'ils avaient couché dans le fond de leur charrette tirée par un boeuf. Je ne vous raconte pas dans quel état il est ! Vite, il faut que tu viennes, Charles. Tu pourras peut-être le calmer… Ton fils est comme un fou. Il parle d'aller tuer Monsieur Honoré, parce qu'il est persuadé que c'est lui le coupable.

— Je sais que personne n'aime beaucoup cet homme, mais pourquoi aurait-il fait une chose pareille ? Il a les moyens de se payer toutes les *peutes* qu'il veut ! Qui a mis une idée pareille dans la tête de mon gamin ?

— C'est tout simplement parce que l'endroit où la petite a été retrouvée était entièrement piétiné par les traces de sabots bien reconnaissables d'un cheval et que le maître s'était absenté en même temps qu'elle... En connais-tu beaucoup qui aient le temps de se promener à cheval sans harnachement et tombereau pour travailler ? On l'a vu lorgner sur ta future bru chaque fois qu'il remontait la rangée de ceps… Tout le monde pense la même chose…

Mais il n'y a aucune preuve que ce soit lui. Viens, il faut empêcher Louis de finir la corde au cou. Même les parents de la petite essayent de le retenir.

Les souvenirs des jours qui suivirent, entre les funérailles et le malheureux Louis qui perdait la tête, seront à jamais une blessure suintante. Les larmes n'y changeront rien…

Entre l'huilier qui se reprochait d'avoir laissé sa femme et sa fille faire les vendanges pour quelques sols à gagner ; son épouse qui se sentait responsable de ne pas avoir surveillé la petite ; Louis qui n'avait plus qu'une chose en tête, saigner le coupable en le faisant crier comme un porc, jusqu'à ce que mort s'ensuive, et Madeleine, qui se faisait mille reproches :

— Je suis la plus coupable ! affirmait-elle. Si j'avais laissé notre Louis l'épouser quand il le voulait, les choses auraient été différentes. Ils auraient au moins connu, quelques mois de bonheur, ensemble... Mon pauvre petit ! Il l'aimait tant, sa Marie…

Deux jours après l'enterrement, Louis arriva dans la stuff pour le petit déjeuner, avec un baluchon sur le dos :

— Je pars m'engager dans l'armée du roi, les parents ! Il a besoin de soldats pour guerroyer et je serai l'un d'eux. Il ne faut pas m'en vouloir, mais si je reste ici, les choses tourneront mal. J'ai trop de haine en moi…

Malgré les pleurs de sa mère et de sa sœur, sans tenir compte de la sollicitation appuyée de Charles pour tenter de le faire changer d'idée, une heure plus tard Louis fermait la porte du moulin derrière lui, et il partit sans se retourner, tout en entendant distinctement la dernière phrase de sa mère entre deux sanglots :

— Donne-nous surtout de tes nouvelles, mon petit !

Déjà il s'éloignait…

Cette année-là, le vin fut bon et rare, mais il avait un goût d'amertume qui ne quittait plus le palais.

Louis était parti vers l'inconnu et, malgré la période de trois ans terminée, Jules n'était toujours pas rentré. Les mains commençaient à manquer pour œuvrer et l'inquiétude suivait crescendo. Cependant, imperturbable, la vie continuait à fluer…

Maître Jules,

Les mois s'enroulaient avec la même détermination inébranlable. En passant par fenaison, moisson, récoltes, intempéries, chaleur et froid glacial, la vie roulait… Alors que l'hiver remontait à peine son voile, l'heure de renouveler les semis printaniers s'annonçait. Depuis peu, le soleil avait revêtu une tenue d'apparat. Les arbres reverdissaient doucement et des rayons indiscrets éclaboussaient joyeusement chaque trouée. Cependant, aucun des garçons n'avait donné de nouvelles et Madeleine avait du vague à l'âme… Que devenaient ses petits ? Etaient-ils à l'abri de tout danger. Plus rien n'était pareil et la tristesse remplissait les jours des habitants du moulin. Pourtant, il fallait continuer en faisant confiance au destin, avec l'aide de Dieu que l'on n'oubliait jamais d'implorer. Sur les cerisiers, les jeunes pousses perçaient la pointe de leur coque et les tendres feuillages, dont le panel coloré s'égayait dans toute la gamme des verts, enlaçaient doucement les arbres pour recouvrir leur triste nudité.

Oubliée, la giboulée glacée de la semaine précédente qui les avait empêchés d'accomplir leur ouvrage à l'extérieur pendant deux longues journées ; jetée aux orties, cette froidure interminable qui leur avait glacé l'âme et le corps lorsque le cri des loups affamés les avaient fait frissonner durant de nombreuses nuits ; bien moins oppressantes les crampes d'intestins de certains villageois, qui devaient se contenter depuis des mois de lait de chèvre, de flocons d'avoine, de navets ou de pommes de terre cuites à l'eau, avec des pommes blettes et du pain de seigle si indigeste qu'il en augmentait les douleurs... Remballée la colère intérieure de Charles d'avoir remis un quart de ses précieuses économies à l'encaisseur du roi. Le quotidien devait s'aborder jour après jour en dépit des difficultés. D'ailleurs, le bon cœur du meunier était connu de tous. Il savait bien qu'il l'aurait déjà, ce damné cheval, s'il se montrait plus pingre, mais tout comme Madeleine, il en était incapable. C'est pourquoi de nombreuses âmes en peine venaient le solliciter en se proposant, à la place d'un pichet de farine, de l'aider à piocher, ramasser les pommes de terre, tailler les vignes, faire ses vendanges. Sûr, ils tenaient tous leur parole et venaient fidèlement lorsque l'heure sonnait… L'amour de son prochain ne commençait-il pas avec le respect et l'entraide des uns et des autres ? Le Seigneur lui-même avait partagé le pain et le vin, alors… c'était un devoir. Malgré les conditions difficiles de vie, la misère n'empêchait pas d'avoir de la fierté et, en rendant un travail pour de la nourriture, ce n'était pas de la mendicité.

Un moment de détente agréable, qui faisait refleurir un sourire sur tous les visages, était la veillée du dimanche soir. Toute la famille se rendait chez l'un ou l'autre des villageois. Bien sûr, sans les fils aînés, le plaisir n'était plus le même. Mais cela restait toujours un moment plaisant d'écouter les anciens raconter des histoires à donner la chair de poule. Et ce jour-là, chez Madeleine et Charles, c'était la dernière. Les gros ouvrages extérieurs démarraient et il faudrait attendre l'hiver prochain pour en profiter. Les uns, assis sur leur derrière, les autres sur des bûches, certains près du feu de l'âtre pour chauffer des carcasses qui avaient du mal à reprendre du poil de la bête après tant de froidure, chacun écoutait silencieusement. Les enfants présents tremblaient comme des feuilles, car le père Léon contait l'histoire du *Kroppemann* qui attrapait avec son énorme crochet les petiots qui osaient se pencher au-dessus de l'eau, alors que c'était strictement interdit. Il emmenait dans son antre du fond de la rivière tous les enfants désobéissants. Ces histoires étranges, drôles avec des personnages extraordinaires, réels ou irréels, avaient toujours une morale dont il fallait se servir pour devenir quelqu'un de bien. Comme elles étaient dites également pour les adultes, elles n'en faisaient que plus d'effets sur les jeunes âmes… C'est pourquoi les gamins obéissaient rigoureusement à l'interdiction formelle de traîner tout seuls au bord de la Moselle. Il ne fallait surtout pas s'approcher de l'attrapeur d'enfants. Les dictons représentaient un puits de conseils dont on se servait au fur et à mesure des saisons. Les anciens annonçaient que, comme il avait fait beau le jour de la Saint-Joseph, il fallait s'attendre à un été bref… Pourtant, celui-ci, on l'espérait ensoleillé car les blés n'aimaient pas beaucoup la pluie… C'est pourquoi, tout en les respectant, on faisait également la sourde oreille quant aux annonces pessimistes du vieux dicton. Ce n'était pas la peine de se faire du mouron avant même d'avoir ensemencé… Certains avaient même déjà jeté quelques pommes de terre dans les trous pour les avoir plus tôt. C'était bien risqué… et la discussion naviguait aussi bien en eaux troubles que dans un ruisseau limpide.

Chacun était attentif à l'histoire de la S*chwartzehexe* qui venait pousser avec son balai magique, dont le manche était une branche d'osier rouge, les fainéants qui n'aimaient pas le travail directement dans les ténèbres. Là, les feux de Bengale venaient leur rôtir les orteils pour qu'ils apprennent à se presser un peu… Des bouches grandes ouvertes gobaient au vol, l'un après l'autre, chaque détail croustillant qui s'échappait de la voix grave du conteur. Tout le monde était attentif lorsqu'un bruit de carriole et de trépignements de chevaux retentit dans la cour en les faisant sursauter et en gâchant le plaisir de l'écoute.

— Qui va là, à cette heure tardive ? grogna Charles…

— Si c'est un client, tu le renvoies ! s'exclama Madeleine. Nous avons besoin de répit au moins le soir et la nuit. C'est toute une cavalerie que nous venons d'entendre.

Tout en grimaçant, car son moment de détente était gâché, Charles se redressa en se tenant les reins, car porter des charges n'arrangeait pas son homme et les années filaient…

— Bonne Mère, bougonna-t-il encore entre ses dents. Nous étions si bien…

Il traversait la meunerie sans se presser afin d'ouvrir la porte aux intrus lorsque le battant se poussa tout seul.

— Saperlipopette ! s'exclama-t-il en sentant le bois frôler son visage. Il ne faut surtout pas se gêner, on rentre comme dans un moulin ici…

— Evidemment que je rentre comme dans un moulin, c'en est un et c'est chez moi… Bonjour papa, tu ne peux pas savoir comme je suis heureux de te retrouver. C'est bon de revenir à la maison.

— Jules ! Mon Dieu, te revoilà enfin. Tu peux dire que tu nous as fait avoir des cheveux gris. C'est ta mère qui va être soulagée

Les larmes dans les yeux, les deux hommes se firent l'accolade tout en riant et pleurant en même temps.

— Pschttt ! Je vais leur faire une surprise…

En arrivant sur la pointe des pieds à l'entrée de la stuff, Jules s'écria :

— Et alors, ça dort là-dedans ! Ya' donc personne pour accueillir le fils bien-aimé. Vu l'empressement pour m'embrasser, je vois que je ne vous ai pas beaucoup manqué…

En poussant un cri se stupeur, Madeleine se releva en renversant sa chaise, traversa la pièce en courant, faillit faire perdre l'équilibre à l'un de ses invités et, tout en remerciant le ciel :

— Merci, mon Dieu, merci mille fois, de m'avoir rendu mon petit Julot !

Elle se jeta dans les bras de son fils.

— Bonjour maman, c'est un bonheur de te retrouver. Mais, tu sais, le Seigneur ne te l'a jamais pris, ton fils, et le petit Julot est devenu le grand Jules. À t'entendre, j'ai l'impression d'avoir encore onze ans…

Mais Madeleine n'en avait que faire que ce soit un grand maintenant. En serrant son gamin contre son cœur, elle continuait à psalmodier :

— Mon Julot, mon petit Julot. Je n'arrive pas à y croire.

Comme sa mère ne voulait plus le lâcher, Jules ramena du bras contre lui Valentine qui attendait patiemment son tour pour l'embrasser.

— C'est bien toi, Titine. C'est à peine si je te reconnais... Te v'là devenue une bien jolie jeune fille…

Puis la famille remise de ses émotions, Jules salua son ami Mimile et son épouse en les félicitant pour leur mariage et retrouva avec émotion les villageois présents.

Tout le monde parlait de concert. Une cacophonie impossible l'atteignait de toute part. Ils voulaient tous, en même temps, tout savoir sur tout, et tout ça faisait beaucoup de trop…

— Doucement, annonça-t-il sur un ton blagueur en se mettant un doigt dans chaque oreille. Si vous continuez ainsi, soit je vous écoute tous et je serai bon à enfermer, soit je refuse de parler et ce n'est pas mieux… Vous ne saurez rien du tout… Je veux bien répondre à tout le monde, mais à une seule question à la fois…

— Notre Jules n'a pas changé, pouffa Mimile. Il a toujours le petit mot pour rire. Dis donc, le fils du meunier, ajouta-t-il, narquois : Tu n'as pas pris un peu la grosse tête dans ton école de docteur pour les animaux ?

— Pour sûr, Mimile ! Regarde un peu, elle a doublé trois fois de volume… Je l'ai presque carrée maintenant…

La joie des retrouvailles était palpable et chacun se rengorgeait à faire rire le groupe…

— Mais où avez-vous camouflé notre Louis ? s'enquit Jules. Je suis étonné de ne pas encore avoir entendu une de ses plaisanteries. Lui auriez-vous fait écraser la langue sous la meule parce qu'il disait trop de bêtises ?

Le silence se fit dans la pièce et Jules, le visage blanc comme la farine, comprit aussitôt que quelque chose de très grave s'était passé, pour que sa mère et la femme de l'huilier fondent en larmes. Les autres invités se sentaient mal à l'aise et un premier, puis tous les autres, se levèrent en annonçant :

— Il se fait tard, nous devons rentrer. Bien le bonsoir à tous et merci pour la veillée.

— Il n'est pas mort quand même… ? Je me faisais une telle joie de le revoir… Mais dites-moi ce qui se passe ?

Il est vrai que ses deux fils s'étaient toujours entendus comme deux larrons en foire, pensa Madeleine, le cœur infiniment peiné.

— Non Jules, ce n'est pas ça du tout, lui dit-elle simplement. Louis n'est plus à la maison…

— Il s'est engagé dans l'armée et nous t'en expliquerons la raison tout à l'heure, se contenta de rajouter Charles.

Le grand retour avait perdu toute sa gaieté. Pour raccompagner les amis qui rentraient chez eux, ils sortirent tous dans la cour.

Là, chacun s'extasia sur le magnifique phaéton auquel étaient encore attelés quatre chevaux.

— Ben dis donc, tu ne feras jamais comme tout le monde, « le Jujules » ! Un cheval pour tirer ton carrosse ne te suffit pas, il t'en faut quatre…

— Radote moins, Mimile, et viens m'aider à les dételer s'il te plaît… Ce sera beaucoup plus utile que de me chercher noise.

En se tapant sur l'épaule, les deux amis se mirent au travail et en un temps trois mouvements :

— Tiens, papa ! Ce sont les deux bêtes que je te dois, annonça Jules en tirant par le licou deux magnifiques chevaux qu'il amena devant Charles. Je vous remercie infiniment, maman et toi, pour ce que vous m'avez permis de réaliser et je sais trop ce qu'il vous en a coûté d'efforts pour le faire.

Sans comprendre ce qui lui arrivait, Charles sentit ses genoux faiblir et se retrouva un genou à terre, le dos secoué de sanglots.

— Arrête, papa ! C'est moi qui devrais être à cette place. Viens, je vais t'aider à te relever. En le soutenant par le bras, il ajouta doucement « Tu nous as épousés, tous les quatre, pour le pire et le meilleur… », mon p'tit papa, l'as-tu oublié ? N'est-ce pas ce que tu m'as dit après avoir vendu ton précieux attelage et en me tendant ma feuille d'inscription ? Même si ça n'arrive pas assez souvent, aujourd'hui tu as droit au meilleur… Tu l'as bien mérité. Aucun père ne se serait privé comme tu l'as fait avec maman. Avant de revenir, j'ai voulu vous rembourser une partie de ma dette.

— Mais comment as-tu gagné autant d'argent, Jules ? Ça fait cinq ans que nous essayons d'en racheter un mais nous n'y avons pas réussi.

— J'ai mis cinq minutes papa, rien que cinq minutes…

Les yeux brouillés par l'émotion, brusquement, Charles réalisa qu'il avait oublié de demander à Jules s'il avait réussi à réaliser son rêve, devenir vétérinaire.

— Je ne sais pas de quelle façon tu t'es débrouillé pour acheter ces chevaux, fils! Mais as-tu au moins réussi à faire tes études ?

— En as-tu douté un instant, papa ? Je suis « Artiste Vétérinaire » depuis deux ans, mais beaucoup de choses se sont passées depuis…

— Nous avons toujours cru en toi, mon garçon. Tu avais une telle volonté qui t'habitait en désirant faire ce métier que le doute ne nous a jamais frôlés. Même si nous ne comprenons rien à ta « vété » chose, nous sommes fiers de toi...

Après avoir mis les équidés à l'abri, ils rentrèrent et s'installèrent dans la stuff, autour de la table, devant une tasse de tisane à la menthe séchée.

Madeleine admirait son fils avec le cœur qui chantait. Elle l'avait tant espéré, ce retour. Elle tournait autour de son gamin comme une chatte autour d'un chaton qui s'était égaré. Si elle avait pu le lécher en ronronnant, elle l'aurait fait. Si seulement son Louis pouvait aussi retrouver la route du retour. Maintenant, Jules était devenu un homme, un vrai. Sa ressemblance avec les jumeaux des Charmilles était encore plus frappante. La blondeur de ses cheveux, ses yeux clairs, sa prestance, la même bonté du regard que Monsieur Philibert. Seul le sourire était un peu différent. Je crois bien que c'est le mien… se dit-elle. Sans pouvoir s'en empêcher, elle s'approcha de lui, toucha l'élégante redingote de cavalier à longues basques en tissu rembourré, avec une montre à gousset accroché sur le côté, sur une culotte avec braie et chausses montantes. Il était beau…

— Tu as la mise d'un seigneur, mon frère, comment peux-tu t'offrir de tels effets ? l'interrogea Valentine en l'admirant de la tête aux pieds.

— Je gagne bien ma vie, petite soeur et je peux me le permettre. J'espérais revenir bien plus tôt, mais notre roi m'en a empêché…

— Comment çà ! Tu as vu notre roi ?

— Oh que oui ! Je soigne même ses animaux…

Jules leur raconta la chance extraordinaire qui l'avait accompagné…

— En quittant l'école vétérinaire de Lyon avec mon diplôme, à la fin de mes trois ans d'études, comme tous les autres élèves j'ai été envoyé dans un haras militaire pour une formation obligatoire d'un an, afin d'apprendre à me servir de tout ce que j'avais appris. J'ai eu la chance que ce soit celui de la cour de Nancy, ce qui me rapprochait de la maison... J'y pratiquais mon métier depuis onze mois et m'apprêtais à revenir à Gauvis lorsqu'un après-midi le roi, qui avait passé la nuit au château, est arrivé avec toute sa cour. C'était impressionnant… Une quantité incroyable de gens désoeuvrés le suivait partout. Une flopée de seigneuries, de dames dans leurs grands atours et, surtout, ses quatre chiens de chasse tenus par un valet. Tous admiraient le spectacle présenté par des cavaliers émérites, lorsque l'un des chiens s'était mis à pousser des sons étranges. Couché sur le sol, il étouffait littéralement. Même ses plaintes lugubres avaient du mal à sortir de sa gorge.

Le roi tournait autour de l'animal, très mal en point, en gesticulant comme un fou.

— Tant de gens autour de moi et personne n'est capable de soulager mon animal favori. Aidez-le ! Faites appeler le médecin de la cour, mais agissez ! Mon animal succombe ! s'époumonait-il.

Des dizaines de gens s'affairaient autour de la bête mourante... Les uns parlaient de la saigner, d'autres de lui donner des bains froids, d'autres des bains chauds, mais personne n'agissait.

Déjà l'animal poussait des râles lorsque Jules, qui n'avait rien manqué du spectacle, s'approcha.

— Majesté ! Si vous le permettez, je peux peut-être aider votre chien ? Je sors de l'école vétérinaire de Lyon et je soigne les animaux.

— Faites, gentilhomme ! Mais surtout faites vite ! s'était contentée d'ordonner Sa Majesté.

Comme on me l'a appris, j'ai ouvert la gueule de l'animal en y calant un petit morceau de bois pour la tenir ouverte et j'ai tenté de voir ce qu'il avait au fond de sa gorge. Comme tout l'attroupement qui nous encerclait me faisait ombrage, j'ai exigé d'une voix ferme que tout le monde s'éloigne pour me faire de la lumière, et même le roi a reculé en haranguant son monde pour qu'il se presse un peu. C'est alors que j'ai aperçu une énorme arête de poisson coincée dans la trachée du chien. J'ai aussitôt ouvert ma trousse, sorti la pince écarteur, des ciseaux et, en m'y prenant à quatre reprises, j'ai réussi à retirer l'intruse qui empêchait le malheureux de respirer. Quelques secondes plus tard, après avoir respiré goulûment, l'animal courait de nouveau sur ses quatre pattes.

C'est là que le roi est intervenu pour me remercier en me disant :

— Sa Majesté vous remercie, gentilhomme, et désirerait vous rémunérer pour votre acte de bravoure. Quel serait votre vœu ?

Je lui ai simplement répondu :

— C'est un honneur d'avoir soigné votre chien, Majesté. Et pour répondre à votre question, Votre Altesse, en guise de paiement, deux chevaux me combleraient.

— Vous auriez pu me demander une bourse d'or, d'être anobli avec une maison cossue et bien plus que cela, alors pourquoi seulement deux chevaux et pas quatre ou six ?

— Je n'ai pas besoin de tout cela, Majesté. La noblesse est dans le cœur des hommes…

Je lui ai expliqué que j'étais redevable à mon père des deux chevaux qu'il avait dû vendre pour me permettre d'aller dans cette nouvelle école qui apprenait à devenir « Artiste Vétérinaire. » Sans lui, je n'aurais pas pu soigner son chien favori et, comme l'honneur d'un homme était de rembourser ses dettes, je ne travaillais plus que pour cela… Ma famille s'étant terriblement endettée pour me permettre d'apprendre ce métier, j'étais très impatient de lui prouver ma reconnaissance.

Sa Majesté s'est contentée de lever le petit doigt et aussitôt son intendant s'est avancé jusqu'à sa hauteur pour lui demander avec mille courbettes :

— Votre Majesté désire ?

— Votre Majesté désire que vous remettiez immédiatement à ce gentilhomme quatre chevaux, un phaéton avec les contrats de propriété et une bourse pleine. De plus, nous désirons qu'il vienne une année au haras de la cour pour apprendre à nos écuyers la médecine qui soigne nos bêtes, avec logement, nourriture et mille livres pour l'année. Il pourra évidemment se faire rémunérer pour sa médecine. Dire que j'ai des centaines de gens à mon service qui ne sont que des incapables…

Comme on ne désobéit pas à un ordre du roi, d'ailleurs très avantageux, alors que je pensais revenir rapidement au moulin, par obligation je me suis retrouvé dans le phaéton tiré par mes quatre chevaux, à suivre toute la cour jusqu'au château de Versailles. Alors, en plus de l'année d'apprentissage passée au haras de Nancy, je viens de passer, contre ma volonté, une deuxième année loin de la maison. Heureusement, on m'a grassement payé et j'ai profité d'une excellente expérience pour mon métier... Vous voyez, je ne racontais pas de billevesées en vous disant que j'avais gagné les chevaux en cinq minutes. C'est vraiment le cas…

— Mais pourquoi n'as-tu pas essayé de nous informer de ton changement de situation ? l'interrogea Madeleine. Nous nous serions moins inquiétés.

— Mais je l'ai fait ! s'exclama Jules. Une première fois en arrivant à Versailles et également le mois dernier, pour vous annoncer mon proche retour. À deux reprises, j'ai remis des plis à l'intendant pour qu'il vous les fasse parvenir.

— Nous n'avons rien reçu…

— Il a certainement dû les escamoter pour s'éviter du travail et j'en suis désolé.

Ils parlèrent longuement de la raison du départ de Louis. Tout en crispant les poings de colère contenue, Jules apprit de quelle façon atroce était morte la fiancée de son frère. Il apprit également à redécouvrir sa petite sœur. Il avait quitté la maison en laissant une fillette et il retrouvait une femme.

Avant d'aller se coucher, Jules sortit de son bagage une bourse en cuir qu'il tendit à son père.

— Tiens papa, c'est pour remplacer toutes les bêtes que vous avez sacrifiées afin de réunir la somme nécessaire pour combler mon rêve. C'est la bourse de pièces d'or que m'avait remise le roi. Je ne l'ai jamais touchée puisque je gagnais largement ma vie. J'ai réussi à économiser de quoi m'acheter une maison et un cabinet pour recevoir mes clients. Je vais m'installer dans la région et j'ai mon phaéton et deux chevaux pour faire mes visites dans les fermes.

Charles et Madeleine dormirent très peu cette nuit-là… Le meunier avait glissé sous le matelas la précieuse bourse, sans oser regarder ce qu'elle contenait. Jules lui avait ramené deux chevaux. C'était de la marchandise sur pattes à laquelle il était habitué. Mais il ne connaissait même pas la valeur d'une seule pièce d'or, alors quand il s'agissait de plusieurs…

— Je n'oserai jamais m'en servir, murmura-t-il à l'oreille de Madeleine. Non seulement, notre « Jujules » est revenu après avoir gagné, en enlevant une arête de poisson, ce que nous n'avons pas réussi à économiser en cinq ans et il nous ramène une fortune. Une chose est certaine, le roi semble distribuer avec une facilité incontestable les deniers qu'il ne gagne pas lui-même. Dans ces conditions, pas étonnant que les caisses de l'Etat soient vides. Mais comme c'était leur fils qui en avait profité, pour une fois, tout était pour le mieux.

Une moitié de joie était revenue à la maison car l'autre manquait encore...

Rapidement, Jules s'installa dans une grande bâtisse en pierre de Jaumont aux abords de Thionville pour bénéficier de la clientèle campagnarde comme de celle de la ville. Il prit le temps d'aménager une salle de soins confortable, dans l'immense grange et, dès le mois de février de l'année suivante, il fixa la plaque en cuivre portant « Artiste Vétérinaire ». Aussitôt, l'attrait de ce métier inconnu fit qu'une clientèle huppée vint le consulter sur place avec de petits animaux. Un jour sur deux, Jules prenait sa sacoche, grimpait dans son phaéton et se déplaçait dans les villages pour soigner les bestiaux des paysans. On le faisait quérir pour les cas urgents. Comme son père, il acceptait une poule, un canard, du pâté chez ceux qui n'avaient pas d'argent. L'hiver n'était plus qu'un souvenir lorsqu'il fut appelé exceptionnellement aux Charmilles, le cinq avril 1780, pour un vêlage printanier. C'est Monsieur Philibert qui le reçut et l'accompagna jusqu'à l'écurie après l'avoir longuement observé. Ils ne se connaissaient guère et se parlaient pour la première fois. Ils s'entretinrent du métier étonnant de Jules et le jeune maître lui avoua qu'il avait tellement entendu de compliments sur le fils du meunier qui faisait de la médecine pour les bêtes qu'il l'avait fait venir un peu par curiosité. Ils en rirent et Jules lui expliqua, avec amusement, que tous ses premiers clients n'étaient venus que pour découvrir le phénomène rare qui, soi-disant, saignait les bêtes pour les guérir… Le contact fut plutôt sympathique, mais lorsque l'autre frère sortit sur le perron, la discussion se termina aussitôt par un :

— Venez, je vais vous conduire près de la bête qui va mettre bas. Un de nos commis est déjà là-bas, pour vous seconder en cas de nécessité.

Dans l'étable, la température était agréable. Pour ce nouveau printemps qui ouvrait ses ailes, la Marguerite était la première vache à vêler. Autrefois, Jules avait déjà assisté le vieux métayer dans cette besogne, mais celui-ci s'était cassé une jambe sur du verglas en janvier dernier et se mouvait difficilement. L'excuse était donc toute trouvée pour le faire intervenir. Accomplir sa médecine dans cet endroit lui faisait chaud au cœur. En deux ans, il avait déjà fait pouliner de nombreuses juments mais pas encore de vache. Lorsqu'il arriva, elle était déjà couchée sur le côté. Son souffle haletant montrait que le travail avait démarré. Par moment, elle soulevait la tête pour meugler son impuissance face à la douleur qui lui laminait les flancs. Pour la calmer, Jules lui tapotait la tête, la grattait sous le cou, lui parlait de sa voix grave et, doucement, la bête se calma. Enfin, un torrent de liquide accompagné de longues glaires poisseuses avait jailli de ses entrailles rebondies. Le liquide à l'odeur sauvage se répandit sur la paille fraîche. Bientôt viendrait l'heure de libérer l'énorme poche féconde. Les pulsions douloureuses la faisaient gémir étrangement. On aurait dit la plainte du vent lorsque le blizzard d'hiver soufflait en apportant son étole neigeuse. Son énorme poitrail tressautait, mais la brave bête s'arc-boutait en tapant le sol de ses pattes antérieures, tendait ses membres, puis s'arc-boutait à nouveau. Par moment, elle redressait sa tête, regardait Jules avec des yeux exorbités, remplis de larmes, et reprenait son travail de mère. Elle me remercie de ma présence, pensait-il, mais déjà la Marguerite, après avoir émis plusieurs souffles saccadés, en poussant un beuglement torturé, commença après un soubresaut de douleur le début de la délivrance. Son mufle se contractait puis soufflait comme une cheminée. Enfin, entre les cuisses écartelées, comme un œuf géant au centre des grosses lèvres d'un grenat profond et brillant, la poche blanchâtre, couverte d'une gélatine orangée, apparut. Comme pour se donner du courage, en claquant ses dents jaunâtres et en poussant des plaintes à remuer le cœur des plus solides, la vache tendit son cou vers l'arrière. Entre les spasmes, trois fois de suite, elle se releva en tirant derrière elle une longue traîne poisseuse, attrapa quelques brindilles de foin sec qu'elle mâchouillait comme pour se calmer, puis se remit sur le flanc... Plusieurs fois de suite, la poche avança de quelques centimètres mais s'éloigna à nouveau comme pompée dans le centre de ce puits nourricier. Enfin, dans un bruit de succion qui résonna dans toute l'étable, le corps du veau, mouillé et enveloppé de sa couverture visqueuse, glissa sur le sol en emmenant derrière lui une mare sanguinolente. Déjà, la Marguerite, aussi souple qu'un cabri, se redressait sur ses pattes, et elle se mit à lécher la souillure dont était couvert son petit. Elle semblait s'en régaler… Une fois la toilette fœtale terminée, de ses dents, elle mâchouilla le cordon sanguinolent jusqu'au moment où le veau fut enfin délivré de son attache. Un petit trognon adorable, au mufle brillant, regardait autour de lui en ouvrant des yeux aussi ronds que des noix, pour ne rien manquer de ce drôle de monde qu'il découvrait. Sur des jambes flageolantes, il se redressa en levant sa caboche, inspecta les lieux curieusement et tendit les oreilles vers une sonorité inconnue.

C'était la voix enrouée de Jules qui, les larmes aux yeux, le baptisait joliment en lui annonçant :

— Ben toi, mon petiot ! je vais t'appeler Bienvenu…

Et, en sentant la douce caresse de l'homme sur son pelage encore mouillé, « Bienvenu » poussa son premier cri.

C'est vraiment ce métier-là dont je rêvais et aucun autre ! annonça le jeune vétérinaire à ses parents en allant les saluer avant de rentrer chez lui. Pendant ma formation à Lyon, comme j'avais beaucoup de retard à rattraper par rapport aux élèves qui arrivaient de pension cossue, j'ai travaillé dix fois plus que les autres. La plupart des nuits, il ne me restait que cinq heures de sommeil. Mais si vous saviez le bonheur que je ressens à pouvoir l'exercer… Je ne vous en remercierai jamais assez. À chaque naissance, je suis aussi émerveillé.

Madeleine et Charles flottaient sur un petit nuage, tant ils étaient fiers de la réussite de leur fils. Le sac de pièces attendait toujours sous le matelas qu'ils veuillent bien l'ouvrir, mais comme on mangeait à sa faim au moulin, cette chose qui les effrayait un peu pouvait attendre. Charles avait ses précieux chevaux pour conduire son attelage, de plus, l'étable et le poulailler s'étaient regonflés avec le temps. Leurs petites économies, qu'ils avaient eu tant de mal à gratter dans l'espoir d'acheter un équidé, attendaient également dans un bas en laine que la nécessité se présente. Si ce n'était l'espoir d'avoir des nouvelles de Louis, tout allait pour le mieux. Sauf…, les passages de plus en plus fréquents de Monsieur Philibert qui apportait constamment des livres à Valentine. Madeleine ne pouvait empêcher une crainte sournoise de venir la tourmenter. Elle avait bien tenté d'expliquer à sa fille que les visites trop fréquentes du jeune maître feraient jaser, mais c'était peine perdue…

— Voyons maman, on ne peut tout de même pas lui interdire de passer au moulin. Il en est le propriétaire et nous n'avons que le bail. Vous êtes toujours présents, les commères en seront donc pour leurs frais…

La moisson des humbles - 1780

Le vieux Ferdinand se leva alors qu'il faisait encore nuit noire. Son corps perclus de rhumatismes l'avait fait remuer durant des heures et il boitillait encore fortement depuis sa mauvaise chute hivernale. Cette patte folle le rendait fou par temps de pluie, tant elle le faisait souffrir. Ce satané tas d'os qui lui servait de squelette se courbait avec les années en le tiraillant en permanence. Ses cinquante-six ans commençaient à lui peser. Sans allumer la mèche qu'il économisait le plus possible, dans le noir, il enfila péniblement sa chemise, son pantalon en toile grise, glissa ses pieds dans les sabots puis sortit. Il appréciait cette heure aurorale, quand l'ombre de la nuit s'amenuise pour laisser la place à la clarté orangée du soleil avant qu'il ne se montre. Lorsque la lumineuse éclaircie illuminait la terre, en même temps que l'astre royal s'élevait, il remerciait le Créateur de lui donner la force de continuer. Sa prière était accompagnée par le chant des oiseaux qui s'égaillaient doucement dans la futaie. Il admira un instant l'horizon tout en aspirant une grande bouffée d'air moite. Ensuite, il traversa la cour en boitillant, s'arrêta devant l'abreuvoir, plongea ses mains dans le liquide sombre pour se jeter une bonne giclée d'eau fraîche sur le visage.

– Brrrr… ! grommela-t-il d'une voix bourrue, ça mouille mais ça ravigote…

Cependant, en dépit de sa chemise trempée, il ne connaissait rien de mieux pour se rafraîchir les idées et émerger de la brume du sommeil.

En même temps que le cercle, d'un rouge presque ardent maintenant, dispensait des myriades de lumière sur la terre, son humeur montait au beau fixe.

C'était le grand jour…

L'air embaumait l'épeautre dont le mûrissement arrivait à terme, et si aucune catastrophe ou punition de Dieu ne jetait son dévolu sur la perfection des épis gonflés, la récolte s'annonçait prolifique. Les jeunes maîtres feraient peut-être acte de bonté en augmentant de quelques *pintes* la part des humbles. Mais ce n'était pas gagné d'avance. Monsieur Honoré était d'une âpreté pire que son père. Il était préférable de s'ôter ce mirage de l'idée. De toute façon, il était trop pressé pour perdre quelques secondes à imaginer une grâce chimérique. D'ici peu, les besogneux et les petites gens arriveraient pour démarrer, sous ses ordres, la grande moisson. À la génération précédente, son propre père avait tenu la charge de métayer et, dès son plus jeune âge, le grand homme maigre au visage buriné lui avait appris avec sévérité, jour après jour, les besognes à accomplir, en passant des plus rebutantes aux plus agréables. Puis, surtout, il lui avait répété à outrance l'honneur que représentait cette fonction, en insistant continuellement sur la droiture et le respect dus au maître. Comme si c'était un droit acquis d'avance au décès de son père, le maître lui avait proposé de prendre la relève et il avait accepté avec fierté.

Le tournis des saisons ne lui avait pas embrouillé le cervelas… Ferdinand se souvenait de toutes les semailles, de chaque fenaison, et surtout de l'ivresse ressentie durant la période du moissonnage. De la même manière qu'il gardait en mémoire toutes les années critiques, avec des récoltes détruites ou bien grillées par la canicule, des tempêtes, des orages violents, la grêle ou même parfois les insectes et sans contestation possible, pour chaque récolte clairsemée, malheureusement, la part des gagne-petit avait diminué d'autant.

La valeur d'une journée de travail ininterrompue pour un bon faucheur correspondait en temps normal à six pintes d'épeautre, mais beaucoup moins si la production baissait. Tandis que le maître se faisait toujours une réserve plus qu'abondante pour lui et sa famille, sans oublier ses chevaux, ses volailles, ses cochons, et surtout la portion à remettre pour le clergé et le notaire qui devaient être grassement servis. Eux, bien sûr, ne pouvaient absolument pas se passer de bon pain à chaque repas.

La coupe des nombreux arpents se prolongeait sur une bonne quinzaine de jours, sur les terres baillées et privées. La plupart des ouvriers arrivaient avec femmes et enfants pour récolter un peu plus. La demi-pinte que pouvait gagner un mouflet représentait une dose peut-être infime de cette poudre, mais ô combien convoitée : « Dame Farine », donc du pain. Comme la misère continuait à s'étendre, il n'était pas rare de voir des gamins de trois, quatre ans, pieds nus sur les fétus qui entaillaient la chair tendre, l'échine courbée pour ramasser et entasser des brassées bien trop lourdes. Lorsque l'un d'eux vacillait de fatigue, un pied malveillant lui bottait vivement le popotin pour le faire avancer.

Même si son rang lui octroyait un supplément de blé appréciable, Ferdinand craignait beaucoup de revivre un de ces hivers où, pendant son enfance, son ventre avait crié famine. C'est pourquoi, par habitude, il vivait toujours dans l'incertitude du lendemain. Surtout, depuis que les jumeaux avaient pris la relève du vieux maître. Monsieur Honoré, dont les accès de colère faisaient trembler tout le personnel, l'observait toujours en insistant sur sa démarche claudicante, avec ce drôle de regard suspicieux qui semblait dire :

— Toi, le vieux métayer, tu es bon à jeter au fumier… Tu n'es qu'un canard boiteux complètement desséché et inutile…

Mais l'homme de la terre aimait tant son ouvrage ! C'était toute sa vie. Il avait sa propre maisonnette et son jardin au cœur du village et se sentait donc en sécurité s'il devait perdre son emploi. D'ailleurs, il ne voulait pas se prendre le « chardon » car il en avait vu d'autres. La vie ne l'avait pas ménagé. Mais, heureusement, l'autre jumeau comptait sur son expérience...

Soudainement, est-ce le souvenir de son regretté père avec qui il avait tant peiné dans les champs ou un peu de vague à l'âme, il se souvint, comme si c'était la veille, de l'année de ses quinze ans, dont on parlait encore pendant les veillées tant le phénomène cruel, très localisé, qui s'était produit, les avait tous anéantis...

« Un mois d'avril ensoleillé avait avancé toutes les récoltes, la floraison des arbres annonçait des cueillettes fructueuses, les cultures d'automne étaient presque à terme, les semis de printemps verdoyaient dans les champs, les vignes s'annonçaient porteuses de nombreux grappillons prometteurs, ce qui n'était pas toujours le cas. Lorsque début mai, le jour de la Sainte Prudence, juste avant-midi, le vent s'était mis à souffler, souffler… C'était un de ces vents frisquets, tout à fait inattendu à cette saison. Le ciel s'était assombri comme à la tombée du jour et sans le moindre tonnerre ou éclair, donnant l'impression que le Seigneur était dans une colère terrible, la grêle s'était mise à claquer le sol pendant plus d'une heure. Des grêlons plus gros que des œufs de caille avaient hachuré et transformé en bouillie toutes les promesses de récolte. Puis, deux heures durant, une neige verglacée avait complété ce tableau hivernal. Les terres sur des kilomètres à la ronde n'étaient plus que spectacle d'apocalypse, un vrai désastre... Comment s'en sortir sans vivres ? Avec la rage au ventre pour ne pas se laisser abattre, ces travailleurs de l'ombre, habitués à vivre à la dure, avaient tenté de nouvelles semailles de graines, en espérant qu'une fin de saison douce leur permettrait d'arriver à maturité, mais la chaleur torride de juillet et les pluies diluviennes de la deuxième quinzaine d'août devaient faire fondre leurs espoirs. Les épis encore plats avaient noirci et pourri sans pouvoir être récoltés. En dehors des quelques légumes du jardin et d'un peu de luzerne, les granges et les greniers étaient restés vides. C'est qu'à cette époque-là on ne connaissait pas encore les pommes de terre et, comble de malheur, les noix, ce fruit calorique qui se conserve si bien, avaient également souffert de cette saison démoniaque. Durant les mois qui avaient suivi, seules les soupes à l'oseille et aux orties avaient rempli leurs assiettes sans apaiser les cris de souffrance de leurs intestins affamés, puisque le pain manquait. De nombreux cochons, nourris d'herbes bouillies, périrent dans les écuries. Ou alors, les bêtes étaient si rachitiques qu'après dépeçage, pas un pet de saindoux n'avait enrichi le chaudron. Trois des villageois furent arrêtés et emprisonnés pour avoir posé des pièges sur les terres du maître bailli. Heureusement pour eux, ils avouèrent leur faute et sauvèrent leur tête. Ainsi, ils souffrirent moins de la faim en prison que ceux qui étaient en liberté et en remercièrent leur ange gardien. Oui, cette année-là, la disette les avait fait souffrir le martyre et ce genre d'expérience marquait à jamais un jeune esprit. Sa propre mère avait trépassé cet hiver-là... Depuis l'économie était sa façon de vivre. Il voulait prévoir ce qui n'était pas prévisible...

Agacé par tous ces mauvais souvenirs qui venaient le chipoter, le métayer jeta nerveusement son bras en l'air, pour expédier en enfer les pensées sinistres qui lui barbouillaient l'esprit. Il traversa la cour pour ouvrir la porte du fenil et suffoqua presque en pénétrant dans la bâtisse au toit de chaume. La veille, il avait pourtant aéré le vieux foin en le retournant et en le poussant dans un coin pour faire de la place au nouveau ; mais la lourde moiteur de la nuit n'avait fait qu'empirer l'odeur piquante et étouffante de l'herbe séchée, à moitié roussie à force de chauffer.

Comme les blés approchaient de leur maturité depuis plus de huit jours, Ferdinand avait programmé le démarrage des moissons, en scrutant en permanence le ciel, tant la crainte d'un méchant orage, d'un coup de vent violent, d'un soleil trop brûlant ou d'une bruine glacée risquait de provoquer le désastre. Les granges et les greniers étaient prêts depuis belle lurette... Sans lésiner, ils attendaient en nombre les moissonneurs, les *bagotiers,* les faucheurs, les lieuses et les calvaniers. Ces derniers, se disait-il, une quinzaine et autant de charretiers, ne seraient pas de trop pour ramener à bon port les lourdes charrettes à ridelles remplies de gerbes tassées afin de les engranger. C'était de l'ouvrage pour les costauds.

Attrapant d'une main son fauchon et sa faux accrochés à un madrier et de l'autre son chapeau de paille effrangé qu'il plaça sur l'auréole chauve de son crâne, il ressortit aussitôt, en prenant soin de laisser la porte béante pour que l'air puisse circuler dans ce four. Un gros sac de sel posé contre le mur attendait…

Déjà, il sembla à Ferdinand ouïr les voix des premiers travailleurs. Les humbles arrivaient…

— Sainte Vierge, s'énerva-t-il, aide-moi en les retardant encore un « pitchoune » ! Je n'ai même pas attelé le baudet au chariot et je dois encore charger les brocs d'eau et le matériel.

Il marmonnait pour s'écouter parler, puisque les outils nécessaires étaient déjà chargés, car comme d'habitude, pour que l'eau reste fraîche le plus longtemps possible, les premiers ouvriers qui arriveraient la puiseraient dans le puits à la dernière minute. L'heure était propice pour moissonner car, à la pointe du jour, les épis sont imbibés de la fraîcheur de la nuit et la rosée avait enflé le grain, ce qui l'empêche de s'égrener aussi facilement qu'il le serait s'il était bien sec, et s'il faisait très chaud quand on l'abattait.

Même Madeleine et Valentine n'avaient pas voulu perdre l'occasion de remplir leur bas de laine. On manquait toujours de bras pour les moissons et c'était l'occasion de retrouvailles entre villageois. Paisible et douce, cette heure propice laissait percevoir l'odeur tiède de la terre au petit matin. Le voile transparent de la nuit qui sombrait laissait derrière lui comme une barrière trouble. Une demi-heure plus tard, les charrettes, chargées d'hommes et de matériel s'ébranlaient au premier claquement de fouet des bouviers et des cochers, pour avancer au pas tranquille des chevaux ou des bœufs. Les éclats de rires, dans cette aube naissante, prenaient plus d'amplitude. Les équipages longèrent le filet sinueux de la rivière et stoppèrent devant les premiers arpents à faucher. Année après année, le même scénario recommençait avec toujours cette même certitude que possédaient les hommes de la terre. Ce matin-là, ils attaquaient la récolte des graines nourricières et en portaient grande fierté… Durant quatre mois, ils avaient pioché la mauvaise herbe, la nielle, l'ivraie et les orties, arraché le chiendent, tiré les coquelicots, les chardons et les boutons d'or. Maintenant, ils récoltaient, enfin, le fruit de leur labeur. Un ciel de saphir, juste badigeonné de quelques taches cotonneuses, faisait doucement place au rideau nocturne. L'astre rouge s'élevait au-delà de la terre. Déjà, les pierres aiguisaient allègrement les faux ; et les sifflements dans la muraille dorée par le soleil commençaient. Comme des ailes bleutées, les couteaux volants miroitaient aux premières flèches de l'astre qui les observait en grimpant dans l'azur sans perturber leur danse. Des mains ramassaient des brassées pleines pour les étaler, d'autres grattaient, tiraient, rassemblaient les râtelures. Le lendemain, les mêmes mains retourneraient les rangées interminables. Déjà, en arrière-plan, les javeleuses, en un tour de main, préparaient des petits tas réguliers de tiges de céréales, pour simplifier la mise en gerbes. Une poussière à l'âcreté sèche venait griffer les gorges. Une grande percée avait repoussé le mur doré pour laisser un chemin de chaumes où commençaient à se dresser des squelettes à la taille resserrée et à la chevelure ébouriffée toute gonflée d'épis matures. Deux jours de suite, durant la pause, Monsieur Philibert vint les rejoindre au moment de la pause, avec un panier en osier, une fois gonflé de tranches de lard et de prunes blanches et le lendemain de saucisse de sang et de pets-de-nonne au miel. Tranquillement, il se laissa choir dans l'herbe tendre, en face de Madeleine et Valentine, s'intéressa aux familles de chacun et discuta longuement des problèmes que tous ses journaliers rencontraient au quotidien. Pour une fois, pas un seul des travailleurs ne s'assoupit… Ils étaient trop contents que quelqu'un s'inquiète enfin de leur sort. Le deuxième jour, l'autre jumeau vint observer de son œil noir l'avancée des fauchages. Il resta cinq bonnes minutes au bord du chemin, planté sur son cheval, à les regarder tous, installés à l'ombre d'un arbre. Les éclats de rires cessèrent un court moment puis, comme ni Monsieur Philibert ni le métayer ne disaient rien, ils reprirent de plus belle. Après tout, seul le maître des arpents avait pouvoir de décision. De toute façon, l'autre frère avait fait rentrer son blé la semaine précédente et commençait à programmer le battage après la fin des moissons. Tout le monde critiquait cet étrange partage des biens mais le vieux maître avait certainement de bonnes raisons pour avoir agi ainsi…

Déjà, en remontant les rangées de bottes dressées comme des petits soldats, les bouviers excitaient les bœufs avec leur aiguillon pour les faire avancer sur l'éteule pendant que les hommes, munis de fourches, chargeaient, à n'en plus finir, la montagne d'or jaune. Les uns après les autres, les conducteurs menaient doucement les vans surchargés jusqu'au bord du chemin. Enfin, la moisson se termina. Chacun s'épongea, s'assit un moment pour reprendre son souffle. Madeleine, la chevelure trempée de sueur, accrocha sa coiffe à une branche, s'épongea le front à l'aide de son coude et discuta allègrement avec les autres glaneuses qui terminaient de gratter les chaumes. Pas un épi ne devait être perdu…

Pour le grand retour à la ferme, à la tête du convoi, le charretier fit avancer son attelage en marchant, fièrement, à côté des chevaux. Le deuxième, puis le troisième en firent de même. Derrière chaque énorme chargement, un homme suivait d'un pas pesant, la main à la ridelle pour soutenir la planche de maintien, au cas où l'envie lui prendrait de céder. Lorsque la dernière voiturée s'ébranla, menée par un bouvier, les nuages de la poussière des graminées planaient encore sur les arpents fauchés en ombrageant le sol comme des ailes de busards. Assis à l'arrière de la charrette, pour l'empêcher de glisser, un garçonnet d'une dizaine d'années, affichait un sourire ravi en tenant fermement « l'oût » que venait de planter le *calvanier*. Il s'agissait d'une simple branche de peuplier sur laquelle étaient suspendues des dizaines de rubans multicolores que le métayer ressortait d'une année à l'autre d'un vieux coffre. D'au moins deux mètres de hauteur, elle annonçait la fin de la moisson et serait installée à côté de la porte de la grange jusqu'à la fin du battage qui devait suivre…

Les faucheurs et les gerbeuses marchaient à la traîne en raclant les sabots et en plaisantant gaiement. La fatigue harponnait chaque parcelle de leurs corps, mais la journée avait été agréable. Pas de canicule étouffante qui coupait les jambes, ni de pluie impitoyable, mais un beau soleil accompagné de cette brise légère qui soufflait tout le long des berges de la Moselle. Enfin, durant ces trois jours de moissonnage, ils avaient eu juste ce qu'il fallait pour travailler le cœur léger. Ils atteignaient l'arabesque qui précédait le moulin lorsque Madeleine s'écria :

— Oh ! Bonne mère, que je suis sotte ! Je n'ai vraiment que de la marmelade dans la tête ! J'ai oublié ma coiffe en toile de chanvre. Il faut que je file la rechercher…

— Ça c'est certain, la Madeleine, lorsqu'on n'a rien dans la caboche, il faut avoir de bonnes jambes ! s'exclama l'une des spécialistes du gerbage. Je suis certaine qu'elle a déjà fait une dizaine de « coiffetons » avec de la dentelle en supplément…

Madeleine s'éloignait déjà lorsque Valentine la rattrapa par le bras en lui disant :

— Non maman, tu en as assez fait pour aujourd'hui ! Viens, je vais y aller. Tu peux rentrer tranquillement, je la ramasserai avant qu'elle ne se multiplie comme les petits pains. Si ce n'est pas déjà fait…

— Tu veux de la compagnie, ma jolie ? J'arrive tout de suite, proposa aussitôt le Jean Thinus, un grand jeunot dégingandé qui logeait avec sa mère et ses deux soeurs dans une chaumine derrière la chapelle. Le père, soldat dans l'armée du roi, n'était plus revenu depuis plus de dix ans et le gamin faisait partie des journaliers depuis plus de deux ans. Si tu cherches un amoureux, je suis libre comme l'air…, insista-t-il encore.

— Enlève d'abord ton *Le* et on en reparlera après, mon petit chéri, pouffa Valentine.

— Ecoutez-moi ce loupiot, pouffa Madeleine, ça tète encore que ça veut déjà courir le guilledou… Tu vas laisser ma fille tranquille, petit chenapan !

— J'peux pas m'en empêcher, m'dame. Votre Valentine est la plus belle fille de la région et je l'aime depuis que je sais marcher. Elle troublerait même le diable, alors moi, le pauvre innocent je ne peux qu'ouvrir mes yeux pour l'admirer…

Sous les derniers quolibets des travailleurs, alors que toute l'équipe rentrait à la maison, Valentine rebroussa chemin et suivit le chemin le long des berges de la Moselle d'un pas soutenu. Les terres moissonnées se trouvaient un peu plus en amont en partant vers Berig. Elle longea d'abord trois prairies où paissaient des vaches, un champ de betteraves, puis arriva près des immenses arpents de chaumes, vides d'épis dorés. La coiffe pendouillait toujours à la branche sur laquelle sa mère l'avait suspendue. Heureusement, personne n'était passé par ici… Elle la décrocha et s'en retourna. Elle n'avait fait que quelques pas, lorsque le galop d'un cheval la fit sursauter. Elle se retourna, le visage rayonnant, croyant découvrir un visage ami, mais le plaisir se transforma vite en rictus en reconnaissant Monsieur Honoré. En arrivant à sa hauteur, celui-ci la toisa d'un sombre regard moqueur.

— Tiens, la fille du meunier n'est pas en train de se faire conter fleurette par mon nigaud de frère. Terminé de se rouler dans l'herbe pour aujourd'hui… Comment se fait-il qu'il ne soit pas collé à vos jupons ? Il a toujours apprécié les « Marie couche-toi là… ».

Valentine eut un haut-le-cœur devant un tel affront. Rouge de honte d'être traitée de cette manière, avec une colère retenue, elle s'exclama :

— Comment osez-vous m'insulter de cette façon ? Vous êtes vraiment quelqu'un de mauvais. Pourquoi salir les gens de cette façon ? Pour être une « Marie couche-toi-là », il faudrait que je couche à tort et à travers avec les garçons et ce n'est pas le cas… Rien ne vous autorise à faire de telles insinuations !

L'arrivant éclata d'un rire diabolique qui donna la chair de poule à Valentine.

— Mais je n'insinue rien, petite catin ! insista-t-il. Seule, une fille de rien peut se vautrer en compagnie d'un homme qui n'est pas son fiancé, dans un pré bien à l'ombre d'un arbre, comme vous le faites…, sans même apercevoir les regards offusqués des passants. C'est donc que vous aimez écarter les cuisses…

Le souvenir de Marie revint flotter dans l'esprit de la jeune fille et une peur latente s'installa au creux de son ventre. Cet homme est un malade et je dois m'éloigner au plus vite, se dit-elle. N'écoutant que son angoisse, sans plus réfléchir, elle prit ses jambes à son cou et se mit à courir de toutes ses forces… Comme si ses craintes étaient fondées, le sol vibra derrière elle accompagné du bruit des sabots qui la poursuivaient. En la dépassant, cet homme mauvais la bouscula d'un coup de genou mais, sur ses gardes, Valentine réussit à garder l'équilibre. Il avança plus loin et revint vers elle avec le sourire conquérant du chasseur qui tourmente sa proie, la contourna en lui tapant la tête du plat de la main, repartit en avant, revint sur ses pas. Paniquée, elle courait à droite, à gauche puis tenta de l'éviter en sautant sur le bas-côté… Mais, d'un coup de pied violent, son tortionnaire la projeta à terre.

Le choc asséné avec force entre ses deux épaules lui coupa le souffle. Le temps de reprendre sa respiration, il avait déjà sauté de cheval pour s'abattre sur elle de tout son poids. En l'agrippant d'une main, par les cheveux, il lui maintenait violemment, avec son bras tendu, la tête plaquée au sol. Un de ses genoux appuyait pesamment au creux de son ventre, en lui écrasant douloureusement les entrailles.

— Lâchez-moi ! hurla-t-elle désespérément en s'égosillant. Vous n'avez pas le droit… Au secours !

— Ah non ma belle, tu vas apprendre que j'ai tous les droits… Si tu peux te vautrer avec mon frère sur la mousse, tu vas le faire aussi avec moi.

Valentine perçut une vague de honte l'envahir en sentant l'autre main se glisser sous sa robe pour la soulever. Ce contact lui donna la chair de poule. Dans un sursaut de colère, en clamant sa colère, elle tenta par tous les moyens possibles de s'échapper… Elle rua dans tous les sens en s'aidant de ses jambes, essaya à plusieurs reprises, en s'appuyant sur ses pieds, de se retourner, sans pourtant y parvenir... Lorsque la main fureteuse se mit à remonter le long de ses cuisses, Valentine se débattit de plus belle, en se transformant en véritable furie. Elle lui laboura le visage de ses ongles, donna des coups de tête, des coups de pied, des coups de poing, tenta de se rouler sur le côté… Mais aussitôt il accentua la pression sur ses cheveux et sur son ventre avec une telle hargne qu'elle en gémit de douleur. Lorsqu'il tenta de l'embrasser, elle lui mordit la lèvre avec tant de rage que le goût du sang arriva dans sa bouche. Fou furieux, son agresseur lui souleva la tête en tirant son cuir chevelu et la claqua sur le sol, puis, pour se venger de ces femelles qu'il haïssait, il martela…, martela…, martela tout en répétant à plusieurs reprises :

— Ces femmes, toutes les mêmes ! Elles veulent puis ne veulent plus et n'ont que de la haine dans le cœur.

Valentine tenta vainement de réagir en s'accrochant à la vie mais sa résistance ne fit qu'empirer les choses ; comme si une poigne de fer l'entraînait vers le fond d'un gouffre, les chocs qui la foudroyaient l'entraînèrent dans un immense trou noir.

Au moulin, la soupe aux choux était cuite et leur fille n'était toujours pas rentrée. Le meunier et sa femme attendaient patiemment que la demoiselle qui traînait ses savates daigne enfin revenir…

— Mais elle est partie le chercher où, ce bonnet ! s'exclama Charles qui avait l'estomac dans les talons, près du champ de chaumes ou bien sur la lune ?

— Notre pipelette doit certainement faire la causette, lui répondit Madeleine en riant. Elle est partie depuis plus d'une heure et ne va pas tarder. Viens, commençons déjà…

La vaisselle était déjà terminée qu'elle n'avait toujours pas montré le bout de son nez. Inquiète, Madeleine sortit du moulin et, comme si son angoisse était communicative, son mari la suivit, mais rien en vue…

— Je vais atteler le cheval à la carriole et partir à sa rencontre ! annonça-t-il aussi vite. Ce n'est pas dans ses habitudes de traînailler autant.

— Je viens aussi…

Quelques minutes plus tard, alors que la nuit étalait déjà son manteau d'ombres et de ténèbres, qu'un croissant de lune perché au-dessus d'eux les effleurait à peine, ils longèrent le chemin qui bordait la rivière en appelant à tous vents :

— Valentine !

Même l'écho ne leur fit aucune réponse…

Arrivés aux arpents fraîchement fauchés, Madeleine sauta de la charrette et se rendit directement près du buisson d'épineux où elle avait suspendu sa coiffe. Elle fouilla, farfouilla…

— Valentine est déjà venue la reprendre, annonça-t-elle. Ma coiffe n'est plus là…

— Mais alors, où est-elle passée ?

Charles tendit la main à son épouse pour l'aider à remonter. La peur montait en eux comme une boule de feu… Leurs regards se croisèrent et l'inquiétude qu'ils y lurent était grande…

— Tiens, conduis l'attelage, lui demanda-t-il. Je vais fouiller les buissons…

Charles contourna les haies, scruta chaque recoin sombre lorsque, sous la lumière parsemée des rayons de lune, quelque chose de blanc attira son attention. Il s'en approcha pour découvrir la coiffe en lambeaux.

— Madeleine ! Je viens de retrouver ta coiffe toute déchirée...

— Mais, pourquoi se trouve-t-elle ici ? s'exclama-t-elle avec de la terreur au fond de la voix… Il faut que nous retrouvions notre Valentine...

Les flammes de l'angoisse brûlaient en eux avec la force d'un feu de friches et pas même un torrent d'eau n'aurait pu les ralentir. Rien n'arrêtait la peur…

Charles piétina comme un fou tous les alentours sans rien trouver. Ils marchèrent, Madeleine continuant à faire avancer les chevaux, lui à fureter et à appeler sans arrêt. À quelques mètres de l'endroit où le chemin quittait les berges de la Moselle, un peu en retrait près d'une haie de mûriers, une forme attira son regard. Son cœur sauta dans sa poitrine et il courut si vite qu'il buta contre une souche à même le sol. Il se releva en claudiquant et s'en approcha. Le corps de Valentine gisait-là, à moitié dénudé… Le cri de chagrin qui s'échappa de sa gorge devant ce spectacle inhumain creva le silence nocturne. Il tomba à genoux, lui caressa le visage, glissa sa main derrière sa nuque pour la relever et sentit avec effroi que du liquide chaud et poisseux collait à ses cheveux. C'était du sang…

— Valentine, dis quelque chose ! hurla-t-il. C'est papa !

Il posa son oreille contre la bouche de sa fille et perçut un léger souffle. Elle vivait… Nerveusement, il ouvrit sa chemise, l'enleva et, en couvrit les parties les plus visibles de son corps.

L'appel torturé de son époux n'avait pas échappé à Madeleine. Elle sauta du chariot, se fit mal, se releva pour courir le rejoindre et lorsqu'elle aperçut le corps de sa poupée, elle voulut hurler :

— Valentine ! Ma Valentine ! Mais les mots restèrent coincés au fond de sa gorge tant l'émotion l'avait saisie. Madeleine tomba à genoux près d'elle, le dos secoué de spasmes de souffrance.

— Mon bébé ! Qu'est-ce qu'on a fait à mon bébé ? réussit-elle à murmurer.

— Viens, nous devons faire vite ! Notre fille respire encore et si nous perdons du temps, ce sera peut-être trop tard.

Il fila au chariot, souleva une planche à ridelle, la ramena à côté de sa fille, fit délicatement rouler son corps dessus pour ne pas la blesser plus et, avec l'aide de sa femme, il la déposa bien à plat sur la charrette. Madeleine, le cœur écorché vif, s'installa à côté de son ange pour l'empêcher de rouler ou de tomber. Charles conduisit l'attelage avec précaution pour éviter les cahots. Des larmes silencieuses couraient le long de ses joues. Une fois au moulin, ils soulevèrent Valentine et la portèrent jusqu'à la chambre pour l'installer dans un lit. En découvrant à la lumière de la lampe à mèche les hématomes qui couvraient le visage ensanglanté de son enfant, ses vêtements arrachés, le sang qui séchait entre ses jambes, Madeleine s'évanouit… Charles, la gorge nouée, prit son épouse par le bras pour l'aider à se relever puis la fit asseoir sur une chaise. Il lui tamponna le visage avec une serviette mouillée et, dès qu'elle reprit connaissance, ressortit pour partir chercher du secours. À cette heure-ci, le bac pour passer la Moselle était fermé. Il était donc inutile de se rendre du côté de Sierque. Il décida d'aller chercher son fils du côté de Thionville. Avec sa médecine pour les bêtes, il pourrait peut-être soigner sa sœur en attendant que l'on puisse quérir un médecin qui veuille se déplacer à la lumière du jour. Mener le cheval dans la nuit sombre n'était pas commode, même avec un rayon de lune comme faible guide, et le trajet lui parut interminable. C'est pourquoi Jules décida de prendre son phaéton pour le chemin du retour. Ses larges roues étaient plus stables, sur un chemin bosselé. Pourtant, ils n'arrivèrent que vers trois heures du matin au moulin. En découvrant l'état de Valentine, Jules devint blanc comme un linceul… Pourtant, le plus effrayant avait déjà été effacé… En les attendant, Madeleine avait lavé, avec une douceur infinie, le sang séché sur tout le corps meurtri de sa fille, enlevé les odieuses souillures entre les jambes, bassiné ses tempes et ses chevilles avec une serviette mouillée dans l'espoir de lui faire reprendre ses esprits, mais rien n'y avait fait. Sa petite princesse était partie dans un monde inconnu, dont ils ne faisaient plus partie. Son pauvre cœur de mère était désespéré. Elle s'en voulait amèrement. Comment avait-elle pu laisser sa jolie poupée partir au devant d'un monstre de cruauté qui l'avait persécutée ?

Violée et laissée pour morte par son agresseur, « elle est maintenant dans un coma profond » annonça le lendemain le spécialiste de la médecine des humains, à qui Jules avait déposé un mot dans la nuit, en le plaçant sous une pierre juste devant sa porte, pour solliciter sa venue. Etant dans le doute le plus total quant à la tournure des choses à propos de la gisante, le soigneur ne pouvait donner aucun signe d'espoir. Il parla longuement avec le jeune vétérinaire et, tout comme lui, doutait même qu'elle survive... Cependant, il restait une certitude, si la petite demoiselle revenait dans le monde des vivants, après ce qu'elle venait de vivre, elle serait meurtrie à jamais. La souffrance de l'âme était souvent plus difficile à supporter que celle du corps. En dehors de panser les plaies, il ne pouvait pas faire grand-chose. Seul l'amour des siens pourrait l'aider… Mais, pour l'instant, c'était la haine qui emplissait les cœurs…

Charles et Madeleine ne quittèrent pas son chevet de la nuit. Lorsque le coq chanta, Valentine respirait toujours… En arrivant au petit jour pour accomplir son ouvrage, Mimile apprit la terrible nouvelle. Aussitôt, il se chargea de prévenir sa mère et leurs amis puis oeuvra à la meunerie. Chaque fois que son travail le rapprochait du village, Jules venait dormir au moulin pour être au chevet de sa sœur. Une rage sourde l'envahissait en constatant avec quelle turpitude Valentine avait été rudoyée… Il comprenait la réaction de Louis après la mort de sa fiancée et maintenant, c'était au tour de Valentine… Mon Dieu ! Pourquoi leur famille ? N'avaient-ils pas déjà eu droit à leur part de souffrances ? Une rage intense bouillonnait en lui. Cependant, il savait la colère très mauvaise conseillère… Réagir n'importe comment n'était pas la solution… Pourtant, le monstre qui avait osé accomplir une telle horreur méritait d'être pendu…

La nouvelle se propagea comme une traînée de poudre. Les clients, les voisins, les villageois vinrent aux nouvelles. Prévenu par le métayer, deux jours plus tard, Monsieur Philibert, semblant très bouleversé et perturbé, vint discuter longuement avec le meunier et sa femme pour savoir ce qui s'était passé… Malheureusement, l'état préoccupant de la jeune fille ne permettait aucune visite. Chacun restait accroché au souffle de la blessée en voyant les heures s'écouler avec une lenteur interminable sans que la situation change. Ne pas pouvoir agir était pire que l'attente.

Les problèmes des uns n'empêchaient pas la nécessité des autres d'accomplir leur quotidien. Une fille renversée sur l'herbe n'arrêterait pas le monde de tourner, pas plus que les difficultés de remplir leur vie. Ce n'était pas la première ni la dernière fois…

L'énorme récolte des maîtres en sécurité, tous les villageois se dépêchèrent de rentrer la leur. À peine terminé chez l'un, on attaquait chez l'autre, pour les uns de l'orge, les autres de l'avoine, celui-ci, son seigle, un autre du blé selon les arpents de terre qu'ils avaient à cultiver. Alors qu'au moulin le drame continuait à bouleverser le train-train quotidien. Charles et Madeleine veillant, à tour de rôle, sur leur fille qui n'avait toujours pas repris connaissance, ne se préoccupaient que d'elle... De son côté, Jules arrivait régulièrement avec d'autres médecines pour la soigner. Pour l'alimenter, il lui glissait un tuyau au fond de la gorge et, à l'aide d'une poire, y faisait couler du lait, des tisanes aux diverses plantes ou du bouillon…. Il voulait tout essayer et se désespérait d'être si incompétent face à ce sommeil sans retour.

Dans ces petits villages, l'entraide était primordiale, car seul on n'avançait guère… Sans même en parler au meunier, qui avait d'autres épines à se sortir du pied, Mimile pour qui Charles avait tant fait, avait attelé les chevaux à la charrette. Puis, en compagnie de sa mère, son beau-père et trois autres villageois qui avaient des promesses à tenir, ils étaient partis faucher les arpents de blé blond que Charles cultivait à côté de ses vignes. Une fois les gerbes chargées, ils les avait ramenées et engrangées. Pour le battage, on verrait plus tard, l'urgence était de les mettre à l'abri, le plus rapidement possible. Heureusement qu'en amitié on ne se contente pas de prendre, car au milieu de la nuit suivante l'orage gronda et les éclairs traversèrent le ciel. Le roulement du tonnerre fit sursauter plusieurs villages à la ronde et le ciel cracha ses eaux pendant une bonne heure. Valentine ne perçut rien de tout ce vacarme. Madeleine, au désespoir, ne faisait que tourner sa tête de droite à gauche comme pour refuser cette nouvelle punition du ciel.

Après deux ou trois signes de connivence avec Charles, Jules s'approcha de sa mère, l'aida à se redresser avec délicatesse et l'entraîna vers sa chambre. Epuisée, Madeleine ne chercha guère à lutter, elle faisait confiance à ses deux hommes. Ils veilleraient sur son bébé… Jules l'aida à s'allonger sur sa couche, l'embrassa sur le front et, sans dire un mot, il rejoignit son père dans la stuff pour lui proposer :

— Toi aussi, va te reposer, papa ! Demain, vous aurez une longue journée à assumer, alors profitez un peu de ma présence pour vous détendre. Ne t'inquiète pas ! Je vais veiller sur ma sœur…

— Ça je le sais, mon garçon. Mais, tu viens nous réveiller si son état empire, autrement ta mère ne nous le pardonnerait pas.

— Bien sûr, papa…

Dans les bras l'un de l'autre, avec ce besoin réciproque d'une accolade pour se donner la force de lutter contre tout le désespoir qui les rongeait, les yeux brouillés par le chagrin, le meunier quitta la pièce pendant que Jules commençait sa veille.

Après trois jours et trois nuits de longue attente, Valentine n'avait toujours pas repris connaissance. L'angoisse les rendait fébriles et Jules n'arrivait plus à cacher son inquiétude… Se remettrait-t-elle un jour ?

Retour à la réalité

Après dix jours et dix nuits d'angoisse, Valentine n'était toujours pas revenue de son enfer de souffrances. Des mauvais songes venaient la tourmenter dans son sommeil difficile. Elle sursautait régulièrement, haletant et poussant des sons plaintifs, puis donnait l'impression de fuir à perdre haleine un poursuivant qui la traquait sans relâche. L'angoisse qui se percevait sur son visage indiquait en permanence sa lutte incessante contre les monstres invincibles qui venaient la torturer. Tous ses cauchemars semblaient si proches de la réalité que son entourage s'en trouvait bouleversé… Sa respiration s'emballait par pulsions et prenait un bon moment avant de reprendre son rythme régulier. Avec son cœur de mère en bouillie, Madeleine regardait sa fille qui avait tant maigri… Elle la langeait et la nourrissait comme un bébé. Cuillerée après cuillerée, tout en lui laissant le temps de déglutir doucement, elle faisait couler du bouillon ou du « lait de poule » (un jaune d'œuf battu dans du lait tiède) dans sa bouche, en veillant surtout à ce qu'elle ne s'étrangle pas.

Derrière sa nuque, tout en suintant, les plaies se refermaient doucement en formant des croûtes brunâtres. Désespérée, Madeleine regardait son enfant lutter contre ses démons invisibles. Cependant, le quotidien avait repris sa routine et les travaux n'attendaient pas. Avec Charles, ils se relayaient selon leurs possibilités. Madeleine profitait de l'arrivée de Jules pour sortir un seau de pommes de terre, des betteraves ou cueillir quelques légumes. Deux fois de suite, Monsieur Philibert était arrivé avec un livre en lui proposant de faire la lecture à la malade.

— Mais vous perdriez votre temps, s'était-elle contentée de lui répondre. Notre Valentine ne nous entend plus…

— Je pense que si, madame Madeleine, avait-il insisté. Il semblerait que les personnes qui plongent dans un évanouissement très profond sont comme l'ours durant son hibernation. Ils ne peuvent pas réagir mais entendent tout ce qui se passe autour d'eux. J'aimerais au moins essayer de lui lire quelques lignes « des rêveries du promeneur solitaire de Jean-Jacques Rousseau. »

— Je ne sais pas qui est ce Rousseau qui a les rêves pour l'accompagner dans ses promenades, mais notre Valentine, ce sont plutôt les mauvais songes qui lui tiennent compagnie…

— Vous allez pouvoir vous détendre un peu, le temps que je passerai à son chevet. Je crois que vous en avez besoin.

Alors, il s'était installé sur une chaise et durant plus d'une heure avait lu…

Trop inquiète pour s'éloigner du moulin, Madeleine ne s'absentait que le temps de faire cuire son pain. Elle craignait beaucoup trop qu'un problème ne survienne durant son absence. Bien que le lavoir soit plus pratique, elle lavait son linge directement dans le petit ruisseau derrière la meunerie. Tant que le ruissellement d'eau était assez abondant, tout allait bien…

Au moment de son départ, lorsqu'il arriva pour la saluer, Madeleine remarqua que le jeune maître avait pleuré… Cependant, au village, la vie se déroulait comme d'habitude. Les gens causaient, sympathisaient sur ce qui était arrivé à la fille du meunier, puis repartaient à leurs propres urgences… Les récoltes de blé et de seigle enfin à l'abri, il fallait s'atteler au battage. C'était un travail long et harassant qu'il était préférable de démarrer tôt dans la nuit pour éviter les chaleurs du jour… Ferdinand avait fait vider la grange de la grande maison, accrocher aux poutres centrales deux lampes à mèche fumeuse et, pour une soupe à la panade servie après l'ouvrage et le gain de quelques sols par travailleur, une vingtaine de gars solides, dès deux heures du matin, s'étaient mis à l'ouvrage. Un fois les gerbes étendues à même le sol, l'opération délicate commençait. Chaque homme, torse nu, muni de son fléau, tout en respectant la distance nécessaire pour ne pas toucher son voisin, se mettait à battre en cadence l'amas impressionnant de blé. Ils frappaient, frappaient, frappaient avec la régularité d'un galop de cheval. Ce travail assez dangereux demandait une dextérité à toute épreuve, car le mouvement ne devait absolument pas ralentir. La sueur coulait le long des visages et des torses, mais pas un instant de relâchement n'était possible sans risquer de porter un coup dangereux à son voisin. Il était hors de question de s'arrêter pour flemmarder ou discuter... En dehors de quelques pauses sifflées, le temps de se désaltérer, durant plusieurs heures d'affilée en aucun cas on ne pouvait casser le rythme. Tous ces hommes, au teint rouge écarlate, d'un geste presque mécanique, tournaient le bras et tapaient le sol pour égrener les précieux grains dorés de la saison. Lorsque l'épeautre était bien sec, les batteurs appelaient cela un jeu d'enfant, mais si une période pluvieuse avait précédé la moisson, les grains plus humides se détachaient mal et le travail se prolongeait d'autant plus. Ils devaient alors prendre beaucoup de précautions. Lorsque le blé était moucheté, on le mettait à part dans la grange afin qu'il n'en tache pas d'autre. Il suffisait d'un seul grain atteint de nielle ou de charbon, c'est-à-dire piqué, pour attaquer et noircir tout un septier de bon blé. La nielle était cette bruine givrée, appelée également miellat, qui se mettait à tomber sous la forme d'un brouillard glacé en bruissant. Ce verglas d'été arrivait parfois lorsque par la chaleur de la saison, il s'élevait avec les vapeurs beaucoup d'exhalaisons grasses et corrosives qui retombaient sur les blés et les autres plantes. La liqueur huileuse dont elles étaient alors enduites les gâtait et les brûlait, surtout quand le soleil venait à darder ses rayons brûlants. La canicule estivale des jours suivants cuisait les épis et les corrompait irrémédiablement. Le grain niellé, rouillé ou charbonné n'avait plus, pour ainsi dire, que l'écorce : il était noir et immangeable. C'est pourquoi Ferdinand était très vigilant, car la nielle était bien plus à craindre que l'ivraie qui pouvait au moins servir pour la volaille.

Ce n'est que dix-sept jours plus tard que Valentine émergea une première fois de son brouillard opaque. La gorge sèche, la langue barbouillée, elle réussit à balbutier :

— À boire…

Aussitôt Madeleine, en pleurs, remerciant le ciel de lui avoir accordé ce miracle, fit couler un peu d'eau dans sa bouche pour la soulager. Gagnée par l'émotion, les yeux dans un brouillard opaque, elle répétait inlassablement :

— Mon petit ange, te revoilà enfin, comme je suis heureuse…

Mais Valentine était déjà repartie dans son autre monde. Charles et Jules apprirent la bonne nouvelle avec une émotion tangible.

Après deux jours de retours et d'échappées, un beau matin, alors que Jules venait d'arriver pour prendre des nouvelles, elle se réveilla pour de bon. Etonnée de voir autant de monde à son chevet, elle articula avec peine :

— Pourquoi ne m'avez-vous pas laissée mourir ? Je veux mourir...

— Mais tu n'y penses pas, ma fille ! s'inquiéta aussitôt Madeleine en se mettant à genoux près de son lit. Comment peux-tu penser une chose pareille, que deviendrions-nous sans toi ? Nous t'aimons. C'est pour nous que tu dois te battre.

— J'ai perdu l'envie de me battre, maman. Je me sens trop sale…

Les mâchoires de Jules grincèrent sous la rage qui l'envahissait. Qu'avait-on fait à sa petite sœur ? Elle qui était la joie de vivre… Pour se contenir, il serrait ses mains avec une telle force qu'elles en devinrent blanches.

— Dis-moi, soeurette, qui t'a fait cela ? l'interrogea-t-il aussitôt. J'irai voir les gendarmes pour le faire arrêter !

Et comme si une porte se fermait vers l'extérieur, Valentine se mura dans un silence total.

— Ça ne fait rien si tu ne peux pas en parler maintenant. Tu dois nous faire confiance... Nous t'aimons et ferons tout pour te protéger. Lorsque tu te sentiras prête, nous saurons t'écouter.

Tout doucement, après deux longs mois de hauts et de bas, Valentine se remit à manger, à se lever, à se mouvoir, sans jamais quitter le masque de désespoir qui marquait son visage. Par ailleurs, Madeleine avait déjà compris que ce viol aurait des conséquences pires encore… Les linges que l'on faisait tremper une fois par mois dans un seau d'eau froide ne passaient pas inaperçus et là, pas une seule fois, depuis ces nombreuses semaines qui venaient de s'écouler, les couleurs n'étaient venues tacher les draps. Madeleine ne savait pas comment en parler à sa fille.

Lorsqu'elle annonça la triste nouvelle à Charles et à Jules, elle les vit se décomposer… Après le viol, voilà que la malheureuse attendait un bâtard… Le soir, dans le silence de leur chambre, le meunier et son épouse s'épanchèrent sur leur malheur dans les bras l'un de l'autre… :

— Pourquoi le Seigneur exige-t-il de nous autant d'épreuves douloureuses ? Tu en avais déjà supporté tellement… Qu'a donc fait notre pauvre Valentine pour mériter une telle déchéance ? interrogea Charles, fortement remué par cette dernière catastrophe.

Mais aucune réponse ne faisait écho à ses questions. Chacun méritait sa peine.

Durant une quinzaine, murée dans un silence quasi-permanent, Valentine avait erré dans la maison comme une âme en peine. Pendant la nuit, tout en dormant, elle gémissait comme si une douleur constante la faisait souffrir cruellement... Une terreur permanente se lisait sur son visage. Elle sursautait au moindre bruit et filait se blottir dans un coin en reniflant. Alors, pour éviter de la troubler inutilement, chacun prenait grand soin de lui parler doucement en arrivant.

Ce fut Jules qui décida de lui parler avec beaucoup de délicatesse de sa grossesse en lui expliquant qu'un bébé se développait doucement dans son ventre. D'ici à quelques mois, il viendrait au monde et elle deviendrait maman... Cependant, nous aimerions que tu nous dises qui est le père de cet enfant ? Cet homme est un infâme violeur, il mérite d'être puni !

Valentine le regarda longuement de son regard perdu mais resta silencieuse… Jules avait l'impression de parler à quelqu'un qui était absent de son corps. De voir sa sœur sans aucune réaction lui retournait les tripes. Elle était d'une blancheur cadavérique et il insista pour la faire sortir. La malade finit par céder. Un après-midi, assise sur une couverture au bord du ruisseau, près de la roue du moulin, la jeune fille regardait l'eau vive courir entre les herbes. Le hennissement du cheval de Philibert qui venait lui rendre visite l'effraya tellement qu'il s'en excusa à plusieurs reprises. Elle mit un long moment avant de retrouver son calme. Après avoir éloigné le cheval, le jeune homme vint s'asseoir à côté d'elle sans qu'elle ne conteste. Son regard semblait s'être éveillé, comme empli d'une colère froide :

— Je suis désolé de ce qui vous arrive, Valentine, lui avoua-t-il avec tendresse.

— Pas votre frère, en tout cas ! répondit-elle avec une soudaine hargne.

— Pourquoi me dites-vous cela ? demanda-t-il en la dévisageant incrédule. Vous semblez m'en vouloir…

— C'est votre frère qui m'a fait cela ! cria-t-elle avec de la souffrance dans la voix. Je croirai à vos mots de consolation lorsque vous l'aurez livré à la milice du roi. J'ai même son bâtard qui pousse, contre ma volonté, dans mon ventre !

Après une si longue période de mutisme, Valentine avait prononcé cette dernière phrase avec une telle rancœur que Charles perçut ses paroles jusque dans la meunerie. Sa première réaction fut d'exiger vengeance. Il sortit donc jusqu'à la croisée des battants de porte de la grange, observa le couple et son regard accrocha celui de Monsieur Philibert. Il y lut tant de désespoir qu'il renonça à son attaque verbale. Il jeta nerveusement son bras en l'air pour se calmer, puis battit en retraite… Chaque chose en son temps, se dit-il, pour l'instant Valentine a besoin de parler sans ma présence…

Philibert blêmit… Avec impuissance, il écouta les pensées vengeresses et justifiées qui emplissaient le cœur de celle dont il était profondément amoureux. Il ressentait chacune des paroles prononcées comme un coup de poignard. A son grand désespoir, elle venait de lui apporter confirmation de ce qu'il redoutait… Il n'avait appris l'acte de violence dont avait été victime Valentine que le surlendemain. Aussitôt, la culpabilité de son jumeau lui était venue à l'esprit… Le soir des moissons, Honoré était arrivé à table avec le visage écorché. Etrangement, durant tout le repas, il lui avait lancé des sourires moqueurs comme pour le narguer…

En apprenant de la bouche du métayer l'acte de violence subi par la fille du meunier, Philibert avait senti se déchaîner au fond de lui un violent sentiment de répulsion et de haine. Si son diabolique de frère avait été devant lui, à ce moment-là, il l'aurait étranglé. D'ailleurs, Honoré devait s'en douter, car dès le lendemain des moissons, il s'était éloigné de la maison, sous prétexte d'un voyage d'affaires, pour ne rentrer que deux semaines plus tard… Depuis son retour, Philibert ne lui parlait plus. Il quittait les pièces dans lesquelles cet être répugnant pénétrait. Dire que c'était son frère… Sa vue lui donnait envie de vomir… Pourtant, dans son for intérieur, Philibert savait que toute la responsabilité ne lui incombait pas. Le sentiment de haine permanent que leur mère leur avait fait ressentir, à tous les deux, durant toute leur tendre enfance, en avait fait un détraqué. À force de surveiller chacun de mes gestes, il a compris les sentiments que j'éprouvais pour Valentine et par jalousie, tout comme notre mère nous a privés d'amour, il a voulu me supprimer toute attache autre que la sienne.

— Je vais vous aider, Valentine, annonça-t-il d'une voix rauque. Epousez-moi. Mais je vous en prie, ne m'en veuillez pas pour ce que mon frère vous a fait. C'est un malade…

— Ce n'est pas que vous m'épousiez pour m'aider dont j'ai besoin, car j'avais rêvé d'un homme qui le ferait par amour, mais je veux que votre maudit jumeau finisse pendu au bout d'une corde ! Je ne pourrai plus jamais dormir tranquille en le sachant libre comme l'oiseau de détruire et de faire souffrir une autre femme.

Votre frère est non seulement un tueur mais également un fou dangereux.

— Vous pouvez tout me demander, mais pas d'aller accuser mon frère jumeau. Ce serait apporter le déshonneur sur notre famille et j'en suis incapable… Je ne peux vous offrir que mon amour…

— Non, pas comme cela ! Si je ne compte pas plus que l'honneur de votre famille ! Ne venez plus jamais me proposer de m'épouser. C'est inutile… Je croyais pouvoir vous faire confiance mais je me suis trompée.

Une colère sourde la rongeait de l'intérieur… Madeleine se leva nerveusement et rentra dans la meunerie en claquant la porte. Au passage, elle croisa le regard de son père qui oeuvrait et lui annonça d'un ton brusque :

— Papa, je sais que tu as tout entendu ! Ne dis jamais à qui que ce soit que Monsieur Honoré est mon violeur. Encore moins à Jules et à maman. C'est ma vie, pas la leur…

— D'accord ma fille, si tu en as décidé ainsi. Mais je voudrais le frapper et le fouetter à lui en arracher la peau. Ce n'est pas juste que ce chien reste impuni…

— Mon pauvre papa ! As-tu déjà vu une quelconque justice en ce bas-monde ? Tu sais bien que cet être diabolique serait capable de n'importe quoi… Nous n'aurons jamais raison…

Durant les semaines qui suivirent, la colère et la solitude devinrent les seules compagnes de la jeune fille. Madeleine préférait encore la voir ainsi que murée dans son silence, mais pour Valentine c'était pire. À deux reprises, Philibert tenta de lui rendre visite, mais elle refusa de le voir. Elle se sentait trahie… Les semaines s'enfilaient progressivement et son ventre s'arrondissait. Sans pouvoir s'en empêcher, elle s'était mise à vouer une haine féroce contre cette chose dont elle ne voulait pas et qui gonflait en elle. D'ici peu, elle allait être mise au ban de la société et repoussée par tous parce qu'elle portait un enfant du péché. Victime innocente, c'était elle qui se retrouvait l'unique coupable puisqu'elle devait faire face toute seule à cette intolérable situation. Elle n'était pas rejetée dans sa propre maison, mais la honte l'empêchait de s'y sentir bien. Elle venait de jeter l'opprobre sur eux… C'était pour lui offrir bonne apparence qu'ils lui souriaient. Du moins, c'est ainsi qu'elle percevait les choses. D'ailleurs, les yeux rouges de sa mère en disaient long. Mais le mal était fait. Violée ou pas, pour tous, elle ne serait jamais qu'une fille perdue.

A l'ombre du noyer, Valentine étouffait pour son avenir détruit, rageait contre ce corps qu'elle n'aimait plus, s'apitoyait sur ce qui ne serait jamais, ruminait son amertume contre le démon qui l'avait souillée. L'injustice était trop criante… Au fond d'elle, elle pleurait pour avoir refusé la demande de mariage de Philibert. N'était-ce pas ce dont elle avait rêvé ? Mais dans de telles conditions, tout espoir de bonheur s'éteignait avant d'éclore. Comment pouvait-il, lui, accepter ce que son frère venait de lui faire, sans réagir ? L'honneur de leur famille ! Mais elle s'en moquait royalement, quand on piétinait le sien…. Elle n'y croyait plus à cette justice faite uniquement pour les bien nés... Son honneur à elle, il en faisait quoi ? Elle se sentait mal dans sa peau… La souffrance morale tout comme celle de son corps se faisait trop oppressante. Son visage, son cou, sa tête, son dos étaient encore violacés et douloureux des coups reçus, mais son âme portait encore bien plus sa déchéance….

Maintenant enceinte de six mois, elle avait perdu le goût de vivre. L'eau de la Moselle qui ondulait tel un serpentin devant elle l'attirait irrésistiblement. Elle ne supportait plus de voir son reflet dans le miroir azuré… L'outrage n'avait pas suffi, il fallait encore cela… Pourquoi le Seigneur avait-il permis une telle chose? N'avait-elle pas respecté scrupuleusement tous ses commandements pour bien le servir ? Cependant, cruelle injustice, le pardon était accordé à celui qui avait fait le mal. Si elle avait pu arracher ce que contenaient ses entrailles, elle l'aurait fait sans aucune hésitation… Des larmes jaillissaient dans ses yeux, avec la même abondance que la peine au fond de son cœur et la douleur dans ses entrailles. En constatant son refus d'accepter cette grossesse, son propre frère lui avait proposé de la conduire à Metz à la maison des pauvres pour accoucher afin d'y laisser le bébé si elle le désirait… Il la laissait libre de sa décision même si les parents ne voulaient pas en entendre parler. Ce petit était innocent et méritait de l'amour, cependant si elle ne s'en sentait pas capable... Elle se sentait pitoyable et ne pouvait plus être la fille du meunier qui se devait d'offrir une apparence digne, face au clergé et aux ragots. Même si on ne lui reprochait rien, elle était la pécheresse qui méritait qu'on lui jette la pierre.

En dehors de la saillie des ânesses ou des truies pour avoir des petits, jusqu'à ce maudit jour Valentine n'avait jamais fait le rapprochement entre cet acte bestial que l'on regardait en riant et son propre corps qui pouvait procréer. Elle était évanouie lorsque cet être indigne l'avait assaillie..., et dans son esprit, les humains ne pouvaient avoir d'enfant que par un acte d'amour, alors de cette façon…, elle ne pouvait éprouver que du rejet. À la maison, on ne parlait pas de ces choses-là. C'était un sujet tabou, mais elle savait bien que ces secrets de grands existaient. On attendait que l'heure soit venue pour apprendre et c'était tout…

Qui était le responsable de sa grossesse, apparemment pas son violeur, lui vivait impunément sans être dérangé. Il pouvait continuer ses méfaits à volonté. De proie impuissante, elle était devenue la fautive. Dans le brouillard de ses nuits, la voix du diable, moqueuse et teigneuse en même temps, lui martelait les tympans de son rire de glace :

— Il ne fallait pas t'approcher du gros méchant loup ! Personne ne t'avait prévenue qu'il croquait avec plaisir les jolies filles comme toi… Là, il n'en a pas laissé une miette… Autant te jeter à la Moselle. Pour toi, maintenant, c'est peine perdue… Même après tes couches, aucune épouse de bonne famille n'acceptera de te prendre comme bonniche sous son toit. Avec ton mouflet, tu es l'impure…

D'autres fois, la même voix lui murmurait en ricanant :

— La Valentine a le grand tablier pour cacher son embarras. Elle a le ventrin aussi rond que le pis de la Fleurie lorsqu'elle avait poussé deux veaux à la fois. Elle peut toujours chercher à dissimuler sa faute, nous n'avons pas de feuilles de choux sur les yeux ! Ça joue à la sainte nitouche, mais pour finir ce n'est qu'une Marie couche-toi là ! Marie couche-toi là !

Et le rire dément qui l'accompagnait la réveillait en sursaut. Même le sommeil, elle l'avait perdu…

Puis une nuit, comme si Louis lui parlait, elle l'entendit murmurer à son oreille.

— Fais comme moi, soeurette ! Prends ton baluchon et va droit devant. Ne laisse pas la honte entrer dans notre maison. Si tu as encore un peu de volonté, tu trouveras la force d'agir au fond de toi…

Sans même réfléchir, elle écrivit sur son ardoise :

— Ne m'en veuillez pas, mais j'ai besoin de m'éloigner de la maison. Je vous aime, Valentine.

Puis, elle emballa ses quelques affaires, enfila sa cape, sortit de la maison et marcha…, marcha…, marcha… Son frère lui avait dit d'aller à Metz à la maison des Pauvres. Je la trouverai déjà, se disait-elle.

Le comble, c'est que la fille du meunier n'avait même pas pensé à emporter un quignon de pain… D'abord, une première question se posa : De quel côté partir pour se rendre à Metz ? Thionville, elle ne connaissait pas du tout. Son frère habitait par là-bas, mais elle ne savait même pas s'y rendre. Elle ne connaissait que le passage du bac à Sierque. C'est ainsi qu'elle décida de prendre cette direction. Au début, comme la visibilité était insuffisante malgré la clarté de la lune, elle avait très peu avancé… En montant la côte de Berig, au moindre bruit suspect, l'inquiétude montait... L'endroit était tellement isolé. Un cri d'orfraie, un simple bruissement de feuilles, des crissements de cailloux sous ses pas, tout la mettait dans un état de tension éprouvant. Elle était incapable de combattre cette crainte maladive qui ne la quittait plus. Même en se raisonnant, rien n'y changeait. Elle longea la Moselle et reconnut l'embranchement pour aller vers Rettel. Plus elle avançait, plus sa peur du noir augmentait. Elle avait l'impression de marcher depuis une éternité lorsqu'elle arriva aux portes de la Chartreuse. Ses jambes étaient si lourdes et si flageolantes qu'un instant, elle songea s'arrêter là pour demander du secours. Ce qui la retint, c'était cette douloureuse certitude qu'elle n'aurait plus le courage de repartir le lendemain. La mort dans l'âme et les yeux ruisselants de larmes, elle passa devant le Couvent. Toute seule, elle devait assumer toute seule…

Elle se traîna jusqu'au bac pour traverser de l'autre côté de la Moselle. Malheureusement, aucun passage n'était possible de nuit… D'ailleurs, la cabane du passeur était vide. Pour prendre son mal en patience, Valentine s'assit à même le plancher de la petite masure. Elle était ouverte à tous les vents mais donnait au moins l'impression d'une légère protection. Le sol était dur pour son dos douloureux. De plus, la chose diabolique n'arrêtait pas de bouger dans son ventre. Elle avait envie de vomir et l'attente lui parut interminable. Faut-il que je sois sotte pour ne pas avoir pensé à ce problème-là, se sermonnait-elle ? D'ailleurs, elle n'avait pensé à rien, puisqu'elle ne possédait même pas les quelques sols nécessaires pour son passage. Comment allait-elle faire ? Lorsque le soleil pointa à l'horizon, un premier bruit de chariot et des hennissements de chevaux la sortirent de sa torpeur. Les premiers clients arrivaient déjà, avant le passeur, qui se fit attendre encore un bon moment. L'œil morne et les cheveux en broussaille, il refoula aussitôt Valentine lorsqu'elle tenta de lui expliquer qu'elle n'avait pas d'argent en lui signifiant :

— C'est deux sols pour la traversée sur l'autre berge ou bien vous restez là !

— Ne pouvez-vous m'accorder une faveur exceptionnelle, je suis très fatiguée et ne peux faire l'aller et retour jusque chez moi ? avait-elle sollicité.

Au lieu de l'accord tant espéré, l'insistance de la jeune femme ne fit qu'agacer le moine mal réveillé et, d'un ton brusque il s'exclama :

— Filez d'ici ! M'dame, ou bien je serai dans l'obligation d'appeler la milice. Ce n'est pas le quartier des mendiants et j'ai un ouvrage à accomplir. Si vous avez besoin d'aide, ils vous porteront secours au couvent. Mais moi, je ne peux rien faire…

Le cœur gros, dans l'espoir de rencontrer une tête connue qui puisse l'aider, Valentine erra jusqu'en début d'après-midi autour du bac, sans pour autant, trouver la moindre solution. La faim commençait à lui tirailler le ventre et ses boyaux poussaient des plaintes aussi lugubres que celle d'un violon mal accordé. Dans ses pensées, elle implorait le Seigneur de l'aider… Puisqu'il lui avait donné le courage de prendre la décision de partir pour éviter à sa famille d'être la risée de tous, il devait l'aider. Et, comme si sa prière avait été entendue, vers les quinze heures, le rémouleur qui avait déjà dormi au moulin lors de ses tournées arriva pour acquitter son droit de passage. Il se rendait à Illange chez sa mère et il reconnut aussitôt la fille du meunier. Sans aucune hésitation, il régla les deux sols en permettant enfin à Valentine de passer sur l'autre rive de la rivière. S'il remarqua les rondeurs inhabituelles de la jeune fille, il n'en dit rien mais il lui proposa de s'asseoir sur le baudet jusqu'à sa destination. C'était toujours six lieues qu'elle n'aurait pas à faire à pied. Le temps que le passeur active la poulie qui entraînait le bac de l'autre côté, le colporteur lui offrit une pomme un peu ratatinée. Valentine la croqua comme s'il s'agissait du meilleur repas qu'elle ait jamais fait… Après avoir remercié et salué le brave homme pour son aide, Valentine se sentit comme abandonnée. Cette présence amicale, même trop courte, lui avait fait du bien.

Déjà l'ombre du soir s'installait en se remettant à faire des ravages dans ses pensées. Ne se voyant pas dormir dans la rue, elle décida de continuer sa route afin de trouver une grange pour la nuit. Mais elle avait présumé de ses forces. Après avoir traversé trois villages sans trouver le moindre battant de porte ouvert pour se réfugier sur de la paille et à l'abri du monde extérieur qui l'effrayait tant, elle décida d'avancer encore un peu. Elle marchait, marchait depuis une bonne heure, dans un monde qui lui était totalement inconnu, lorsque son corps trop faible décida de ne plus répondre à tant de sollicitation. Ses pas se firent de plus en plus pesants, elle sentit la bile lui remonter à la bouche en provoquant une terrible nausée qui jaillit sur le chemin, sa tête se mit à tourner et sans qu'elle en comprenne la raison, ses jambes se ramollirent comme une chiffe molle. Sans comprendre ce qui lui arrivait, elle se sentit partir dans les méandres de l'inconnu.

Un *charpagnate,* déjà sur les chemins bien avant l'aube pour avoir un bon emplacement au marché à Metz, s'était arrêté en l'apercevant couchée dans le fossé. Il l'avait soulevée avec douceur, tout en la soutenant sous les bras et, en constatant la rondeur du ventre de la malheureuse sous son manteau, il avait bougonné à voix haute :

— Bonne Mère ! Encore une pauvre petite qui erre dans la rue avec son ballotin de traîtrise. Venez, nous allons vous trouver un endroit pour vous soigner…

Après avoir poussé d'un tour de bras les paniers en osier qui s'amoncelaient généreusement, il l'avait installée dans sa carriole et lui avait couvert les jambes avec la peau de mouton qui rembourrait la banquette.

Valentine remerciait le Seigneur d'avoir mis ce brave homme sur sa route. Pas encore remise de son long repos forcé, et surtout très amaigrie, l'épuisement avait rapidement eu raison d'elle. Elle avait conscience que, sans son sauveur, elle n'aurait plus eu la force de se relever. Malgré le cahotement et le ballottement permanent de l'attelage, sur un chemin très caillouteux qui lui tiraillait le bas du dos, elle sentait l'engourdissement l'envahir. Son pauvre corps n'était plus que douleur et fatigue. Ses pieds étaient aussi brûlants que les braises dans l'âtre. Son ventre lui lançait des flèches piquantes comme des aiguillons, ses épaules portaient la misère du monde. Sa tête s'apprêtait à éclater tant elle martelait l'enclume, pourtant, Valentine sentit que ses paupières se faisaient lourdes…, lourdes, et elle s'échappa dans les limbes vagues de l'oubli. C'est le bruit du claquement des roues sur les pavés de la ville qui l'en sortit avec brusquerie.

Les yeux écarquillés, Valentine observa autour d'elle, avec angoisse, sans comprendre où elle se trouvait. Elle regarda le conducteur de l'attelage qui l'avait amenée jusqu'ici et découvrit le visage de l'inconnu qui l'avait secourue pendant la nuit. Un peu grisonnant, le haut du crâne dégarni, les yeux pleins de bonté, l'homme aux joues rondes et cramoisies lui demanda aussitôt :

— Ben, vous v'là un peu moins pâlotte… J'aime mieux ça… Nous venons de passer le Pont des Morts et nous voici rendue à Metz. Je vais aux Halles, place de la loi, juste en face de la Cathédrale pour vendre mon osier. Mais, auparavant, je va's vous conduire chez les nonnes de la « maison des pauvres » pour qu'elles puissent vous porter secours. Je ne peux point vous laisser dans la rue « grosse à vêler ». Sinon, vous ne vous en sortirez pas…

— C'est là que je me rendais, murmura Valentine complètement perdue. Je vous remercie infiniment, monsieur.

— Je m'en doutais bien, petite. Ne vous inquiétez pas, les sœurs s'occuperont de vous…

C'est ainsi, qu'avec l'aide de Dieu et de ce brave homme, Valentine se retrouva à l'endroit qu'elle voulait rejoindre : « La Maison des Pauvres ».

Le poids de la honte

Dès son premier regard sur l'endroit, l'angoisse la saisit. Séparé du Couvent des Petites Sœurs des Pauvres, à quelques pas de l'église de Saint-Pierre-aux-Nonnains, le très vieux bâtiment en pierre grise où les sœurs accueillaient les déshérités s'élevait en hauteur en s'étirant sur une centaine de pas. Il paraissait si triste et lugubre qu'il donnait l'impression d'être prêt à s'écrouler. Des petites percées, closes avec du papier huilé, tenaient lieu de fenêtres. Avec appréhension, Valentine souleva le gong de la porte vermoulue et le laissa retomber. Le bruit sourd la fit sursauter. Après quelques minutes d'attente, une sœur en robe de bure grise avec un voile en toile de lin lui encerclant le visage vint lui ouvrir. Comme si l'arrivante n'avait pas le moindre doute sur ce qu'elle allait découvrir, son regard perçant s'arrêta sur le ventre rond. Alors, sans lui poser la moindre question, la religieuse annonça avec une voix exigeante de milicien :

— Suis-moi ! Nous allons nous occuper de ta situation… Tu n'as pas pu faire autrement que de te vautrer dans le bourbier des filles perdues ? Et c'est tous les jours comme ça…

Sans attendre de réponse et tout en marchant…, elle marmonnait distinctement :

— Encore une qui a soulevé ses jupes comme on dit bonjour… Que la Madone prenne cette fille perdue en pitié…

Derrière son guide, Valentine n'en menait pas large… Les remarques désobligeantes la concernant la faisaient douter de son choix. Avait-elle bien fait de venir ici ? Sans même pouvoir s'expliquer, elle était jugée d'avance… Ses joues devenaient rouges et brûlantes. Elles traversèrent un couloir, dépassèrent une grande salle, longèrent des murs décrépits avec des lambeaux de chaux qui pendouillaient ici et là…

L'intérieur du bâtiment, aux murs gorgés d'humidité et de moisissures, plus sinistre encore que l'extérieur, dégageait une odeur âcre de soupe au chou qui prenait les narines. Ensemble, elles empruntèrent un escalier en bois de sapin, troué à divers endroits. Chaque fois qu'elle montait une marche de plus, Valentine avait l'impression que son pied allait traverser les lamelles usées. Apparemment, l'état vétuste de la montée n'effrayait pas la sœur qui l'escaladait au pas de charge. Elles dépassèrent trois pièces où d'autres servantes de Dieu travaillaient et pénétrèrent dans une pièce assez grande mais très peu éclairée. La lumière du jour y pénétrait à peine par la minuscule ouverture. C'était une chambre qui contenait au moins une trentaine de couches alignées contre les deux pans de murs, les unes à côté des autres. Plusieurs jeunes filles, enceintes jusqu'aux dents, se tenaient autour d'une grande table située juste sous la fenêtre pour profiter de la lumière du jour. Elles discutaient de vive voix tout en faisant des travaux de couture, le nez sur leur ouvrage pour mieux le voir. La sœur les houspilla en pénétrant dans la pièce :

— Assez de commérages ! Mauvaises filles. Si ce soir vous désirez remplir votre ventre avec une gamelle de soupe, il faut la mériter. Autrement, ce sera du pain sec… Vous n'êtes que des bonnes à rien ! Taisez-vous donc et vous travaillerez beaucoup plus vite !

Voilà une petite nouvelle ! Vous aurez le temps de faire les présentations et de lui faire visiter les lieux plus tard. Pour le moment, ce panier rempli de vêtements à repriser pour les pauvres doit être terminé avant le repas.

Rouge de honte et de gêne, devant toutes ces inconnues, Valentine eut droit à sa leçon de morale énoncée verbalement par une nonne qui la regardait comme une pestiférée :

— Seules les demoiselles qui se conduisent mal finissent grosses… Voyez, jeune fille, où votre faute vous a conduite ! La punition du ciel sera pire encore que celle des humains. Vous portez la honte en vous et, en tant que pécheresse, ne méritez plus le respect d'autrui…

Le sermon se termina par une précision irrévocable :

— Si vous ne voulez pas finir à la rue, les règles strictes concernant l'obligation d'un ouvrage quotidien donné à chacune tôt le matin, et les mœurs inviolables de ce respectable établissement, géré uniquement par les religieuses du couvent, devront être respectées à la lettre. Seules des femmes peuvent y pénétrer et la moindre incartade est sanctionnée par un renvoi immédiat. En tant qu'âme en perdition, vous ne pouvez que remercier le ciel d'être acceptée dans ce lieu saint.

Puis, sans le moindre ménagement, elle lui annonça également que, sans contestation possible, les bâtards qui naissaient en ces lieux étaient placés, dès leur naissance dans de bonnes familles afin de leur assurer une vie normale. Ensuite, pour permettre aux femmes impures de reprendre une vie active, le couvent leur imposait la même durée de travail, sans paye mais en leur garantissant uniquement le gîte et la nourriture, que le délai de l'accueil qui avait précédé l'accouchement.

— Allez ! Daï ! Daï ! Ce n'est pas le moment de rêvasser. Prenez votre baluchon et posez-le sur la paillasse du fond. Dorénavant, ce sera la vôtre. Puis, mettez-vous au travail avec vos compagnes !

Pendant que la sœur tournait les talons, obéissante, Valentine pénétra dans la chambre et tenta, instinctivement, de rentrer son ventre en le camouflant avec son bagage, pour rejoindre sa place. Les pas de la religieuse résonnaient encore dans le couloir que déjà des remarques et des rires fusèrent à tire-larigot :

— Toi aussi la nouvelle, tu as oublié de te glisser un linge dans le fond du trou avant de te rouler dans l'herbe ! pouffa l'une d'elle. Tu crois qu'on ne voit pas ta panse pleine. Pas besoin de la cacher…

— Ouais, ma belle, ne fais pas la fière ! Tout comme nous, tu as levé la cuisse pour un beau mâle...

Les larmes aux yeux, la jeune fille baissa la tête. Le cœur gros, elle posa son baluchon à l'endroit indiqué puis rejoignit les autres autour de la table. Déjà, sa voisine de droite lui tendait un drap à repriser. En remarquant ses yeux rougis, elle la toisa en souriant et s'exclama :

— Mama mia ! Celle-là, c'est l'Immaculée Conception... Tout à l'heure, elle va vouloir nous faire croire que c'est le Saint-Esprit qui l'a déflorée ! Ben oui, ma jolie, ta bedaine ne s'est pas gonflée toute seule. Maintenant, il est trop tard pour chialer…

Crispée par ces rires moqueurs qui fusaient de toutes parts, Valentine se mit à l'ouvrage en gardant un mutisme total. Avec son regard brouillé, elle distinguait à peine ses points de couture, mais ses doigts agiles faisaient leur travail. Son mutisme devait énerver les autres jeunes femmes car les remarques reprirent :

— Son cavalier a dû lui mordre la langue en même temps qu'il la chevauchait car elle ne peut même plus causer !

— C'est peut-être le sacristain qui l'a sonnée comme une cloche en soulevant ses jupes et elle en est toute secouée…

Etrangement, les rires qui fusaient de toute part sonnaient faux. Soudain, Valentine comprit que toutes ces filles se moquaient d'elle pour ne pas pleurer sur leur propre sort. Toutes les arrivantes devaient avoir droit aux mêmes répliques… Qu'importait la manière dont chacune était tombée enceinte, se dit-elle, moi, je n'ai rien à me reprocher et je ne vais pas pleurer comme « vache qui pisse » pour chaque pique qu'elles vont me lancer. Je suis bête comme un âne de me renfermer dans mon cocon pour quelques plaisanteries. De toute façon, nous sommes toutes dans la même mélasse…

— Je m'appelle Valentine et c'est le *Kroppemann* qui est sorti de l'eau pour faire son affaire avec son crochet, et ce roublard a emporté ma virginité ! Voilà pourquoi je suis grosse ! annonça-t-elle d'une voix ferme.

Des regards surpris la toisèrent, puis des sourires fusèrent.

— C'est bien, au moins, il n'a pas emporté ta langue au fond de la Moselle car tu l'as bien pendue…

— Tout comme vous, mesdames ! Y'a pas de doute, répondit-elle avec ironie…

Aussitôt, dans toutes les bouches, la légende de l'homme aux mains crochetées devint vite le sujet principal à débattre et plus personne ne prit la nouvelle comme cible de moquerie. Elle avait du répondant… C'est l'arrivée de la nonne qui mit fin à la discussion et chacune se pencha sur son aiguille pour coudre proprement. Sans discontinuer, tout au long du jour les filles impures devaient assurer leur pitance en accomplissant de nombreuses tâches. Que ce soit en cuisine pour pétrir la pâte à pain, éplucher et laver les légumes pour les faire cuire ou bien le repassage et la couture, elles n'avaient que de rares moments de répit le temps des repas. Les travaux les plus durs, comme l'eau à aller puiser plusieurs fois par jour, le bois à couper et à rentrer, l'âtre à charger, la lessive à assurer jusqu'au lavoir distant d'au moins deux lieues, les gros nettoyages des sols de la salle d'accueil où les excréments des enfants tapissaient le sol, incombaient aux demoiselles qui avaient déjà accouché. Dès la première nuitée, Valentine apprit ce qu'était la vie en communauté… Dans l'ombre de la solitude, les sourires forcés de la journée de ces âmes en peine se transformaient en gémissements et en pleurs dès que la chandelle s'éteignait. C'était la fatigue d'une journée pénible qui finissait par les emporter dans un sommeil troublé. L'une des filles, dont on avait retiré l'enfant pour le placer, une quinzaine auparavant, pleurait en permanence. Elle se lamentait sur le sort de son bébé qu'elle aurait tant voulu garder. Mais les nonnes, sans même le lui montrer, l'avaient aussi vite emporté… Jetée à la rue par son père lorsque celui-ci avait appris qu'elle avait été engrossée par le rebouteux de Montigny qui avait déjà femme et enfants, elle n'avait pas trouvé d'autre solution que de finir ici. Depuis, elle était désespérée…

Autant les unes étaient soulagées de cette situation qui leur évitait un bâtard à traîner dans ses godillots, autant d'autres ne l'acceptaient pas. Pourquoi ne leur donnait-on pas le choix de garder ou non leur enfant ? Dans la grande salle commune du bas, les nonnes recevaient les plus misérables, parfois des mères de famille avec plusieurs enfants dont le ventre criait famine. Les religieuses les nourrissaient d'une soupe à la panade, puis les renvoyaient avec une croûte de pain. Tous les jours d'autres miséreux se présentaient à la porte du vieux bâtiment en espérant un quelconque secours. Entre les filles en mauvaise situation et les mendiants, le travail ne manquait pas. Mais les Sœurs des Pauvres ne vivaient qu'avec les pécunes remis par les couples en quête désespérée d'un nourrisson et les dons de leurs bons paroissiens. Malheureusement, ceux-ci, avec les temps difficiles qui couraient, ne donnaient plus grand-chose, en dehors des vieilles fripes dont ils n'avaient plus l'usage. C'est pourquoi porter secours aux démunis devenait de plus en plus difficile

Une puanteur insupportable planait dans toutes les pièces. Valentine avait du mal à s'y habituer. Certaines des filles ne se lavaient jamais et leurs chemises étaient raides de crasse. Elles devaient se parfumer à *l'eau de pucelle* et se maquiller à la crème de purin, tant leurs corps étaient maculés de traces. L'une d'elles disait même que la crasse empêchait la maladie de s'installer. Valentine n'en croyait pas un mot... Au moulin, pour le bien-être de la clientèle, sa mère lui faisait laver, chaque samedi, le sol à grande eau en le brossant avec le *Schrouppette*. De plus, sans compter les nombreuses baignades directement dans l'eau de la rivière lorsque le temps virait au beau, toute la famille avait toujours fait trempette, à tour de rôle, dans le grand baquet pour le toilettage hebdomadaire afin d'être propre pour se rendre à la messe. Mais au village, le ruisseau passait juste derrière le moulin, alors qu'ici, ce n'était pas le cas. Le puits se trouvait tout au bout de la longue rue qui donnait sur l'Esplanade où se promenaient chaque après-midi les phaétons avec des belles dames et de beaux messieurs. Mais lorsqu'il s'agissait de porter à bout de bras les larges seaux, regorgeant de liquide, si lourds à traîner jusqu'aux cuisines, c'était une autre affaire. Le dos en prenait un coup et les élancements de douleur qui s'installaient après l'effort mettaient un bon moment à se calmer. Alors, ramener de l'eau pour le « plaisir » de faire sa toilette, c'était bon pour les chats qui n'avaient que cela à faire. Ici, on ne disposait pas du si précieux bâton de savon fabriqué avec de l'acide gras de suif. Que nenni ! C'était bien trop onéreux… Les filles laissaient d'abord séjourner le linge sale durant vingt-quatre heures dans une grande cuve avec des cendres, ensuite elles l'emmenaient sur de lourdes brouettes chargées jusqu'au lavoir pour le brosser et le battre. Puis, disposées à plat directement sur l'herbe, les fripes séchaient au soleil. Au bout de quelques lavages, la crasse devenait si collante que les couleurs claires viraient toutes au brun chocolat. Par fierté, Valentine s'efforçait de garder ses bonnes habitudes et surtout de laver son linge. Le bâtiment était si vermoulu que les souris, les rats, les cafards, les puces et les punaises logeaient jusque dans leurs paillasses en fleur de chardons. Les occupantes des lieux avaient beau secouer vigoureusement les sacs en toile dure, rien n'y faisait… Entre les seaux de latrines et les grabats miteux, ces abominables bêtes revenaient toujours à l'assaut de ce qu'elles considéraient comme leur territoire réservé. C'est pourquoi, tout comme les autres filles, chaque matin, Valentine se retrouvait avec le corps couvert de piqûres. Depuis son arrivée, les démangeaisons désagréables ne cessaient jamais. Le corps, la tête, les membres, tout grattouillait au point de s'en arracher la peau… De plus, la chose qui gonflait son ventre n'arrêtait pas de bouger en l'empêchant de travailler et surtout de dormir… Elle finissait par n'espérer qu'une seule chose, c'était qu'elle sorte au plus vite de ses entrailles. Le moral dans les sabots, elle aussi pleurait chaque nuit, comme une madeleine, mais à quoi bon… Il était bien loin son bon matelas gonflé avec de la laine de mouton, que son papa avait fait coudre, pour elle, chez le tapissier de Sierque. Ses parents lui manquaient tant. Le clapotis de l'eau brassée par la roue du moulin venait remplir ses rêves et le besoin de la présence de sa mère s'intensifiait. Au fond de son cœur, elle commençait à regretter sa colère contre Philibert. Il n'était responsable en rien de la folie de son frère… Elle-même aurait soutenu les siens contre vents et marées si le besoin s'en était présenté. La perte de la douce complicité qui la liait au jeune maître piquait ses pensées avec la même intensité que celle d'une mouche agaçante que l'on chasse, maintes et maintes fois, mais qui revient toujours se poser au même endroit. L'idée de revenir au moulin la traversait souvent, cependant elle se refusait à leur faire porter son lourd fardeau de honte.

Elle arrivait à quelques jours du terme de sa grossesse, l'esprit toujours rempli de doute… Aurait-elle le courage d'agir en femme indigne et d'abandonner ce bébé dont elle n'acceptait même pas la présence dans son corps ? Lorsque l'une des nonnes vint la trouver pour la rabrouer fermement devant toutes les autres.

— Nous vous avions prévenue, Valentine ! La présence d'un homme ici pouvait vous coûter votre renvoi immédiat. Voici quatre fois que le père de l'enfant que vous portez cherche à pénétrer dans les locaux en prétendant vouloir vous épouser ! Alors pourquoi ne l'a-t-il pas fait avant et que faites vous ici ? Je vous donne cinq minutes pour aller vous mettre d'accord avec lui, et surtout, qu'il cesse de venir nous importuner. Ou vous partez avec lui, ou vous restez ici, mais nous ne voulons plus jamais le revoir. Allez, dépêchez-vous !

Le teint livide, Valentine sortit de la pièce derrière la soeur avec les jambes flageolantes. La peur venait de remonter en elle comme au premier jour.

— Non, ce monstre d'Honoré ne pouvait pas venir la traquer jusqu'ici ! Pas après ce qu'il lui avait fait… Que lui voulait-il et comment savait-il où elle se trouvait ?

La crainte de revoir cet homme brutal la paniquait totalement. Mais que pouvait-elle faire d'autre ? La nonne à l'air renfrogné qui la précédait ne lui donnait pas le choix. Si elle ne voulait pas se retrouver toute seule dans la rue, à la merci de cet homme violent, elle devait lui dire de s'en aller.

Lorsque la sœur ouvrit la vieille porte branlante pour la faire sortir, Valentine resta bloquée là, contre le mur, incapable de sortir.

— Allez ! Si vous ne voulez pas accoucher dans la rue, pressez-vous d'aller lui dire de déguerpir !

Et en l'agrippant par le bras, la nonne la poussa vers l'extérieur. Bouche bée de stupéfaction, Valentine découvrit que c'était Monsieur Philibert qui l'attendait et non son diabolique de frère.

— Oh ! C'est vous… J'avais peur de sortir parce que je croyais que c'était Monsieur Hon…

— Non, ce n'est pas Honoré. Crois-tu que je l'aurais laissé t'approcher après ce qu'il a osé te faire ?

— Mais comment m'avez-vous retrouvée ?

— Grâce à ton frère Jules… Il avait cherché à te retrouver après ton départ, mais les nonnes lui ont assuré n'avoir aucune Valentine au sein de leur pieuse maison. Pourtant, il t'avait lui-même conseillé de venir à cet endroit…

— Aucun homme ne peut pénétrer au sein de la congrégation et après l'accouchement, les bébés sont retirés à leur mère pour être vendus à des parents qui désirent ardemment un enfant. Je dois enfanter dans les jours prochains…

— Mais, c'est pire que dans une prison ici ! Pour t'approcher, j'ai dû me battre comme un beau diable. J'ai fait le siège de cette maison pendant plus de dix jours sans que l'on me permette de te voir. C'est des filles au lavoir qui m'ont confirmé ta présence ici. Alors, la seule solution que j'ai trouvée pour pouvoir t'approcher, c'était de prétendre que j'étais le père de l'enfant. Viens, nous partons de là !

— Non, je ne veux pas rentrer à la maison en apportant la honte sur toute ma famille.

— Je ne suis pas venu te chercher pour te ramener à la maison, mais pour t'épouser et être le père de ton enfant. Et surtout, je ne veux pas t'entendre dire non… Tu n'as pas à craindre que je t'importune car dans cinq jours je pars rejoindre mon corps d'armée. Je me suis engagé dans l'armée du Roi. Mais auparavant, je veux te savoir en sécurité et que ton enfant porte mon nom. Tu n'auras plus jamais à avoir honte…

— Pourquoi as-tu… fait ça ? Tu n'avais pas besoin de t'engager… Tu vas être éloigné de chez toi durant plusieurs années.

— Crois-tu que je puisse vivre chez moi en supportant la vue de mon frère qui a détruit notre avenir à tous les deux ? Ne t'inquiète pas pour moi ! La seule chose qui m'importe, c'est que toi tu puisses t'en sortir…

En larmes, Valentine se blottit dans les bras qui se tendaient vers elle. Sans même retourner prendre son maigre baluchon chez les nonnes, elle le suivit sans discuter.

Il la ramena dans l'auberge où il logeait et la fit installer dans la chambre située en face de la sienne. Le lendemain, en fin d'après-midi, à la chapelle des Templiers, un prêtre les unit en face de deux témoins totalement inconnus. Le jour suivant, Philibert s'absenta toute la matinée et, en début d'après-midi, il l'emmena chez Maître Dagobert Ricin, notaire de son état, pour signer l'acte de mariage dotant son épouse d'une pension annuelle à vie qui lui permettait de vivre décemment en faisant de l'enfant à naître son unique héritier s'il devait lui arrivait malheur. Puis, après avoir fait quelques achats, il la conduisit dans une pension établie juste derrière l'église Notre-Dame, où trois pièces étaient mises à leur disposition. Le notaire était chargé d'en acquitter la charge.

Deux jours plus tard, dans la nuit du 26 mars 1781, avant même que les cloches ne sonnent les matines, Gustave Philibert annonçait sa venue en piaillant fermement. Une fois le nourrisson débarbouillé et enroulé dans un linge propre, la matrone qui avait aidé Valentine à enfanter, sans même demander son avis, avait écarté les pans de la chemise de la jeune mère pour lui accrocher le bébé au sein.

— Plus vite il tète, plus vite il grandit ! Maintenant, je vais appeler le père…

Peu de temps après, sous le regard ému de Philibert, pensivement, Valentine cherchait à comprendre cette étrange sensation qui la bouleversait. Elle n'en avait jamais voulu de cet enfant de la haine, mais de le sentir comme cela, contre son cœur, était si étrange… Et surtout, Philibert était-là pour veiller sur eux. Malheureusement, le surlendemain, aux aurores, après avoir embrassé sur le front, petit Gustave encore plongé dans le sommeil de l'innocence, Philibert serra contre lui Valentine qui pleurait à chaudes larmes tant l'angoisse l'étreignait. Sur le pas de la porte, ils échangèrent avec émotion leur premier baiser. C'est en s'arrachant de ses bras qu'il partit rejoindre son bataillon pour partir se battre dans l'armée de son roi pour une durée indéfinie…

Les épines de la vie - 1784

La disette continuait à faire ses ravages et la révolte grondait dans les villes comme dans les campagnes. Pour se nourrir ou faire des affaires, une bande de voleurs infestait le pays. Plus d'un paysan s'était retrouvé détroussé de son attelage comme de son chargement. Même pour le meunier, les temps devenaient durs et incertains. Charles, méfiant, gardait toujours un énorme gourdin sous le siège de sa charrette. Un vent de peur soufflait en variant sa force, car la faim pouvait rendre les gens féroces.

En ce début juillet 1784, il commençait son troisième piochage de l'année entre les rangées de ceps, afin de nettoyer la terre, et surtout pour empêcher le chiendent de prendre le dessus. Les étoiles luisaient encore lorsqu'il avait attelé la jument pour se mettre à l'ouvrage dans sa vigne. Vers les neuf heures, il devait déjà redescendre au moulin pour livrer la farine à ses clients. Alors, ce n'était pas le moment de bâiller aux corneilles.

L'esprit embrouillé par toutes les pensées qui lui traversaient l'esprit, Charles frappait le sol avec énergie pour oublier cette rage sourde qui l'envahissait. Bon sang de bon soir, que cette terre était basse. Son cœur palpitait fortement tant il avait chaud et ses oreilles bourdonnaient. Dans cette pente abrupte, il se redressait quelquefois avec l'impression que son dos était cassé en deux. Cependant, il n'écoutait pas ses petites douleurs, puisque c'était le quotidien de chacun. Bien au contraire, il avait appris avec les années que, plus on habituait son corps à l'effort, plus on pouvait exiger de lui. Si l'on ne se montrait pas exigeant avec soi-même, on n'arrivait à rien. Ce sont ces valeurs-là qu'il avait inculquées à ses enfants. Que ce soit Louis ou Valentine, ils étaient tous les deux capables de se débrouiller. Il avait confiance en la ténacité de ses gamins... Mais c'était sa femme qui l'inquiétait… Elle n'était plus la même depuis le triste départ de Valentine. Après Louis, dont on ne savait plus rien depuis des années, voilà qu'un deuxième oisillon avait quitté le nid. Sa petite Valentine, qu'elle avait tant protégée, se retrouvait toute seule face à la cruauté de la vie. Le pire était le manque de nouvelles. Avait-elle eu son enfant ? Etait-elle en bonne santé ? Gagnait-elle de quoi se nourrir ? Pourquoi ne revenait-elle pas au moulin ? Tant de questions qu'elle se posait toute la sainte journée, sans obtenir la moindre réponse.

La jeune fille avait disparu dans la nature... Alors, forcément, tout le monde s'inquiétait de son sort, surtout dans la position gênante où elle se trouvait en partant…

Depuis, la Madeleine broyait du noir avec la même force que le moulin écrasait le blé.

Charles était triste et se sentait impuissant devant la volonté de Dieu de leur faire subir autant de malheur. C'était peut-être sa propre punition, pour avoir tant désiré une femme qui n'était pas libre. Autrement, pourquoi leurs enfants devaient-ils supporter tous ces coups du sort ? D'ailleurs, depuis le maudit jour du viol, sa femme avait enfermé son sourire sans la *Schrankchen* et ne l'en avait plus ressorti. Qu'ils étaient loin les jours heureux… Deux de ses enfants étaient partis vers l'inconnu en déchirant son cœur en mille morceaux. L'amour de Charles et le passage régulier de Jules ne suffisaient pas à les remettre en place…

Maintenant que Madeleine et lui se retrouvaient seuls au moulin, l'ouvrage à abattre ne manquait pas. La veille, les deux truies qu'il avait mises au verrat courant février avaient mis bas au même moment. L'une avait six gorets, l'autre huit… C'est que maintenant ces cochonnes voraces demandaient le double de nourriture pour pouvoir allaiter leurs petits. C'est pourquoi, chaque matin, il fallait s'empresser de remplir les auges avec leur pitance, autrement ces grosses gourmandes ne se gêneraient pas pour avaler leurs petits tout crus. Il en fallait des marmites remplies avec de la mangeaille pour les gaver. Tous les ans, Charles vendait ses porcs engraissés sur pied, au boucher de Cattenom. Cette rentrée d'argent liquide lui permettait d'assurer la multitude de taxes dont il était redevable. Leur vache avait fait veau courant mai et le jeune bovin s'annonçait vivace et agile sur pattes.

Il devait encore faucher les seigles et les blés. Enfin, tout s'annonçait bien, puisque le temps était sec. Dans les prochains jours, il commencerait également à arracher sa petite parcelle de chanvre et de lin. La tête du lin commençait à baisser, c'est que le moment était venu de prendre la faucille. Il arrivait à maturité. Madeleine avait prévu de semer des navets en joignant un peu de terre sableuse à la semence pour ne point semer trop dru. Ensuite, sa dame de cœur envisageait de nettoyer la grange en prévision des moissons. En accomplissant ce travail, elle lui retirait une grosse épine du pied. Il fallait absolument aérer le grenier avant de rentrer la nouvelle récolte. Un travail abondant les attendait, mais à chaque jour suffit sa peine. Dans l'immédiat, un autre problème lui chatouillait la caboche. Il avait remarqué que de gros frelons avaient installé leur essaim dans un trou certainement creusé par les rats des champs ou les mulots, juste derrière le poulailler. Il aurait de loin préféré que ce soit des abeilles, dont le miel et ses vertus médicales étaient intéressants, alors que ces bestioles nuisibles étaient dangereuses. Il fallait, sans aucune hésitation, s'en débarrasser car elles pouvaient même attaquer si l'on s'approchait trop près de leur territoire. Quelques piqûres de ces insectes sournois pouvaient être mortelles. Comme elles rentraient dans leur nid dès la tombée du jour, il avait l'intention de les enfumer, dès ce soir, en allumant à l'entrée de leur trou un bon feu avec des sarments de vignes.

— Lorsque les flammes auront baissé, je mettrai même quelques pommes de terres sous la braise. Au moins, le feu de bois ne sera pas inutile…

Soudainement, comme si une oppression angoissante lui écrasait le cœur, il lâcha sa pioche à l'endroit où il se trouvait et courut vers son cheval. Il enfourcha la bête sans même la seller et partit au galop vers le moulin. Dans sa tête, il avait l'impression d'entendre la voix de Madeleine qui l'appelait désespérément. La peur est quelque chose de terrible lorsqu'elle vous étreint. On sent son sang qui se glace, son corps s'engourdir, puis une douleur diffuse qui vous martèle les tympans en augmentant d'autant cette sensation de catastrophe imminente. Arrivé au moulin, avant même de tourner près du poulailler, il comprit que Madeleine l'avait vraiment appelé. Couchée dans le poulailler, le corps roulé en boule pour se protéger, des centaines de frelons tournoyaient autour d'elle. Le seau de graines était renversé par terre et même les poules avaient disparu. Il sauta de cheval, attrapa deux couvertures dans la grange, s'enroula dans la première et prit la deuxième pour protéger Madeleine. Armé d'un balai, comme un fou, en tapant à droite à gauche, il partit à l'assaut de ces bêtes en fureur. Le bourdonnement était terrible… Très vite, Charles ramassa son pauvre amour après l'avoir protégé avec la deuxième bande de tissu en lin. Puis il rentra en courant dans la maison, car les guerrières insatiables le suivaient comme des balles de mousquets qui n'avaient qu'un seul but, atteindre leur cible. Il sentit deux puis trois piqûres, avant de refermer la porte de la meunerie. Madeleine, le corps couvert de boules rouges qui enflaient avec une rapidité incroyable, n'était plus consciente. Les frelons s'étaient acharnés sur elle… Combien de temps était-elle restée couchée-là, à subir leur attaque meurtrière ? En posant ses lèvres sur sa bouche, il comprit que sa femme respirait encore. Une plainte à peine audible s'échappa de sa gorge et Charles paniqua. Il ne voulait pas la laisser seule, mais il fallait très vite quérir un médecin. Par chance, un client arriva au même moment au moulin. Avec le cheval du meunier et la promesse de deux bichets de farine en récompense, le brave gars accepta d'aller prévenir le docteur ainsi que le fils du meunier, le Monsieur Jules, celui qui était soigneur pour les animaux… Durant des heures, Charles essuya et enroula avec douceur le corps boursouflé et enflammé de sa douce Madeleine avec des linges qu'il trempait dans de l'eau fraîche en espérant calmer le feu qui gonflait la chair tendre de sa femme. Tout en lui parlant, les larmes coulaient le long de ses yeux sans qu'il puisse les retenir. Elles venaient s'étaler, goutte après goutte, sur le visage tant aimé.

— Tout est de ma faute, ma chérie ! Je les avais vus hier… Je suis un monstre. J'ai laissé ces atroces insectes te piquer comme le diable avec sa fourche. C'est ma faute… Si je les avais enfumés ce matin avant de partir, tu n'aurais rien. Mon Dieu, moi qui t'avais promis de toujours prendre soin de toi… Je ne suis pas un homme d'honneur puisque j'ai fait du mal à celle que j'aime plus que tout au monde. Mon Dieu, accroche-toi mon amour. Tu as toujours eu de la volonté pour cinq…, alors ne me laisse pas seul.

Trois heures plus tard, Jules arriva le premier, avec des décoctions de plantes pour en badigeonner sa mère. Il dut s'asseoir sur le bord du lit, les mains tremblantes en découvrant sa chair boursouflée. Une demi-heure après, le médecin les rejoignit également. Il regarda avec stupeur, le triste état dans lequel se trouvait la malheureuse femme. Tout en hochant la tête, il tenta de lui faire avaler quelques petites gorgées d'un sirop amer.

— Ces damnés frelons l'ont transpercée de toutes parts, murmura l'homme de médecine d'une voix sourde. Je ne sais vraiment pas si c'est possible de lutter contre une telle quantité de poison… Je n'ai jamais vu quelque chose de pareil. Son corps est gonflé comme une outre.

Agenouillé à côté du lit, Charles ne voulait pas lâcher la main de sa femme.

La main sur l'épaule de son père, bouleversé, Jules tentait de lui remonter le moral.

— Viens boire quelque chose de chaud, papa ! Nous ne pouvons rien faire d'autre pour le moment. Il faut attendre… Telle que je la connais, maman va se battre jusqu'au bout pour s'en sortir...

Mais le meunier ne voulait rien entendre. Rien ni personne ne le ferait quitter le chevet de sa douce Madeleine…

Durant des heures, celle-ci lutta en poussant des plaintes à donner le frisson et, ce 3 juillet de l'an 1784, vers onze heures du soir, elle cessa de respirer. Le cri de désespoir qui s'échappa de la bouche de Charles, lorsqu'elle poussa son dernier râle, avait dû s'entendre jusqu'au village. Serrés l'un contre l'autre, le père et le fils, le dos secoué de sanglots douloureux, se soutinrent. Mais que peut-on faire contre la fatalité ?

— Ce n'est pas juste ! Ce n'est pas juste ! répétait Charles. Elle est morte sans même revoir ses petiots. Par tous les diables, dire que j'avais vu ces maudits frelons. Mon Dieu, si je pouvais remonter le temps pour aller les détruire.

Avec la hargne du désespoir, Charles souleva dans l'âtre une pelletée pleine de braise ardente qu'il glissa dans le seau en ferraille. Muni de son arme punitive, il fila dans la meunerie, attrapa une brassée pleine de paille bien sèche et du petit bois puis sortit de la maison. Comme si la haine le portait, il avança droit vers le poulailler, tapissa avec la caresse de la vengeance le dessus du nid avec le foin, le bois et retourna enfin son seau de braises flamboyantes sur ce monticule. Les larmes lui brouillaient les yeux, mais pour s'assurer que pas une seule de ces bêtes ne survive, il garda le pied fermement appuyé sur le seau jusqu'à ce que la chaleur et la fumée deviennent intenables.

Le lendemain, en présence de l'échevin, deux témoins, résidents du village, vinrent pour attester de la mort certaine de Madeleine, en restant plusieurs minutes à côté du cadavre, s'assurant ainsi qu'elle ne respirait plus.

Ainsi allait la loi de Dieu comme celle des hommes…, chaque être n'étant que de passage sur cette terre.

Tout le village accompagna la Madeleine à sa dernière demeure. Et les jours s'enchaînèrent les uns aux autres. Charles ne pouvait pas supporter ce manque terrible. Sans sa tendre épouse il était perdu. Après avoir eu droit à tant d'amour, il ne pouvait concevoir la vie sans elle. Chaque soir, il partait la voir, là où elle reposait à jamais, posait la main sur la croix en bois qu'il avait faite lui-même et lui parlait longuement… Il ne voulait qu'une chose, la rejoindre… Et pourtant, la machine humaine était bien rôdée car après tant d'années, même si la tête et l'envie n'étaient plus-là, il accomplissait son travail sans réfléchir.

— Papa, tu dois t'accrocher. Tu nous as épousés en même temps que maman, et nous avons également besoin de toi… Madeleine avait emporté dans sa tombe tout ce qui l'attachait à la vie. Chaque nuit, il posait sa tête contre sa chemise de nuit rien que pour retrouver son odeur. Il la serrait contre lui avec force, dans l'espoir que l'étreinte insensée de ce bout de chiffon fasse revenir l'image de celle qu'il aimait. Mais les rêves ne se commandaient pas… et lorsque l'un deux lui amenait son aimée, il ne faisait que lui brouiller l'esprit au point de mouiller sa couche de transpiration tant il croyait sa présence réelle.

Nuit après nuit, jour après jour, avec l'énergie de l'eau qui faisait tourner la roue du moulin les semaines s'écoulaient…

Entre mots et maux...

Une neige drue tombait depuis plus de trois heures. Valentine tenait son petit Gustave dans les bras. Ses pensées suivaient les chemins tortueux du passé pour tuer le temps. Jamais elle n'aurait cru pouvoir aimer « le bâtard de la honte » qui avait été craché comme du venin dans son ventre, contre sa volonté. Bien au contraire, elle avait ressenti, dès qu'on le lui avait posé contre son sein, un élan de tendresse intense. Lui, ce petit bout de chou à la candeur innocente n'avait pas demandé à venir, et maintenant il était devenu le centre de sa vie, son petit amour… Pour l'instant, le nez collé contre la fenêtre ronde de la chambre, son fils admirait avec un plaisir évident la danse des flocons. Il s'émerveillait de tout et babillait constamment. En maman attentive, elle s'efforçait de lui sourire, pour donner le change… Mais, dans son for intérieur, une crainte diffuse s'introduisait progressivement.

La rue était presque vide… Seuls ceux qui revenaient de leur travail, tout en se tenant éloignés les uns des autres, se dépêchaient de rentrer chez eux. Ce qui n'était pas étonnant avec cette maladie terrible qui sévissait partout. La terreur et la méfiance se lisaient dans tous les regards que l'on pouvait croiser. Comment éviter cette chose invisible ? Elle fauchait le bambin, la femme, le vieillard comme l'homme le plus costaud avec la même puissance qu'une faux abattait un immense champ de blé.

Une peur instinctive lui nouait la gorge. Avec son petit trésor, ils n'étaient, ni l'un ni l'autre, à l'abri de cette malédiction, venue de l'enfer, qui s'abattait sur le pays.

À trois semaines de la nouvelle année, l'hiver s'était étalé avec force. Dans l'âtre, les bûches avaient beau craquer et étinceler à volonté, la pièce restait froide. Valentine remerciait le ciel de lui avoir permis d'épouser Philibert. Que serait-elle devenue autrement ? Grâce à lui, son petit « Gusti » était à l'abri du besoin. C'était un malin… Puisqu'il n'arrivait pas bien à répéter son prénom, ou celui-ci devait lui déplaire, il avait décidé tout seul de le raccourcir… C'était en permanence des Gusti veut, Gusti aime, Gusti prend… Ses oreilles devaient préférer la sonorité musicale beaucoup plus gaie du i…, plutôt que celle trop grave du a… de Gustave.

Philibert avait bien fait les choses. Comme le stipulait leur contrat de mariage, le notaire venait chaque année, à date régulière, lui verser une rente de 300 livres. Cette somme suffisait amplement pour vivre au quotidien puisque la pension pour l'appartement était déjà payée. Malgré tout, la jeune mère n'était pas tranquille. Le père nourricier au loin, elle s'inquiétait de ce que deviendrait Gusti si quelque chose devait lui arriver. D'ailleurs, les nouvelles de son époux étaient très rares. Neuf mois après son départ, fin décembre 1781, un premier pli annonçant son embarquement pour la mer des Indes avec le bataillon sous le commandement du Bailli de Suffren, dans le dessein de paralyser le commerce anglais et de soutenir l'action des princes indiens du Carnatic alliés aux Français, était arrivé. Pour Valentine, tous ces noms barbares étaient totalement inconnus, c'est pourquoi elle ne comprenait qu'une seule chose : Philibert s'éloignait vers le bout du monde pour braver mille dangers inconnus… Après trois longues années d'attente dans la crainte, leur cadeau pour la Saint-Nicolas 1784 avait été ce deuxième pli, qui avait mis dix-huit mois pour arriver, précisant que son escadre guerroyait dans l'Océan Indien. Ce dernier courrier se terminait par : « mes pensées et mon cœur sont auprès de toi et de notre fils. Avec tout mon amour. Philibert. »

Le petit mot tendre de la fin avait profondément bouleversé la jeune femme en lui confirmant que Philibert l'aimait. Malheureusement, la vie ne leur avait donné aucune chance. Maintenant, combien d'années s'envoleraient avant son retour, s'il revenait un jour... Toutes ses pensées remuaient son vague à l'âme en la faisant souffrir... Elle se sentait si seule. Les siens lui manquaient tant. Des dizaines de fois, elle avait eu envie de revenir au moulin, mais la peur de rencontrer son violeur l'en avait empêchée. Alors, elle écrivait sur du parchemin tout ce qu'elle ne pouvait pas leur dire... Ses frayeurs étaient toujours lovées en elle, comme un crochet profondément enfoncé dans la chair. De quelle manière ce fou furieux réagirait-il en découvrant que, maintenant, elle était la femme de son frère jumeau et que celui-ci avait reconnu son enfant ? Elle avait également pensé écrire à ses parents, mais c'était bien trop dangereux... Elle craignait de leur causer du tort. En l'absence de son frère jumeau, Monsieur Honoré gérait toutes les terres, ainsi que les arpents autour du moulin. Valentine se doutait qu'il avait ses espions pour lui répéter tout ce qui se passait au village. C'est pourquoi, il était préférable, pour son fils et pour elle-même, de rester loin de Gauvis car ce démon était capable du pire...

Ces trois dernières années s'étaient traînées en longueur. Pour s'occuper, lorsque le notaire lui avait demandé si elle n'avait pas connaissance d'une personne instruite qui pourrait prendre en charge la fonction de précepteur, la jeune femme avait sauté sur l'occasion. C'est ainsi que, depuis plusieurs mois, elle apprenait la lecture et l'écriture aux enfants d'un riche notable de la ville. Pendant que Gusti s'amusait sous les yeux de la nourrice du plus jeune des gamins, elle instruisait les deux plus grands. Mais le notable lui avait confirmé que la peste se répandait en prenant une ampleur épouvantable. Une grande partie de la ville était déjà atteinte de ce mal que les docteurs ne savaient combattre. Ce n'était pas étonnant, se disait-elle.... Un tel laisser-aller régnait partout... Dans les rues, les gens déversaient leurs restes par les fenêtres, les détritus traînaient à même le sol, les animaux erraient en toute liberté et, forcément, les rats et les puces pullulaient partout. Pour porter secours aux nombreux malades qui arrivaient de partout, les couvents, les hospices et les casernes s'étaient transformés en mouroirs. On disait que les villages perdus dans la campagne étaient moins touchés. Sa famille y échapperait-elle ? Malgré ce climat de panique qui prenait le dessus, on ne pouvait pas rester cloîtré entre quatre murs. Il fallait sortir pour acheter de quoi se nourrir et pour travailler. Il était impossible d'éviter totalement les contacts avec autrui… Chez ses employeurs, les enfants ne pouvaient plus sortir jouer que dans leur cour privée. Cependant, le personnel qui oeuvrait en nombre bougeait en permanence. Un sentiment de panique l'avait touché de plein fouet lorsque, le matin même, une des bonnes avait été conduite chez les nonnes. Très malade durant la nuit, rouge de fièvre, elle toussait abominablement, se plaignait de douleurs permanentes à la poitrine et s'était mise à cracher du sang. Aussi vite, le notable l'avait éloignée de sa demeure, mais n'était-ce pas trop tard ? Valentine n'osait même plus embrasser son fils... Elle savait que la propreté avait beaucoup d'importance. C'est pourquoi elle se lavait les mains dix fois par jour. Pourtant, descendre trois étages pour aller puiser de l'eau au puits, distant d'au moins deux cents pas, prenait du temps, tout en faisant très mal au dos.

Rapidement, ses craintes se confirmèrent. Dans les jours qui suivirent, pendant une leçon, un de ses petits élèves, les pommettes rouges, le front brûlant, eut une terrible quinte de toux. Il respirait difficilement tant la douleur lui arrachait la poitrine. L'enseignante s'empressa de prévenir la mère du gamin. Le lendemain, les parents lui confirmèrent que leur enfant souffrait bien de la peste et décidèrent d'arrêter les cours jusqu'à nouvel ordre. Folle d'inquiétude pour son petit bonhomme, Valentine se reprochait de l'avoir mis en situation de danger. Toute son attention était tournée vers Gusti. Comment le corps fragile d'un garçonnet pouvait-il se défendre face à une telle maladie ?

Mais, le surlendemain, c'est elle qui se réveilla en pleine nuit, la chemise trempée de sueur, la poitrine brûlante, la tête prête à éclater tant elle était douloureuse avec une soif aussi intense qu'après une marche sous un soleil de plomb. En essayant de se lever pour boire un peu d'eau, elle dut se cramponner au mur pour tenir debout.

— Non, murmura-t-elle d'une voix altérée par la fièvre, je n'ai pas le droit d'être malade… Que va devenir mon petit trésor ? Il faut absolument que je l'éloigne de moi.

Le jour suivant, alors que ses jambes flageolaient sous ses pas et que sa poitrine était compressée comme un étau, elle prit une décision terrible… Après s'être soigneusement lavé les mains, elle fit déjeuner son fils, l'habilla en tenant son visage éloigné de lui et sortit de la maison pour se rendre chez le notaire.

Après les salutations d'usage, elle annonça tout de go à l'homme de loi :

— Surtout, ne m'approchez pas, Maître Ricin ! J'ai besoin de votre aide. Je suis atteinte du mal qui sévit et me trouve dans la terrible obligation de placer mon fils le temps de me faire soigner. Vous comprenez, autrement, il n'y échappera pas ! Moi, je ne peux pas l'approcher... Si ce fléau m'emportait, j'ai écrit une première lettre à remettre à mon mari pour qu'il puisse retrouver Gusti à son retour. En attendant, connaissez-vous un endroit où il serait protégé ? Vous aurez la rente pour payer les services dus pour l'entretien de mon enfant.

— Mmmm ! Certainement pas à Metz, ma petite dame. La peste sévit partout… Mais j'ai peut-être une idée… Je vais demander conseil à ma sœur qui est chanoinesse. Cette après-midi, je dois aller lui verser sa *prébende*… Peut-être que sa communauté religieuse, qui se trouve en rase campagne, pourra faire quelque chose. Mais peut-on encore être en sécurité où que ce soit ? J'en doute… D'ailleurs, je préfère ne pas y penser, monologuait le brave homme d'une voix pessimiste. Ma fille aînée et deux de ses enfants n'ont pas échappé à cette maladie du diable… à cette heure, j'en suis peut-être moi-même atteint…

Valentine se sentait si mal que les murs de la pièce semblaient avoir le tournis. Une toux agressive et grasse lui arrachait la poitrine. Elle se couvrit la bouche avec son mouchoir et, en le refermant, constata que des traînées rougeâtres le souillaient.

— Il faut faire très vite, Monsieur ! Je voudrais au moins lui donner une chance… Dans l'état où je suis, je risque de le contaminer… réussit-elle à articuler tout en cherchant de l'air… et, comme si un tourbillon infernal l'entraînait, elle se sentit chuter dans un puits sans fond.

À Gauvis, le roulis de la Moselle fredonnait toujours le même refrain, les travaux des champs se succédaient, des destins naissaient, d'autres s'achevaient. Au mois de juin 1786, une petite Félicie était arrivée dans le foyer de Mimile et de son épouse, et deux mois plus tard, juste après les moissons, le vieux métayer avait suivi la Faucheuse. Ben oui, son tour était arrivé sans crier gare… Il avait vu conduire sous terre de nombreux amis et on ne savait même plus l'âge qu'il pouvait bien avoir… Evidemment, le vieil homme était parti en travaillant. La dernière récolte de blé ayant été généreuse, il avait décidé de se rendre au grand marché de Thionville, afin d'échanger le surplus de graminées contre des bêtes à laine, très avantageuses. C'était toute une expédition. Il fallait atteler les bœufs à la charrette car Monsieur Honoré qui devenait de plus en plus haineux depuis que son frère s'était engagé, lui interdisait de prendre les chevaux pour les déplacements. Un des journaliers avait chargé les sacs de grains et ils s'étaient, tous les deux, mis en route à l'aube naissante. Mais, comme d'habitude, c'était lui qui tenait les rênes. Il ne faisait confiance qu'à son instinct. Durant plus de deux heures, les deux bovins tirèrent le lourd chargement. Pour les faire avancer à un pas régulier, le métayer poussait en permanence son cri :

— Allez, hue ! On ne traînasse pas, mes jolis ! Allez, hue ! En avant !

Tout en claquant avec un sifflement sec, son nerf de bœuf fendait l'air pour les tenir éveillés. Or, les bêtes épuisées ne prêtaient aucune attention aux invectives agacées de leur meneur. En se déhanchant toujours au même rythme, elles avançaient doucement.

Le cahotement des roues en bois sur la route pierreuse provoquait des élancements aigus dans le pauvre dos, usé par le labeur, du vieillard... Pour se soulager un peu, le métayer se dandinait en remuant beaucoup son derrière. Il se redressait, s'avançait légèrement sur le siège en bois, reculait un peu, se penchait en avant, s'appuyait sur une fesse puis sur l'autre, mais rien n'y faisait. Sa pauvre colonne vertébrale jouait de l'accordéon en émettant un refrain discordant et douloureux. Cette pensée amusante le fit sourire car le grincement de ses vieux os était réel, surtout ses pauvres genoux qui couinaient comme des poulies rouillées.

Tout en relançant ses bêtes, un souvenir lui revint en mémoire et il grimaça au lieu d'en sourire. Ces derniers mois, il passait son temps à se remémorer les images du passé alors qu'il ne se souvenait même plus de ce qu'il avait avalé la veille au soir. Sa mémoire choisissait ses errances au gré de ses envies… Il revoyait ce vendredi de septembre où, âgé d'à peine douze ans, son père lui avait ordonné d'aller cueillir des mûres sauvages. Les hivers se traînaient toujours en longueur avant que la terre ne reproduise, alors il fallait faire des réserves. Cette marmelade onctueuse, de fruits gorgés de sucre, était un trésor inestimable. Elle parfumait généreusement la bouillie de semoule épaisse cuite à l'eau, fade et très grumeleuse, servie au petit déjeuner le matin car elle tenait au ventre.

Gamin obéissant, il avait lampé sa soupe à l'oseille, grignoté quelques noix fraîches puis s'était mis en route, muni de l'attirail habituel : le seau suspendu avec une cordée en chanvre autour de son cou, un *Krop* fixé au bout d'un bâton pour ramener les branches et ses sabots ficelés autour de ses pieds et de ses chevilles pour ne pas les égarer dans les broussailles, les ronces ou les haies. Après avoir longé les berges de la Moselle, il avait remonté, vers Berig, le sentier escarpé qui surplombait la Moselle. Une fois arrivé près des haies, il s'était mis à l'ouvrage. Cette corvée lui pesait un peu, mais il avait compris que, lorsque la faim vous tenaillait le ventre, c'était insupportable. Alors, il valait mieux prévoir que manquer. Après deux heures de cueillette fructueuse, le seau posé bien droit, à deux pas de lui, pour qu'il ne se renverse pas, il s'était allongé dans l'herbe, en se disant : « Si je ne prends pas quelques minutes de répit maintenant, à mon retour le père s'empressera de me donner un autre ouvrage à faire. » Allongé dans l'herbe tendre, il avait laissé divaguer son regard avec la promenade de quelques nuages, écouté les piaillements des oiseaux dans la futaie, admiré le feuillage des arbres, fermé ses yeux quelques secondes pour se reposer, et puis, plus rien… Il s'était réveillé, repu, en s'étirant comme un chat. Ouf, que c'était bon… Une fois sur ses jambes, il avait tourné la tête à droite à gauche, contourné les haies, fouillé partout mais, tout comme ses rêves, le seau rempli de mûres s'était envolé… En rentrant, son père lui avait tellement fouetté le derrière avec la lanière en cuir que, depuis, il n'avait plus jamais pris le temps de faire une sieste.

Il se mit à rire tout seul entre ses moustaches en se disant que c'était la vie que l'on menait qui nous rendait fort, ou bien faible. Il était fier de son parcours et se sentait utile. Alors qu'il houspillait d'un grognement son larbin qui s'endormait comme un loir à côté de lui, il ressentit comme une déchirure dans son poitrail, une douleur aiguë traversa son bras, des points noirs voltigèrent devant ses yeux et, sans qu'il comprenne ce qui arrivait, son corps s'affaissa sur le côté.

Le jeune journalier, paniqué, était revenu aux Charmilles, avec son chargement de blé intact et le corps du métayer fixé sur le siège. Il l'avait attaché avec une corde en chanvre pour qu'il ne glisse pas sur le sol.

Tout comme le meunier, de nombreux villageois avaient accompagné le brave homme à sa dernière demeure. En quittant le cimetière, chacun annonçait à tous vents qu'il rêvait d'une mort aussi belle que celle du Ferdinand. Le meunier et Monsieur Jules, le vétérinaire, qui avaient assisté aux funérailles du brave homme, s'étaient recueillis ensemble, au passage, devant la tombe de Madeleine. Sur le chemin du retour, en marchant tranquillement jusqu'au moulin, Charles annonça à son fils d'une voix pleine d'assurance :

— Tu sais, mon garçon, je n'ai plus envie que d'une chose, c'est de rejoindre ta mère au ciel. Je me sens seul, les années me pèsent, et surtout, plus rien ne me retient sur cette terre. J'envie Ferdinand.

Il a la paix… Toi, tu as ta vie et ton métier, Valentine et Louis sont Dieu sait où, alors pourquoi vivre ?

Jules posa amicalement la main sur l’épaule de son pauvre papa, désolé de constater qu’il avait toujours le cœur rempli de désespoir.

— Mon pauvre papa, je sais que maman te manque… Pourtant, la vie continue…

Le souffle qui retient la vie - 1789

Un hiver très rude se terminait doucement. Il avait gelé à pierre fendre pendant deux mois et demi. Le froid n'arrêtait pas d'en remettre un coup. Même la Moselle avait été prise dans les glaces et commençait seulement à charrier du mou... Durant tout ce temps, le ruisseau du village et la dérivation qui poussait la roue, s'étaient transformés en patinoire. Bien sûr, le moulin n'avait pas pu tourner. Que ce soit le gel ou la sécheresse, c'était toujours le même problème. Sans eau pour enrouler le mécanisme, la belle sauvageonne ne pivotait plus… Si Louis le bricoleur avait été là, il aurait enlevé l'axe central qui provoquait la rotation et attelé les ânes, mais, sans lui, les choses étaient différentes. Ce travail ne pouvait être accompli que par un homme jeune et costaud. Malheureusement, les tourments de la vie l'avaient chassé loin du moulin… Alors, ne pouvant pas moudre, Charles, mal dans son cœur, mal dans sa tête, avait carrément fermé la meunerie en attendant des jours meilleurs. Dans l'embarras, les habitants s'étaient rendus au moulin le plus proche, celui de *Fixheim*, ce qui avait levé de nombreuses polémiques … Le gaillard prétendait pouvoir moudre les grains chez lui, mais en fait, en escroquant habilement les clients, il faisait apprêter la mouture ailleurs et facturait moult taxes… Mais comment lutter contre l'hiver, la neige et la glace avec des ventres vides ?

Alors qu'il revenait de chez son fils Jules, à qui il avait apporté un sac de pommes de terre, après avoir traversé le pont qui enjambe la Boler, juste au niveau du virage avant de tourner pour rentrer chez lui, Charles tira sur les rênes pour arrêter son attelage. Devant la chapelle, tout un attroupement avait pris position. C'était le grand rassemblement. Le parvis paraissait aussi grouillant qu'à la sortie de la grand-messe du dimanche. La curiosité le tenaillant il rejoignit les autres en s'inquiétant de la cause de cet attroupement.

— N'avez-vous donc rien d'autre à faire que jaser comme des commères, en plein milieu d'un jour de semaine ? Le trop plein de travail vous aurait-il moussé l'esprit ? Ou bien alors notre bon roi aurait-il à cœur de nous envoyer bonne fortune ? s'enquit-il aussitôt.

— Tu ne crois pas si bien dire, le meunier, et tu tombes bien ! Viens voir toi-même ! Nous n'avons pas tout compris, mais c'est à tomber à la renverse…

En s'approchant, Charles découvrit, placardé dans le coffret en bois des annonces, un parchemin portant le sceau du roi.

Il informait la population que Louis XVI avait convoqué les Etats Généraux, le 7 février 1789, donc trois semaines auparavant, pour proposer au peuple, à l'aide de représentants dans chaque commune ou ville, d'exposer par écrit leurs doléances et propositions pour améliorer la situation.

Les villageois étaient méfiants car, jusqu'à maintenant, toutes les lois adoptées pour aider le bas peuple n'avaient été qu'un éclair dans le ciel, c'est-à-dire beaucoup de bruit pour pas grand-chose… Cependant, la joie était unanime. Enfin, une pincée d'espoir leur était jetée. On daignait au moins demander leur avis. Comme un jour de fête, tous les hommes se dirigèrent vers l'estaminet pour boire un coup. Aussi vite, la discussion s'anima. Les idées fusaient de toutes parts pour finir en palabres inépuisables. On dénonçait avec évidence une injustice flagrante. La population trinquait pour permettre aux bien nés de vivre dans l'opulence. Comme tous les Français, les Lorrains continuaient à souffrir des inégalités sociales et des entraves au libre commerce. Elles étaient plus graves dans l'ancienne région des Trois-Évêchés que dans le reste du pays. Bien que ne regrettant pas le précédent régime local, chacun dénonçait l'absolutisme de celui-ci. La pire des pestes était la famine. Si la maladie elle-même avait fait trois morts, dont deux célibataires et un père de famille, tous soldats dans des casernes éloignées du village, le manque de nourriture avait accompli de pires atrocités. La plupart des gamins souffraient du scorbut ou d'anémie et ne dépassaient pas la dizaine d'années. Deux adolescents, à l'aube de leurs quinze ans, se retrouvaient déjà le dos voûté comme des vieillards, par manque de force musculaire. La sous-nutrition gonflait les ventres de certains nourrissons encore allaités, et d'autres petiots n'avaient que la peau et les os. Avec une colère retenue, chacun étalait ses griefs personnels, mais dans l'ensemble ils se rejoignaient tous dans la même direction. Pour finir, ce furent plusieurs week-ends d'affilée, à l'estaminet, que les dimanches après la messe, les discussions allèrent bon train. Ce n'était pas rien d'arriver à un accord entre les représentants du village et les humbles qui se contredisaient souvent, rien que pour le plaisir… C'est que les avis différaient selon la catégorie et, pour accorder les violons, il fallait beaucoup jouer de la voix… La paysannerie, les travailleurs comme les petits artisans, très peu informés de ce qui se passait à Paris, prenaient conscience d'une seule chose, c'est que malgré leur labeur permanent, la misère s'étalait avec la constance d'une maladie contagieuse. La bourgeoisie vivait bien, alors que eux, les humbles mouraient de faim. De plus, les nouvelles qui pouvaient leur être bénéfiques arrivaient au village avec des semaines de retard.

— La Noblesse et le Clergé doivent payer l'impôt comme nous ! proposait déjà Jean-Baptiste Thil, le cafetier.

— Moi, je ne suis pas d'accord ! intervint aussitôt le tisserand. Je ne veux plus rien payer ! Ils nous ont assez pressé le torchon ; maintenant, c'est aux riches de débourser…

— Tu rêves, mon ami ! s'exclama aussi vite le bourrelier. Notre bon Roy ne prendra jamais d'argent à ses amis, bien au contraire, il leur distribue des richesses pour les remercier de paraître. Alors qu'à nous, qui faisons tout le travail, il nous retire le pain de la bouche pour nous faire disparaître...

— Il faut aussi contester le prix et la qualité du sel, du bois, les droits sur les cuirs, le fer, le grain et autres marchandises indispensables pour nos ateliers ! protesta le Louis, bouvier de son état. Je ne peux même plus me permettre une lanière de cuir pour harnacher mes bœufs, je rafistole la vieille avec de la corde de chanvre.

— S'il n'y avait que cela ! grogna Joseph, le forgeron de Berig. Nous devons nous charger de l'entretien des routes, en peinant de nombreuses heures en plus de notre travail quotidien, alors que ce sont les plus riches les principaux utilisateurs. Moi, je n'ai pas les moyens de me promener en *Turgotine*…

— Ça ce n'est rien… Pour ceux qui n'ont pas de chevaux, la diligence peut encore être utile de temps à autre. Ce que nous devons surtout revendiquer, c'est l'annulation de toutes ces taxes qui nous étouffent ! insista Charles. Et puis, de toute façon, à quoi bon se battre ! Pour le peu de temps que nous sommes encore sur cette terre…

— J'te reconnais plus, le meunier, tu as toujours été le premier à lutter pour que justice soit faite… Aurais-tu perdu l'envie de te battre ? s'était aussitôt exclamé le volailler.

— C'est tout à fait ça, mon ami, je ne vois pas pour qui et pourquoi je devrais le faire… À quoi bon se donner tout ce mal, puisque de toute façon c'est à chaque fois pour rien.

— Mais nous le faisons pour nos descendants…

— Alors, fais mon ami, fais… Moi, je n'en ai aucun à gâter…

Entre désespoir, violence et aigreur, les réclamations volaient avec la même force que les tiraillements de leurs estomacs. Le bois trop cher, la gabelle excessive, le ras-le-bol des banalités, les condamnations injustes, la suppression des clôtures… Le chapelet n'en finissait pas de se rallonger de perles de souffrance, qu'aucune prière ne venait soulager.

C'est donc dans la commune voisine à laquelle Gauvis était rattachée, Berg, qu'une assemblée convoquée au son de la cloche, en la manière accoutumée, comparut en place publique le 3 mars

1789 en la maison de Jacques Sturm par devant Charles Schockweiller, curé de Berg ; publication au prône le 3 mars par le dit curé, afin de prendre note des doléances, plaintes et remontrances des habitants.

Ce cahier reportant la liste de revendications devait être remis aux députés choisis pour le porter à l'assemblée qui se tiendrait le 10 du courant à Thionville et c'est donc devant :

57 feux. — 31 comparants ; 15 signatures.

Députés : Jean Hamen et Nicolas Klein, tous deux laboureurs, que ce cahier fut rédigé :

*— « **Cahier des plaintes** de la communauté de Gauvis, paroisse de Berg, seigneurie de Rodemack, bailliage de Thionville.*

Cejourd'hui 8 mars 1789, il a été procédé à la rédaction des plaintes, doléances et remontrances par les habitants composant la communauté de Gauvis en exécution de la lettre de sa Majesté, de son règlement du 24 janvier dernier et de l'ordonnance de Mr le lieutenant général de bailliage de Thionville, du 28 février dernier, lue, publiée et affichée au dit lieu, dûment convoqués par le syndic au son de la cloche et assemblés en la maison de Mr notre curé de Berg, qui nous a fait explication, interprétation et lecture des ordonnances, n'ayant aucun entre nous qui ait l'usage parfait des deux langues, et après avoir recueilli les voix des doléances, on les a annotées comme s'ensuit :

***Plainte 1re**. L'édit chargeant les paroisses de bâtir et entretenir les églises est onéreux aux paroissiens. Cette charge devrait être supportée par les décimateurs, non pas seulement celle des églises, mais encore celle des maisons curiales et de celles d'école.*

***2°** La banalité des moulins est onéreuse à un chacun. Notre village de Gauvis a raison de s'en plaindre, il en a ressenti l'inconvénient depuis longtemps et bien sensiblement cet hiver, temps où le moulin de Fixheim, auquel il est obligé d'aller faire moudre, n'a pas pu moudre un bichet pendant six semaines. Dans le temps de sécheresse, l'eau y manque. Le droit de banalité a été* *établi dans le temps où il n'y avait qu'environ 10 ménages en ce lieu et où il y en a à présent 57.*

C'est de même des autres villages assujettis à cette même banalité de Fixheim, où le moindre des feux est également devenu plus fort qu'au temps de l'établissement de la dite banalité du dit moulin. Un meunier ne pouvant pas moudre ne doit pas prétendre qu'on vienne chez lui lui donner la mouture et ensuite rapporter le grain pour être moulu ailleurs.

***3°.** Il est douloureux aux cultivateurs de terres de voir que, pendant les deux semailles et les moissons, les pigeons des seigneurs viennent enlever partie des semailles et aussi faire dommage dans les temps de la maturité des grains : que ces bêtes soient enfermées pendant ces dits temps.*

Observations sur les prêts d'argent. Les prêts d'argent se devraient faire à intérêt sans constitution : ce qui éviterait le recours aux juifs, qui sont la ruine de bien des familles. Cette nation vit dans la paresse aux dépens de la sueur de ceux qui sont forcés quelquefois de tomber entre ses mains.

***4°.** La taille et autres impositions se lèvent sur les terres ; il est douloureux à la roture de payer seule là-dessus le subside, et non pas la noblesse et le clergé. Des terres des uns et des autres, déclaration soit faite exactement sans recèlement, copie d'icelle déclaration déposée au greffe du lieu et même en celui de la seigneurie ou du bailliage pour y avoir recours dans les mutations, afin qu'on sache taxer les acquéreurs et décharger les aliénateurs dans les rôles des impositions.*

***5°.** Rien si gênant que le droit de foraine établi dans la prévôté de Sierck et autres provinces dont ce village est voisin. Que ce droit soit aboli et échangé en une autre imposition moins gênante.*

***6°.** Outre les impositions royales, il y en a encore des accidentelles à la charge de ce village, entre autres celle de payer annuellement à Mr le Commandant de Rodemack 52 livres 5 sols.*

***7°.** Il est douloureux à ce village de voir retrancher les franchises qui lui étaient accordées par les princes de Baden, seigneurs de*

Rodemack. On demande qu'il rentre dans les dites franchises, comme il a été dans le temps passé.

Les sept articles de plaintes contenus au présent cahier ont été dressés par nous soussignés habitants communs de Gauvis en la maison curiale de Berg, où nous sommes assemblés pour ce faire, le 3 mars 1789.

Hans Martin Munhofen ; Jean Adam Reutter, syndic ; Jean Scholtus ; Johannes Ludwig ; Marx Kousse ; Nicolas Dreis ; Petter Nennig ; Jacobus Tintinger ; Michel Forett ; Peter Foret ; Johanes Sadeler ; Nicolas Klein, député ; Jean Hamens, député ; Jean-Baptiste Thil ; Heinrig Foret » (texte réel).

Rien que d'avoir osé énoncer à voix haute, tout ce qu'on n'avait fait que chuchoter, à voix basse lors des veillées, soulageait… Le voile de l'interdit était levé, on pouvait parler… Un nouveau vent de contestations s'élevait dans chaque chaumière et se transformait en tempête agitée dans toutes les villes. La Révolution se mettait en marche…

La chanson du moulin

Tout en marchant, Louis revoyait défiler, avec beaucoup de chagrin ces six derniers mois. Comme il l'espérait, après sa rencontre avec son beau-frère, il n'avait pas retrouvé sa sœur à l'adresse indiquée. C'est chez le notaire qu'il avait appris le calvaire que la malheureuse avait vécu. Elle s'était éteinte à l'hospice de la ville, après dix jours de lutte contre cette maudite peste. Comme tant d'autres personnes, la maladie l'avait emportée dans ses griffes. C'était à la demande de cette dame, alors qu'elle était au plus mal, que l'homme de loi avait fait placer son fils. Le cœur retourné, l'oncle avait retrouvé un gamin effarouché qui ne jouait pas avec les autres. La chanoinesse lui avait assuré que Gusti était muet depuis son arrivée chez elle. D'avoir été séparé brutalement de sa mère avait provoqué une fissure, dont l'enfant se remettait difficilement. Il faudrait du temps pour réparer les dégâts… Pour ne pas l'effrayer, le baroudeur, qui en avait tant vu, lui avait expliqué avec douceur qu'il était le frère de sa maman, et qu'il l'emmenait, avec lui, pour vivre au moulin de son grand-père, à la campagne, près des animaux. Les grands yeux bleus l'avaient regardé avec confiance, et lorsque Louis lui avait tendu sa grande patte pour partir, la menotte s'était glissée dans la sienne facilement.

En tenant le loupiot par la main, Louis longea, d'abord, la vague verte du jeune blé en devenir puis la barrière qui clôturait les terres du moulin. L'émotion lui serrait la gorge. En franchissant l'entrée pour pénétrer dans la cour, il sentait son cœur s'emballer. C'était comme si, après avoir erré une éternité dans une nuit profonde où seule la foudre aurait crevé le silence, une lueur intense, à l'orée d'une clairière, venait enfin l'inonder d'une gerbée de lumière pour éclairer son chemin.

— Bonne mère ! Que cet endroit lui avait manqué… Que de jours et de nuits à se révolter contre l'injustice du destin, tout en s'ennuyant du clapotement de la roue du moulin. Il n'avait pas encore accepté qu'on lui ait volé sa part de bonheur. Tous ses rêves restaient toujours centrés, les bons comme les mauvais, avec le tournis de la meule broyant du grain en fond sonore… Nerveusement, avec l'avant-bras, il essuya des larmes qui se faufilaient sournoisement le long de ses joues. Te voilà devenu une chiffe molle qui chiale autant qu'un nourrisson, pensa-t-il…

Donnant l'impression de comprendre l'émotion ressentie par son oncle, Gusti avait resserré ses doigts dans le creux de la large paume.

— Tu vois, c'est ici que ta maman et moi avons grandi, lui expliqua Louis avec douceur. Je suis très heureux de revenir. Aujourd'hui, tu vas rencontrer ta grand-mère et ton grand-père pour la première fois. Ils seront surpris en nous apercevant car, je n'ai plus donné de mes nouvelles depuis une douzaine d'années.

Gusti, le regard un peu effarouché, devait appréhender cette nouvelle rencontre. Si seulement il sortait de son silence… Pour le rassurer, Louis lui murmura encore :

— Tu ne dois pas t'inquiéter, ils t'aimeront tout de suite…

L'homme et l'enfant tournaient à l'angle du poulailler lorsque la silhouette du meunier, portant un sac sur l'épaule, se dressa devant eux.

— Bonjour papa ! Que c'est bon de te revoir…

Le plouf du sac qui tombait sur le sol les fit sursauter tous les trois.

— Jésus, Marie, Joseph ! C'est bien toi, mon garçon. Je n'arrive pas à y croire. Je doutais que tu sois encore de ce monde après tant d'années. Tu m'as tellement manqué.

— Pour moi aussi, papa. Tu ne peux pas savoir à quel point c'était dur loin de vous.

— Alors, il fallait revenir plus tôt, fils…

— Je le voulais, papa, mais il fallait d'abord que je retrouve la raison puis surtout, pour revenir du bout du monde, le chemin du retour… maintenant, je suis là…

— Cet enfant, je suppose que c'est ton fils ? Viens m'embrasser, mon petit.

— Non, papa ! Ce n'est pas le mien, c'est Gustave, celui de Valentine.

— Merci, mon Dieu ! Tant de bonheur à la fois, c'est de trop... Je n'arrive pas à y croire…

Le meunier tomba à genoux et serra contre son cœur le petiot, à la chevelure dorée comme les blés murs et au regard azur, qui le regardait sans rien dire. Un ruisselet de larmes inépuisables glissait de chaque côté de son visage, en faisant briller au soleil un trop-plein d'émotions si longtemps retenues.

— Bonjour, mon petit ! Je suis ton grand-père et je suis très heureux de te connaître, lui dit-il en le couvrant de baisers sonores. Tu dois être content de venir ici ?

— Papa, Gustave ne parle plus depuis la mort de sa mère. Et je ne sais pas si la parole lui reviendra un jour.

Le meunier resta un instant silencieux et interrogea d'une voix tremblante d'émotion :

— Valentine ! notre Valentine ! Tu veux dire que notre jolie poupée est morte ? Seigneur, avons-nous mérité si dur châtiment ?

Bouleversé, le meunier était resté à genoux… Conscient de l'avoir brusqué, Louis l'aida à se redresser.

— Oh ! Pardon papa. J'annonce cette triste nouvelle sans te ménager. J'en suis désolé… Comme toi, j'ai éprouvé beaucoup de peine… Nous en parlerons tout à l'heure… Pour le moment, nous allons dire bonjour à maman, je suis si impatient de la revoir… Viens vite, Gusti, nous allons faire un bisou à ta Oma ? Elle va être folle de joie…

— Non, Louis ! Je dois te parler avant !

Mais l'impatience de revoir sa mère était telle que Louis avait déjà poussé le battant de la porte de la meunerie pour pénétrer à l'intérieur.

— Maman ! Tu peux tuer le veau gras, le fils prodigue est revenu… Mamaaan ! Je suis de retour…

Charles qui les avait aussitôt suivis, l'attrapa par le bras pour lui dire :

— Arrête Louis, ta mère n'est plus de ce monde. Tu ne m'as pas laissé le temps de te prévenir… Elle est morte depuis cinq ans…

— Nooon, pas ma petite maman… Pourquoi ? D'abord ma petite sœur Valentine et maintenant maman… J'avais tellement rêvé de nos retrouvailles. Tant d'années à penser à elles, et maintenant, elles ne sont plus là… C'est trop injuste.

— Comment est morte notre Valentine ? J'ai besoin de le savoir, s'exclama le meunier.

— Ma sœur est morte de la peste pendant l'épidémie. J'ai rencontré son mari pendant mon voyage de retour, et c'est grâce à lui que j'ai retrouvé le petit. Il était placé dans un couvent.

— Son mari ! Mais quel mari ? Elle n'en avait pas en quittant le moulin… Je vais te raconter tout cela tranquillement. Viens, allons nous asseoir dans la Stuff.

Ils s'installèrent et, comme s'il reconnaissait un territoire réservé, Gusti grimpa sur les genoux de son grand-père.

— Elle a épousé Philibert, le père de son enfant. Vous n'étiez pas au courant… expliquait Louis.

— Nous savions qu'elle était enceinte, mais pas qu'elle s'était mariée. Elle a quitté la maison sans rien nous dire et n'a plus donné de nouvelles depuis. Enfin, c'est une longue histoire dont je n'aime pas parler. Ta mère a beaucoup souffert de ne pas la revoir, et maintenant, elles ne sont plus là, ni l'une ni l'autre.

Durant des heures, devant un gobelet de menthe fraîche qui avait macéré depuis le matin, les deux hommes se racontèrent des années d'absence. Assis sur les genoux de son grand-père, Gusti restait sage comme une image.

— Tu ne dis rien toi, mon petit ? Comme moi, tu trouves que, dans le silence, on entend et on comprend mieux les choses…

Oui, le petit écoutait et les grands racontaient…

— Le 6 novembre 1788, après avoir débarqué avec mon bataillon, au port d'Avignon, j'ai obtenu mon papier de libération. La route à pied me paraissant épuisante, trois jours plus tard, avec mon maigre baluchon, j'ai embarqué sur la diligence d'eau qui remontait le Rhône. Enfin, je prenais le chemin pour revenir au pays. Durant la première semaine, comme le vent était plat, la voile ne servait pas à grand-chose et nous n'avancions guère. Les bateliers, se servant de perches sur des bateaux bien plus légers, voguaient plus vite que nous… Nous avons fait escale à Pont-Saint-Esprit, à Valence, à Condrieu et à Vienne. C'est là que j'ai fait la connaissance de Philibert, mon beau-frère. Après avoir régurgité son repas par-dessus le bastingage, il s'est évanoui devant moi, et je l'ai agrippé, juste à temps, pour lui éviter une mauvaise chute. En parlant à cet homme d'une maigreur à faire peur, qui souffrait de dysenterie et de fièvre, je n'ai même pas imaginé avoir affaire au jeune maître de la grande maison.

Lui, m'a reconnu aussitôt…

— Mais, je vous connais… Vous êtes le frère de Valentine, du moulin de Gauvis. Je suis Philibert, l'un des fils du Bailli, et j'ai épousé votre soeur.

Il m'a dit avoir laissé sa femme en sécurité, alors qu'elle venait d'accoucher d'un petit garçon… Enfin, c'est comme ça que j'ai appris que j'étais devenu tonton.

Nous avons beaucoup parlé et il était impatient d'arriver à Lyon pour se faire soigner. Seulement, en tentant d'éviter les écueils et les rochers, nous nous sommes échoués dans un banc de sable et de gravillons. Il a fallu deux jours d'attente et une trentaine de chevaux pour remettre dans le courant l'énorme coche flottant.

Si le bateau n'avait pas échoué, si nous avions débarqué plus tôt, si un vent contraire ne nous avait pas retardés, si la vie était moins dure, peut-être que Gustave aurait encore son papa, mais c'est ainsi… Deux jours avant de jeter l'ancre à Lyon, Philibert est décédé dans une cabine sombre, malodorante, comme toutes celles du bateau. Il s'était totalement vidé de ses « entrailles ». Avant de mourir, il m'avait donné l'adresse de Valentine pour que je puisse leur rendre visite, ainsi qu'une lettre à remettre à Maître Ricin, leur notaire. En cas de difficulté pour la retrouver, cet homme était au courant de tout. Et c'est ce qui s'est passé. Je regrette de n'avoir pas eu l'occasion de le connaître un peu plus. Il m'a paru être quelqu'un de bien. Malade depuis plusieurs semaines, tout comme plusieurs soldats de son escouade après avoir mangé de la nourriture avariée, il rentrait chez lui, heureux de retrouver sa femme et son fils. La surprise aurait été mauvaise.

Et nous voilà Gusti et moi… Cette fois-ci, le Bon Dieu était avec nous, papa, autrement ce petit bonhomme serait resté un inconnu, alors qu'il a une famille qui l'aime…

L'arrivée de Jules fut une véritable explosion de larmes. Les deux frères restèrent longuement accrochés l'un à l'autre. Entre tristesse pour les deux dames de coeur qui n'étaient plus de ce monde et le bonheur des retrouvailles, la mélodie du passé s'ouvrait sur le futur… Il ne restait plus que des hommes seuls pour continuer la route… Le souvenir de Madeleine et de Valentine leur donnerait la force…

En regardant le regard que son père portait sur son petit-fils, Jules comprit qu'il avait enfin retrouvé le goût de vivre. Le meunier au cœur tendre avait de nouveau une raison de se battre.

— Alors, où va vivre ce petit bonhomme ? demanda Jules le vétérinaire, tout en connaissant déjà la réponse… Je peux le prendre chez moi, j'ai une grande maison, une gouvernante qui sera sur place pour le surveiller pendant mes absences, enfin tout pour le rendre heureux…

— La place de cet enfant est ici, au moulin et pas ailleurs, annonça d'une voix grave son grand-père. D'accord, Gusti ?

L'enfant acquiesça d'un signe de la tête.

C'est ainsi que Gustave passa une première nuit, dans sa nouvelle maison, bercé, comme sa maman le lui avait tant raconté, par la chanson douce que fredonnait la roue du moulin…

Glossaire des noms anciens ou en patois local

- Agrimandeur – géomètre
- Amoulangeur – charpentier spécialisé dans les meubles charpentes et machineries de moulin.
- apothicaire – pharmacien
- Aspersoir – l'aspersoir est l'instrument liturgique qui sert pour l'aspersion d'eau bénite.
- Bardeautier – couvreur qui fabrique/utilise des bardeaux
- Bagotiers – Journaliers exceptionnels
- Batteur d'archal – ouvrier qui bat le laiton ou le fer en feuilles minces avec un marteau
- Batteur d'huile – Olieux, huilier - meunier fabriquant de l'huile
- Batteur d'or – ouvrier qui fait passer le trait d'or ou d'argent sur le disque de pierre du moulin pour le rendre plat.
- Barillier – fabricant de barils et tonneaux.
- Bichet – mesure ancienne ((0,945 hectolitre actuel)
- Bordier – métayer
- Bourre (la) – cocon ouatiné des bourgeons
- Bourrin – cheval
- Bout-avant – Contrôleur dans les mines à sel dans les Salines
- Bouvier – conducteur de boeufs
- Bornier – arpenteur qui pose les bornes
- Boulibatch – faire trempette dans la gadoue
- Boulinier – batelier
- Bracier – fabricant de bière de Yutz
- Braie – grande pierre plate pour broyer le chanvre tourner par deux ânes.
- Brayeur – maçon tâcheron suspendant à un cordage appelé « brayer » les matériaux à hisser.

- Broqueteurs – ouvriers agricoles chargeant les gerbes sur les voitures
- Brouettier – ouvrier poussant la brouette
- Buée – ancien mot usité pour parler de la « lessive »
- Cache-mannée – ouvrier en second dans une meunerie ou tout autre artisan
- Calotte – petit bonnet rond ne couvrant que le haut du crâne
- Calotin – homme d'église
- Calvanier – spécialiste du chargement des charrettes à ridelles.
- Campanula dato Conventui – Présent de la Convention de Province
- Caramougna – romanichel, bohémien qui vit de rapines
- Carrier – tailleur de pierres
- Caucassier – marchand de volailles
- Centner – poids ancien de 100 livres au Luxembourg
- Chènevière – plantation de chanvre
- Cirier – fondeur de cire et fabricant de cierges
- Charpagnate – vannier en Lorraine
- Couteau demi-lune – sert à découper le cuir et à le parer
- Eau de pucelle – odeur de la crasse et de la transpiration
- Feurre-longs – longues tiges séchées de paille ou de seigle
- Foudres – tonneaux de grandes capacités (50 à 300 hl)
- Gabelou – Employé de la gabelle
- Geiß – chèvre, ou surnom de la machine sur roue pour fabriquer les manches en bois.
- Glouck – mère poule qui couve son ou ses poussins
- Godillots – chaussures
- Gréchen – vin nouveau
- Guinder – hisser ou hausser des charges avec une poulie
- Illnachen – nom donné à ce bateau de 6.50 toises de longueur
- Jeunet – jeune adolescent
- Képismann – hommes à képis – gendarmes
- Klébber – crécelles anciennes

- Kranzkuch – brioche à la pâte à pain sucrée en forme de couronne et badigeonnée avec un jaune d'œuf pour donner du brillant à la croûte.
- Krop, hoyau ou houe – *krop ou hoyau* (croc à deux ou trois dents appelé également houe)
- Kroppemann – (légende) homme aux bras en forme de crochets qui vit dans l'eau et attrape ceux qui se penchent de trop près….
- Küche - cuisine
- Kücheschrank – armoire de cuisine
- Lep – lange
- Linzen – lentilles
- Männchen – petit homme
- Manouvriers, voir bagotiers, ouvriers journaliers
- Maroufle – colle pour filasse
- Mégissier – blanchisseur de peaux
- Mennis – petit homme
- Moine (le) – outil ancien muni d'un croc pour sarcler
- Muid – (mesure ou futaille d'environ 274 litres)
- Nonchaloir – paresse
- Olieux ou batteur d'huile – meunier à huile
- Parisis – monnaies frappées à Paris (d'autres à Tours)
- Peau de lapin (le) – le ramasseur de peaux de lapins qui passe dans les villages en faisant tinter sa clochette pour signaler sa présence.
- Pellen – poulets (surnom en patois provenant de l'élevage intense de volailles dans le village)
- Peutes – putains, filles de mauvaise vie
- Pfannenkuchen – crêpes salées
- Pignocher – grignoter
- Pinte – ancienne mesure française qui valait 0,93 litre ou récipient de la même capacité, avec une anse pour l'épeautre (blé ancien), l'avoine, le seigle ou l'orge.
- Pitchoune – petite portion
- Quarte = 2 pintes donc mesuré au récipient de 1,86 litre

- Phtisie galopante – tuberculose fulgurante
- Prébende – revenu attaché à un titre ecclésiastique
- Sarrau *sarrau* – blouse de paysan en toile
- Schlappes – pantoufles
- Schlecken ou schnecken escargots (expression appliquée autrefois aux gens connus pour être des gros mangeurs d'escargots ou lents à la besogne).
- Schlofdrepchen – nom donné au petit godet de métal dans lequel on sert l'alcool de mirabelle, car ce sont les « gouttes qui font dormir »
- Schmalzgreveles – Très petits morceaux de viande grillée qui restent dans le fond du pot une fois que la graisse est fondue.
- Schnell – vite
- Schrankchen – petite armoire
- Schrouppette – balai-brosse en patois (osier rigide)
- Schwartzehexe – sorcière noire
- Scourtin – cadrage en bois et fer avec un fond en toile tissée en toile de coco ou de lin pour presser et faire couler l'huile.
- Sellier-bourrelier – fabrique et bourre les selles des chevaux.
- Schwartzehexe – sorcière noire
- Serran – carde servant à diviser la filasse de chanvre ou de lin.
- Sols parisis – monnaie du XVIIIème siècle
- Speise – soupe avec mélange d'aliments.
- Stall – écurie
- Stuff – salle de séjour
- Tanneur-wercollier – travailleur du cuir qui tanne les peaux ; plus particulièrement le wercollier taille les lanières et les ceintures en cuir.
- Toise – mesure linéaire ancienne valant 2 mètres
- Verjus – piquette, mauvais vin
- Vinaigrier – vendeur de vin
- Zollhaus – douane

Concordance des noms de lieu

Berich – Berig – Berg-sur-Moselle

Boler ruisseau qui traverse Gavisse

Fixheim – Fixem

Garches – Garche

Ham – Basse-Ham

Haut Kons – Haute-Contz

Ilange – Illange

Jeutz – Yutz

Kattenhoffe – Cathenom – Cattenom

Millingen – Malling

Rodenbach – Rodemack

Rotula – Rettel (après 1790)

Sensig ou Sentzig – Sentzich (1790)

Sierque – Cirque – Sierck

Wyse jusqu'en 1766 ; et Gauvis d'après le cahier des doléances en 1789) – Gavisse

Notes

* Les Trois-Evêchés

Les Trois-Évêchés, gouvernement de l'ancienne France, constitué en territoire lorrain par les trois villes de Verdun, Metz et Toul. Il était indépendant du duc de Lorraine ; il fut conquis sur Charles Quint par Henri II en 1552, mais son appartenance à la France ne fut reconnue qu'en 1648. Il disparut en 1790 (Petit Larousse)

*Exil en Hongrie :

L'émigration au Banat de Temeswar en Hongrie est historiquement exacte et dura de 1720 à 1775. Des paysans de la lorraine allemande, de la Sarre, d'Arracourt, de Moncel, de Bézange et de Moyeuvre émigrèrent également et fondèrent 31 nouveaux villages avec 5402 familles et en agrandirent 26 avec 1619 familles. (Archives Hecht - Thionville).

On a appris, plus tard, que tous ces émigrants, après des mois de voyage, avaient fondé en Hongrie une belle colonie avec des villages florissants portant des noms français comme Charleville, Saint-Hubert, Seultour et plantèrent des vignes magnifiques. D'autres émigrèrent au Canada, mais eurent, paraît-il, moins de chance… (documents archives)

*Remerciements*

– Remerciements à Gisèle Veynachter et Paulette Miedzeck.

– Recherches historiques aux Archives de Thionville et Metz Saint-Julien – Maison Rustique

– Mémoires de Monsieur Grégoire

– Mairies de Gavisse et de Rettel

– Article, le serment constitutionnel et Révolution au quotidien d'Yves Le Moine.

Sommaire

Achevé d'imprimer sur les presses
des Éditions du Ver Luisant
BP 117
19103 Brive la Gaillarde Cedex
Dépôt légal 4e trimestre 2007